王城的護衛者

王城の護衛者

司馬遼太郎——著
沈發惠——譯

目錄

推薦序

描繪偉大敗將的名著：司馬遼太郎《王城的護衛者》

野島剛

本書是由五篇中篇和短篇小說所構成的司馬遼太郎作品集，對於長篇作品較多的他來說，算是較為少見的作品種類，但我很喜歡這部著作，並重複閱讀了好幾遍。其中我最喜愛的是收錄在第一篇的〈王城的護衛者〉。

〈王城的護衛者〉主角是一位叫松平容保的人物，台灣人可能對他不是很熟悉。松平容保是幕府末期的會津藩（現在的福島縣會津若松市）藩主，為了保護江戶幕府，與薩摩長州等勢力對戰到最後一刻，但還是失敗了。他在敗戰陣營裡，雖然算是較為重要的人物，但在日本明治維新史上，並沒有被深刻描繪。此篇是能讓人一邊閱讀，一邊能想像到司馬遼太郎特地想照亮松平容保的那份心情的必讀篇章。

松平容保出身於高須藩主松平家，為會津藩主松平容敬的養子，其後就任藩主。擁有清廉正直、誠實穩重的人格教養，是當時孝明天皇最信賴的人。會津藩是與德川家有很深交集的藩，也是標榜德川原理主義、教育人民要像信仰宗教一樣奉獻所有給德川家，是個很特殊的藩，很努力回報孝明天皇所給予的信賴。松平容保雖然不是武鬥派的人，但是作為守護京都的代表，他挺胸面對當時的薩摩長州勢力。

司馬遼太郎的筆風是以一貫的「憐憫判官」為原則。雖然歷史總是由勝者所刻劃，但是司馬遼太郎並不跟隨唱和，反而常常用心於描繪「敗者」。

日本近代史最大的贏家是明治維新政府，輸家是江戶幕府，也可說贏家代表是長州藩和薩摩藩，輸家代表是會津藩。贏的人成為「官軍」，輸的人則成為「賊軍」。會津藩在戊辰戰爭中被徹底打敗，至今會津的人對薩摩人（鹿耳島人）和長州人（山口縣人）還是很反感。

但當時為什麼會津藩會變成「賊軍」呢？意外的我們到現在還無從得知。大家耳熟能詳的是薩摩藩的西鄉隆盛、大久保利通、土佐藩的坂本龍馬，但不是很了解會津藩的松平容保是什麼人物、還有會津藩下有名的「新選組」所發起多次暗殺活動的來龍去脈。

閱讀此書後，所有的疑問都像融冰般一一解開，了解為何會津藩會被捲入幕府後期政治、為何松平容保徹底抗爭到底、為何新選組在幕府後期的京都活動。

我印象最深刻的內容是司馬遼太郎投注了感情描寫了松平容保的人文特質。我猜司馬遼太郎大概非常喜愛這個人物吧。他在此作品外，還留下了名為「容保記」的文章。

司馬遼太郎不喜歡政界裡那種完全看不出內心想法、耍陰險手段的人，他對像書生一樣、性格單純的理想性人物比較抱有好感。松平容保直到死前都將天皇的信帶著未曾離身，是此書的最高潮。無法回報信賴於自己的孝明天皇所寄予的期待，松保自責自己很沒出息。天皇親筆御書裡的溫厚文字，卻是晚年過著半放逐生活的松平的心靈寄託。松平容保有多麼傾慕孝明天皇，可從司馬遼太郎的筆觸間傳達出來。

歷史並非單由勝者操縱前進，也需要有偉大的敗者才行。另外，比起勝者，人們對於敗者較有共感同理心。比如在源平之戰被打敗的平氏就被寫成《平家物語》相傳下來。在中國史上也是，項羽和劉備這些最後無法成為贏家的人們都被後世愛戴，也許正是因為人們較能感受輸家的心情。

因為人生若要一直持續勝出是很難的，總是得不斷經歷失敗才能往前邁進，能斷言自己是贏家的人反而很少。所以敗者的故事是需要的。

日本能夠快速進入近代化的明治維新，也是因為有像松平容保這樣甘心接受敗北的敗者才能達成。若他們組合抵抗武裝勢力繼續以恐怖主義者的身分行動的話，明治政府應該就不能安心的朝近代化邁進，日本的發展也會大大延遲也說不定。司馬遼太郎這個作品照亮了明治維新的輸家，真可說是一本「了不起」的著作。

司馬遼太郎寫了這篇小說後，據說接到了現在松平家後裔的致謝電話。想必是因為司馬遼太郎為了松平家詮釋了作為敗者所背負的歷史重荷吧。

• 本文作者為作家、資深媒體人。

《王城的護衛者》反映的短暫而絢爛的人生

洪維揚

以長篇歷史小說聞名的作家司馬遼太郎其實也留下等量齊觀的短篇小說，說到其短篇小說，讀者可能會先想到《幕末》《新選組血風錄》等幾部有譯成繁體中文的作品，相較於以事件為主角的《幕末》《新選組血風錄》等作品，本書《王城的護衛者》的主軸則為幕末的真實人物。

《王城的護衛者》於一九六八年由講談社推出單行本，然而單行本只收錄〈王城的護衛者〉和〈加茂之水〉兩部短篇，一九七一年推出講談社文庫本加進〈鬼謀之人〉〈英雄兒〉〈斬人以藏〉三部短篇，總計五篇的主人公依序為松平容保、玉松操、村田藏六（大村益次郎）、河井繼之助、岡田以藏。短篇小說因受到篇幅限制，無法暢所欲言，只能挑選主人公生涯中最璀璨的片刻，若其出生及其他事蹟對敘述內容沒有直接影響則予以割愛。

對松平容保而言，被任命為京都守護職上京赴任到會津戰爭結束的六年期間是他生涯中的吉光片羽，也是〈王城的護衛者〉主要的內容。不過，這六年也是其直轄組織新選組的活躍時期，為了不失焦，作者只談接受京都守護職的任命到文久三年八・一八政變前後，略過新選組揚名立萬的池田屋騷動。慶應二年孝明帝崩御，為討幕派控制的幼君祐宮睦仁親王先是與幕府作戰，繼而宣布慶喜、容保等人為朝敵，戰敗的容保退出歷史舞台，不為自己的行為辯解，帶著先帝的宸翰直到生命結束。

松平容保或許不是幕末時期一線人物，不過聽聞其名的讀者不在少數，而〈加茂之水〉主人公玉松操恐怕就真的沒有多少讀者聽聞過。這位活了六十多歲的公卿，只有慶應三年堪稱其人生中的亮點，之所以能登上歷史舞台是成為謀略家公卿岩倉具視的謀臣。玉松操偽造的討幕密敕和設計的錦之御旗不僅提昇討幕陣營的士氣，更將討幕派一舉推上官軍、幕府及佐幕派則淪為朝敵，幾乎左右了戊辰戰爭的勝負。可惜玉松操始終堅持攘夷，與新時代格格不入的他不得不在戊辰戰爭結束後與岩倉及新政府分道揚鑣，最終不知去向。

村田藏六出身長州村醫之家，及長就學於大坂適塾，非武士階級出身的他，儘管蘭學造詣深厚也得不到長州的關愛，被坐落在四國一隅的宇和島藩聘用為翻譯人員。黑船事件後諸藩對蘭學者需求孔急，村田甚至被幕府新成立的蕃書調所延攬為助教授，長州仍未向他表達關愛的眼神，直到慶應元年桂小五郎完全掌控藩政才硬是從幕府手中要回村田並由他負責藩的軍事，升格為武士並改名大村益次郎也在此時。桂禮遇大村有更迫切的理由：幕府有意再次征長，長州兵力在數量上絕對不敵幕府，只能透過配備新式武器以及接受西洋軍事訓練來彌補人力上的差距，桂正是將西洋軍事訓練賭在大村上。

桂萬萬沒想到大村的軍事才能超出他的想像，幕府的威望因此役徹底破滅。在整個戊辰戰爭中，大村只參與上野戰爭，以一天的時間用阿姆斯壯砲擊潰盤據上野的彰義隊。大村儘管有著驚人的軍事天賦，但缺乏與人應對的圓滑手腕，在戊辰戰爭結束前已與不少薩摩人和長州諸隊結怨，明治二年九月四日，太政官首位兵部大輔在幾乎與五年前佐久間象山遭暗殺的原地——三條木屋町——步上相同的結局。

即便在幕府時代出過兩位老中，讀者對於越後長岡藩的印象應不會太深，對於這個藩在戊辰戰爭期間對抗官軍的家老河井繼之助也是如此。河井早年曾遊學江戶，以豐富的閱歷說服藩主先後辭去京都所司代和老中職務，不僅提高河井在藩內的聲望，也得到藩主委以重任。藩主先試探性的向河井諮詢藩政方針，河井認為要先讓藩富裕起來，才能談得上充實軍備。身兼郡奉行、町奉行、評定役數職的河井在兩年多的時間內不只還清藩債，還積存近十萬兩的積蓄，成為河井擴充軍備的資本。河井擴充軍備的目的並非要與已成為官軍的薩長諸藩對抗，而是要採取武裝中立不讓越後長岡藩受到官軍入侵，只是這樣的苦心最終仍不得不與官軍作戰，河井事先雖作足戰爭準備，最終仍沒能扭轉戰局，而且還賠上自己的性命。

岡田以藏的名氣比前述的玉松操、村田藏六、河井繼之助要來得大，但這並非是岡田以藏本身之故，而是以龍馬為主人公的戲劇一定會出現以藏，另外一提到「天誅」也一定會聯想到以藏的名字之故。和本書前四位主人公相較，以藏不僅沒有學問，也沒有堅持的中心思想，憑藉的只是他手中的劍。可惜的是，以藏並沒有憑藉手中的劍在亂世中開闢出自己的道路，而是淪為政治野心者殺人的工具。殺人工具畢竟難容於法律，當指使以藏殺人的武市半平太失勢後，以藏也只能四處藏匿以躲避追捕，最終還是被捕送回土佐。半平太擔心以藏受不了刑求會供出真相，買通獄卒打算對以藏下毒。不料弄巧成拙，未被毒死的以藏選擇供出一切。

六〇年代堪稱是司馬氏創作的巔峰期，綜觀這十年不難看出司馬氏的寫作習慣：先在報章雜誌連載短篇、連載結束後推出單行本、結合若干未發表的短篇集結成文庫本、以在報章雜誌連載的短篇為基礎擴大成長篇連載、連載結束後推出單行本、數年後再推出文庫本。〈鬼謀之人〉、〈英雄兒〉、《王城的護衛者》、《花神》（以〈鬼謀之人〉為基礎的長篇於一九六九到七一年連載，一九七二年推出單行本）及《峠》（以〈英雄兒〉為基礎的長篇於一九六六到六八年連載，連載結束後同年推出單行本）。此外，《花神》於一九七七年被改編成大河劇，《峠》在再三延期後也預定於二〇二二年上映，改編成戲劇也都再次為司馬氏的作品掀起高潮。

二〇二一・十二・二十九

• 本文作者為「幕末・維新史」系列作者。

推薦語

喜愛日本史的讀者大概都會發現，《傀儡花》主題「羅妹號事件」的一八六七年，在日本也非常重要。因為一八六七年可說是江戶德川幕府的最後一年，第二年一八六八年正是明治元年，明治維新的開始。一八六八年的戊辰戰爭則是薩、長聯盟的倒幕軍擊敗德川幕府的一年。戊辰戰爭由「伏見鳥羽之戰」到「江戶無血開城」，再到「會津之戰」，然後就是最後一八六九年以「北海道蝦夷共和國」之曇花一現作為終結。

我自司馬遼太郎和日本大河劇學到的，就是評斷一個人，不能以他的立場（意識型態）來論好人、壞人，也不能以他的成敗來論英雄。所以在司馬遼太郎筆下，維新派豪傑是英雄，「幕末」中失敗的新選組諸士也是英雄。我寫台灣史小說也是如此，在《獅頭花》中，我向淮軍致敬，也向大龜文致敬。

這本《王城的護衛者》所收錄的，則是戊辰之戰中，不屬於薩、長的幾位各路奇人異士的故事。我特別有興趣的，是大村益次郎的故事。這位怪傑，是台灣「理蕃總督」佐久間左馬太青年時期的老師。

其實自一八六七年起，台灣與日本的命運就開始交叉互為影響，這本書的趣味，也部分在於此。

——作家　陳耀昌

慷慨激昂、人心思變的幕末時代，唯獨會津藩堅守祖訓，即便身死國滅也不曾動搖，人們都認為不合時宜，卻是會津人數百年不改的固執。

——歷史作家　謝金魚

譯者說明

《王城的護衛者》這本短篇小說集，是集結司馬遼太郎自昭和三十八年（一九六三）十二月到昭和四十年（一九六五）九月間陸續在各大新聞雜誌上發表的〈英雄兒〉、〈鬼謀之人〉、〈加茂之水〉、〈王城的護衛者〉等四篇短篇小說，於昭和四十三年（一九六八）五月由講談社發行的單行本短篇小說集。昭和四十六年（一九七一）十月，再加入〈斬人以藏〉一篇，以「講談社文庫」重新發行。本書則是依據平成十九年（二〇〇七）講談社文庫新裝版所翻譯而成的。

本書所收錄的五篇短篇小說，簡介如下：

王城的護衛者（王城の護衛者）：發表於昭和四十年（一九六五）九月的《別冊文藝春秋》，是以幕末會津藩主松平容保為主角的短篇小說，松平容保於幕末受命擔任所謂「京都守護職」，帶兵進入京都維持治安，與一橋慶喜（即德川慶喜），及擔任京都所司代的容保胞弟桑名藩主松平定信，被稱為「一會桑政權」，容保並建立了「新選組」及「見迴組」等組織鎮壓反幕人士，也是參與鳥羽伏見之戰的「朝敵」主力之一，因此，在明治維新之後，容保和會津藩一直被評價為「逆賊」，司馬氏這篇小說可以說是顛覆了這種評價的重要翻案之作，使得世人對容保的看法趨於推崇。皇室雍仁親王妃勢津子是松平容保的孫女，這部小說在雜誌上刊載之後，她立即加以閱讀，並認為「這是第一次有對祖父的立場公平的描述」，因此，透過當時松平家的當主松平保定向司馬遼太郎轉達了感謝，由此可見司馬遼太郎的小說對日本人歷史觀的影響力。

加茂之水（加茂の水）：發表於昭和四十年（一九六五）三月的《別冊文藝春秋》，是以岩倉具視於維新前的策士文膽玉松操為主角的短篇小說，其中亦對岩倉具視多所描述。玉松操出身下級公卿之家，但出家後還俗，是個狂熱的攘夷主義者，後來被謫居中的岩倉具視以賓師之禮敦請為策士文膽，鳥羽伏見之戰令幕軍喪失戰意的官軍「御之錦旗」即是他所設計繪製的，而明治幼帝的倒幕密敕也是出自他的手筆，但維新之後因為新政府開始採取他最厭惡的歐化主義，因而棄官而去。標題「加茂之水」，加茂川（かもがわ）即京都赫赫有名的「鴨川」（「加茂」與「鴨」日文發音相同），因玉松操辭官後浪居於加茂川畔，並病逝於此，因而以此為題。

鬼謀之人（鬼謀の人）：發表於昭和三十九年（一九六四）二月的《小說新潮》，以幕末長州藩軍事天才大村益次郎（村田藏六）為主角的作品，大村益次郎是日本近代兵制的開創者，從戊辰戰爭登上全國歷史舞台的明治元年（一八六八年），到翌年明治二年（一八六九年）九月遭暗殺身亡，不過短短兩年不到的時間，於幕末如彗星般出現於歷史舞台上，又迅速隕落，卻對日本日後的歷史發展奠定了長遠的影響。

日後，司馬遼太郎於一九六九年開始在《朝日新聞》夕刊連載的以大村益次郎為主角的長篇作品《花神》，可以說就是以此篇短篇作品為基礎發展而成的。

這篇短篇小說發表後，於當年（一九六四）七月即由「新潮社」出版了以《鬼謀之人》為名的短篇小說集，集中除本篇外還收錄了〈英雄兒〉、〈慶應長崎事件〉、〈斬人以藏〉、〈喧譁草雲〉等四篇。另外，還被收錄進一九六九年十二月「新潮文庫」出版的短篇小說集《斬人以藏》之中。

這篇短篇多年前在網路上即流傳著中國不知名網友所翻譯的中文譯文，但經與原文比對發覺譯文多有省略、改寫或誤譯。

英雄兒（英雄兒）發表於昭和三十八年（一九六三）十二月的《別冊文藝春秋》，是這本短篇集五篇中最早的作品，描寫幕末長岡藩家老河井繼之助，於幕末致力於六萬石小藩長岡藩的財政及新式軍制改革，在鳥羽伏見之戰後企圖武裝中立於新政府官軍與佐幕的奧羽列藩同盟之間，後加入奧羽列藩同盟，在戊辰戰爭中的北越戰爭頑強抵抗新政府軍，讓新政府軍吃足苦頭。

司馬遼太郎自一九六六年起，在《每日新聞》連載的以河井繼之助為主角的長篇小說〈峠〉，就是以此篇短篇小說為基礎發展而成的。

這篇短篇小說最早收錄於一九六四年七月新潮社出版的短篇集《鬼謀之人》中，一九六五年德間書店出版之《司馬遼太郎選集２斬人以藏》短篇集再度收錄，之後於一九六八年五月第三次收錄於講談的短篇集《王城的護衛者》中，一九七八年十一月新潮文庫重新出版《馬上少年過》，第四度將此篇收錄其中。

中國重慶出版社曾於二〇一六年八月出版了由王星星翻譯的上述短篇小說集《馬上少年過》，其中亦收錄有以〈英雄兒〉為題的本篇中譯文。

斬人以藏（人斬り以蔵）：發表於昭和三十九年（一九六四）三月的《別冊文藝春秋》，是以出身土佐的鄉士足輕岡田以藏為主角的短篇小說。岡田以藏與肥後（熊本）藩的河上彥齋、薩摩藩的田中新兵衛和中村半次郎（之後的桐野利秋），被稱為「幕末四大人斬（殺手）」，在當時令人聞之喪膽，以藏本名岡田宜振，其實關於岡田以藏的事蹟，在同時代書信資料的記載中都相當稀少，其性格、事蹟只有在土佐勤王黨的相關史料中略有所見，但是卻因司馬遼太郎這篇短篇小說，而使「斬人以藏」聲名大噪，之後衍生出相關的文學影視作品，由此又可看出司馬遼太郎史觀對日本社會的影響。

這篇小說最早收錄於一九六四年七月由「新潮社」出版的短篇集《鬼謀之人》，一九六五年德間書店以此篇名為名出版之《司馬遼太郎選集 2 斬人以藏》短篇集再度收錄，一九七一年講談社文庫再版《王城的護衛者》時追加收錄此篇，一九六九年十二月「新潮文庫」以此篇名為名出版的短篇小說集《斬人以藏》四度收錄。

關於標題中的「人斬り」，有直譯為「人斬」（如「幕末四大人斬」），也有依其字義名詞化為「殺手」，我最終選擇一方面依中文動詞受詞順序，一方面保留日文「人斬り」的語境譯為「斬人」以藏，權此說明。

翻譯這本司馬遼太郎的小說，因為是利用公餘時間，所以前後長達三個多月。我覺得，翻譯小說比翻譯學術著作難上許多，尤其是歷史小說，裡面充斥著古語、敬體、方言、俚語甚至粗話，然後有和歌、俳句、漢詩，甚至有日本古文體的「候文」，常常有時卡在一句話完全不理解，斟酌了許久。

因為我個人覺得司馬遼太郎的小說有如說書，轉場、分鏡都相當精采，因此，我盡量忠實於原文所有分行、斷句，甚至標點符號，以保留司馬氏原有的說故事的韻味。

另一個要說明的是，由於我個人平時對日本歷史很有興趣，所以有些日文名詞對我來說已如同常識毋需再譯，例如「大名」、「外樣」、「屋敷」、「石高」等等，但也許對別人來說如此形同沒有翻譯，如何拿捏，頗為困擾。最後我採取盡量保持原文名詞，但加注的方式，也在此說明。

我之所以翻譯司馬遼太郎的小說，完全出於我對日本歷史的興趣及對司馬氏文字的痴迷，因苦於中譯本非常有限，只好努力學習日文閱讀原文。我的想法很單純，既然這麼努力地查找字典閱讀原文，乾脆把文字翻譯，下次就不必再從頭重新查一次，就此成為這原本只為了自己閱讀的中譯本。在偶然的機會下承蒙印刻出版社詢問我是否有意願，令我猶豫再三，在好友們的鼓勵下，決定與大家分享，但畢竟我不是專業的翻譯人士，若有任何錯誤，尚請大家見諒。

二〇二一年十二月二十三日定稿

王城の護衛者

王城的護衛者

一

所謂會津松平家[1]只是從短暫的戀情開始的。
是秀忠的血統。

這位德川二代將軍以對男女之事規規矩矩著稱。有個故事：秀忠來到家康隱居處的駿府的時候，家康說「一定很寂寞吧」，於是從侍女中挑選了一位名叫「花」的美少女來秀忠的陣中慰問。秀忠連她的一根手指都沒有摸，就把她送回家康身邊。

「是這樣的男人啊。」

家康隨後這麼說道。在這一點上，我不如那個兒子，家康後來回想起來笑著這麼說。

拘謹正直，應該是秀忠的本質。

但是只有一次，他對侍女下手了。她是正夫人達子的侍女，是一個名叫神尾的浪人的女兒。馬上就懷孕了。秀忠嚇了一跳，立刻把她送走藏到市街裡。

秀忠是一直害怕正妻達子的男人。

達子，別稱阿江，是豐臣秀吉側室淀殿的妹妹。達子脾氣暴躁，秀忠也太過於害怕了。為此，他把一次外遇的對象像丟到市井之中那樣捨棄了。

女人住進神田白銀町的親戚家裡，在那裡生了一個男孩。生孩子的同時告訴了町奉行米津勘兵衛，米津再告訴當時的老中[2]土井利勝。利勝告訴秀忠後，秀忠說：

「我記得，不過要對夫人保密。」

說完便命令利勝善後。在那孩子七歲時，託付給信州高遠城的城主保科正光，以正光之子的名義養育。

和秀忠父子相見是在出生後第十八年的寬永六年。

秀忠在三年之後去世了。

秀忠死後，寬永二十年才終於受封為大國領主，領受會津二十三萬石，成為若松城主。出生三十二年後，總算受到有如二代將軍庶子的待遇。

這位初代會津藩主正之是個性格拘謹正直的男人。儘管是第三代將軍家光的親弟弟，但他與家光非常親密，經常侍奉家光，家光也很喜愛這個人，臨終時把正之一個人叫來病床邊，

「宗家就拜託你了。」

說完就死了。

當時正之的感動，在他所制定的家訓中表現出來。家訓由十五條組成，其中第一條明文寫下：

「我的子孫要對將軍一心一意地盡忠勤。不要拿別的大名[3]的例子來思考我們家。如果我的

---

1 德川家康本姓松平，自一五六六年家康任從五位下三河守時，獲得朝廷敕許，始改姓為「德川氏」；江戶幕府建立之後，只限定將軍本人以及特定將軍親族可以使用德川姓氏，其他德川氏分支、庶系則仍以「松平」為姓。

2 江戶幕府的官職名，負責統領全國政務；在未設置大老的場合上，老中是幕府的最高官職。

3 本指地方有錢勢力之人，十四世紀後開始有武士後，便指支配很多領地及部下的武士。一六〇三年後則泛指可支配二百人左右的地方領主。

子孫中有懷有二心的人，那就不是我的子孫了。家臣們不應該服從這樣的人。」

在這個時代的大名的家訓中，沒有比這更激烈地說明對將軍的忠義之例了。

正之擁有家康血統中最傑出的頭腦和政治能力。

他以獨特的政治學整理藩制，教育藩士，創造了好學尚武的藩風，完成了幾乎可以說是藝術的藩組織，寬文十二年六十一歲去世。這個正之的遺訓，言行，成為這個藩直到幕末的大政方針。

其八世容敬無子。

從親戚美濃高須的松平家領養養子，作為嗣子。

這就是九世松平容保。

二

容保出生於江戶四谷的高須松平家的上屋敷[4]。

高須松平家是尾張德川家的分家，只有三萬石。

當主為攝津守義建，除了兒女滿堂以外沒有其他值得一提的能力。因為這些兒子都相貌出眾，才氣過人，所以很多都送給德川一門諸名家那裡當養子。有八個兒子，長男和四男早夭。

次男慶勝繼承尾張德川家，三男武成繼承石見濱田六萬一千石的松平家，五男茂榮繼承一橋大納言家，六男是容保，七男定敬繼承伊勢桑名十一萬石松平家，八男茂勇則繼承本家。

「請銈之允（容保的幼名）君無論如何要到會津中將家」

來自會津藩的使者是在弘化三年容保十二歲的時候。

「這樣，銈之允也送出去了啊。」

父親攝津守義建高興地說。義建把生孩子當作工作一樣來做，在教育上親自當老師教歌學等等，非常細心。

「將來大家都會成為大名的。」

就這樣磨練著教育長大的。義建認為其中銈之允是最出眾的。

「這孩子的資質很好。」

平時，也對家臣這麼說。在可以說是大大名的會津松平家決定要收養他的時候，與其說是高興，不如說是施恩惠給使者。

「會津家會興隆的。」

他這麼說。

容保是在那年六月遷往江戶城和田倉御門內的會津松平家上屋敷。

「孩子的資質果然很好。」

松平家的男女都極為讚美地說，這個少年的容姿很美。

---

4 江戶幕府時期，由於諸大名須輪駐於領國與江戶（參覲交代制度），因此各藩皆須於江戶設置藩邸。一般而言，各藩都會在江戶城周邊及市郊設置數個藩邸，依各藩邸與江戶城的距離，由近而遠稱為「上屋敷」、「中屋敷」、「下屋敷」。通常，上屋敷是供大名本人及家族居住，同時也是各藩在江戶的政治機構所在。

養父容敬也很滿意。這個容敬也是美濃高須松平家出身，是容保的伯父。

第一次見面那天，容敬把這個少年叫進在府邸內被當作最神聖的房間裡。

「這裡有土津公。」

容敬指了指房間的正面。土津公是初代正之的神號。這個會津松平家根據正之的遺命，藩主的信仰是神道。在這一點上，也和其他大名完全不同[5]。

歷代藩主死後的名字也不是戒名，而是神號。第一世正之是土津靈神，只有第二世例外，第三世是德翁靈神，其次是土常靈神、恭定靈神、貞昭靈神、欽文靈神。那些神靈在這個房間裡按照神道儀式被祭祀著。

（異樣啊……）

是異樣的家風，這個少年首先在這個神靈室有了這樣的印象。死後，以世間的常識來說，應該是用佛教儀式來祭祀的，唯獨這個家是異風。

「這就是會津松平家。」

養父容敬以祭司般嚴肅的表情說：

「我們和別人家不同。死後，不會成為佛，而是成為神。」

「神啊。」

少年幾乎被嚇得睜大了眼睛。容敬說：

「我也是，當然汝也是。」

說著，他把硯台拿過來，在一張淨紙上用墨汁寫下「忠恭靈神」。

「這就是我的神號。如果我死後，一定要拿這個神號祭祀我。接著……」

容敬說著，寫下：忠誠靈神。

少年知道自己作為神的名字都已經準備好了的時候，因為緊張而幾乎失神了。

「這就是汝的神號。」

「這就是汝所繼承的家。」

容敬說著，前傾身子直視少年的眼睛。少年無法承受這個打擊，已經全身發燒了。

容敬又拿起筆，寫下「土津靈神」的十五條家訓：

「汝的生涯就是為了守護這個。」

說著，把它交給了少年。

接著，容敬逐條寫下恪守「家訓」所必備的心理準備。

「凡事以正直為本。」

「不宜放縱身體，應以窮屈為善。」等等。

進一步說明了會津藩的家風、士風。

「和你的生家不同。」

容敬說。會津的家風一言以蔽之，就是有如以「成為神」的藩主為中心的武士道的宗教結社。

---

5 江戶時代諸大名多信仰佛教，死後則納受「戒名」。

而且這個藩的目的，既不是為了藩主的幸福，也不是為了藩的繁榮，而是單純勁烈地「為了將軍家」。

「甚至是足輕[6]，也要為將軍家而生死，這就是土津公的御遺法。」

養父容敬這麼說。

容敬離世成為忠恭靈神是在此後第六年：嘉永五年。

容保立刻繼承了家業。受領肥後守，被任命為左近衛權少將，成為二十三萬石的藩主。

家老皆為練達之士。特別是西鄉賴母、山川大藏、菅野權兵衛等人，在學識、膽略方面都是眾藩皆知的人物，容保只要坐在藩主的位置就好了。

事實上容保是

「所有的事」

都交給他們。可以說是典雅的裝飾品。如果說是裝飾品，沒有比這位美貌的年輕養子大名更漂亮的裝飾品了。在江戶城殿中的和尚們評價：「沒有其他像會津大人這樣有大名風範的大名了。」

而且有學問。那種學問，也不是像作詩文那樣需要氣概的東西，而是全部遵從家學，對於提出異說的事也非常謹慎。

越前福井侯的松平慶永（春嶽）[7]也有：

「會津肥後守大人，即使沒有成為大名，出生在市井，作個學者也有飯吃吧。」

等等說法。

「只是太過耿直了。」

慶永又附上幾句稍微負面的話。慶永說，即使沒有成為大名而是被過繼到日本橋附近的富商之家，也能守住祖先的家產而不會成為敗家子。

但是，真正的情況是，容保這個人是誰也無法完全搞懂的。從外表來看，的確如越前福井侯所說，但是，藩士們對他也有不同的評價。

會津的軍制是以長沼流軍學[8]建立的。雖然由藩主親自總攬並指揮演習是慣例，但容保在陣前策馬揮旗的卓越、指揮的準確、判斷的迅速卻是無人可比的。

「可能是土津公以來最傑出的主公大人。」

也有人這樣說。可是畢竟是虛弱，會突然發燒，稍微連續疲勞的話，臉色就會變得像用顏料

6 足輕本是日本平安時代到江戶時期的一種步兵，到江戶幕府時代，是最下級的武士。

7 松平慶永（1828~1890），越前福井藩第十六代藩主，與薩摩島津齊彬、宇和島伊達宗城、土佐山內容堂並稱「幕末四賢侯」。任內推動藩政改革有成，積極介入幕政，第十四代將軍繼嗣問題，與水戶德川齊昭、薩摩島津齊彬等聯手支持一橋慶喜（即最後的將軍德川慶喜）繼嗣將軍（一橋派），與以大老井伊直弼為首的「南紀派」（支持慶福，即十四代將軍家茂）對立，後因登城抗議簽訂《日美友好通商條約》而被責以擅自登城之罪，強制其隱居，此後改以「春嶽」為號。在井伊直弼於櫻田門外之變中遭暗殺後，幕府方針改變，進行「文久改革」，春嶽出任「政事總裁職」，與「將軍後見職」一橋慶喜一起推動公武合體政策，著手幕政改革，翌年因與慶喜意見不一辭職離京，但仍活躍於幕末風雲中，屢屢扮演重要角色，鳥羽伏見之戰前夕，仍致力於幕府與薩長之間的調停。維新後雖歷任要職，但於明治三年退出政壇，晚年專注於著述。

8 德川兵學五大派之一，由信濃松本藩士長沼澹齋所創。

刷過般蒼白。果然這一點正如越前福井侯所說，恐怕比較適合當日本橋附近吳服店的養子。說起虛弱，成為容保妻子的故容敬的女兒也很虛弱。才十五歲，想和她同房共寢多少有些勉強。

容保是天性善良的男人吧。雖然有愛，但他卻體恤這個公主尚未成熟，事實上已經結婚了還拚命忍耐著。雖然這位公主不久後就亡故，但是她似乎對容保的這種體貼心存感激。

然而，這位年輕人可能是出於身為養子的顧慮，沒有另設側室。

總而言之，這個過於一本正經的年輕人，如果出生在太平之世，應該就只是遵守家規盡到主公大人的本分，最終得到神號而被供奉在家祠裡這樣的存在而已。

但是，風雲際會來了。

嘉永六年，培里來航，開始了幕末的動亂，這一年，他只有十九歲。

萬延元年，大老井伊直弼[8]在江戶城櫻田門外被水戶、薩摩浪士襲擊的那年，就是他二十六歲的時候。

這期間，天下許多尊攘志士簇湧而出，世間騷亂，大名之中，被稱為賢侯的水戶的德川齊昭[10]、薩摩的島津齊彬[11]、越前福井的松平慶永、伊予宇和島的伊達宗城[12]、土佐的山內豐信（容堂）[13]等人不斷在江戶的殿中奔走，最終被井伊直弼鎮壓，但是，會津的松平容保始終保持沉默。

「容保」

這個名字，也沒有在「賢侯」們和在野志士之間出現過。

容保在殿中也是沉默寡言，從來都不曾發言。因此幾乎被人們無視，沒有受到注目。

只有一次，從容保的口中說出了意見。

9 井伊直弼（1815~1860），近江國彥根藩第十五代藩主，於幕末培里黑船來航及將軍繼嗣爭議中就任幕府的大老，上任後即推動確定由德川慶福（家茂）繼任將軍，並與美國、俄國、英國、法國和荷蘭締結條約，即《安政五國條約》，反對派以幕府未取得天皇敕許調印為由大肆抨擊，此為京都朝廷登上幕末政治舞台之始。孝明天皇因對簽約開港不滿，對水戶藩發出密敕（戊午密敕），責斥幕府，要求水戶藩改革幕政，推動幕府攘夷。直弼得知後，為維護幕府權威體制，對反對派展開大規模逮捕、鎮壓與肅清，受處死、切腹、關押、放逐、隱居等刑的誅連者超過百人，史稱「安政大獄」。安政大獄雖然一時重樹幕府權威，但直弼也因此在兩年後於登城途中，在江戶城櫻田門遭水戶藩、薩摩藩等脫藩激進浪士襲擊，當場慘死，史稱「櫻田門外之變」。從此幕府權威一落千丈，歷史潮流就此走向倒幕維新。

10 德川齊昭（1800~1860），常陸國水戶藩的第九代藩主，因此又稱水戶齊昭，為末代將軍德川慶喜的生父。其個性急躁剛烈，幕末初期以改革藩政的賢侯聞名，與老中阿部正弘、越前松平慶永、薩摩島津齊彬交好，積極參與幕政。後因條約簽字的問題登城抗議，而被責以擅自登城之罪，被大老井伊直弼處以永久蟄居之刑，於蟄居處分中病逝。其身後雖受到尊王攘夷志士的推崇，但其歷史評價也因其暴烈性格與好色失德傳聞有所爭議。

11 島津齊彬（1809~1858），薩摩藩第十一代藩主、島津氏第二十八代當主，與越前松平慶永、宇和島伊達宗城、土佐山內容堂並稱「幕末四賢侯」。其熱衷西洋科學、有世界觀，又因受大清國鴉片戰爭震撼，任內在藩內積極引進西方的工業技術、著手殖產興業，因而帶領薩摩於幕末崛起。他也打破外樣大名不參與幕政的傳統，積極與老中及各大名交好，介入將軍繼嗣爭議，為支持一橋慶喜繼任，甚至將養女篤姬嫁給將軍。安政大獄中，遠在薩摩的齊彬決定通過武力反抗井伊，計畫率領五千名藩兵進京勤王，卻在出兵前夕罹患急病驟逝。被譽為「三百諸侯中無人可與比擬之名君」。其生前一手栽培拉拔下級青年武士領袖西鄉吉之助（隆盛），為日後倒幕維新種下種籽。

12 伊達宗城（1818~1892），伊予國宇和島藩第八代藩主，幕末四賢侯之一。宇和島藩初代藩主伊達秀宗，是戰國名將獨眼龍政宗的長男，但為庶出，不能繼任本家家督，因隨政宗出陣於大坂冬之陣立有戰功，家康特授予伊予宇和島十萬石。雖為小藩，但宗城熱衷西洋科學、殖產興業，致力軍制的近代化。更與島津齊彬、松平慶永等大名交往密切，積極介入幕政，躋身政治舞台，但也因此於安政大獄中受隱居謹慎之處分，讓出家督之位。處分解除後，再度積極參與幕政。維新後，曾短暫擔任民部卿兼大藏卿要職，明治四年，從政壇引退。

13 山內豐信（1827~1872），土佐藩第十五代藩主，幕末四賢侯之一。為山內家分家之子，本無繼承藩主資格，因兩代藩主相繼於兩個月內猝死，意外繼任。上任後因厭惡門閥與舊臣政治體制，用改革派吉田東洋出任參政，推動西洋軍備、海防強化、財政改革，與島津齊彬等大名共同積極介入幕政及將軍繼嗣問題，安政大獄時急向幕府提出隱居請求，並由堂弟豐信繼承藩主之位，自此改以「容堂」為號，但仍遭幕府處以隱居謹慎之處分。容堂於幕末風雲中，審度時勢，在尊王與佐幕之間，立場多次游移，世間對他有「醉則勤皇，醒則佐幕」的揶揄。處分解除後，容堂歸國復出實際掌握藩政，殘酷鎮壓肅清藩內鄉士集團「土佐勤王黨」，鳥羽伏見之戰前夕在小御所會議放言為慶喜申辯，戰事爆發後，下令嚴禁土佐藩兵參與戰鬥，但之後在藩內上士主導下，藩兵參與官軍東征出發之際，又親自送行。維新後短暫擔任內國事務總裁等名譽職。明治二年辭官，此後縱情酒色，三年後因長期酗酒導致腦溢血而辭世。容堂一生酷愛詩、酒與女人，自號「鯨海醉侯」。

櫻田門外之變之後，早就已經對水戶德川家[14]支持京都主義而感到憎惡的幕閣，有人提出了這樣的方案：

「以此為契機，以尾張、紀伊兩家的藩兵討伐水戶。」

老中的久世大和守和安藤對馬守是這個方案的急先鋒。

但是，因為這畢竟是有關德川家安危的非常手段，所以這兩位老中詢問了溜之間[15]的諸侯的意見。

溜之間是指德川家近親諸侯們的詰間[16]，是江戶城殿中規格很高的詰間。

大名等等庸庸碌碌的人很多。

「這個嘛……」

大家都小聲支支吾吾著，大家互相看了看，都不置可否。

容保也保持沉默。老中久世大和守突然若無其事地試探道：

「會津大人怎麼看？」

容保抬起他容貌上特有的那黝黑的雙眸說：

「用不著詢問了。討伐水戶大人之類的，是不可能的事。」

語氣強硬得讓滿場都很尷尬。提議者老中久世面帶怒色地說：

「但是水戶中納言藐視宗家，私自從京都朝廷接受了攘夷的密敕。幕府命令將其退回，但不肖的藩臣不同意。不但不同意，還在長岡驛站集結，氣焰高張。這不是公然違抗、挑釁幕府的態度嗎？」

「那是小事。」

容保說。

「這是原則問題，水戶家是御親藩[17]，如果以其他御親藩討伐水戶家，就會成為御親藩自相殘殺的根源，將招致混亂不斷，最終動搖幕府的根基。因此不能討伐。」

「那私藏密敕這件事怎麼辦？」

「這是理所當然的。水戶中納言家，自御祖光圀公以來，尊崇並尊奉京都王室已成為其家風。這也是水戶家的原則，既然是家風，就必須尊重。作為幕府來說，只要思考如何包容水戶家就足夠了。」

---

14 水戶藩，位於常陸國（今茨城縣中部及北部），藩廳是水戶城。藩主是水戶德川家，與尾張藩及紀州藩並列為德川御三家，石高三十五萬石。藩祖是家康十一男賴房，原本家康生前明定，若是將軍家沒有子嗣繼承將軍之位，便從尾張德川家與紀州德川家當中選出下任將軍繼承人，因為三代將軍家光與賴房感情融洽，便將賴房的水戶德川家提升至御三家的地位，但是水戶德川家並無將軍繼承權。因為水戶藩主可長期留住江戶，無需參覲交代，因此有「天下副將軍」的尊稱。第二代藩主光圀（即戲劇中的「水戶黃門」）開始，歷代藩主持續編修以天皇正統史觀為中心的「大日本史」，直至明治時代才完成，在藩領內自成水戶學學派，因此藩內有著深厚的尊皇傳統。幕末初期，水戶藩仍扮演著雄藩的角色，但歷經櫻田門外之變、築波山起兵的天狗黨之亂，藩內菁英幾乎犧牲殆盡，因此最後沒能在倒幕維新舞台上占有一席之地。

15 江戶時代各地大名登上江戶城參覲將軍時的坐席次序稱為伺候席，是根據拜謁者的家格、官位以及役職來分別，依序分為七種：大廊下席、大廣間席、溜詰、帝鑒間席、柳間席、雁間席以及菊間廣緣，溜之間是第三級，僅次於御三家御三卿的大廊下、國持大名的大廣間。

16 即伺侯席，參見注15。

17 江戶時代大名分為：親藩、譜代、外樣三種，廣義的親藩大名是指與德川家有血緣關係的大名，狹義的親藩大名則指御三家（尾張、紀州、水戶）與御三卿（田安、一橋、清水）。

就因為這一句話，停止了討伐水戶之議，但是，也可以說大大改變了容保的命運。

（會津侯雖然年輕，但有膽識。也明晰事理。在御家門[18]之中，值此無人能支撐德川宗家的危難之時，說不定是意外撿到的收穫。）

幕閣的成員、和德川家的連枝[19]中，有心的人都抱持著這樣的印象。

其中越前福井侯的松平慶永是喜歡評價人物的男人，他對關係好的諸侯說：

「二代將軍應該多多玩女人。」

因為二代將軍秀忠一生中唯一演出的一次外遇傳言，才有會津松平家的成立。慶永說，現在的年輕當主，說不定會成為支撐幕府棟梁的男人。

慶永，安政大獄後改名為春嶽。

由於時勢急轉，井伊直弼橫死後，以這個人物在京都勤王派中也受歡迎為由，被任命為幕府新設的最高行政職務「政事總裁職」。

春嶽不太喜歡這個職位。原來，幕府的行政職務是由譜代大名[20]的排頭來擔任的，德川家的血族並不從事這種俗務。這一點，春嶽自身不是很滿意，自己也非常清楚。他想：雖然很會批評但既然是御家門的大人出身，要實際從事實務就很難吧。

春嶽託詞斷然拒絕了這一「俗務」，但最終因大勢所迫而不得不接受。因此幕府擁有了家康以來從未有過的以連枝為首的非常時期內閣。更進一步，現在又有一個最尊貴的連枝參與政務。春嶽在反井伊派這點上的同志有一橋慶喜[21]。慶喜成為將軍後見職。不管怎樣，德川家貴族已經三百年沒有涉足政治這個俗惡的世界了。

「現在還有一個合適的人才啊。」

春嶽對慶喜說。從春嶽的立場上看，既然他們自己連枝被蒙上政治之泥，所以想增加這個人數也是人之常情吧。

「人才在哪裡？」

「在會津。」

春嶽露出很有風度的表情說。會津少將松平容保很好。只是沒有適當的職務。三個連枝中的

---

18 指德川家族。

19 天皇家、將軍家、大名家等貴族家族，當主兄弟另組另一門，並以該兄弟為祖之家系，稱為御連枝。

20 江戶時代的大名分為親藩、譜代、外樣三種，譜代大名是指在關原之戰前即臣屬於家康的大名，一般說來，譜代的俸祿石高都不高，但可擔任老中等幕府各類政事職務，外樣則石高可能很高，但不得與聞政務。

21 一橋慶喜（1837~1913），即江戶幕府及日本歷史上最後的征夷大將軍德川慶喜。生於德川御三家之一的水戶家，父親是水戶齊昭，在眾多兄弟中排行第七，十一歲時奉將軍家慶之命，過繼到御三卿之一的一橋家為養子，因而具有繼嗣將軍資格。慶喜自幼受父親齊昭嚴格的教育，因黑船來航的國家危機感與將軍家定無嗣，在將軍繼嗣問題上，以「英明勇敢」受到各方期待，也因此引發擁護慶喜與擁護紀州藩主慶福兩派人馬的政爭，導致之後的安政大獄，慶喜本人也在安政大獄中受到隱居謹慎的處分。櫻田門外事變後，解除處分，為緩和對立，慶喜被任命為新設的「將軍後見職」（將軍的監護人），成為將軍家茂（慶福）的代理人登上政治舞台。之後歷經八一八政變、禁門之變與長州征伐，在家茂早逝之後接任第十五代將軍。由於出身深具尊王傳統的水戶家，因此非常在意自己在皇國史觀中的歷史定位，也因此在倒幕的時代風潮中，接受「大政奉還」的建議，將政權和平移轉給京都朝廷，但薩長以武力討幕為目標，步步進逼而爆發鳥羽伏見之戰，兵敗後陣前逃亡回江戶，採取不抵抗的恭順態度。江戶無血開城後，慶喜被處以至水戶謹慎之處分，隨後交出德川家督，由德川家達（御三卿之一田安慶賴之子，由慶喜收為養子）繼承宗家，隨後改封至駿府（靜岡），從此退出歷史舞台，此時慶喜三十二歲，就此過著遠離紅塵、攝影、打獵、下棋、油畫的隱居生活，直至一九一三年，享年七十七歲。

一個當上了將軍後見職，現在一個當上了政事總裁。這些都是新的職稱。再創造一個新的職稱又有何不可。

順便一提，德川家的行政組織和職稱，其源流發源於三河的松平家。

老中

若年寄[22]

諸如此類的職稱，在德川家之前的織田家也沒有，豐臣家也沒有。家康特別參考的很久以前的鎌倉幕府也沒有這樣的職稱。

然而家康還沒出生前的三河松平家就有。從松平家不過是三河松平鄉村長程度的家族時開始，為了管理家之子[23]、郎黨[24]而設立了這些名稱的官職，由此來經營家政。當德川家成長為天下的政府時，家康仍然保留了三河以來的制度。

家康在死前也留下遺言說：

「要保持三河時代的制度。」

可以說是德川家的祖法。這次卻把這個改變了。政事總裁職等新官職的設置，恐怕是得自幕府的建議者——法國人的智慧吧。

當時京都一片混亂。

不，並不是什麼混亂。而是陷入了無政府狀態。

尊攘浪士猖獗橫行，長州藩成為其後援者，推他們到佐幕派、開國派要人家中將其斬殺。光天化日之下，有時會在路上斬殺，有時會押到宅邸在其妻子兒女面前斬殺。

斬殺的話一定要在將其梟首於鴨川的河原，立下捨札[25]，讓人認識他的思想罪狀，最後一定會寫著：

「因此，加以天誅[26]也。」

不僅僅是殺人。自稱尊攘志士之名的人半夜闖入商家，說：

「交出攘夷御用金。」

強索金錢。他們用這樣賺來的錢花天酒地，在青樓裡氣焰囂張。一直以來負責京都鎮護的京都所司代和京都奉行所[27]，都束手無策。

根據京都向江戶報告的資料，這樣的浪士據說有三百人。也有五百人的說法。不管怎樣，從諸國諸藩和在鄉而來的人數不斷增加，而他們最終籠絡公卿，擁護朝廷，建立京都政權，可以說是必然之勢。

---

22 僅次於老中的重要職務。管理老中職權範圍以外諸如旗本、御家人等官員。

23 家之子是同族的分支和庶出系統等有血緣關係的人，與嫡出系統的總領處於主從關係。

24 郎黨原是無領地的從者的意思，後來指總領一族以外的從者。

25 江戶時代，將被處刑的犯人的姓名、年齡、出生地、罪狀等記錄並公布，處刑後立在刑場等地三十天的公告木牌。

26 幕末時期號稱替天行道的暗殺行動。

27 京都所司代，是幕府在京都的代表，負責幕府與朝廷的交涉，向朝廷傳遞幕府的指示；同時亦監察朝廷、公家貴族和關西地區各大名的舉措，此外，京都所司代也負責京都治安、裁決近畿地區的訴訟和管理京都、伏見、奈良各地的町奉行，一般由領地三萬石以上的譜代大名中選任。京都奉行所，則是幕府派出的官員，在老中之支配下及京都所司代指揮下，掌管京都町政。

幕府無法鎮壓。要說為什麼，那是因為上個時代大老井伊直弼為了恢復幕權，鎮壓了他們，發動了令整個日本國戰慄的安政大獄。作為報復，井伊在登城途中光天化日之下被暗殺。這次接替井伊擔當幕政的是井伊的反對派慶喜和春嶽。

被稱為「親京都派」的二人，雖然對京都的暴狀感到非常不快，但也不能正面鎮壓。

「把京都變成白刃之巷可以嗎？」

這件事情，是令這兩個進步的連枝頭痛的根源。

春嶽亦通下情。

「京都這個地方晚上有在路上開夜市的習慣。家家戶戶的屋簷下鋪上草蓆，點著燈籠，物品堆得像山一樣，吸引了那些散步的市井百姓的購買慾。有零星雜貨、有五金、有植木盆栽，這種夜市對市區的生活助益良多。這種夜市現在……」

「沒有了嗎？」

慶喜是個頭腦轉動得太快的男人，所以他知道所有京都的局勢。由於天誅浪士猖獗橫行，市區的人夜間都不在路上走路了。

「不能置之不理。」

慶喜說。

作為其對策，任何人都可以想到的是，要有一支強大的軍隊。賦予這支軍隊非常警察權。

唯一讓人感到困難的是，長州藩和土州藩的激進派在背後推動著天誅浪士。薩摩藩也很可疑。如果幕府命令某個藩駐紮京都，會不會在什麼時間和場合和三藩上演巷戰呢？

而且，如果不是一個志操相當堅固的藩，恐怕會被京都的思想所迷惑，而變成三藩的一丘之貉。

「會津可以。」

這是慶喜和春嶽商量了好幾次，所達成的一致意見。

「無論如何」

這時慶喜說：

「也有傳聞說薩長兩藩在京都一方面抱持著自己的政見，一方面暗中活動，是為了關原之戰的報復[28]。像長州甚至聽說意圖建立毛利幕府將軍。否則的話，不可能會採取把京都朝廷視為私有、傲慢自大的行動。」

---

28 關原之戰，西元一六〇〇年在美濃關原（岐阜縣不破郡關原町）展開的一場決定天下誰屬的會戰。豐臣秀吉統一天下後，設立五大老、五奉行的政治體制，五大老中，以德川家康的關東二百五十六萬石實力最為雄厚，上杉景勝北陸一百二十萬石次之，第三則為毛利輝元的安藝一百一十二萬石，五奉行則為實際運作政權的執行機構，以石田三成最具實權。秀吉死後，繼承人秀賴年幼，家康開始運作利用分化豐臣政權中「文治派」與「武斷派」的紛爭，逐步擴大權力，引發石田三成等人的不滿，一六〇〇年，石田三成利用家康領軍討伐會津上杉景勝之際，搬出毛利輝元為總大將，向家康宣戰，全國各地大名武將深知此役將決定天下誰屬，紛紛選邊押寶，最後，東軍（家康）、西軍（三成）兩軍於關原進行會戰，戰事在一天內即分出勝負，由東軍大獲全勝，戰後家康進行論功行賞及戰犯處分，石田三成等首犯遊街示眾後梟首、並沒收領地，毛利輝元透過一連串政治運作，逃過被除封的命運，但八國領地被減封為只剩防長兩國，從一百一十二萬石減封為三十六萬石，薩摩的島津氏也是西軍陣營，原本家康下令討伐島津，但在交涉之後並未減封，家督島津義弘退位隱居，將家主傳給嫡子島津忠恒。後世對幕末薩長聯手推翻德川幕府，多傳言為報關原之仇。關原戰後三年，家康就任征夷大將軍，再過十一年大坂之陣徹底消滅豐臣家族，開創二百六十餘年德川家天下。

在日本諸藩中，兵馬最強的藩是薩摩藩。對藩士徹底統治，藩命之下，所有藩士都會欣然赴死的，也只有薩摩藩了吧。接下來的順序可能是土州、長州。這「三強」可以說是三分京都。

「本來的話，應該部署貪婪領取三百年家祿的旗本[29]在這個地方。」

慶喜說。

「但是，沒有比他們更懶惰孱弱的了。」

不知為什麼，慶喜對德川家的旗本無能、遊手好閒、缺乏危機感的批評總是很辛辣。事實上，只要旗本八萬騎還是勇猛的軍團，薩長等人就會屏住呼吸，仰江戶的鼻息。

「還是會津比較好嗎？」

慶喜無意中問春嶽。在水戶家成長，只是送去「御三卿」[30]之一的一橋家的養子，到底是在純然的德川貴族中成長的慶喜，對於會津藩是怎樣的藩的行政地理知識非常缺乏。

年輕又隱居於越前福井藩的松平春嶽也不太清楚。但是多少還是調查了一下。越是調查越是對這個新發現感到吃驚：

（在德川連枝的諸藩中，還有如此士風凜烈的藩嗎？）

倒不如說是對自己的無知吃驚。這個藩風還留存著戰國的殺氣，而且秩序如鐵壁般強韌，並且藩士的教育水準比其他藩高出很多，自藩祖以來武藝興盛，再加上，藩自己從承平時期開始就以長沼流軍學不斷練兵。這樣的藩，在德川家的親藩、御家門、譜代的諸藩哪裡都找不到。

「這支軍隊，或許比薩州稍微弱一點也未可知，不過，如此藩風的美質之地，是藩主一個口令一個動作、秩序井然不亂的地方。在當今之世，值得珍惜。」

「當今的藩主，是容保吧？」
慶喜說。
慶喜雖然沒有與他交談過，但知道對方的容貌。柔和的五官，說起來像是戲劇中扮演判官角色的臉，根據不同的場合，那種華奢的身體說不定連女旦都能演。
（那樣的男人。……）
這是慶喜的疑問。至少容保看起來沒有英雄的相貌。
「不是英雄啊。」
現在德川家想要的是英雄般的人物。否則，將無法應付鎮撫京都，操縱諸藩，籠絡公卿，或者一旦情況危急，發生與薩長土三藩作戰這樣的事情。
「雖然外貌如此，但看起來像是骨子裡非常堅毅的人物。即使容保是平庸柔弱的人，但會津藩本身不就是英雄的藩嗎？」
「原來如此，那就只有容保了。」
慶喜的態度已經一轉。這是武家貴族的毛病。因為太過伶俐，熱衷於把之前所言簡單地翻來

29 旗本（はたもと），江戶時代，指將軍直屬武士中領地不滿一萬石，但有面見將軍資格者。
30 德川幕府中，家門地位最高的是本家（將軍家），其次是尾張德川家、紀州德川家與水戶德川家，稱為「御三家」，若本家沒有子嗣繼承將軍之位，便從御三家中的尾張家、紀州家當中選出下任將軍繼承人。第八代將軍吉宗、第九代將軍家重時又創設田安德川家、一橋德川家、清水德川家，同樣也具有繼承將軍的資格，稱為「御三卿」。

之間竊竊私語著。

覆去變成新的意見，但是第二天就忘得一乾二淨。「百才不如一誠」這樣的評價，在珍惜他的人

三

此時的松平容保，感染了當時江戶市內流行的感冒，得了支氣管病，在江戶藩邸臥病在床，無法進食。

雖然接到上使要求登上江戶城的命令，但是病情不理想，轉而請他的江戶家老橫山主稅登城。結果就是將軍的這個命令。

容保嚇了一跳，光是這點就發高燒了。躺在病床上想了約兩小時，終於把橫山主稅叫來，說：

「不能接受。」

並不是因為病體。也不是因為能力。關鍵是時勢。即使現在出現遠祖家康這樣的人物，幕府的力量也鎮不住京都的情勢。容保有著明白這一點的頭腦。

理解了容保的意見，江戶家老橫山主稅前往春嶽的屋敷，拒絕了他的要求。

但是，春嶽卻不允許，他說：

「無論如何也要說服他。」

第二天，僅帶著少數隨從來到和田倉門的屋敷。容保雖然在生病中，但還是在會客間接見。

「如果是那件事的話，我不會接受。」

容保這麼說。

春嶽是德川家族中首屈一指的俊才。也能言善辯。溫和地，但是盡其所言，來說服這位會津的年輕藩主。

容保意外地頑固。不，意外這個詞並不恰當。以前，容保在水戶討伐案時所表現出的態度，有著絕不妥協的強悍性格。

（這種強韌的態度，也許就是這個人的本領也未可知。正因為如此，才需要這位會津少將。）

春嶽感受到了更大魅力。說實話，即使由慶喜去作京都駐屯軍的將軍，恐怕也是原本去救人的反而把自己送進火坑[31]。慶喜太過伶俐了。

（自己也是，這無法理解）

松平春嶽這樣看待自己。不管怎麼說，春嶽畢竟是把在安政大獄中被殺的橋本左內[32]當作獨一無二的寵臣的男人。左內是當時日本屈指可數的志士。由此也可以了解春嶽的思想是親京都派

---

31 原文為「ミイラ取りがミイラになる」（去找木乃伊的人自己也變成木乃伊），意思為要說服別人某件事，卻反被說服了。

32 橋本左內（1834~1859），越前福井藩士，十五歲至大坂適塾從緒方洪庵學西醫和蘭學。十九歲因父親病重歸國，擔任藩醫。二十一歲至江戶遊學，此間與水戶藤田東湖、薩摩西鄉吉之助（隆盛）等頻繁交往，在風雲時勢中決定脫離醫學領域，後為藩主松平慶用為親信，開設西式學堂，致力藩政改革。在將軍繼嗣問題上，協助松平慶永推動擁護慶喜，訴求幕政改革。另外，他提出在採取雄藩聯合的幕藩體制的基礎上，積極引進西歐先進技術，進行對外貿易。還提倡與俄國結盟，從帝國主義和地緣政治的觀點出發，是對日本的安全保障進行論證的先行者。後於安政大獄中下獄，次年遭處斬首之刑，享年二十六歲，是幕末初期著名的志士。

的，一旦有情況，難保不會大大傾向這方。春嶽自己也沒有成為京都警視總監的自信。

（就是這個男人吧）

春嶽心裡這麼想。

容保有著可愛動人的紅唇，但是，這嘴唇卻緩緩地說著：

「我不行。不僅僅是因為我何德何能。我的藩在奧州[33]的偏僻之處，藩士都是質樸剛強，不懂上國（京都及其周邊）的情況。風俗、氣質差異也太大了。第一，連語言都不通。這是最重要的拒絕理由。」

「不。」

春嶽一一反駁。但是容保拜辭的意思不為所動。

「你、慶喜公、我，難道不都是惶恐地身為東照權現大人（家康）血脈的繼承人嗎？現在宗家正處於前所未有的困境中。慶喜公和我雖為連枝之身卻都接受了俗務的承擔。想想東照權現大人以及歷代大樹（將軍）的恩惠。聽說會津松平家的家訓上也有。」

（是有的）

容保明顯地動搖了。土津公御家訓第一條上寫著「對大君（將軍）的禮儀要一心一意、至為重要，與其他大名的立場不同」的意思。文章以漢文書寫。大君之儀，一心大切，可存忠勤，不可以列國之例自處焉，若懷二心，則我子孫，面面決而不可從。

春嶽回去了。

那天傍晚，他又由家臣送信過去，進一步勸說。

容保再次拒絕了。

春嶽仍然不放棄。這次，招待容保的江戶家老到自己的宅邸，說明時勢，說之以會津松平家的義務。

當時，家老橫山主稅說：

「雖然說是為宗家的御血脈，但是世上有被稱為十四松平家、十六松平家等御家門之家，甚至還有御三家，卻只有會津松平家有這個義務，這是怎麼回事呢？」

「因為兵馬強悍。」

春嶽說。他更進一步稱讚了容保的器量。

最後，連一橋慶喜也寫信勸說其接受該職務。他的言辭已經近乎於強迫。

（已經無法推辭了）

容保心裡這麼想。

如果接受的話，這已經可以說是近似於無謀之舉的出征了。他認為持續了三百年的會津藩恐怕也會在京都潰滅。

但是，容保決心接受了。

---

33 日本古代的令制國之一，屬東山道，又稱陸奧國，其領域大約包含今日的福島縣、宮城縣、岩手縣、青森縣、秋田縣東北的鹿角市與小坂町。

正是那個時候。

這件大事已經傳到了領國，領國家老的西鄉賴母、田中土佐都大吃一驚。

（藩會潰滅）

他們這麼看。即使不潰滅，容保也會落入如橫死在櫻田門外的井伊直弼那般的命運吧。儘管直弼如此努力恢復幕權，在他橫死後，幕府迫於勤王勢力的壓力，削減彥根藩的封地，難道不是因為屈從阿諛於時勢而強行處罰嗎？

（看到井伊家的例子也能明白。幕府不能信賴。最終將被捨棄）

領國家老的西鄉賴母、田中土佐，抱持著這種不信任幕府的想法。

他們為了進諫阻止容保，騎馬從會津若松出發，夜以繼日進入江戶，拜謁了容保。

「就像要人火中取粟一樣，藩的滅亡不是洞如觀火顯而易見的事情嗎？」

西鄉這麼說。之前人稱「會津藩的大石內藏助」[34]那樣器量的西鄉，在勸說時說著說著，終於忍不住流下了眼淚。

容保沉默著。

江戶家老橫山主稅和留守居役堀七太夫，代替容保講述了到現在為止的經緯。他們說，西鄉的說法、觀察和疑慮，與容保的看法完全一致。

「但是還是……」

西鄉賴母膝行向前，容保終於開口說：

「接受了。」

他簡短地說。西鄉抬起頭來。

「不要再多說了。」容保表情悲痛地說。容保心裡完全明白，他說：

「有土津公的家訓。」

根據家訓，這種情況下，即使賭上一藩的滅亡，也要為了宗家的危難義無反顧。容保心意已決。

「全藩，以死於戰場的覺悟前去京都吧。現在該說的也只有這個了。」

重臣全部都聚集在這個江戶藩邸的書院裡。目付[35]以下的人密密麻麻地坐在簷廊上。當容保說要在京都死在戰場上時，首先從走廊傳出了痛哭聲。這聲音又傳遍了全場，大家都掩面而泣。

「君臣相擁，放聲大哭。」

會津的古紀錄用戲劇性的表情講述了這一情景。

容保的心情，超過藩士們的痛哭吧。他自己就是站在這個命運之處的藩主，而且不幸的是他的頭腦擁有可以預測自己將來的能力。

---

34 即大石良雄，播磨國赤穗藩的筆頭家老，元祿赤穗事件（即戲劇「忠臣藏」）中赤穗浪士四十七武士的頭目。以忠誠為其藩主淺野長矩復仇，殺死幕府的旗本吉良義央聞名於世。

35 在江戶時代，主要職責監視家臣的行動的官職，各藩也有自己的目付用來監管藩士。

四

容保為了接受將軍的命令而登城。先去政事總裁職的御用部屋跟春嶽打招呼。

「啊，對於你的決心感到由衷的歡迎。」

春嶽這麼說，對這個穩重的人物來說，幾乎是表現得太過不體面的程度的喜悅。

已經為容保準備好

「京都守護職」

的新職稱。職責是守護王城。實質上的職務是監視煽動天皇[36]、公卿的藩士、浪士，和武力鎮壓暴力革命主義者。

至於幕府職務制度中的階級，重要性僅次於政事總裁職。在京都指揮原本的幕府機關所司代、奉行所。

因為必須與公卿接觸，官位上升到正四位下，賜予役費五萬石。

而且為了招募藩兵上洛，需要巨額的旅費。為此借與三萬兩。那是文久二年閏八月一日的事。

接著決定

「十二月」

出發。為此，需要做很多讓人崩潰的準備。第一，必須動員藩士。原則上決定動員兩千人，每一千人隔年交替。這次動員很辛苦。江戶初期，島原之亂[37]以後，諸藩再也沒有動員過。

這次動員主要由家老西鄉賴母、山川大藏負責。

他們對京都的地理、人情、形勢完全不清楚。

因此，為了所謂的探索和宿陣設營等，在那裡先派出祕密的先遣隊。

指揮官是家老田中土佐。此外，還指派了公用人野村左兵衛、小室金吾、外島機兵衛等人，其下再配屬柴太一郎、大庭恭平、宗像直太郎、柿澤勇記等人。

「浪士探索」

一職，則由大庭恭平擔任。

故意讓恭平脫藩[38]，偽裝成尊攘志士潛行京都，投其同夥。並非以逮捕為最終目的，

「到底他們是什麼類型的人，有什麼想法，有什麼組織？」

---

36 此時的天皇為孝明天皇（1831~1867），是日本第一百二十一代天皇（1846~1867 在位），為仁孝天皇的第四皇子，諱統仁。即位後第七年黑船來航，去世後不到一年幕府「大政奉還」，歷經家慶、家定、家茂、慶喜四代幕府將軍，在位期間幾乎可與幕末風雲畫上等號，京都朝廷從無人聞問到成為幕末後期的政治中心。黑船來航後掀起的「尊王攘夷」風潮，所尊的「王」就是孝明天皇，而他本身更是強硬的攘夷論者。雖然激進的尊攘志士以他為號召，希望推翻幕府，還政於天皇，但是從「和宮降嫁」到「八一八政變」都可以看出孝明天皇本身是主張「公武合體」的幕府體制支持者。一八六七年，在將軍家茂死後不到半年，孝明天皇相繼撒手人寰，因死得非常突然，於是有倒幕派將其毒殺的傳言，但其實應該是死於天花。不過，他的死確實為日本政局投下巨大變數，之後不到一年，鳥羽伏見之戰爆發，幕府體制隨之瓦解。

37 第三代將軍家光時代，因基督教禁教、鎖國政策、以及天災饑荒，於一六七三年於肥前國的島原、天草地區爆發由天草四郎時貞領導的農民暴動。

38 江戶時期，武士皆有藩籍，脫藩是指從自己所屬之藩籍脫離，不再受主從關係拘束，脫藩之後則成為浪人，而私自脫藩者被視為背叛自己所屬藩主的行為，在藩內成為罪人，甚至可能波及留在藩內的家族及友人。

這是京都守護職的職務知識。

他們先行出發。

不久，密探大庭恭平的報告傳到了在江戶待命中的容保和他的家老們那裡。

寫了意外的事情。

「在被稱為浪人志士的人中，也有出類拔萃的人。但是這樣的人在二十個人中不到一人。其他的連武士都不是。只是偽裝成武士。他們大多是各國的農商出身，說起他們所自傲的，大多是作為政治犯在領國入獄幾年，如何艱辛地脫藩等等，他們那種自傲（大部分都是騙人的），在喝酒的場合高聲說個不停。」

並且，在大庭恭平的祕密報告中調查：

「他們之中有很多相當無智的人，也有把會津念成『ㄎㄨㄞˋ津』[39]的人。由此可以推知其素質。」

恭平繼續寫道：

「也有驚人的智辯之士，也有視死如歸的勇者。不能一概而論。」

家老神保修理，讀了這個報告書後好像非常安心了，他說：

「如果是這種程度的人，或許就不必有什麼計策了。」

但是，容保沒有同意。

「我不喜歡計策，在這種形勢下，如果在京都運用計策，最終只會作繭自縛。對於橫行京城的諸浪士，我也不會懷疑他的誠心。要把他們大家都當作盡忠報國之士來對待。對於薩長土三藩也不要抱持什麼偏見。否則就會導致自己的失敗。」

這句話，就連不知世間事的藩士們也大吃一驚。這簡直不就是放棄「政治」的態度嗎？

「這樣就好。」

容保這麼說。容保本來就知道自己沒有政治感覺，沒有機略縱橫之才。沒有策劃謀略之才。他知道自己的家臣會津人的特性就是如此。

（不要做不擅長的事）

這是他的想法。聚集在京都的薩長之士，在權謀術數方面都是練達之士，公卿的激進派也是如此吧。在這樣的情況下，即使用晦澀的會津話作了拙劣的策略，反而會被他們所利用，只會從最高處轉而跌落吧。

「況且我們不是外樣藩，而是親藩。而且帶著官命守護京都。立場比他們上位。上位者與其要小聰明，不如以至誠包容他們，來得更有效果。」

容保說，把這個當作方針吧。

京都守護職松平容保率領千名藩兵進京，是在文久二年十二月二十四日。

到達三條大橋的東端，已經是上午十點多了。

---

39 「會津」的念法應為あいづ（aizu），但無此智識的人則會依字面念為かいず（kaiizu）。

（這就是世間喧嚷的鴨川嗎？）

容保從馬背上別過臉去看著兩岸的風景。不僅僅是容保。所有的會津藩兵都是第一次來京都，第一次看到在故事裡聽到的王城。在隊伍之中興起了無言的感動激勵，但是他們卻沒有任何一個人私語。這就是多年訓練的長沼流的行軍心得。步伐武裝都非常整齊。無論是騎乘的將領，還是步行的士卒，都凝視著前方，沒有人移動視線。

這使京都的士民大為震驚。之前就有會津藩會守護王城的傳聞，大家都很期待看到他的軍容。作為日本第一勇猛的藩，這一點在這天之前幾乎是街頭巷尾間的常識。

「不愧是會津大人啊。」

沿路的市民之間發出了騷動之聲。隊伍大約綿延一里。京都人，三百年來，第一次看到了所謂雄壯的軍隊。畢竟在幕末以前，根據幕法，諸大名連經過京都都被禁止。藩主正式率領軍隊而來，這一天，會津藩是第一個。

而且，容保在德川家是僅次於御三家的家格。與薩長土等外樣藩的情況不同，京都所司代牧野忠恭[40]等京都的幕府高官，來到三條大橋的東端，迎接容保。

（了不起啊）

市民中出現了這樣的聲音。而且，會津少將容保典雅的容貌，得到町人女子很高的評價。

容保暫時進入臨時旅館本禪寺，藩兵們則進入早已準備好、黑谷的金戒光明寺。這座寺廟是淨土宗的一個本山[41]，其境內建得宛如城塞一般。從這一天起，這裡被作為會津的本陣。

市區始終談論著會津軍上洛的傳聞，而且過去的夜市從這個夜晚開始在市區各處重新再開了。

「已經安心了。」

這種心情，連在夜市的攤商之間也蔓延開來吧。

在市區的澡堂，甚至還會唱關於會津到來的歌，一瞬間流行起來。容保是少將兼任肥後守。於是，

會津肥後大人，擔任京都守護職

內裡繁昌，公卿安心

天下永太平喲

唱著這樣的內容。

抵達京都後，容保立即組織巡察隊，分成三隊，分別由物頭[42]指揮，不分晝夜地在市內巡察。

40 牧野忠恭（1824~1878），越後長岡藩十一代藩主。三河西尾藩主松平乘寬的三男出身，過繼為長岡藩十代藩主牧野忠雅之養子而繼承家督。一八六二年就任京都所司代。次年六月，以「當時的京都騷動不斷，長岡藩這樣的小藩無法應對」為由辭職。同年九月就任老中，此時，重用家臣河井繼之助，進行藩政改革。慶應元年（一八六五）辭去老中職務。其辭去京都所司代、老中都是河井的建議。（參見本書〈英雄兒〉一章）慶應三年大政奉還前隱居，將家督之位讓給養子忠訓。北越戰爭後處以謹慎之刑，之後被赦免。

41 本山（ほんざん）是日本佛教用語，指於特定佛教宗派內，被賦予特別地位的寺院，等同為該宗派的大本營或根據地。其中分別有：總本山、大本山、別格本山、本山這幾個不同地位區別。這裡提到的金戒光明寺是淨土宗的大本山。

42 日本戰國時代，統率足輕部隊的足輕大將，在江戶時期，各藩改稱為「物頭」。

夜間，當然要用燈籠。燈籠上用墨汁寫著

「會」

這個字。看到這個燈籠，所有的不軌之徒都逃走了。市區終於變得安靜了。

但是，容保有一個希望。也就是：

（想拜謁天皇）

拜謁，仰視玉顏，盡可能想聽玉音。這個不擅長政治的年輕人，特意把自己作為京都守護職的職務目的搞得很單純。

「獻身於守護天皇玉體」

只想著這件事。既不想鎮壓勤王激進派的公卿、諸藩士、浪士，也不想鼓吹宣傳佐幕思想和開國論。他對所有這些政治思想和政治現象視而不見，只想著天皇的安全。

（除此之外其他的事都不要想）

他這麼想。為此，必須知道天皇的玉容，如果可以的話，為了守護此而不惜一死的自己和藩士，想從當今的「至尊」那裡得到一句話。這並不是什麼貪心的事情。就只是這個年輕人懷有的憧憬。

但是，這個機會並沒有馬上到來。

容保有儀式上的義務。他剛到京都，為此去拜訪了關白[43]近衛忠熙[44]。是打個招呼。

（近衛關白是薩摩派）

有這樣聽說。薩摩藩的宮廷工作全都透過這位關白和中川宮[45]進行，作為所謂的代價，關白私底下接受了薩摩藩的贈與。

（究竟會得到怎樣的回應呢？）

雖然容保對此感到不安，但意外地受到極大的歡迎和接待。

關白知道這個容保，在他還在江戶的時候，就為改善敕使的待遇盡心盡力。

「非常感謝。」

近衛忠熙說。容保露出略帶靦腆的微笑。意外的是，他那天真無邪的表情，讓這個無能的老實人老關白心裡更覺好感。

---

43 關白（かんぱく），為日本律令制下的令外官（律令的令制以外新設的官職），自九世紀末誕生以來便是日本朝廷實際上的公家最高官職。典故出自《漢書・霍光金日磾傳》「諸事皆先關白光，然後奏天子」。日本平安時代，若天皇年幼，則設「攝政」輔佐之，輔佐成年天皇者則為「關白」，攝政關白的職位都由藤原北家嫡流世襲。十世紀時，攝政、關白獨掌朝廷權力，甚至凌駕天皇之上，稱為「攝關政治」，直至十一世紀後因為上皇的院政與武士興起，攝關家的權力才漸趨沒落。

44 近衛忠熙（1808~1898），是幕末藤原北家五攝關家的筆頭近衛家當主。曾任權中納言兼左近衛權中將、右大臣、左大臣，自島津齊彬時期即與薩摩藩關係密切，篤姬即因成為他的養女才得以嫁為將軍正室。在將軍繼嗣問題時屬「一橋派」，因此安政大獄時受牽連處罰辭官出家。三年後復歸朝廷，接替九條尚忠成為關白，為公卿中公武合體派的代表人物。昭和時期著名的首相近衛文麿為其曾孫。

45 日本皇室的分家稱為「宮家」，親王各有宮號，有的宮號可以世襲繼承。此處的中川宮指的是久邇宮朝彥親王（1824~1891），是伏見宮邦家親王的第四王子，十四歲時出家擔任門迹住持，號尊融入道親王，因反對日美友好通商條約的敕許，也介入支持「一橋派」繼嗣將軍的運作，在安政大獄中被處以隱居並永久蟄居，被赦免後還俗，被稱為「中川宮」。中川宮與薩摩藩交好，是公武合體派的領袖之一，中川宮與京都守護職松平容保也保持良好關係，因此受到長州派公卿和尊攘討幕派志士們的厭惡，八一八政變後，中川宮朝彥親王和關白二條齊敬受到孝明天皇的信任，下野的長州藩士和長州系尊攘志士們更加怨恨，因此計畫火燒其宅邸，並暗殺松平容保，因此而引發池田屋事件。倒幕維新後，朝彥親王因策劃向德川慶喜派遣密使等陰謀而被剝奪親王之位並受幽禁，明治五年才解除幽禁，復歸皇室，明治八年，新創立久邇宮家，此後稱久邇宮朝彥親王。

（一提到會津人，就覺得像鬼一樣，但出乎意料的是，他是個擁有初心的年輕人啊。）

「總之，京者（公卿）很難為的」

老關白甚至提出了這樣的忠告。

「都很乖僻。」

容保能理解這一點。家康以來，作為幕府的法律，只給公卿勉強能生存的俸祿。就連五攝家[46]的筆頭近衛家也只是小藩的家老程度的石高，至於其他的公卿，也只是靠小旗本左右的俸祿生活。有以畫歌留多紙牌[47]的畫為副業的公卿，更有甚者，把屋敷租給市井中的賭徒，以租金維持生計的公卿。然而，只有官位之高，卻是大名等望塵莫及的程度。

「當然會有不滿，這就是最近發生的騷亂的根源。」

現在，一些公卿的手頭寬裕起來了。穩健派有來自薩摩藩的錢財，激進派有來自長州藩的援助。為了各自的施主，公卿們開始盛行宮廷政治，這使時勢陷入了糾紛。

「偏向長州的公卿們啊，」

老關白說：

「甚至還頒布了偽敕。任意以天皇之言的名義向志士傳播。造成志士的騷動，天皇什麼都不知道，簡直像傻瓜一樣。」

長州系公卿的暴狀、詐略好像令人看不下去。

但是，為了牽制他們而在此時組成會津系的公卿團，當然，這是站在容保位置上的人理所當然的想法吧，但是容保完全沒有這樣做的心思。

（自己一直是個武人）

這樣想著，他決定要用最大的耐性。雖然諸藩都以所謂的公卿這一中間人物為目標，但容保想要自己和天子直接有所聯繫。也許這不是宮廷的制度所能做到的，

（但是只要有至誠，總有一天……）

這個年輕人這樣想。

除此之外，還去了議奏[48]的正親町三條大納言實愛[49]的屋敷。

在這裡，容保也得到了實愛的好感。

「啊，真是一表人才啊。」

46 指日本鎌倉時代出自藤原氏嫡派的五個家族，即近衛家、一條家、二條家、九條家和鷹司家。他們可以晉升到攝關體系中最高的攝政和關白官位，是公家中最高的家格。

47 歌留多（かるた）又稱「歌牌」、「花牌」。「歌留多」一詞是源於葡萄牙語「carta」，意思為紙牌。歌留多是日本正月過年時通常會玩的一種紙牌遊戲。

48 律令制度下，太政官對政務進行審議，對得出結論的事項，向天皇上奏，稱為議奏。鎌倉時代之後，成為公家的職制之一。江戶時代為天皇近侍，將敕命傳達給公卿以下，上奏議事。定員四人，每天輪流一名。

49 正親町三條實愛（1820~1909），幕末至明治時期公卿。安政五年（一八五八）三月，江戶幕府老中堀田正睦上洛，請求朝廷敕許《日美友好通商條約》之際，正親町三條實愛與岩倉具視、大原重德策劃「廷臣八十八卿列參事件」，反對批准締結條約。翌年在安政大獄中被處以幽居謹慎處分。後出任權大納言、議奏，成為朝廷決策層的成員，為薩摩島津久光公武合體路線的代表性公卿，因此受到尊王攘夷派分子和尊攘派朝臣的攻擊而下野。八一八政變後復職，其後，又策劃要求更迭朝廷首腦部的「廷臣二十二卿列參事件」，觸怒孝明天皇，被罷職並受到閉門處分，直至孝明天皇死後才解除處分。此後，與岩倉具視等人共謀王政復古政變，並在府邸親自向薩摩、長州兩藩代表傳達討幕密敕，維新後於新政府歷任要職。

之後，實愛對家人說。

訪問這個正親町家的時候，容保帶著伏見的名酒，會津的蠟燭等各式各樣的獻品前去。席間實愛壓低了聲音提起：多虧諸藩來到京都，我才能得到各式各樣的東西，可是天子很可憐，您知道天子的三餐嗎？

「令人擔心啊。」

實愛說。

天子的御膳固定是幾湯幾菜。可是幕府支付的費用是銀七百四十貫，大約九十年來都沒有改變，這期間，物價騰飛了數倍。因此，雖然品項和數量還是相同，但內容卻極端粗劣。比如每天傍晚上桌的鯛魚就像腐爛似的散發著異臭。

「不，我沒有說謊。比如若狹就知道這件事。」

若狹是指前所司代酒井忠義。酒井想說怎麼可能，看了那個實物後，忍不住捂住了鼻子。當然，不僅僅是鯛魚。幾乎所有的食品都是連市井之人都不吃的粗劣之物，有些吃了可能會中毒致死。因此，御膳方吟味役[50]得在紙上標注「請不要食用」。天皇對這道菜就一定連筷子都不沾。

實愛說的是，天皇很喜歡喝酒。可是那也是摻了水的劣酒，就連市井的職人喝了也會吐出來。

「現在多少有些好轉。」

實愛說。但由於幕府給的費用並沒有增加，所以基本上不會好轉，但是，據說前所司代酒井忠義和大坂[51]城代從私人財產中多少給了些通融。

「薩摩長州沒有奉獻天皇的御用金嗎？」

「沒有。」

雖說偶爾會有獻上的貢品，但據說不會私下援助天皇家生活費。說難聽一點，這兩個藩是不是認為，比起天子本人，更應該拉攏有權勢的公卿，這樣更有政治效果呢？

沒有比供御（用餐）這件事更刺激容保的感情了。於是立刻向幕府申請增加給付費用，同時拿出私人財產每月獻上鮮魚的費用。

（會津侯很可愛。）

這樣的評價在公卿之間傳開，這件事傳到了天皇的耳中。

「所謂的容保，就是那個為了敕使的待遇而努力的男人嗎？」

對左右這麼說。

而且，會津的藩祖是當時少有的尊王家，這一點天皇也有所耳聞。從德川初期開始，就把吉川惟足[52]的神道和山崎闇齋[53]的學風放在藩的教學中心上，在日本還有哪個地方有如此具有尊王

50 指御廚。

51 大坂，即現今之大阪。明治維新後因忌於「坂」字可拆為「士反」，有「士族反亂」之諱，因此於明治三年（一八七〇）改名為「大阪」。

52 吉川惟足（1616~1694），日本江戶時代的神道神職人員。他開創了吉川神道運動。吉川神道吸收了官學、朱子學的思想，在神儒一致的基礎上，將神道視為君臣之道，呼籲重視以皇室為中心的君臣關係等。

53 山崎闇齋（1619~1682），日本江戶時代學者，京都人。早年讀四書五經，曾剃髮為僧，後因接觸朱子學而還俗，並以朱子學解釋神道教思想，推動尊皇。

傳統的藩呢？

松平容保第一次拜謁這位孝明天皇，是文久三年正月二日。

是在宮中的小御所[54]。

這是容保第一次拜謁。這個神經質的男人，前一天晚上睡不著覺。進入御所後，首先前往傳奏野宮定功那裡，祝賀新年，並等待天皇的指示。

傳奏是負責傳達的公卿。這位公卿把容保的旨意上報了孝明天皇。

之後再被允許拜謁。容保被引導到紫宸殿東北方的小御所，在那裡等候。

雖說是「小御所」

卻是個宏壯的地方。也可以說是天子的接待室。屋頂是用檜木皮做的全檜木建築，殿舍前有林泉。

（這就是御所嗎？）

容保按捺不住激動的心情，坐在下段之間[55]。當然，其規模遠不及江戶城，就連容保的會津若松城也有好幾棟這樣的建築。但是，在清雅這一點上，和容保至今為止看到的任何建築物都不一樣。

（空氣中彌漫著神的氣息）

這個神道家這麼想。上段之間垂著一道御簾。不久天子就會出現在御簾之中吧。

（是神的後裔啊。）

容保這麼想。容保根據會津松平家的傳統思想，深信天子是神的後裔。容保的身體已經開始顫慄，開始恍惚了吧。

「肥後守大人，怎麼了？」

議奏的正親町三條實愛忍不住招呼道，容保已經臉色蒼白。

容保這個樣子讓實愛驚訝地瞪大了眼睛。

（薩長兩藩的藩主還沒有來過這個小御所。但即使是來了，也不會比容保虔敬吧。）

實愛這麼想。

不久，聽到了步行衣襬的摩擦聲伴隨著隨從的吆喝聲，容保在議奏的提醒下平伏跪下了。天子好像進入御簾之中。

議奏的公卿朝御簾走去說話。

「是左近衛權少將源容保。」

德川氏、松平氏是源氏[56]。俗姓在這裡似乎不能通用。

---

54 小御所（こごしょ），京都御所（皇宮）諸多殿舍其中一棟。御所內除了有舉行重大儀式的正殿紫宸殿、作為天皇居所的清涼殿及御常御殿，還有小御所等多棟殿舍，而小御所則作為天皇接見武家（將軍及諸位大名）的地方。一八六七年十二月八日，天皇在頒布「王政復古大號令」的當夜，即在此殿召開著名的「小御所會議」。

55 日本武家式建築（書院造），通常有兩間至三間相連相通的房間，作為主君接見家臣或會客的場所，其地板有些微高差，較高一層稱為「上段之間」，其次為「中段之間」，最低一層為「下段之間」。

56 日本的姓氏制度複雜，分為「氏名」與「苗字」，「氏名」又稱「本姓」，乃氏族之名，如源氏、平氏、藤原氏、橘氏、菅原氏等，「苗字」又稱「名字」，意義較接近現代的姓氏。此處的「德川氏」、「松平氏」是苗字，而「源氏」是氏名。明治維新之前，擁有姓氏是貴族與武士的特權，平民（農工商）是不能有姓氏的。

不知道御簾中的容貌。容保聽說這個天皇有雄偉的眼鼻，是個有著巨大玉體的人。

（哪怕是看一眼也好）

容保這麼想，但是，容保的面前，只有一面青色的御簾。

（這個男人就是容保嗎？）

天皇透過御簾可以完全看到容保。首先對這個會津人的年輕感到驚訝。和天皇差不多，還是容保年紀稍微小一點吧。年齡的相似，在這個時候首先給了天皇好感。

後來，當天皇知道了容保的實際年齡時，他說：「怎麼，還有四個弟弟嗎？」這樣一來，反而更有親切感，所以這個天皇已經毫無道理的喜歡上松平容保這個武家貴族。

這時，議奏向容保傳達了「御言」。當然，這是事先準備好的禮儀，並不是皇帝當場的聲音。

但是，這時卻發生了異於往例的事情。

御簾搖動了，議奏的公卿被這件事嚇了一跳，跪著膝行上前到上段之間。

「給你我的衣服。」

天皇這麼說。

人們騷動了起來，容保保持平伏等待了很長時間。不久，緋紅色的御衣被送到容保身旁。

容保嚇得幾乎失神。把天子的御衣下賜給武家是史無前例的事。

通過議奏傳達：

「作為鎧甲內的直垂[57]。」

的詔旨。

（為了君……）

容保這麼想。這個年輕人的興奮和感激，如果不是親身體驗，是無法理解的。

過了四天，作為新年的賀禮，容保獻上了新鮮的鯛魚和鹽漬鮭魚。不僅是天子，也贈送給親王、准后、關白、傳奏、議奏。特別是鯛魚，從若狹之海由眾多挑夫抬著急送過來，需要龐大的駐紮費用，以現在的容保的經濟能力來說，這可不是一筆便宜的開銷。

早上，天皇食用了這條鹽漬鮭魚。「這是容保的鮭魚嗎？」這樣說了好幾次，果然好像很好吃似的動著筷子。

天皇用餐完畢，當僕人要收拾菜肴的時候，天皇，以與其天皇血統來說極為異常地，粗魯地舉起了手臂說：

「等一下。」

天皇的手指，指著餐桌上的鮭魚。當然是殘肴，皮上只剩一點肉。

「把這個留下來，作為晚上的下酒菜。」

大概是非常戀戀不捨吧。說了兩次。

這個插曲沒有傳到容保那裡。如果有的話，這個男人會有辭去京都守護職，一心一意為天皇運魚的想法吧。

57 直垂（ひたたれ），是武家社會所使用的男性服裝，穿在鎧甲下的稱為「鎧直垂」。

正月五日，一橋慶喜以將軍後見職進入京都。目的是為了在京都駐留，負責將軍對眾公卿的外交。

容保到二條城[58]拜訪慶喜，報告了京都的市區治安。

聰敏的慶喜，還沒等負責的長官容保報告，就已詳細地了解了。

「天誅好像還沒有停止呢。」

慶喜焦急地說。事實就是如此。會津軍進駐後，暫時銷聲匿跡的暗殺者們又開始囂張橫行。

「是不是稍微太寬容了？」

慶喜委婉地說了這樣的批評。

多少有些理由。容保自入京以來，對所謂的勤王派的態度反而是非常同情的。例如，幾年前大老井伊直弼實行所謂安政大獄時，京都的與力[59]也有四人因思想上的嫌疑而被免職。他們是平塚瓢齋、草間列五郎、諫川健次郎、北尾平次四人。容保一到任京都守護職，這些勤王派與力全部都復職了。

「我並不反對這件事。」

可以稱得上是勤王的大本營的水戶家出身的慶喜的思想立場很微妙。

「重要的是時機。」

慶喜這麼說。一上任馬上就讓他們復職，在政治上是不行的。長州和諸浪士都在注視著會津的方針。如果在那個時期斷然實行上述的復職，他們與其認為會津是「我們的同志」，不如說是輕侮地覺得是

「很好對付」。

總之，天誅事件的再次發生，可以說是幕府最大的警察軍的京都守護職被輕視了。

「不是這樣嗎？」

慶喜並沒有這麼說，他一邊把火盆拉過來，一邊說：

「對京都必須要想點策略。」

像告誡他般地這麼說。這件事觸動了容保的感情。說「敝人沒有什麼策略」。

「我對家臣也是這麼說的。所有的策略都不要用，至誠才是最後勝利的東西，要抱持著至純至誠來處理事情。我是這樣說的。」

「不，如果是這樣的話……」

對事物的情勢看得太清楚的慶喜，對這個太過天真的容保的生硬，不得不多少讓他掃興。他縮了縮肩膀，故意裝出一副很冷的樣子，沉默了一會兒，說：

「你的心，我覺得很可靠，我也沒有異議。」

（馬上，就改變說法了）

---

58 二條城，正式名稱為元離宮二條城，位於日本京都二條通，始建於江戶時代初期的慶長八年（一六〇三）。江戶幕府第一代征夷大將軍德川家康作為守護京都御所，以及到京都拜見天皇住宿的地方，本意為當作歷代將軍在京都的居城，但實際上在三代將軍家光之後，兩百三十年時間未曾有將軍踏足此城，直到幕末的動蕩，二條城才再度躍上歷史舞台。

59 與力為輔佐町奉行的一種官職，類似於現代的警察局長。

容保心裡這麼想。容保對慶喜這種過於圓滑的才子風格，今後該如何去信賴他？心中早就產生了疑問。

之後，容保向慶喜呈報：

「我認為應該思考發生天誅事件的原因。」

「針對這個原因採取對策就可以了。」

「所謂的對策就是……」

「言路洞開。」

容保是這麼說的，總而言之，諸浪士殺戮反對派的要人是因為互相不能充分交換意見。薩長土的激進分子徒然咒罵幕府，也肇因於不明白幕府的真意，才會相信流言，從而有各種各樣的妄想，捏造出沒有根據的事實，並為此而憤慨狂奔。總之只要有對話就能明白了。所以不論身分——即使是町人百姓，只要有憂國憂民之情，幕府當局者就樂意的與其會面。當然我很樂於與其會面。雖然你也是將軍後見職的尊貴身分，但還是希望你能會見他們在野的處士。容保說，把這個布告天下如何？我想，無益的暗殺就會停止。

慶喜大吃一驚。

（這個男人，精神正常嗎？）

他想，如果精神正常，世上再也沒有純情到這種程度的男人了。

「肥後大人，如果這樣做的話，政道就會混亂，國家的運營就會受挫，政府就會變得可有可無，這是不可能的事情。」

但是，容保仍然堅持自己的說法。以他自身而言，如果所謂的志士到黑谷本陣來拜訪的話，無論來多少人，都要見面交換意見，根據情況也可以通宵努力得出結論。但是要想做到這一點，與身分制度相關的幕府法令就會成為阻礙。因此，所謂「關於言路洞開的政令」，非得由將軍的代理人慶喜發出不可。

這期間，也發生了重大暗殺事件。土佐的老侯山內容堂為了上京而經過大坂的時候，在大坂屋敷裡聚集了池內大學這樣名聲響亮的大坂在地的思想家，一晚，請教了對時務的評論。

這個池內在被賜了酒宴的歸途中，在天滿的難波橋被某人襲擊，第二天早上，和捨札一起被梟首於橋畔。有傳聞說凶手是現在山內家的下級藩士。似乎是凶手對自己主公大人的佐幕的抵抗，企圖使其難堪吧。有傳聞說凶手是大名鼎鼎的暗殺者岡田以藏[60]。

「還是需要言路洞開。」

容保在接到這個極其殘忍的暗殺事件的報告後，並沒有傾向放棄和平解決的方法，反而更積極而執拗地向慶喜提出這個要求。

「那麼，這種事情你看怎麼樣？」

慶喜這麼說，是正月十五日的事。地點是在二條城，和容保同時在座的人，有松平春嶽、山

60 岡田以藏（1838~1865），土佐的郷士足輕，與肥後（熊本）藩的河上彥齋、薩摩藩的田中新兵衛、中村半次郎（之後的桐野利秋），被稱為「幕末四大人斬（殺手）」，在當時令人聞之喪膽。其事蹟見本書〈斬人以藏〉一章。

內容堂、伊達宗城等所謂諸侯中的名望家。

「用幕令來表揚浪士。」

從上述這句話來看，慶喜說了一件極為奇怪的事情。當然，這是他所說的「對策」。非常認真。

「暗殺者嗎？」

「是的。」

慶喜好像沉醉於自己的企畫。

「雖然他們很粗暴，但是拋棄了父母兄弟和妻子兒女，逃出了鄉國，如影子般為國事奔走。其手段雖然是錯誤的，但其憂國憂民的熱情是值得肯定的。如果給予獎賞和名譽，或許就會停止暴行吧。」

這讓容保大吃一驚。如果這樣做的話，就等同於日本已經沒有政府。

「很抱歉，這是暴論吧。」

容保反對地這麼說，其他諸侯也都贊成容保的看法，慶喜也撤回這個方案，但是容保卻越來越害怕慶喜這個人。昨天說的話和今天說的話在思想上完全不同。

（我跟不上他）

他這麼想。

在這個場合，話題改變了，長州藩士久坂玄瑞[61]與浪士十餘人一同大舉訪問近衛關白家，包圍關白並語帶威脅。

「發出敕命！」

久坂等人這麼說。江戶的將軍近日來到京都。「立即與外國決戰，將他們逐出境外」。他們逼迫關白對將軍發出這樣的天皇命令，「如果這個要求不被接受，我們就在這個屋敷裡一起自殺。」敲著劍柄這樣逼迫他。

「威脅公卿，恣意要求其發出敕命，這種態度已經不能原諒，應該立即逮捕他們一夥人。」

平時溫和的春嶽率先主張幕府行使實力。之前才想要獎賞的慶喜也贊同了這種說法。

但是，奇怪的是——他們這麼想——只有京都守護職的容保反對逮捕，

「他們是根據其憂國憂民之情才出現這種暴亂。並不是為了暴亂才去為難近衛關白。正因為如此，如我所說的，要以言路洞開來糾正他們的錯誤想法。」

「太有趣了！」

只有詩人氣質的山內容堂拍膝贊成。但是因為這個男人已經大醉了，容保說的話到底哪裡有趣，終究無法明瞭。或許對詩人容堂來說，容保的說法比較……

（稚氣可愛）

---

61 久坂玄瑞（1840~1864），長州著名激進尊攘志士，生於藩醫之家。長州藩諸多志士多出身於吉田松陰的「松下村塾」，玄瑞與高山晉作號稱「村塾雙璧」、再加上吉田稔麿、入江九一，則被稱為「松門四天王」，吉田松陰更讚美其為「防長年少第一流之人物」。久坂玄瑞致力於和各藩的志士交流、糾合組織草莽志士；與高杉晉作糾集同志，縱火破壞正在建設中的江戶品川御殿山的英國公使館；策劃於下關砲擊外國船艦，引發荷、美、英、法聯合艦隊報復的下關戰爭；在長州藩內組織光明寺黨，進一步擴建為以百姓為主體的奇兵隊。八一八政變後長州勢力被趕出京都，翌年池田屋之變後，長州藩內冒進輿論抬頭，兵分四路進軍京都，引爆蛤御門之變，久坂玄瑞雖然反對出兵，但已無力阻止，最後長州在事變中兵敗，玄瑞於前關白鷹司輔熙宅邸內與寺島忠三郎互刺自殺身亡。享年二十五歲。

也許是嘲諷，也許是欣賞。作為證據，是之後容堂一邊含著酒杯，一邊嘟囔著詩句般的話：

「少年的正義，少年的純潔，少年的感傷，都是難以保存的。如果有一個成人能夠保存它，那就足以令人感動。」

總而言之，少年的純情在長大成人後就會消失，但如果還能全身擁有這份純情的人，那也足以說是令人感動了吧。不過這種情形的感動，是異人還是偉人，很難明白。容堂應該是對容保珍貴的純情覺得可愛吧。

但是，這個容保，不得不突然改變這種說法的時候到了。

五

「足利將軍木像梟首事件」

發生了這樣的事件。

洛西有一個叫等持院的禪剎。作為足利將軍家三代的菩提所[62]而聞名，分別供奉著一尊一尊的木像。

這年二月二十三日，有多名浪士闖入等持院，將三尊木像的頭顱取下，梟首於三條大橋橋頭的制札場[63]。三顆頭顱是足利尊氏、義詮、義滿[64]。

這是不同於以往的異常事件。雖說是木像，卻是征夷大將軍的首級。

「這是對德川將軍的指桑罵槐嗎？」

看到這一切的市中之人都明白。京都士民都知道近日將軍家茂[65]上洛的事。

這個捨札的文章，內容極其偏激。

「這三代逆賊篡奪了皇權，極盡不臣之能事。隨著織田信長公的出現，消滅了此一醜類，但後來又出現了類似此逆賊的人（指德川氏）。而且近來，越發顯出奸惡，其罪惡比足利更重。若他不悔改前非，不向朝廷盡忠勤，則天下有志之士將大舉聲討其罪行。」

寫著如此的文意，很明顯是大聲疾呼「如果德川氏不悔改，將軍的首級就會如此」。

容保於二十四日早上，在黑谷的本陣聽取了這個報告，在讀那篇捨札的文章時，心想：

62 日本佛教用語。又稱菩提寺、香華院。古稱氏寺、墳寺。為安置歷代祖先之牌位，祈其冥福所建立之寺院。

63 制札場是江戶時代幕府代官和領主把戒律、條目、禁令寫在板上或紙上告示，要求居民徹底了解法令的地方，多設置在人們往來頻繁的地點，如關口、港口、大橋的旁邊，甚至在町、村口、市中心等顯眼的地方。

64 足利尊氏（1305~1358），室町幕府創建者，為日本史上第二個幕府政權。鎌倉幕府後期，後醍醐天皇數次起兵倒幕皆告失敗，足利尊氏原為幕府勢力中的實力者，後來倒戈支持天皇，消滅鎌倉幕府，為倒幕第一功臣。但天皇親政後，諸多舉措觸動了武士階級的利益，尊氏於是攻入京都、驅逐天皇，但隨即遭天皇勢力反撲，尊氏逃往九州，再重新集結反攻，攻占京都，擁立光明天皇，並成為征夷大將軍，開設幕府。後醍醐天皇則逃往吉野開設南朝朝廷，與幕府對抗，日本進入南北朝時期。義詮、義滿分別為第二代、第三代將軍。

65 德川家茂（1846~1866），江戶幕府第十四代征夷大將軍，初名慶福，就任將軍前是德川御三家紀州藩藩主。十三代將軍家定因體弱無嗣，將軍繼嗣問題引發支持慶福的「南紀派」與支持慶喜的「一橋派」的政爭，最後由井伊直弼等南紀派勝出，十三歲的慶福繼任將軍，改名家茂，隨後井伊發動安政大獄，徹底肅清反對派。櫻田門外之變發生後，幕府威信一落千丈，為挽救幕府聲望，各方推動家茂迎娶皇妹和宮，實現公武合體，並由朝廷任命民間聲望高的慶喜出任新設「將軍後見職」輔佐將軍。文久三年（一八六三），相隔二百三十年後以將軍身分上洛，向妻舅孝明天皇立下尊皇攘夷的誓言。慶應二年（一八六六），家茂為第二次長州征伐再度上洛，卻在途中於大坂城病逝，享年僅二十一歲。

（對將軍家……）

懷著顫抖的心情度過了數小時。將軍被浪士討伐，激進浪士已經在思考這件事了，單純的認為浪士的思想是「攘夷」，但是，容保這才知道，開始帶有倒幕和誅殺將軍的跡象。

（不是言路洞開的時候了）

他這麼想。他們原本想要是以所謂「攘夷」之名向外國挑戰，但實際上攘夷論也發生了質的變化，視將軍為逆賊，以此加以天誅，最終推翻德川家，顛覆幕府。

容保終於意識到了這一點。意識到和他們之間已經沒有討論的空間了。

（太糊塗了……）

他自己心裡這麼想。在思考的時候，容保的決心突然一變。

容保的變化，當然有其標準。就是藩祖土津公的家訓第一條。

「為將軍而死。」

這是對歷代藩主的命令。容保應該在這一條上賭上性命與他們戰鬥。當然，他擁有非常警察權，以搜索、捕殺、鎮壓，必須使他們顫慄、恐怖。

（被浪士們背叛了）

也有這樣的想法。憤怒變成了憎恨。他的這種憎恨，和他對朝廷的忠誠心一點也不矛盾。

「足利尊氏在歷史上的地位，自己也承認是逆臣。但他卻是一個從朝廷得到官位，被任命為征夷大將軍，被委任政務的人。他受朝廷的委託處理政務，掌握武權。梟首這個足利將軍的木像，換句話說不就是對朝廷的侮辱行為嗎？」

對家臣也這麼說，謀求家臣團的思想統一。會津藩士對這位年輕的藩主所表明的關於朝權、武權的政治學解釋毫不懷疑。全都服從了。本來就是經過數百年這樣訓練的藩。

容保開始行動了。這不是單純的行動。可以說，這是在幕閣內部被認為「只有純情和誠實是可取之處」的年輕人，第一次登上歷史舞台的瞬間。只是在這種情況下，他並不像其他「賢侯」一樣以口舌之論登上歷史舞台。登台的時候，無言地，提著巨大的斧頭。這把斧頭在此後的六年裡浴血奮戰，鮮血染紅了這個時代的歷史，但是，最初的事件就是這個。

搜索凶手不需要費事。意外的是凶手中竟然有會津藩士。

是大庭恭平。大庭在容保抵達京都之前，就為了了解浪士的情況而接受密令進入京都，與浪士們交往，受到他們的尊崇。只是與大庭交往的浪士們中，沒有薩長土三藩背景的一夥人，出身也以不是武士的人居多，用當時的話來說完全是「浮浪」。

事件的第二天，大庭出現在黑谷的會津本陣，乞求拜謁容保。容保從簷廊走出來。大庭在簷廊下的白洲[66]。

「那件事是我和夥伴一起做的。」

說著，這個男人趴在院子裡哭了起來。他本來就不是一個有間諜資質的男人，只是重視藩命，才與浪士來往，在這過程中，他被他們所感染，騎虎難下而參加了這個行動，反而被推到了首領

66 院子裡、玄關前等鋪著白沙的地方。

的地位，襲擊了等持院。這期間，恭平有著恭平的扭曲心情、錯誤，和轉變的過程，但是對這裡的容保來說是沒有必要的。

無論如何，要知道凶手的名字和住所並不困難。容保馬上就知道了。在這些名字中，多少有些大人物，像是江戶的師岡節齋。還有伊予的三輪田綱一郎、下總的宮和田勇太郎、青柳健之助、信州的高松趙之助、角田由三郎、因州的仙石佐多男、常陸的建部楯一郎、備前的野呂久左衛門、岡元太郎、阿波的中島永吉[67]、丹後出生的京都町人小室利喜藏（後來的信夫）、京都的長尾郁三郎、近江的西川善六（後來的吉輔）等，包括凶手及共同策劃人共有十八人。他們的經歷大部分是百姓、商人出身。只是在思想上信奉平田篤胤學風的人很多。平田篤胤是這個時期的二十年前去世的國學者，晚年成為幾乎可以說是狂熱的神道思想家，給幕末的一部分攘夷論者帶來思想上（不如說是心情上）的影響。

事件發生後的第二天早上，容保把京都町奉行的眾與力叫來黑谷本陣，命令他們進行逮捕。與力們都大吃一驚。

（無論如何，町奉行所沒有足以逮捕激進浪士的武力）

他們暫且先答應，然後退下了。但是這個密令很快就洩露給浪士們。

（容保是真的打算這麼做嗎？）

浪士們正因為知道容保就任以來天真的態度，所以半信半疑。

在關係人之中，一個名叫中島永吉的阿波人，去拜訪了之前交往密切的與力平塚瓢齋，想要探知內情。瓢齋之前因其思想行動而被免職，而容保讓他復職為與力。

「這個嘛，我不清楚。因為畢竟會津侯的相貌就像一個婦人。」

與力瓢齋曖昧含糊地說。

中島永吉是浪士之中知名的策士。他想出了一個計策：「如果會津這麼做的話，將會變成大事變。」他恐嚇瓢齋說：「京都的激進浪士有四、五百人，如果對這件事動手的話，他們會一齊起義，一定會引起大亂。」瓢齋大吃一驚，馬上把這個消息急報給町奉行永井尚志[68]（主水正）[69]。永井是幕府官僚中以俊才而聞名的男人。

永井狼狽地飛奔到黑谷，拜謁了容保，陳述這個情報，並請求說：「務必要中止逮捕浪士的計畫。」

「雖然是煞費苦心的建言，但是沒有用的。」

67 中島永吉（1830~1905），阿波德島藩士三木家出身，自幼學習漢學，後前往京都入儒學家中島棕隱門下，被棕隱收為養子，改名中島永吉。幕末時成為尊王攘夷派為國事奔走，因為與參與櫻田門外之變的水戶藩士金子孫二郎、高橋多一郎等人有關聯，作為事件相關人員被捕，在伏見入獄，之後赦免。文久三年因與足利三代木像梟首事件被幕吏追捕。逃回德島，藏匿在富商志摩利右衛門位於德島佐古大安寺附近的別邸中。被捕後，在德島監獄中關押至慶應四年。維新後改名錫胤，代表德島藩出仕新政府，歷任地方官及司法裁判官職，後任元老院議官、貴族院議員，敘封男爵。

68 永井尚志（1816~1891），原為三河奧殿藩（愛知縣）藩主松平乘尹之次子，二十五歲時成為旗本永井尚德之養子。在幕府官僚中以俊才而聞名，與勝海舟一樣同為幕臣中較早習得洋學者，年輕時即獲封外國奉行及軍艦奉行等新設官職，安政大獄時受永遠蟄居之處分。復出後陸續擔任大目付及若年寄等官職，得到末代將軍慶喜的寵信，是個稱職的輔佐人才。與坂本龍馬也有深厚的關係，江戶無血開城後，隨同榎木武揚轉進北海道，任「蝦夷共和國」箱館奉行。向新政府投降後獲赦改仕維新政府，曾任元老院權大書記官。

69 主水司為律令制中屬宮內省的機關之一，掌管水、冰的調配及粥的調理，其長官為「主水正」，從六位上。

正如大家所評價的那樣，容保像個婦人一樣溫柔地說：

「即使京都的浪士有成百上千，國家的典法也不能動搖。雖然您說處理不了，但是，也沒有到要操心的程度。我是會津藩主。」

我是會津藩主，意思是擁有日本最強的藩士團嗎？還是說，為了將軍，「與列國不同」的忠誠和行動，是會津松平家的家訓，這一點永井尚志也不清楚。總之，決定進行逮捕。二十六日的日落後，町奉行所動用全部力量襲擊了市中的四個地方：祇園、滿足稻荷前、衣棚、室町。容保在黑谷門前目送這支逮捕隊出發，並激勵他們。

當然，直接執行警察行動的是町奉行所的與力和同心[70]，還有捕吏。

（但是，只有地役人[71]的話……）

容保這麼想。不僅僅是京都，江戶、大坂等地的地役人（町奉行所屬的與力、同心）的膽怯已經成為世人的公認。對此感到不安，於是依每個地方各派遣七名經選拔的藩士的比例。為了萬一地役人無法解決時運用。

結果，逮捕了九人，只有在衣棚民家裡的因州人仙石佐多男當場站著切腹自殺。其他的都逃亡了。

逮捕後，容保向藩方的派遣隊長安藤九右衛門詢問情況，發現奉行所官員膽怯到令人難以置信的程度，即使已經把房子團團包圍，也沒有一個人敢踏進去。

「因為是奉行所的職責，所以我們儘可能不動手，但是他們的舉動實在是稀奇古怪。」

不知為什麼，有二、三十個人爬上屋頂，胡亂地剝下屋頂的瓦片往路上拋撒，在夜空中咆哮，互相叫囂，氣勢高昂，卻沒有一個人做「衝入」這件最重要的事。最終會津藩士衝了進去，用劍壓制逮捕了。

「這樣嗎？」

容保驚訝地說。奉行所的武威正是將軍和幕府威信的象徵吧。他想，就是因為這種狼狽相，將軍才會被如此輕視。

「愚見認為，往後，在這樣的場合，我認為奉行所出動那麼多人是無用的。」

安藤也這麼說。安藤更進一步說，在市民的面前，甚至是有害的。

「這樣的話怎麼辦？」

容保說。藩自己去逮捕是可以的，但是那樣也行不通。所謂逮捕罪犯的工作按照三百年的慣例被認為是「不淨的行為」。作為德川家的連枝，擁有右近衛權中將（已從少將升任）身分的容保負責指揮藩兵從事不淨的實務，這在行政慣例上是不允許的。

安藤也沒有什麼妙計。家老橫山、神保等人也沒有解決方案。

此後，過了一個月左右，出現解決這個懸案的絕好局面。

去年年底，幕府破例在江戶招募浪士。以「攘夷先鋒」這一國防目的為其表面上的徵募理由。

---

70 同心（どうしん），本是幕府的下級官員的職稱，在與力管理下擔當維護城市治安的職責。

71 江戶時代，奉行、郡代、代官等在任職地採用的役人。

二月二十三日，被徵募的浪士團進入京都西郊的壬生村，不久便分裂，大半離開回江戶，只有十餘人自發地留在京都。

他們的首領，是名為芹澤鴨[72]的水戶人浪士。芹澤盤算著，想到「要想留在京都，非得謀求衣食之道不可。最好是能得到京都守護職的薪餉」。芹澤在水戶家駐留京都的家中也有個哥哥。透過這個關係很容易能向會津藩提出請願：

「一定，能有所貢獻。」

這個請願書，直譯的內容是：「不勝惶恐，如果命令我們在御城（將軍停留在京都的居館二條城）外的夜巡等警衛工作的話，實為不勝感激之榮幸。毫無私心是自不待言的。如果您沒能聽到這個願望的話，不得已，即使以浪人之身也要自發性地守護天朝和大樹公[73]，貫徹攘夷的意志。」

家老橫山主稅將這件事呈報給容保的時候，容保幾乎是立刻說：

「好吧。」

官制上定為「會津肥後守御預浪士」。御預，是容保「收留」[74]幕府徵募的浪士的意思。隊名是由會津藩和浪士商量後命名的新選組[75]。

在隊章上，選擇了「誠」一個字。至於理由，雖然容保自己並不知道，但可能是容保平時喜歡使用這句話，而且考慮到作為京都守護職業務執行的基本精神這點，或許是家老橫山主稅向浪士們勸說的。

這個隊的成立，使作為京都守護職的治安警察活動變得非常活躍。

（已經不用再依賴町奉行了）

一開始，容保對這一點很放心，但後來隨即發現他們的實力超出預期，有時會很擔心。

這支隊伍，給市民和浪士，長州、土州系的激進壯士帶來顫慄。

藩的公用人（外交方）[76]中，有一個叫廣澤富次郎的人。他是個勤於書寫的男人，寫了一本名為《鞅掌錄》的職務日記。在這一章寫道：

---

72 芹澤鴨，幕末水戶藩浪士，曾加入水戶天狗黨，在內部抗爭中因殺人罪被判死刑，後來被赦免獲釋。響應參加庄內藩志士清河八郎以「護衛將軍家茂上京，前往京都維護治安」而號召組織的浪士隊（後改稱「新徵組」），在幕府得知清河真實目的是為了進行倒幕運動，而要求返回江戶時，芹澤鴨和近藤勇兩股勢力留在京都，成立「壬生浪士組」，後獲賜名為「新選組」，負責維持京都市內治安，對付倒幕派的浪士。芹澤鴨成為初任領導人（稱為「局長」）。但因其為人高傲、作風激進、暴力，屢次在外生事，且與近藤勇等天然理心流一派諸人不合，遭到近藤勇一派設宴灌醉後於寢室斬殺身亡。

73 指幕府將軍。

74 日文的「預かる」，是保留、收存、保管的意思。

75 新選組（しんせんぐみ），幕末時期在京都維持治安，鎮壓倒幕志士，由浪人組成，令志士聞之喪膽的武裝組織。在池田屋事件中重創京都倒幕派，在禁門之變中，協助幕府擊退長州藩的倒幕派進攻。最初為庄內藩志士清河八郎所召募的浪士隊，之後被召回江戶，芹澤鴨和近藤勇兩股不願返回江戶的浪士留在京都，成立「壬生浪士組」，京都守護職松平容保委派他們維持京都市內治安，武力制裁倒幕派的浪士。八一八政變發生，壬生浪士組協助幕府勢力有功，由會津藩引薦，得到朝廷賜名「新選組」。在首任局長芹澤鴨遭內部近藤勇一派肅清後，由近藤勇擔任局長，土方歲三為副長，直到鳥羽伏見之戰後瓦解為止。新政府成立後，新選組被視為反抗政府的朝敵賊軍一員，官方史學持否定觀點，評價很低，直至大正、昭和年間，陸續有文學、史學作品出版，新選組開始受到再評價，被賦予精強、忠勇但無力回天的悲劇英雄、正面形象。

76 公用人是指江戶時代，在大名、小名的家中，負責處理與幕府相關的事務的官員。外交方，指外交專門用人的公用人。

浪士。有時也會製作同樣的外套，長刀拖曳在地，有時頂著一頭長髮，相貌雄偉列隊而行。

相逢者，皆側目畏之。

對於在京都的大路小路上組成隊伍的這個結社的印象由此可見吧。他們如果看見「浮浪」之士就在光天化日之下公然斬殺。人們都顫慄了，治安也顯著地恢復。

容保終於放心了，會津藩的重要幹部們致力於增強這支隊伍。

會津藩重要幹部鈴木丹下的《騷擾日記》中記載了這支隊伍的幹部。直譯如下：

近藤勇[77]這個人智勇兼備，無論交涉什麼事都能流利地回答。芹澤鴨這個人勇氣十足，是個梟暴之徒。這個人，如果手下的人做了自己不滿意的事情，就會死命地毆打。

新選組當初是由芹澤率領的，後來內部肅清的結果，近藤和他的親信掌握了指揮權，之後，被說成「隊規如秋霜般嚴格，再也沒有行事粗暴的人」。

「全力給予支持。」

容保對公用人們這麼說，新選組方面也聽聞了容保傳達的厚意，更加激勵了他們。

這個新選組越是奮勇行動，容保的社會形象就越奇怪地扭曲。最初，近衛關白所感嘆的溫文爾雅的氣質、比較起來較軟弱的印象，但是，世間理解的這個年輕人的形象，完全改變了。雖然容保自己沒有意識到，但世間的容保形象開始帶有鬼相。

「會津中將是嗜血的鬼畜。」

流傳著這樣的傳聞。特別是長州藩士和長州系的浪士是這麼看的，不想從其他角度來看容保。他們憎惡容保，屢屢策劃襲擊計畫和暗殺計畫。但實際上，由於在黑谷本陣的千人會津藩兵的武力，以及新選組的市區巡邏的卓越偵查能力，對於實行卻束手無策。

六

長州藩企圖以京都為中心發動宮廷革命，然後發動軍事革命，一舉建立京都政權。

作為奪取政權的工具，試圖運用攘夷論及其能量。為此，集結三條實美[78]等攘夷派公卿，精

77 近藤勇（1834~1868），武藏國多摩郡（現在東京都調布）百姓出身，入門江戶試衛館天然理心流修習劍術，後繼承天然理心流第四代掌門人。其後響應清河八郎號召之浪士隊，率領包括土方歲三、沖田總司等試衛館道場的八名成員加入浪士隊上京，在浪士隊被幕府召回江戶時，率門人與芹澤鴨一派留在京都，發展為新選組。在組內與芹澤鴨一派不睦，設局擊殺芹澤鴨並成功肅清內部，接任局長，新選組因而成為近藤勇主導的集權體制。新選組於大政奉還前夕，全體成員正式成為幕府直屬家臣，近藤勇也獲得「大御番組頭取」之職和旗本的身分，正式成為將軍親衛隊長，但在另一次內部肅清行動後，在伏見街道遭到被肅清的御陵衛士殘黨槍擊負傷，因此無法指揮新選組參加鳥羽伏見之戰而在大坂城療傷。鳥羽伏見之戰戰敗後，以化名轉戰於甲州與下總地區。最後在在下總國流山地區（今千葉縣）休息時，遭新政府包圍投降，化名被識破，遭斬首，首級再送回京都，於三條河原示眾。

78 三條實美（1837~1891），幕末時期為倒幕派公卿領袖，維新後為新政府首腦之一。公卿出身，內大臣三條實萬之三男，父親實萬為戊午密敕的主導者，在安政大獄中被處以隱居出家之處分，實美因而繼任家督，半年後父親於幽居中忽死，實美受中山忠能和親戚正親町三條實愛提拔，逐漸進入朝廷中樞，與尊攘志士來往，曾擔任天皇敕使前往江戶督促幕府攘夷。八一八政變中，作為激進公卿之首，遭到肅清、剝奪官位，以實美為首的七位公卿隨長州勢力一起退出京都前往長州，後幽居於福

力旺盛地進行宮廷工作。這種宮廷工作在文久三年的夏天達到頂點，初秋時幾乎達到九分九的成功。反長州派的親王、公卿離開了宮廷，因此，所謂的朝旨、朝命、敕命，都是在與天子的意見無關的情況下，浮濫發布。全部由長州藩士和寄食該藩的筑前浪士真木和泉[79]起草，再由三條實美將其化為敕旨。

孝明天皇的處境可以說是悲慘的。

這個天皇從骨髓裡就是個攘夷家，這讓他陷入了困境。天皇的攘夷論沒有具體性。相信外國人是野獸。有一次，廷臣把美國東洋艦隊司令官培里的畫像提供給天皇御覽。這幅畫是江戶的街町畫師想像出來的錦繪，呈現出野獸的風貌。

「外國人果然是禽獸。」

天皇這麼說。這個印象是這位天皇一生的固定概念。

天皇精通漢學、國學，無疑是英明之主。但是，他的見聞比三歲的幼兒還要偏狹，當他登上京都南郊的石清水八幡山上的時候說：

「世上有這麼大的河川嗎？」

指的是淀川。可以說是一個特殊的人。這個人視外國人為不淨，憎惡外國人，頑固地堅持鎖國主義，與幕府的開國主義傾向對立，這可以說是理所當然的。

只是，這位天皇的矛盾之處，雖然要斷然實行攘夷，但是卻厭惡與外國開戰。對於所謂軍事的攘夷論，厭惡到渾身顫抖的程度。

攘夷論對天皇而言，既不是思想上也不是政治意見，而是像幼兒一樣的願望。他希望：

「如果可能的話，希望在開港的地方的外國人人間蒸發，回到安政以前的神州。」

在供奉皇祖皇靈的宮中賢所[80]，每天都這麼祈禱。天子的日常工作中有很多神道的事宜，就這一點來說，也是一個祭司。這位天皇的情況，可以說是宗教上的攘夷主義吧。

長州人與長州系的三條實美等過激公卿將這位天皇的「攘夷論」政治化，陰謀化。從革命歸根到底的情況也都是最大的陰謀這一點說來，他們的暗中行動既不是惡德也不是壞事。

只是，讓天皇感到痛苦。

他們以天皇的攘夷論作成「朝旨」，以公卿來逼迫幕府。

「為什麼還不攘外？」

他們奉「敕旨」逼迫幕府，強行要求開戰。

岡太宰府，直至王政復古大號令發布前夕才被赦免、恢復官位，並在這段時期成為幕末倒幕勢力的精神領袖。維新後擔任新政府最高職務太政大臣，在新政府作為長州系公卿，與薩摩系公卿岩倉具視兩人成為具實權的公卿代表人物。明治憲法實行後曾擔任第三代內閣總理大臣。

79 真木和泉（1813~1864），名保臣，為築前久留米藩（現福岡縣久留米市）水天宮的神官，因具有神官和泉守官位，因此以真木和泉為世人所知。醉心於水戶學，年輕時前往水戶藩學習，成為水戶學繼承者。回藩後，向藩主提出藩政改革建言，卻因此獲罪，處以蟄居之處分。幽囚生活長達十年之久，尊王的志向變得更加堅定。幽居期間，各藩諸多志士來訪。蟄居解除後進京活動，與大久保一藏推動薩摩島津久光上洛，後與長州藩接近，成為知名的討幕派名士、九州派浪人領袖，推動天皇大和行幸、攘夷親征，並參與天誅組之亂，因濫發偽敕激怒孝明天皇，引發八一八政變。政變後與七卿一起逃往長州，第二年，作為主戰派與長州發起並參加禁門之變，敗走後以十七人堅守天王山，在新選組的追擊下自裁。

80 賢所為宮中三殿之一，即皇居中的三個神社，分別為祭祀天照大御神的「賢所」、祭祀歷代天皇及皇族的「皇靈殿」、以及祭祀天神地祇的「神殿」。

幕府當局知道，與世界列強開戰是沒有勝算的。

但是，卻敵不過「朝旨」。每次被公卿逼迫的時候，就藉口遁詞，進行敷衍的對朝廷外交，終於，激進公卿逼迫幕府：

「限期實行攘夷」

當然，背後是長州藩的操縱，他們把全部的劇本都寫好，操縱激進公卿。長州人的真正意圖是討伐幕府。在幕府不實行「攘夷之朝旨」後，立刻以「違敕」的罪名發動討幕戰。

這可以說是天才的革命政略。

三條等激進公卿，也向天皇施加壓力。天皇很為難。攘夷雖然是一種願望，但是卻完全沒有與外國開戰的情緒，更完全沒有討伐幕府的意志。倒不如說，這位天皇是京都最極端的佐幕家之一，與松平容保、近藤勇有相同的思想。也可以說，或許一橋慶喜和松平春嶽是比天皇更進步的勤王思想家。為什麼？他們至少知道並暗自預測德川幕府已經喪失了擔當國權的能力，其壽命也開始走向終結。

可是，天皇卻不知道。

對天皇來說，德川幕府依然有家康當時的武威，含糊地認為其軍事力量與列強沒有太大的差別。

而且這位天皇的性格並不輕佻，喜歡有重量感的保守思考法。自然是秩序美的禮讚者，其理所當然的歸結是不可動搖的遵法觀念。

依法而論，天皇是這個國家的潛在元首。但是鎌倉以來，幾乎所有國政都委託給武家政權，這是日本的傳統統治形式，再加上德川家康開創了江戶幕府，天皇在國政上的位置已被明文化，只不過單純是公卿的統帥者。雖然有一點點授予官位的權限，但也是受到極度限制的。完全沒有作為主權者的權能。

這一切全部都委託給德川將軍家。這些都有諸多的法律在規範。這位天皇，在性格上，不喜歡成為無視法律的人。

因此，三條實美等人其不穩定的企圖被厭惡，不過，由於天皇連對宮廷也沒有獨裁權，就連要壓制他們這件事，這位天皇也做不到。

後來成為維新政府創始人之一的三條實美，逼迫說：

「今上您一再重申要攘夷攘夷，不只是說說而已，不對將軍下命令是不行的。」

終於讓這位天皇作出了重大的決定。是天皇親自行幸大和的橿原神宮，宣布攘夷親征的宣言。已經無視將軍，在祖廟前發誓，天皇將親自召集日本士民與外國開戰。

是筑前浪士真木和泉的提案。可以說是絕妙的革命工作。從天皇宣布這一消息的那一瞬間起，天皇自身成為日本軍事的統帥，委任給將軍的兵馬之權將自然消滅，各大名將不得不與天皇直接連結。行幸本身已經是一場革命。

天皇因為攘夷論的進展，不知不覺就同意了這件事，但同意之後才意識到事情的嚴重性。這不是單純的參拜神社。當意識到參拜神社就是國內革命和對外宣戰時，幾乎張惶失措。

「三條實美是逆賊。」

雖然身邊的人悄悄這麼告訴他，但是既然已經大肆宣傳行幸，那就實在是無可奈何了。

之前也有過行幸的經歷。是今年四月前往石清水八幡的行幸。這只是單純的「攘夷祈願」的目的，但就連這時，這位天皇也害怕這次祈願所帶來的政治影響，一直喝酒喝到天皇座轎出發，終於大醉，藉酒之勢從御所出發。

天皇陷入窘境。

但是，已經沒有可以吐露這個煩惱的側近了。現在，宮廷成了長州系公卿的天下。

（還有容保在）

雖然這件事稍微讓這位天皇感到寬慰，但容保是武家，不是公卿。不能參與策劃朝廷的方針。

這期間有個事件發生了。

三月入京後駐留在二條城的將軍家茂，六月九日突然離開京都，經大坂海路，像逃走一般地回去江戶。不能再像長州派的人質一樣繼續滯留在有如激進攘夷論之巢穴的京都，而陷入不得不對外開戰的境地。

當然，激進派的公卿們沸騰了：

「這是不臣的行為。」

巧妙地掌握這一事態的是筑前浪士真木和泉。沒有比這位久留米水天宮的宮司[81]更富有謀略的浪人政客了。然而，他卻有著與激進相差甚遠的沉穩姿態和低沉嗓音，與貴人對坐時，習慣閉著眼睛說話。他平時在河原町的長州藩邸起居，為長州人分析時勢，制定策略，屢屢去三條實美邸，為實美指導宮廷的工作。

這個真木，在三條家對實美說：

「現在正是把松平容保逐出京都的好時機。」

以即將進行的天皇的大和行幸為契機，三條等人制定了一個祕密計畫，即率領長州藩兵在京都發動政變，但是當時最麻煩的，就是容保和會津藩。真木說出的解決方法是：

「趁這個機會……」

實美不明白這個意思。真木依然閉著眼睛。

「什麼意思？」

實美又問。真木說明道。簡直是一種奇想。

「將軍的東歸是對祈禱攘夷的天皇的不臣行為。朝廷一方面大肆指責這個錯誤，另一方面應該對容保下達敕命，命其制止挽留將軍。如果有敕命的話，容保就得緊急尾追將軍奔向江戶吧。」

自然的，就不在京都了。實美終於理解了真木的策略，雀躍大喜。

「汝真是有著超乎凡人的智慧，馬上送上朝議。」

實美立即告訴同志公卿，得到多數人贊同，決定了這個方案，並以所謂「御沙汰書」[82]之名，作成天皇的御言。

「這是群臣協商的結果。」

81 神職的職稱，是總管神職和巫女的神社之長。

82 御沙汰書，是天皇詔敕的一種形式，是指天皇的意思由太政官和大臣傳達的形式，褒獎、申斥、贈賜、弔祭、勸諭、獎勵等都使用這種形式。

實美透過關白向天皇作了這樣的報告。既然是群議決定後由關白上奏，按照慣例，天皇也不能阻止。

於是號稱為天皇帝御言的御沙汰書，經傳奏的公卿下達給了容保。是敕命。長達一百九十多字的文章，內容簡言之就是「將軍東歸，很不妥。容保應與將軍周旋使其貫徹攘夷」。如果容保東下為此「周旋」，這段時間至少幾個月。

（棘手了）

容保這麼想。容保不在京都。在那之後，到底會發生怎樣的事態呢？任誰都能看得很清楚。京都被擁立天皇的長州人占領，幕府會在瞬間崩壞吧。

但是，這個愚鈍而耿直的男人卻認為，絕不可違背敕命。基於此，他也不能發動取消御沙汰書的運動，認為只好挑選可以代替自己的人物來承擔，便分頭派家臣到眾公卿身邊奔走，進行哀訴。可以說，容保以下的會津人幾乎沒有政治感。他們無法推斷察覺這道敕命背後的一面，竟去三條實美那邊懇求幫助。奔馳到三條家的是公用人野村左兵衛。他詳詳細細地述說了容保的立場。

「你說的話，我完全聽不懂。」

實美露出困惑的表情這麼說。左兵衛的會津口音太重，讓人難以理解。左兵衛無奈之下，只好藉由謠曲的文言扯開嗓門朗讀。

實美緩緩地搖搖頭。左兵衛用盡辦法，只好用筆談了。

實美終於露出瞭解的表情，說：

「今上天皇說：『非肥後守不可』。事情很緊急。朝廷已經準備好下賜給肥後守的御品。馬上就接受吧。不接受的話等於輕視侮辱朝旨。」
以野村左兵衛為首，訪問各方面公卿的藩士返回了黑谷。全部都不順利。容保很失望。但是，當他還不放棄希望，要再次開始運動時，卻發生了意想不到的事情。
可以說是不可能發生的事情。

陷入困境的不僅僅是容保一人。天皇也是如此。
（這個男人要離開京都了）
這位天皇想，恐怕會發生令人顫慄的事態吧。到這個狀況，天皇也充分推測到了。不能讓容保離京。但是，這位京都朝廷的主宰者，卻完全沒有制止這件事的方法和權能。
但是，終於天皇心意已決。這位遵法主義者，決定親自打破宮廷慣例，有採取獨自行動的覺悟。就是向一介武家的容保送去一封天皇親筆寫的信。
天皇寫好信了。馬上，叫來傳奏的飛鳥井中納言和野宮宰相，把信交給他們。兩人拜讀後，同時臉色發青。
「這是不可能的。」
他們好不容易才這麼說。從傳奏的立場拒絕了對容保的降貴紆尊。
天皇無言地收回祕敕，進入裡間。
不久，派遣了女官到近衛忠熙的屋敷，祕密把他叫來御所。忠熙現在在宮廷中沒有職務。因為是薩摩系而被廷臣們疏遠，關白一職已經讓與鷹司輔熙[83]，過著閒居的生活。

天皇小聲命令道。忠熙拜讀後，默默退下。

「把這個交給會津。」

回到屋敷，無巧不巧，會津藩的小室金吾和小野權之丞正好來了。忠熙還穿著衣冠束帶[84]，就在客殿裡讓他們拜謁，交給他們一個黑色金蒔繪[85]的信匣。

「你們，不惜性命也要把這個信匣送到黑谷。裡面，裝有天皇御親筆寫的真正敕書。這不是以前的偽敕。」

忠熙這麼說。

小室和小野以決死之勢離開了今出川的近衛邸。之後不顧一切忘我地奔跑。小野將信匣挾在腋下。小室則擔任護衛的角色，解開刀鞘手按刀柄，一直用手指強壓住刀鍔奔跑。沿著今出川通往東跑，途中有伏見宮屋敷。隔壁有二條家的屋敷。從門裡出來了七個長州人模樣的男人。

「權大人，權大人。」

小室對著在前面只顧奔跑的小野權之丞喊道。

「那是長州人，萬一我被砍死的的時候。你就算化成了白骨，也要跑到黑谷御本陣。」

「明白了。」

小野用力點頭說道。就在這時，兩人在長州人之間來去。直到那一瞬間，他們才突然回過頭來。

「那不是會仔嗎？」

是指會津人。當時，根據藩的不同，月代[86]的剃法也有所不同，一眼就能看出來。

「兩個笨蛋們，為什麼倉惶逃走啊？」

在京都，會津人總給人這樣的印象。機智不足，性格樸強，連表情也很遲鈍。而且由於西國人聽不懂他們語言，所以對他們有一種近乎異民族的看法。

兩人疾奔進入黑谷本陣，一邊不知在叫什麼一邊跳上玄關。嚇得家老橫山主稅、神保修理、田中土佐等人都出來了。

「跪下！跪下！跪下！」

小野和小室發狂似地叫著。打算要家老們行跪拜之禮。家老一開始完全搞不清楚是什麼事態。不久，當他們搞清楚的時候，他們也開始發狂騷動，臉色大變。

「不會吧。」

容保說。直到看到信匣之前，容保都不敢相信。這是不可置信的事情。自古以來，沒有由天

---

83 鷹司輔熙（1807~1878），藤原氏攝關家鷹司家當主。擔任右大臣期間，在條約敕許以及將軍繼嗣問題上與一橋派意見一致，與左大臣近衛忠熙、內大臣三條實萬一起主導戊午密敕，安政大獄時被處以辭官出家。復歸後還俗，後接替近衛忠熙之關白一職，任期中發生八一八政變，隨後被免去關白。翌年禁門之變，被懷疑與長州互通聲息，被停止參朝並處以謹慎處分，直至明治天皇踐祚才赦免。維新後曾出仕於新政府。曾兩度出任內閣總理大臣的西園寺公望為其孫。

84 衣冠束帶乃江戶時代之公卿正裝。

85 蒔繪（まきえ），是在漆器上以金、銀、色粉等材料所繪製而成的紋樣裝飾。

86 月代，為傳統日本成年男性的髮型。將由前額側開始至頭頂部的頭髮全部剃光，使頭皮露出呈半月形。

子下賜御親筆書寫的宸翰[87]給武家的例子。容保聽說，在南北朝時代只有一個例子。是後醍醐天皇賜給新田義貞[88]宸翰。除此之外就沒有了。而且還是傳說。恐怕是虛構的故事吧。

但是，如果現在擺在容保眼前的信匣的內容是這樣的話，可以說是史上第一個。

容保穿著正裝，打開信匣。裡面有兩份文件。試著讀了。深信其上所寫的東西，毫無疑問的這是青蓮院流[89]的天皇的筆跡。

「於今派遣守護職（去江戶）之事絲毫非朕之所欲，因人之驕狂而不得已至此。」

天皇斷定先前的敕旨是假的。僅這一點就已經是異常事態。更進一步，所謂「因人之驕狂」，是指被三條實美等激進公卿的脅迫而無可奈何。以下是意譯：

「最近廷臣中有很多驕狂者，對此朕無能為力。或許此後會津會再次接到敕旨。要了解那是偽敕，這才是真敕。」

更進一步，天皇帝的信上這麼說：

「現在他們誘騙會津藩東下，是因為這個藩的勇武，如果留在京都，奸人（三條等長州系公卿和長州藩）的計策將難以實行。今後恐怕他們也會頒布偽敕吧。但還請會津要明察真偽。」

最後，孝明天皇說道：

「朕最為倚重會津。一但有事的時候，就希望能借助其力量。」

容保突然趴了下來。

這個年輕人開始哭了。保持著這個姿勢，持續哭了大約四個小時。

（為了這個主上……）

容保這麼想。這種心情，如果不從這個時代的這個年輕人的立場來看，是無法理解的。

至少在近代的精神中沒有這種感動。英國中世紀有傳說中的英雄羅賓漢這樣一位無位無官的武人。傳說他原本住在森林裡，愛好自由生活，快活寬厚，最重要的是他也是女性的保護者。然而，當他意外遇到被弟弟奪去王位的獅心王理查的一瞬間起，他就為這個國王奉獻了一生。

南北朝時，出現了一位名叫楠木正成[90]的武將。居住在河內金剛山系之中，其身分在鎌倉幕府的御家人帳[91]中也沒有記載，身分卑微。後來他遇到了流放之帝後醍醐天皇，只是聽見「幫助

---

87 指天子親筆書寫的文書。

88 新田義貞，為鎌倉幕府末期，南北朝時期之名將，河內源氏一族，新田氏第八代當主。曾經輔佐後醍醐天皇，滅亡鎌倉幕府。但後被足利尊氏打敗，頭部中箭，自刎而死。傳說其死時，口袋珍藏著的護身符袋裡收有後醍醐天皇寫給義貞的宸翰。

89 青蓮院，又稱為「青蓮院門跡」，是位於京都東山區的天台宗寺院，創立者是傳教大師最澄，「門跡寺院」是指門主（住持）是由皇室或攝政關白家子弟出任的寺院。其第十七代門主尊圓法親王是伏見天皇的六皇子，自創融合唐風和風的字體「青蓮院流」，是江戶時代盛行的「御家流」的源流。

90 楠木正成，為鎌倉幕府末期到南北朝時期著名武將，出身不詳，自稱橘氏後裔。後醍醐天皇密謀推翻鎌倉幕府，不料計畫敗露，後醍醐天皇遂喬扮女裝帶著三神器逃出京都，號召各地豪強起兵勤王，開啟元弘之亂序幕。楠木正成在下赤坂城起兵響應，後醍醐天皇很快兵敗而被流放，但楠木正成仍繼續抗戰，至足利尊氏倒戈，鎌倉幕府滅亡，後醍醐天皇實行建武新政。之後，足利尊氏反叛朝廷，楠木正成起兵討伐，擊破足利大軍，足利尊氏在九州重整旗鼓，再次以大軍進逼京都，楠木正成建議遷都以疲敵軍，但是被後醍醐天皇否決，命楠木正成迎戰足利軍，楠木正成明知此戰必敗但仍捨命出戰，最後在湊川之戰兵敗，留下「七生報國」的遺言，與其弟楠木正季互刺而死，也因此與源義經、真田幸村並列「日本三大悲劇英雄」。幕末時期楠木正成成為尊攘派尊皇忠君的典範，被尊稱為「大楠公」。其遺言「七生報國」，在二戰時成為日軍的精神格言，現今東京皇居外苑仍樹立著楠木正成的銅像。

91 御家人（ごけにん）意指日本鎌倉時代「與幕府將軍直接保持主從關係的武士」。御家人帳，則指記載御家人的名冊。

我」就奮起，在頹勢之中奮戰，因為足利方面而悲劇性的犧牲。他的弟弟、兒子也接連戰死，令人驚嘆的不只是這些。他的子孫被圍困在熊野的山中，百年來與足利幕府持續抗戰，這股勢力直到應仁之亂才從歷史上消失。這種執著的能量，其根源只是正成被後醍醐天皇拍拍肩膀的那種感激。近代以前出現很多這種類型的人物，這種精神為世所讚美。

容保可以說是英雄時代的最後一個人物。他自己雖然不是英雄，但也有過英雄般的體驗。與羅賓漢對獅心王理查、楠木正成對後醍醐天皇有著同樣稀有的戲劇性的體驗。

宸翰就是這個。

（天皇說，一切就仰賴自己了）

對容保來說沒有比這件事更重大的事情吧。如果沒有這紙宸翰，容保的一生或許會變得完全不同。這個年輕人，從這天開始成為一種抱有戲劇性的心情的人。就像羅賓漢殺死了獅心王理查的敵人，楠木正成與後醍醐天皇的敵人戰鬥到底一樣，容保必須與孝明天皇親自指出的「奸人」們戰鬥到底。

所謂奸人，就是長州人。以及這一系列的浪士，和以此為靠山的三條實美等激進公卿們。

（一定，要將之殲滅）

這個毫無政治性、被教育為只知耿直的大名的年輕人心裡這麼想。他心想，為了討伐這些奸人，就算會津藩全軍覆沒也都可以。

容保召集重臣們。聚集了橫山主稅、神保修理、田中土佐等十多人。容保告訴他們祕敕這件事，並表明自己的決心：

「會津的君臣，為了這個主上，把京都的土地當作墳墓吧。」

他這麼說。覺得這樣說還不夠。可是容保找不到適當的言詞，只是無言地顫抖著。

容保的感動，下至足輕的會津全藩都感受到。最為振奮踴躍的是御預浪士新選組。他們說：

「敵人是長州。」

這個目標被明確化了。長州才是主上最憎惡的逆賊，是一個連在宮廷進行聖斷時都抹殺天皇存在的奸人。

「該斬！」

於是，他們更加嚴格地巡邏和搜索。因為絕不能斬殺正規的長州藩士，所以就斬殺與他們有牽連的浪士。他們相信斬殺那些天皇所說的「奸人」，是保護天皇和王城的唯一之道。他們在路上斬殺，在町家斬殺，在旅館斬殺。這就是回應遵奉宸翰之道。他們每斬殺一個人，血漬就飛濺到容保身上。容保的世間形象終於呈現了魔王的形象，這個形象帶著血腥味。

但是，長州系的公卿和志士屢次囂張橫行，終於，麻煩的「大和行幸、攘夷御親征」的日子臨近了。

「長州打算建立毛利幕府。」

這樣的觀察預測開始出現在與長州對立的薩摩藩。連西鄉吉之助（隆盛）[92]也說了好幾次。

---

92 西鄉隆盛（1828~1877），通稱吉之助，明治維新元勛，與木戶孝允（桂小五郎）、大久保利通並稱「維新三傑」。西鄉出身

薩摩藩對長州的憎惡是猛烈的。事實上，如果事態繼續發展下去，長州藩將掌握天下，薩摩藩將處於下風，會津藩將不得不滅亡吧。

雖說如此，容保卻無能為力。這個毫無政治力量的藩，眼看著革命在眼前前進，卻怎麼也無法採取措施。在京都被孤立了。可以說是近乎是癡呆的孤立。

京都的反長州派諸藩也是如此。他們私下說著一個流言。這可能不是流言，而是事實。長州藩自古就有一個祕密儀式。這個毛利家在關原之役中處於失敗者位置，被削減了中國地區十國[93]的廣大封地，被封閉在防長二州[94]。藩士皆窮困貧乏，甚為怨恨德川家，萩城下的藩士大家都有腳朝著關東睡覺的習慣。不僅如此，每年元旦天未亮時，只有藩主和筆頭家老出現在城裡的大廣間，家老跪拜，稟告說：

「討伐德川的準備已就緒，何時出動？」

「時機還早。」

藩主按照慣例那樣說。這是關原之戰後，德川三百年間始終持續的祕密儀式。

「長州人口中高唱勤王，卻不知道肚子裡藏著什麼。」

薩摩人等這麼說。這個祕密儀式的真實與否無法證實。然而，在長州人的構想和策劃中，他們對於跪拜了作為三百年將軍的德川家，卻沒有一絲感傷。這真是稀奇。唯有這件事，與其他藩的藩士之間，截然不同。

話題回到天皇來。

或許這位天皇也多少有些謀才吧。在這位天皇被允許的發言範圍內說：

「我有一個希望……」

這樣與廷臣商量。

「我想看看聞名的會津藩的練兵。」

天皇這麼說。激進派公卿對此表示反對。這是理所當然的。他們想，練兵會不會變成為宣揚會津武威的大示威運動。

「這個應該不宜吧。」

他們如此上奏了，但是天皇還是固執到底地說，會津藩不只是作為攘夷的先鋒藩，有事先看

---

93 薩摩下級武士，但為藩中青年武士領袖，受藩主島津齊彬賞識提拔，跟隨齊彬至江戶參覲交代，在江戶為齊彬的政治運作奔走活動，並結識各方人物，奠定日後西鄉在各藩志士中的聲望。安政大獄開始後，島津齊彬猝死，西鄉逃回鹿兒島，投水自盡獲救，藩為保護西鄉，修了西鄉的假墓，讓他化名潛居於奄美大島。之後齊彬異母弟久光實際掌握藩政，西鄉兒時知己大久保一藏（利通）成為其側近，久光不喜西鄉，召回西鄉後因故再次將其流放德之島。後因幕末風雲急變，薩摩急需具聲望之藩士運籌奔走，久光再次召回西鄉。此後西鄉活躍於幕末風雲中，率薩軍於禁門之變擊退長州，並出任幕府第一次征長軍參謀，更於其後在坂本龍馬推動下與長州結盟，將歷史的巨輪推向倒幕維新。鳥羽伏見之戰後，被任命為東征大總督府下參謀，與勝海舟達成「江戶無血開城」協議，戊辰戰爭結束後拒絕出仕，隱退於鹿兒島，在大久保利通的遊說下才重回江戶，被任命為近衛都督、陸軍元帥兼參議。在岩倉使節團出國期間成為留守政府的實際領導人，因推動「征韓論」與長期搭檔大久保利通決裂，再次下野歸鄉，大批薩摩士族也追隨西鄉辭官返鄉，以「私學校」組織實際上將鹿兒島縣變成半獨立政權，最終在士族的簇擁下釀成揮軍北上的西南戰爭，戰事兵敗後於鹿兒島城山中彈，由別府晉介介錯自裁，享年五十一歲，一生最後以悲劇收場，成為新政府的逆賊，直至明治二十二年（一八八九）才加以平反，重回維新元勛的歷史地位。

94 日本的中國地區，即山陽道與山陰道，包含現今的鳥取縣、島根縣、岡山縣、廣島縣、山口縣等五個縣。毛利家祖毛利元就於戰國時期勢力發展至十個分國，包括中國地區的備中、備後、安藝、周防、長門、石見、出雲、伯耆，以及北九州的筑前、豐前。

95 周防、長門二國，即現今之山口縣。

看它的武威的必要。這件事被說成是攘夷，激進派公卿也失去了繼續反對的理由。

向容保下令了。

那是七月二十四日。「四天後請練兵供天皇御覽，地點是御所建春門前」。

容保天真單純地非常高興。天皇親自閱兵，這是織田信長以來的第一次，正因為這個先例在歷史上留下了光輝的一筆，所以應該是武門的榮譽。但是跟這個比起來，容保更為能見到天皇而歡喜期待不已。事到如今，這個男人與孝明天皇之間，已經開始流露出超越形式上的君臣關係的感情。

當日天雨。

為此預定計畫中止了。翌日二十九日也下雨了。到三十日雨都沒停。

容保多次急派使者前往御所問道。到了下午兩點雨停了。從御所來了使者，說：「可以了。」

「怎麼樣呢？」

容保從黑谷出發了。

豎立起參內傘的馬印[95]，容保騎上褐色黑足的馬，穿上盔甲，率軍前進。

藩兵有千人。他們全都穿上全副盔甲，拖曳著七門大砲前進。

當這次練兵的命令下達的時候，容保提出了施放大砲步槍空包彈的請求。

「令人害怕。」

公卿駁回了這一要求。在御所內開砲是令人害怕的。當然，這不是天皇的意思。這是反會津派公卿的個人判斷。容保透過這個使臣的口中，說出了罕見的諷刺話：

「提出攘夷的御親征時，怎麼不顧忌砲聲呢？」

對此，公卿們也無法回答，只能以「如果只發兩、三發的話」來達成妥協。

到達場內，隊伍展開了。

容保的本陣除了參內傘的馬印外，還有一面象徵源氏的白色旗幟[96]飄揚著，這一面旗幟上寫著「皇八幡宮」[97]，另一面旗幟上寫著「加茂皇太神」[98]。

練兵開始了。

根據長沼流的這次練兵，彷彿讓人想起戰場的激烈，但卻進退井然有序。

在容保的本陣，有五種指揮的信號旗。這就像是容保的手一樣不間斷地揮動，每次揮動，士兵就自由地移動。接著法螺號角就響了，陣鼓又響了，有時響起了鐘聲。

---

95 馬印（うまじるし），為過去日本的一種用於在戰場上表徵大名或具有同等地位的軍事將領的大旗或標誌。參內傘（さんだいがさ），是公卿等參內的時候讓隨從拿的長柄的妻子摺傘。

96 松平為德川家本姓，江戶時期德川家庶系親藩多以松平為姓氏（苗字），而德川家康自稱其祖先出自清和天皇子孫（清和源氏）之中新田氏的分家「得川氏」，故德川松平皆以源氏子孫自居。而十二世紀平安時代末期，源、平兩家爭霸，一一八〇年至一一八五年間的源平合戰，源氏使用白旗、平氏使用紅旗，此後紅白二色在日本被用作傳統的對抗用配色，NHK每年除夕的紅白大賽即以此為典故。

97 八幡神是日本天皇的祖神，傳說中日本的第十五代天皇——應神天皇，和比賣神、神功皇后合稱八幡神。而源自皇室的源氏武家將八幡神視為守護神，之後源賴朝創立鎌倉幕府，八幡神也演變成守護武士的武神。

98 「加茂神社」又稱「賀茂神社」或「鴨神社」（日文發音皆為かも），祭祀賀茂氏的氏神，古代稱之為「賀茂大神」或「加茂大神」。而德川家本姓三河松平氏本是來自原居住在三河國加茂郡松平鄉的一支地方豪族，故為加茂氏後裔。

從建春門向北走數十步的地方，設置了一個看台，天皇就在那裡。在天皇的周圍，有很多公卿。

從容保的本陣看不到天皇的表情，但從這個氛圍，這個年輕人能夠充分感受到天皇對容保的情念。容保更加賣力了。

不久下雨了。但是，冒雨繼續練兵。太陽下山，夜晚降臨。容保還是沒有停止練兵。戰場上處處燃起篝火，在火焰和白煙之間，甲冑刀槍閃閃發光，呈現出駭人的態勢。是夜戰。一邊由家老橫山主稅擔任大將，另一邊由容保擔任大將。兩軍交戰，劍戟之聲響徹天地。

「請回去吧。」

左右廷臣向天皇上奏道，但是，天皇卻置之不理。不久，口中嘟囔著說：

「我從沒見過這麼有趣的東西。」

臉頰上熱血上升，把太大的力量集中在肩膀上。天皇從來沒有像這一天那樣覺得容保很可靠吧。

不久，夜雨中練兵結束了。

這一次會津藩練兵令皇帝相當癡迷吧。天皇御覽上癮了，幾天後又提出：

「還想再看。」

八月八日又再度實施練兵了。對天皇來說，這已經不是單純的興趣，而是以「朕的會津藩」對宮廷和諸藩的一大示威行為吧。

這次第二次練兵結束，容保收兵後，溫明殿上的天上還留有夕陽餘暉。天皇命令傳奏說：

「叫容保來！」

容保入內晉謁天皇。

根據舊例，在戰時或者是準戰時的情況下，武臣才能保持武裝入內晉謁。

容保只脫下陣羽織[99]，戴上風摺烏帽子[100]，穿上盔甲，佩戴著太刀，按照慣例，在這個場合，跪在了御車寄[101]的台階下。

天皇則在台階之上。

這種場合的慣例，天皇應該是不說話。如果有什麼特別要說的話，就會透過議奏的口中說出來，這是慣例。

但是，這時天皇突然向容保微笑著說：

「穿著我的緋紅衣啊。」

事實上，容保將拜領的天皇御衣修改縫製成戰袍，穿在鎧甲下。

這件事對天皇來說，實在是太可愛了吧。

---

99 羽織（はおり）是無袖和服，陣羽織（じんばおり）是在戰陣所穿著的羽織，穿於鎧甲之上。

100 烏帽子（えぼし）是指穿和服禮服時成年男性戴的帽子。烏帽子中最高等級是立烏帽子，一般為公卿使用，現在為神官；為被摺疊的立烏帽子則是摺烏帽子，為武士和庶民使用。風摺烏帽子（かざおれえぼし）為摺烏帽子的一種。

101 御車寄，即御所玄關外，大臣大夫謁見天皇下馬之處。

之後，由議奏說了一些形式上的慰勞之詞，向容保傳達了賜與水干[102]、馬鞍、黃金三枚的意旨。這一天是八日。

那件將改變天下形勢的大和行幸、攘夷親征的日子即將到來。

過了五天了。文久三年八月十三日，這個「敕命」下達給了親王、公卿，以及在京諸大名，令其緊急準備天皇行幸的隨從人員。這個敕命令諸藩大吃一驚。

（這不就是長州系公卿所頒布的偽敕嗎？）

容保這麼想，但是卻沒有探知宮廷的事的辦法，如果對此公然表示懷疑的話，就會因為「對叡慮[103]抱有疑惑」而成為朝敵，遭到討伐吧。只能保持沉默。在此容保保持沉默的期間，一場寧靜、巧妙的革命也正在進行著。

（我的家門也好，德川家也好，或許會就此滅絕）

他這麼想。容保在黑谷本陣繼續保持著過於無能的沉默。這個男人和他的重臣根本不可能對宮廷進行暗中的工作。

在此時，一股勢力抬頭了。

是薩摩藩。大概是覺得受不了吧。在十三日接到這個重大敕命之後，這個充滿政治能力的藩開始了祕密活動。當然是潛行活動。一開始只是太過於細微的動作而已。首先，從這個藩的錦小路藩邸，一位年輕的藩士走了出來在路上。是密使。

這個薩摩人叫高崎佐太郎[104]。維新後，被稱為正風，兼任新政府的顯要職務，之後成為宮中御歌掛之長[105]，成為明治中期為止日本歌壇的中心人物。

然而，此時的他，作歌不過是他業餘的愛好。因為他有教養、文才，因此擔任薩摩藩的諸藩周旋方（外交官）。

這個臉色紅潤，長著娃娃臉的年輕人，奉藩命正打算密訪會津藩。

薩摩藩的祕密計畫是在一夜之間與會津結成祕密同盟，依靠兩藩的軍事力量占領宮廷，打算將長州藩及其系統的公卿從京都趕下台。

如此，就必須問問會津藩的意向，但是，薩摩和會津思想不同，彼此互相有戒心，所以以前完全沒有交流。

---

102 水干（すいかん），是一種用水干布做成的狩衣，原本是下級官人的公服，後來用絲織品製成，成為公家或上級武家的便服，還作為少年的儀式服使用。

103 指天皇的想法或情緒。

104 高崎佐太郎（1836~1912），薩摩藩士，十四歲時父親因介入藩主齊興廢嫡爭議的「由羅騷動」而被命切腹，翌年佐太郎受連坐流放至奄美大島。兩年後獲赦回鹿兒島，但士籍直到十年後才允許恢復。寺田屋騷動時，因向島津久光報告激進派動向有功，深受久光信賴。之後又與土佐的小南五郎右衛門、武市瑞山，長州的宍戶九郎兵衛、久坂玄瑞等人會面，與諸藩交涉、偵察。後與中川宮、秋月悌二郎代表的會津藩合作，成功在八一八政變中將長州藩趕出京都，成為薩會同盟的主要人物。之後，藩內主張討幕的聲音越來越大，薩長同盟締結，薩會同盟形同消失，公武合體派被迫退潮，高崎也暫時回國。王政復古後的慶應四年，被任命為征討軍參謀，但以大坂城陷落為由辭職回國。由於反對武力討幕，與西鄉隆盛等人對立，維新後未受重用，改名正風。明治四年才出仕新政府，陸續擔任宮中御歌掛、侍補、御歌係長、國學院院長等職，晚年轉任樞密顧問官，敘封男爵。

105 明治四年，在宮內省設置歌道御用掛，明治九年，將歌道御用掛和皇學御用掛合稱為文學御用掛，明治十九年，廢除文學御用掛，設置侍從職的御歌掛，高崎正風被任命為御歌掛長，掌理御製（天皇所寫和歌）、御歌（皇后及其他皇族所寫和歌）及歌御會（天皇和歌的發表）等相關事務。

「會津藩的公用方[106]有個叫秋月悌二郎[107]的人。因為秋月是個年輕時周遊諸國的男人，見識也廣，性格也豁達，沒有會津的息氣，很容易對話。」

這件事是在藩邸決定，高崎佐太郎作為使者出發了。

秋月借住在黑谷附近的町家的離屋。看了來訪者的名札，心想：

（是沒聽過的名字啊）

請進來一看，也是個從未見過的男人。而且，是平時沒有來往交際的薩摩藩的藩士。

「我是秋月。」

秋月先開口這麼說。秋月的特長是能說一口清楚的普通話。他是會津藩的儒者，曾經遊歷江戶和西國，造就了這個男人的人格的光澤。有學識，也有文藻。

這一點，高崎也很類似。這位歌人，即使不是薩摩語，也能流利地說出來。這個男人被選為密使，是因為他有這個特長。

雙方交談了。

「一定是偽敕沒錯。」

雙方的觀測一致。

高崎若無其事地提議，希望結成「會薩同盟」。秋月內心很驚訝，但他是個老練的男人，若無其事地點點頭，說：「這是一個絕妙的提案。」

之後，帶著這位薩摩密使前往黑谷本陣，與容保見面。

容保答應了薩摩的建議。一邊答應，一邊隱約地感覺到：

（薩州也做了奇怪的事情）

因為如果說薩摩藩與長州是不同的流派，但卻也是反幕勢力的巨魁。

（或許，並不是像世間的評價那樣。從這件事也可以知道）

他這麼想。容保這個男人，天性上，欠缺對權謀術數的感覺吧。容保不能察知薩摩僅只是為了方便而硬把會津藩拉進來而提出結盟的事。不，與其說不能，不如說，這個男人生來就有恥於讓這種感覺發揮作用的心情。

高崎和秋月離開了黑谷。

之後的工作只能交給精於政治的薩摩人了。薩摩藩有一個叫中川宮的親近的親王。由於這位親王是穩健派，所以現在被天皇身邊的人排擠在外，過著閒居的生活。

薩摩前去拜訪，並說明了事情的來龍去脈。

---

106 公用方為容保入京後不久的文久三年一月七日設置。為對於守護職的全部職務，輔佐藩主，處理工作的會津藩最高的諮詢機關與政策立案機關。對外與朝廷、幕府、諸藩有關人士交涉和收集情報。

107 秋月悌二郎（1824~1900），也寫作悌次郎，本名胤榮。會津藩士，在藩校日新館學習，在藩內作為秀才而聞名。十九歲到江戶遊學，在私塾和昌平坂學問所學習，又遊歷薩摩、長州諸國。之後松平容保被幕府任命為京都守護職，秋月被任命為公用方，跟隨容保上洛。他與薩摩藩士高崎佐太郎等人制定計畫，發動會津藩與薩摩藩締結的八一八政變，率領藩兵，為實際領導者。之後受到佐幕派的反對，被降職離開會津藩外交的舞台，成為蝦夷地代官。其後再次被傳喚試圖修補與薩摩藩的關係，但以失敗告終。戊辰戰爭中作為軍事奉行添役轉戰各地，主要從事幕後活動。會津藩投降之際逃出會津若松城前往米澤藩，在其協助下向官軍首腦提出投降，因曾擔任會津藩軍事方面的重要職務而遭追究會津戰爭的責任，判處終身監禁。明治五年獲特赦，隨即擔任新政府左院省議，之後成為第五高等學校（熊本大學前身）等各地學校教師，致力於教育工作。

「會薩結盟了嗎？」

中川宮壓低聲音這麼說。如果這兩大勢力結盟的話，以其武力為背景，可以一舉推翻現在的宮廷勢力吧。中川宮很有自信。他說：

「我去向主上內奏。」

第二天，中川宮透過關白辦理了直奏手續，十五日拂曉時入內晉謁天皇。

中川宮首先就十三日有關大和行幸準備的「敕書」恭敬地請示。

「什麼事啊？」

天皇驚訝地發現，他根本不知道應該是自己發出的動員在京諸侯的敕書。中川宮把會津、薩摩兩藩給的那封「敕書」呈交出去。

「這是我的敕書嗎？」

天皇茫然若失地看著這篇文字。連記憶都沒有。

「是三條實美幹的嗎？」

的確如此。敕書的文案是久留米浪士真木和泉所寫的。

從這天開始，薩摩藩開始了對公卿的工作。薩摩有薩摩系的公卿。他們從長州系的跋扈以來，就失勢了。

薩摩藩祕密地到處勸說他們，告訴他們會薩祕密同盟的事，還稟告他日必定會進行宮廷改革的意思。

「如果是會薩合作的話……」

大家都贊成參加這個密謀。如果會津和薩摩聯手的話，會成為京都最大的軍事勢力吧。公卿千年來都有依附於武力強大一方的習性。

這一工作的成功，也因為中川宮對天皇的內奏。天皇保持沉默。這位天皇似乎還是懼怕激進派。

那晚，作為天皇寵姬的高松三位保實的女兒祕密溜出皇宮。她悄悄地步行穿越隱蔽處，只要有人來，她就停下腳步，藏身起來。

是天皇的密使。不久，到了中川宮的屋敷，她高興地敲門。與中川宮見面後，這個女人說：

「我是敕使。」

是個剛十八歲左右稚氣未脫的女孩。如果途中被長州人發現的話也許就沒命了。

「向你稟報天皇的敕語：這次的計畫已經了解了，朕也下定決心，一定要把他們從宮廷中全部掃除，關於這件事要交給容保處理，要把命令傳達給容保。」

之後，中川宮的家僕從中川宮的宅邸跑到了黑谷。這個夜晚月光皎潔有如白晝。

容保非常感激。對這個男人來說，處理這件事對他來說是一件幸運的事情。

之前已經提到，會津藩為了守衛京都，常駐有一千名藩兵，一年輪流交替回國。這個月初這批接替的藩兵剛剛抵達。因此，在京都的會津藩兵一時達到兩千人。這是完全足以發動「軍事政變」的兵力。在京都兵力不過兩百人左右的薩摩藩，非常羨慕會津的兵力。因為與擁有如此強大的武力聯手，薩摩藩的政治能力突飛猛進。已經不是昨日以前的那個藩了。這個藩在幕末時期的主導地位，是從這個夜晚開始的。

應該是吧。會津只是被利用了。

宮廷的內部祕密活動由薩摩系的中川宮一個人負責。

「十七日夜晚，主上沒有就寢。」

這是女官的日記。女官不明白那是為了什麼。即使已經夜深人靜，天皇依然在燈下凝然地坐著。這位擁有龐大身軀和過於謹慎的神經的帝王，似乎無法忍受時間的重量。不久，一點的時鐘響了。夜深了。就在這時，皇帝翹首等待的中川宮祕密入內晉謁。御所在沉睡中。值班的激進公卿們、議奏、傳奏，以及那個三條實美，都應該在御所周邊的公卿宅邸裡酣睡。

中川宮說：

「御上」

中川宮此時滿二十九歲。他是先帝仁孝天皇的養子，被認為是皇族中少有的才幹和勇氣兼備的人物。一度以南北朝時代的大塔宮[108]而受到激進志士們的期待，但是，之後，隨著孝明帝對其信任越來越深，也開始和天皇一樣被長州派嫌惡。維新後被稱為久邇宮朝彥親王，明治以後，他的存在即一蹶不振。

「要作好覺悟啊。」

「好！」

帝點點頭。不僅如此，還親自下達了命令。

「時間有限。一到早上，三條等一夥人就會出勤。要在半夜裡調兵。立刻傳達容保，要他馬上前來。」

在御所的藏人口[109]，有中川宮的家臣武田相模守在等待著。中川宮把他叫來，命令道：

「去黑谷吧。」

此外，對薩摩、因州、備前、米澤、阿波五藩也派出了急使。

在黑谷，容保一直保持著入內晉謁的裝束等待著。庭院裡滿滿都是全副武裝的士兵。

黑谷位於京都東部的丘陵地。四周幾乎都是田園和雜木林。通往京都市區的道路可以說是一條農道，像腸子一樣彎彎曲曲。士兵熄滅了燈火，無言地前進。

容保來到鴨川的東岸。登上河堤上，河灘在月光下閃閃發光。

那裡有一座橋。

相當於現在的加茂大橋。但是這在容保當時並不是大橋。只不過是從河中沙洲到沙洲所架設像踏板一樣的橋。容保下到河灘，一邊越過淺灘，一邊覺悟到：

（或許不得不和長州藩一戰）

夜晚，渡河進入京都，對這一行動多少感到了些詩意。詩意使容保的心境格外緊張。

---

108 大塔宮，即護良親王（1308~1335），是鎌倉時代後期至建武新政時期的人物，父親是後醍醐天皇。六歲時出家，繼承了門跡寺院的門主，兩度出任天台座主。元弘之變時還俗，率領僧兵討幕。後還俗於吉野，響應楠木正成起兵。鎌倉幕府滅亡後，因建武中興的政治分配的力量搶奪，與足利尊氏形成兩大集團的對立，因而被誣為陰謀篡位，而被後醍醐天皇下令誘捕囚禁，之後遭足利直義派的淵邊義博殺害。

109 藏人（くろうど）是日本平安時代初期在律令制底下所設置的官職，是一種令外官。藏人在御所有專用的出入口，稱為藏人口。

容保到達堺町御門後，立即將士兵部署成九隊，固守九個御門，隨即進入宮中。

當夜值班的議奏加勢[110]葉室長順出來叫來容保，傳達了敕命。

「緊閉固守宮門，除非有天皇召見的命令，否則即使是關白也不許進入。」

這道敕命立即傳達給九個御門的守衛。薩摩、因州、備前、米澤、阿波的士兵已經到達各門，長槍閃閃發光。

時間過了凌晨三點。天皇的身邊有中川宮。此外，還有近衛、二條、德大寺等穩健派的公卿。

中川宮朗讀了天皇親自起草的聖旨。其中措辭，非常激烈。

痛罵了激進派的公卿和長州藩，攻擊了偽敕行為，命令三條實美以下人員禁足，並下令調查他們。

破曉時分，長州藩得知了急變。立刻召集藩士和浪士，拖曳兩門大砲，以數百人的人數從河原町出發，抵達堺町御門，準備闖進門裡。

會、薩的士兵制止他們。發生了激烈的爭論和互相推擠。

這場騷動傳到宮廷。公卿、女官在走廊、小庭院、林泉等地四處騷亂，到了不可收拾的狀態。使這場騷亂更加嚴重的是，有這樣的流言：

「長州的人數，包括浪士一共有三萬。」

關白鷹司輔熙騷動地說：

「長州之兵，據說有三萬。」

雖然沒有惡意，但受不了恐懼。

這期間，在御所的一間房間裡，舉行了宮廷會議。因為是緊急的情況，武臣的容保也列席了。在席間，鷹司關白說了「兵三萬」這件事，並追問道：

「會津有多少呢？」

「有兩千。」

容保平靜地說。

「二千能戰勝三萬嗎？」

「軍事，不是用數量計算的。」

容保恭敬地回答道。不僅如此，他還說了以這個年輕人的立場來說很少見的豪言壯語的誓言：

「如果會戰開始的話，我們將一舉殲滅對方。這件事，請不要懷疑。」

在堺町御門的長州藩兵，在路上安置了兩門砲，砲口對著御所作為威嚇，拿掉長槍的槍鞘集結在那裡。在差不多一百公尺的門內，會津、薩摩的守備兵列隊，做好戰鬥準備持續對峙著。

結局是，敕使前往河原町的長州藩邸，迫使其撤兵。

十八日傍晚。容保未曾闔眼地在指揮所，而藩兵露天屯集在御門內。開始下雨了。夜半起風，雨勢漸強，士兵與大砲都濕透了。

---

110 議奏加勢，是為輔佐議奏而臨時設置的助理議奏職務。

這晚的半夜，在政變中敗北的長州人和其浪士團，簇擁著三條實美等七位公卿[111]，從東山妙法院落難，離開京都，往長州去了。

容保在這場政變中獲勝。但是沒有從這個勝利中得到實際的利益，得利的是薩摩藩。從這天夜裡開始到維新成立為止的京都朝廷，被富有權謀之才的薩摩人一手掌握。

容保依然只不過是一個王城護衛官。

但是，對於京都市內的警備能力卻有了驚人的加強。市內警備由新選組負責。只要見到殘留潛伏在京都的長州人和長州系浪士，即將之斬殺。斬殺這件事，是他們的法律正義，也是思想上的正義。原因是，會津藩被朝廷和幕府命令守護京都，而且長州人是天皇的敵人。

天皇似乎相當憎恨長州勢力，每當提到離開京都的中納言三條實美的時候，一定會這麼說：

「逆賊」

又在二十六日把在京都的大名叫到御所，說：

「關於十八日（政變之日）以前的敕命，我自己完全不知道。十八日以後的敕命才是自己真實的話。希望能這樣理解。」

長州人在京都失去了立足之地，完全失落了。他們把這樣的失落歸咎於會津、薩摩。他們自己純粹地相信，以這兩個藩為逆賊，將他們稱為「薩賊、會奸」，把容保當作日本最大的奸人，強烈地憎惡。這種憎惡，又因為在京都的新選組的活動而被更加煽風點火了。

七

這個容保，在五年後的慶應四年正月的京都政變[112]中失敗而到了大坂城。

（為什麼我會在這裡？）

這一點連容保自己都覺得不可思議，時勢的變化真是無法理解。幾乎就像被施了魔術一樣。

那時本以為那麼堅固攜手的薩摩藩，在那之後僅僅過了兩年數個月的正月，就和潛入京都的長州人締盟，結成了薩長祕密同盟[113]。

但是，這個攻守同盟完全保密，就連薩長兩藩的家中，除了要人以外，其他人都不知道。

京都的會津藩的機構沒能探知這一點。身在黑谷的容保依然跟以前一樣，相信薩人同樣也是

---

111 七卿包括三條實美、三條西季知、四條隆謌、東久世通禧、壬生基修、錦小路賴德、澤宣嘉，史稱「七卿落難」（七卿落ち）。

112 指慶應三年十二月九日，明治天皇發布「王政復古大號令」，宣告江戶幕府廢止、明治新政府成立，並於同日召開「小御所會議」，在岩倉具視的主導下，決定要求德川慶喜辭去內大臣官職並將德川家領地歸還朝廷（辭官納地）。慶喜得知後，於三天後帶領京都守護職松平容保、京都所司代松平定敬、老中首座板倉勝靜離開京都二條城，進入大坂城，隨後爆發鳥羽伏見之戰。

113 薩摩藩與長州藩是幕末軍事實力最為強大的兩大雄藩，但是兩藩之間互不信任，甚至互相敵視。從薩摩與會津聯手發動八一八政變將長州趕出京都，禁門之變時薩摩以砲火擊退長州軍，到第一次長州征討時薩摩擔任先鋒軍，西鄉吉之助（隆盛）甚至擔任征長軍參謀，如此恩怨糾纏，長州甚至視薩摩為「薩賊」，與會津的「會奸」並列。但倒幕派有志之士都認為，唯有薩長兩大雄藩聯手，才有可能對抗強大的幕府。後來在土佐浪人坂本龍馬、中岡慎太郎兩人的奔走、居間撮合下，兩藩終於在各取所需的現實下，捐棄恩怨，於一八六六年第二次長州征討前夕，由薩摩的小松帶刀、西鄉吉之助與長州的桂小五郎正式簽訂共六條條文的同盟書。薩長同盟兩年後，鳥羽伏見之戰爆發，薩長聯手翻轉歷史。

「孝明天皇的忠臣」的同志。

但是，這位容保卻發生了異變。當今的天皇病倒了。在天皇發病前，將軍家茂在大坂病逝。正是在發動第二次長州征伐的時候。之後，慶喜成為將軍。

慶應二年十二月五日，天皇下旨宣布慶喜為將軍，十三日，慶喜正要為了表達感謝之意而入內晉謁。可是，聽到宮中來的意思，出乎意料的，天皇從前天開始發燒。

「肥後守，你知道天皇的身體狀況嗎？」

慶喜在二條城問容保。容保愕然。

「不知道。」

雖然這麼說，但容保還是認為天皇只是感冒了。再加上，容保本人最近因為重度的精神疲勞，暫時幾乎臥病在床。持續失眠，夜裡，連小燈的光線都以「太沉重了」而將之熄滅。鄰室值班武士微弱的呼吸聲都會壓迫他的神經，就連家臣在走廊上走路的腳步聲，也讓他的頭腦嗡嗡作響、頭痛發作有如刀割。是因為操心吧。對這個年輕人來說，這個職位似乎太殘酷了。這段時間的局勢更加風詭雲譎，已經到了他的能力無法理解的地步。儘管如此，他還是想理解並處理。

當然，神經受到了重壓。這個年輕人如果生在太平的普通身分下，會成為一個學者吧。作為學者，也許他並沒有特別出色的創造性，但他應該能夠成為繼承傳述先哲學問的學者。就是這種資質。這個男人，在日本史上最大的政治和思想動亂期的幕末成為成年人，並作為其中心人物駐留在京都。有時處於瀕臨死亡的神經疲勞也是理所當然的。

這是題外話，在容保生病期間，有一件終生難忘的感動。這位天皇擔心可以說是自己唯一同志的容保的病情，在宮中深處親自祈禱。不是佛教儀式，而是進行神道儀式，在這期間，茹素沐浴齋戒，晚上也不近嬪妃。一邊祈禱，一邊大聲搖動神鈴是常有的事，這時他會說：

「今天，容保一定會好起來的。好像得到神的意旨了，搖鈴的聲音比平時更清脆。」

接著，將洗淨的米供奉在祭壇上，祈禱結束後，就把洗米取下來，叫容保的家臣來，說：

「把這些白米給容保，每天固定服用幾粒。」

當聽到病情沒有好轉的時候，會說：

「接下來，要施行蟇目之術[114]（祈禱的一種）。」等等這些話。

這個太過破例的天皇的關愛，理所當然地劇烈撼動了年輕的容保的心情。他在受到天皇賜下的洗米的時候，已經感動到想要去死了。

聽說這位天皇身體欠安。

（感冒了嗎？）

容保這麼想，但是，第三天，天皇的病情就有變化了。容保每天到御所的詰之間守候，向議奏的公卿打聽天皇的狀況。十一日發高燒，十五日體溫更加上升了。這期間無法排便。十五日早上，典醫給他瀉藥，到半夜才排便。然而，十四日左右，天皇臉上出現了少許痘疹。

114 蟇目之術為日本神道的一種驅邪之術，原本是拉動沒有放箭的弓弦，以弦音來驅魔避邪，後來發展為使用發出高音的鏑矢進行射箭的驅邪之術。使用鏑矢的儀式被稱為蟇目之術。

到了十七日下午，發疹越來越嚴重，最後被診斷出得了天花。這是典型的症狀，無論哪個典醫對病名的診斷都一致。當時已經有部分實施種牛痘的蘭方醫[115]，但天皇的情況當然沒有接受這種接種。感染的途徑很明確。天皇一位日常近侍的少年是這個病的患者。是被這個人感染了吧。

這是一種等於被宣告死亡的疾病。醫生束手無策。從病名確診的十七日開始，七社七寺奉命祈禱天皇能夠痊癒，但隨著時間經過，疹子的密度越來越大，臉部也腫起來，終於在二十五日晚上駕崩。這是在天皇發病後的半個月。

這段時間，容保幾乎沒有睡覺。白天處理公務，夜半入內晉謁，整夜持續守候，到拂曉才退出。他也一天比一天衰弱，臉頰凹陷，失去了血色。聽到天皇駕崩的時候，容保茫然自失，膝蓋無法站立，被家老橫山主稅攙扶著離開御所。

「毒殺」

雖然有這種說法，但容保不相信。雖然有所謂討幕派的下級公卿岩倉具視[116]下毒的說法，但是他的病情在普通人看來很明確的是天花，並且按照這個病的走勢持續發展，最後斷氣了。容保在御所裡對這些事都很清楚。

但是，毒殺說的出現也是理所當然的，因為之後的政局完全改變了。幼帝踐祚即位。就是明治天皇。

已經暗中轉換方針為討幕的薩摩藩，和其系統的公卿岩倉具視的祕密活動，突然變得活躍起來。只要孝明天皇在世，討幕是不可能的。這位天皇是佐幕家，而且是一個太過濃厚的佐幕家。這位天皇，現在已經不在了。

幼帝的監護人是其外祖父前大納言中山忠能[117]。如果要頒布詔敕，只要把中山忠能拉進來成為同志就可以自由地頒布了。只要忠能一邊繼續照顧幼帝，一邊在詔敕文上蓋上印璽就可以了。岩倉在孝明天皇死後，接近了忠能，花了一年的時間才把這個原屬中立派的老公卿變成了同志。這已經與革命的成功是一樣的了。

孝明帝死後一年，前代天皇的「朝敵」長州藩依敕命被解除罪狀，藩主[118]的官位回復了，更

---

115 蘭方醫（らんぽうい），指西醫。因為江戶時代西洋醫學是透過荷蘭人傳入，故稱「蘭醫」或「蘭方醫」。

116 岩倉具視（1825~1883），下級公卿出身，在關白鷹司政通的推薦下，成為孝明天皇侍從。曾參與策劃「廷臣八十八卿列參事件」，反對批准締結條約。為推動公武合體，努力促成「和宮降嫁」，被尊攘派列為所謂「四奸兩嬪」之一，終遭彈劾，受辭官、出家、蟄居之處分。蟄居期間後期，逐漸與薩摩藩祕密往來，立場也由公武合體轉向倒幕。孝明天皇辭世，傳出岩倉毒殺之說，此後政局動蕩，岩倉與薩摩藩大久保利通聯手策劃，透過明治天皇外祖父中山忠能操縱政局，並在小御所會議中主導全局，是建立維新政府的中心人物。維新後任新政府的副總裁、議定、大納言等要職，與三條實美成為新政府內最具實權的公卿。明治四年，主導了著名的岩倉使節團訪問歐美，回國後與大久保利通、木戶孝允聯手力阻「征韓論」，此後成為政府中舉足輕重的核心人物。

117 中山忠能（1809~1888），幕末公卿，其女慶子，為孝明天皇權典侍，號中山一位局，為明治天皇生母。黑船來航時任議奏，主張攘夷，反對締約，並為此批判關白九條尚忠，反對條約敕許。作為公武合體派的公卿，被任命為「和宮降嫁」的御用掛，並隨同和宮東下江戶，因此招致激進派的激憤而失勢。同年其子忠光，在天誅組之亂時被擁為主將，兵敗後逃往長州藏匿，卻遭暗殺。禁門之變時支持長州藩，因而觸怒孝明天皇招致處分，直至天皇去世才復歸。作為明治天皇的監護人，在之後與岩倉具視聯手，實現王政復古，發布討幕密敕，更在小御所會議中擔任主持人的角色。維新後則全心投入嘉仁親王（大正天皇）的養育工作。

118 當時的長州藩主為毛利敬親（1819~1871），為第十三代藩主，一八三七年起繼任家督，至明治二年（一八六九）退位，在位三十二年，可說是在整個幕末風雲動蕩的時代，長州藩從局促西南到躍上日本權力中心，都是在他藩主任內發生。期間，長州藩對外國的方針因周布政之助而攘夷，因長井雅樂而轉為開國，又因桂小五郎又轉為攘夷。兩次長州征伐時，因椋梨藤太而恭順幕府，後又因高杉晉作得勢轉為反抗幕府。可見長州藩的施政方針因當權的家臣而轉變，據聞他對家臣的意見從不提

進一步，可以說是討幕戰的關原之戰的鳥羽伏見之戰[119]即將爆發。不，已經爆發了。

當時，容保與德川慶喜及其幕下一同位於大坂城。以「向朝廷請願」為由，把幕軍向京都推進。由會津藩和新選組擔任先鋒。

最初，從京都攻來的敵人只是薩長軍。還不是「官軍」。經歷了數日的激鬥。但是，由於薩長軍全部裝備了新式槍砲，以舊式刀槍部隊為主力的會津藩及新選組死傷慘重，戰鬥極為慘烈。開戰後的第三天，薩長軍方面舉起了天皇的錦旗，他們變成官軍。是根據幼帝的詔敕。由於薩長方面揚起這面錦旗，德川幕下的諸藩大多在戰鬥中保持中立或倒戈，整個戰鬥全線崩潰。

容保在大坂城。聽到薩長方面揚起錦旗的消息，這是完全沒能預料到的事態。

「我們這邊還有大坂城。」

容保這麼想，並確信會取得軍事上的最後勝利。不僅僅是大坂城，還有強大的海軍力量，還有幕府步兵，在江戶更有旗本八萬騎待命，還有關東的諸侯。無論從哪個角度看，軍事上都沒有悲觀的因素。

在思想上也是，容保相信止義。薩長雖然提倡勤王，但自己受到先帝那樣的關愛，舉全藩的總體力量為了先帝而鞠躬盡瘁，堅守王城治安的不正是自己嗎？他深信勤王和忠誠的第一人非自己莫屬。

（雖然一時用策略獲勝。但是最終，還是至誠者會獲勝。）

他也這麼相信。他沒有畏懼一時軍事上的失敗。薩長現在依靠這個謀略暫時占領了宮廷。然而，就像文久三年八月容保自己所經歷的一樣，「正義」應該會勝利。在宮廷裡那麼橫行霸道的長州勢力，一夜之間就退潮了，「正義」不就勝利了嗎？

（總有一天會這樣），容保如此確信。可以說是這個天生缺乏政治感覺的男人所擁有的唯一的政治哲學。依靠這個政治哲學，容保度過前後大約七年的京都生活，絲毫沒有犯過大錯。

然而，容保的不幸之處在於，他的宗家擁有一個對政治和時勢太過於敏感的男人。

就是德川慶喜。開戰以來，慶喜因為感冒發燒，一直臥病在大坂城深處。

「錦旗出現了。」

聽到這消息時，慶喜像彈簧一樣從病床上跳了起來。（變成逆賊了）這件事，對這個德川一門頭號的知識分子來說是最大的恐怖。他出生於尊王主義的發源地水戶家，繼承了一橋家，更進

出異議，總是回答「うん、そうせい（嗯，就這樣辦吧）」，因此被戲稱為「就這樣辦侯」。在長州站上倒幕運動的浪頭上時，諸藩間流傳著「長州想要建立毛利幕府」的傳言。雖然因為上述諸多原因，敬親並未被評價為「賢侯」之列，但是司馬遼太郎在《世に棲む日日》中如此評價他：「他自己雖然沒有獨創性，但富有對人的獨到眼光，和對事物的理解力，而且天生寬容。」「從某種意義上來說，也許沒有人能像他一樣成為賢侯。他不去接近愚蠢或奸佞之人，而是去接近藩內的賢士。」

119

一八六七年十二月九日（日本舊曆，下同），明治天皇發布王政復古大號令，並召開小御所會議，決定要求德川慶喜辭官納地，慶喜得知後從京都二條城撤出轉往大坂城，經二十餘日的思考及局勢變化，終於決心與薩長開戰，在翌年一月二日，集結在大坂的兵力，並動員畿內譜代諸藩，共有約一萬餘名兵力沿淀川、宇治川向京都進軍。薩長士三藩總兵力約五千四百人，雙方於一月三日在鳥羽街道及伏見街道接觸開火，就此展開為期四日的鳥羽伏見之戰。雖然幕軍在人數上占有優勢，但薩長軍在武器配備及砲火數占上風，在初期戰鬥中取得優勢後，朝廷正式承認薩長軍代表新政府，任命仁和寺宮為征討大將軍，並授予「御之錦旗」，幕府軍因之戰意全失，全線退入大坂城，慶喜並在六日夜間拋下所有官兵，陣前逃亡搭艦回江戶。鳥羽伏見之戰被稱為「關原之戰後再次決定天下的戰役」。

一步繼承了十五代將軍。水戶思想是以規定室町幕府的第一代將軍足利尊氏為「逆賊」，依據這樣的史觀這個體系才能成立。慶喜有這種知識。尊氏不就是因為背叛南朝的錦旗，成為直到六百年後的今天還是日本歷史上的逆賊嗎？

（自己也）會成為逆賊吧。慶喜的複雜性在於，他太過了解自己的歷史價值了。是德川第十五代將軍，但將家康以來的政權奉還的，卻是自己。這個行動一定會被後世的歷史詳細地記載下來。這件事和足利尊氏一樣，被刻上「逆賊」的烙印，讓人難以忍受。本來慶喜自己就不想接受將軍職。說起來，這個男人不情願就任這個將軍的職務。理由只有一個。他在成為將軍之前，就看透了德川家的命運。然而，事到如今，即使與京都軍抗戰，也不想背負逆賊的污名。

「把肥後守叫來」，他命令和尚。慶喜害怕的是會津藩和新選組。這個藩，如果放著不管，讓他們和慶喜的意思無關的話，一定會一直固執地堅持到底，決心抗戰。如此一來，慶喜將無法擺脫後世的「污名」。

「越中守也叫來。」慶喜說。他就是桑名藩主、京都所司代松平越中守定敬。是容保的親弟弟。因為是親弟弟，桑名藩應該也是主戰派。

「等等。」慶喜叫住和尚。

「雅樂、伊賀、伊豆、駿河、對馬也叫來。」

每個都是德川家的高官。雅樂頭是老中酒井，伊賀守是老中板倉，伊豆守是大目付戶川，駿河守是外國奉行石川，對馬守是目付榎本。[120]

慶喜在城裡的住處在比「御錠口」[121]更裡面，一般情況下，別人都不能進入。

容保心裡想（是什麼事呢？），走進了御錠口裡面慶喜的居室。慶喜一看到容保，立即說：

「逃走吧。」

容保說不出話來。心想：不會吧。上個月，慶喜還對薩長的宮廷革命感到憤慨，在二條城召集群臣，拿起筆在宣紙上寫下：

「誓必討伐」

幾個大字，不只是高舉起來給群臣們看，以催促他們的決心。慶喜還說了激動的話：

「掃蕩君側之奸的薩長！」

對容保來說，這就是宗家的命令。正因為有了慶喜堅決的方針和命令，會津藩才在鳥羽伏見戰鬥，這支先鋒幾乎遭到殲滅性的打擊。

六日晚上，前線敗戰的情報傳入大坂。在大坂的會津藩本隊情緒激昂，逼迫慶喜乞求出動。大坂不僅有會津藩，還有幕府步兵等，還有近兩萬德川軍的幕下兵力。京都的薩長軍，包括土州也不過二、三千。

「應該能贏。」

會津藩士抓住慶喜的袖子，就為了懇求他下達戰鬥命令。這時慶喜想了片刻，馬上又說：「我

121 分別為酒井忠惇、板倉勝靜、戶川安愛、石川利政、榎本道章。

120 御錠口（おじょうぐち），是將軍、大名等的宅邸中，位於內外兩境的交界處，鎖可由內外兩邊打開。

知道了。即使戰死千騎，只剩一騎也堅決不能退卻。」

大聲命令道。因此會津、桑名的藩士狂喜不已，紛紛走出城外就各個戰鬥位置。現在也還就位著。

但是現在，在前線，會津藩士還在以大坂為目標持續撤退中，尚未到要收容他們的地步。

慶喜抓住這個藩主容保說：

「現在馬上和我逃到江戶去。」

容保這七年來一直被慶喜這種極其變幻莫測的發言所困擾，但是他從來沒有像現在這樣啞然無言過。

但是，過於機敏的慶喜，每次都有各式各樣的理由。這次，要阻止會津藩兵戰鬥的方法，除了奪走容保作為人質以外別無他法。

「不聽從我的命令嗎？」

慶喜像恫嚇一樣地說道。慶喜對於容保溫順、過於純良的性格一清二楚。

「可是……」

當容保抬起頭來的時候，慶喜立刻說：

「這是宗家我的命令。會津松平家的家訓中有一條的意旨是，從初代以來，要對大君盡忠勤，是與他國不同的家門。違背我的命令，也是違背家祖的命令啊。」

容保幾乎無意識地膝行後退。對他來說，是想逃離變得很奇怪的宗家之主。

「別動！」

慶喜這麼說。慶喜雖然是個才子，但在每個每個關鍵的轉折點，他都是有著正氣凜然演技的男人，長州的桂小五郎[122]曾透露，如果從每個場合的態度來看，慶喜是令人害怕的「家康以來的傑出人物」。

事實上，容保沒有移動。這裡是御錠口的內部。家臣進不來。接著，慶喜的語氣緩和下來，說了令人意外的話：

「是為了戰鬥。」

容保陷入混亂了。但是，慶喜的下一句話明確地統一了容保的想法：

「回到關東，才能解決事情。一切都是為了這個。在大坂根本什麼都不能做到。」

這個意思，容保將之理解為所謂的長期抗戰。這種理解與容保自己暗中的方針相符合。可以

---

122 桂小五郎（1833~1877），明治維新元勛，與西鄉隆盛、大久保利通並稱「維新三傑」。幕末時期以「長州藩的桂小五郎」之名聞名日本，而後因幕府通緝，長州藩主毛利敬親賜姓木戶，更名木戶貫治、木戶準一郎，維新後改名木戶孝允。黑船來航，小五郎開始各方學習西洋新知，結交各地志士，二十九歲進入藩政中樞。之後受藩命由江戶上京，擔當長州與幕府及朝廷的外交，推動攘夷。八一八政變後，長州勢力被逐出京都，桂小五郎隱姓埋名留在京都繼續努力，但藩內急進派當道，在京都發生池田屋事件，桂遲到而逃過一劫，接著長州藩進軍京都，爆發禁門之變，因未與同志同赴戰場，設法在事後化裝為乞丐逃至但馬出石，藩內無人知其下落。也因數次能敏銳的迴避危險，因此被人稱為「逃跑的小五郎」。後高杉晉作功山寺起義，倒幕派重掌政權。桂小五郎毅然返國，承擔藩政大任，改革兵制、購買現代武器，並祕密和薩摩結為同盟，終於在第二次長州征伐中擊退幕府，更在鳥羽伏見之戰取勝，實現倒幕大業。新政府成立初期，以長州藩領導人出任總裁局顧問、參議等要職，參與起草五箇條御誓言，與大久保利通合作推動版籍奉還、廢藩置縣等變革，更以副使官身分隨岩倉使節團前往歐美諸國訪察，期間西鄉隆盛於留守政府中提出「征韓論」，與大久保提前返國，聯手推翻原議，導致西鄉拂袖下野歸鄉，更使薩長土肥聯合政權崩解。此後，在新政府中的影響力日益衰微，兩度辭官返鄉。西南戰爭爆發後不久，其病情惡化，在彌留狀態下痛斥「西鄉，還不適可而止嗎？」，在對政府與西鄉雙方的憂心中辭世。享年四十五歲。

說，他此後在會津若松城的慘烈抗戰就是從這時開始的。

六日晚上十時，慶喜帶著容保等數人，逃出了大坂城。這位前將軍，沒有告知城裡的任何一個人，就朦混在黑夜之中走了。

要逃出城門的時候，有慶喜的家臣衛兵盤問來者何人。慶喜自己偽稱：

「是小姓[123]要換班。」

衛兵不知道出去的男人，竟然是對自己來說是雲上之人的慶喜，還慰勞道「辛苦了」，讓他們通過。他們幕軍，被這個統帥拋棄在大坂。

慶喜等人從天滿八軒家乘坐川船出海。在大坂的海港，通稱天保山海灣上，應該停泊著幕府軍艦開陽、富士山、蟠龍、翔鶴。

但是，在夜裡根本看不到。

無奈之下，只好把小船開往停泊在附近的美國軍艦，叫同行的翻譯高倉五郎向他們說明事情原委。

美國軍艦艦長很快就了解了這位意外訪客的處境，讓這位作為日本最尊貴的亡命者借宿一夜。

第二天早晨，他們轉乘軍艦開陽，起錨離開了。

在前往江戶的船上，慶喜又再次驟變。他把容保叫來說：「我想向京都表示恭順。」

但是慶喜怕容保反對，又暗示了封鎖箱根關門的關東抗戰戰略。

雖然他說「也有考慮這種作法」，但是，容保卻不知道哪個才是慶喜的真心話。

（已經不知道了）

在江戶藩邸的裡間，容保一邊休養疲勞，一邊這麼想。慶喜的作法就是所謂的政治。容保沒有理解那個的能力。不久，許多戰敗倖存的藩兵們從大坂回來了。他們逼迫容保要求抗戰。容保有慘痛的弱點。把他們拋棄在戰場上。現在在情感上不能反對這個抗戰論。但是，暫時把他們壓制住了。慶喜，把這樣的容保和會津藩，當作今後對朝廷政策上的絆腳石。

（會津被血污染得太厲害了）

事實上，的確如此。在京都的巷弄斬殺長州志士，在元治元年的禁門之變中，迎戰擊潰來襲的長州軍，在鳥羽伏見之戰中擔任先鋒奮戰。

（這樣的容保和會津藩在江戶，是對官軍的挑釁，就像提供了官軍進攻江戶的理由。）

如果讓容保來說，這每一件都是京都守護職的職務。容保只不過是忠實地執行這個職務而已。而且，這個職位不是容保所希望的。當初，儘管也再三再四推辭，但不就是因為慶喜和越前福井侯松平春嶽拚了命勸說，不得已才就任的嗎？

政治的不可思議之處不止於此。說服容保擔任這一艱難職位的越前福井藩的春嶽，現在追隨薩長土之後成為官軍，春嶽在京都成為維新政府的議定職。容保回到江戶不久就被禁止登上江戶城。之後更進一步，慶喜的使者又來了，

「遠離撤退出江戶之外。」

123 小姓（こしょう），一種武士擔任的職務，主要是在武將身旁負責各種雜務，相當於現在近侍的工作。小姓主要由年輕者擔任。

如此傳達了慶喜的命令。

（這是怎麼回事啊）

容保已經搞不懂政治了。

但是，他不得不服從命令。二月十六日，他率領藩兵離開江戶，前往會津若松。連一個來為他這次回國送行的幕臣都沒有。隊伍遲遲無法前進，因為隊裡的傷兵太多了。

二十二日，進入會津若松城。對於容保來說，是相隔七年首次回國。歸城後，他仿效慶喜的恭順，謹慎屏居[124]，等候京都的恩命發落。

但是，傳來的不是恩命，而是聽到了討伐會津的傳聞。

不久這個傳聞成為事實。容保多次向京都方面迅速提交請願書。上呈了多達數十封的請願書。但是，全部都送達不到，最終受到奧羽鎮撫總督[125]的討伐。容保決心開戰。

會津藩在砲煙之中迎戰官軍，連少年、婦女也拿著刀槍戰鬥，但是戰敗了。明治元年九月二十二日正午，容保穿著麻布禮服，穿著草鞋，打開追手門，在城下步行，前往設置在甲賀町的會場，然後投降。

接受容保投降的將領是薩摩人中村半次郎[126]、長州人山縣小太郎。之後，容保被轉移到奧州斗南，幾年後轉移到東京目黑的宅邸，明治二十六年九月患病，十二月五日五十九歲時去世。

容保的晚年，幾乎不與人交際，終日沉默無言的日子也很多。只是偶爾也會有想起過去時而無法排遣激情的日子吧。

有一天，他作了一首詩。舊臣們看了那首詩後，怕洩漏到世間，不讓這首詩流出門外。

奈何大樹棄連枝[127]
斷腸三顧許身日
揮淚南柯入夢時
萬死報國志未遂
半途逆行恨無果
暗知地運推移去

---

124 謹慎（きんしん），是江戶時代，適用於上級武士的名義上的刑罰，關閉門戶，白天禁止出入。屏居（へいきょ），指從世間引退，在家閉門不出，即隱居。

125 官軍在鳥羽伏見之戰告捷後，新政府成立東征大總督府，任命帥宮有栖川宮熾仁親王為東征大總督，下轄四路鎮撫總督府，包括北陸道鎮撫總督高倉永祜、東山道鎮撫總督岩倉具定、東海道鎮撫總督橋本實梁、奧羽鎮撫總督澤為量。不過，總督雖皆由公卿擔任，多不諳軍事，實際上戰術及戰略的主導者由參謀擔當。

126 中村半次郎（1839~1877），後改名桐野利秋，薩摩藩城下士出身，與同藩的田中新兵衛、土佐岡田以藏與肥後河上彥齋並稱為「幕末四大人斬」。文久二年（一八六二）跟隨島津久光上京後，開始與諸國志士有所來往。因在京都光天化日之下斬殺同藩公武合體派軍學者赤松小三郎，因此得到「人斬半次郎」的稱號。他非常敬重西鄉隆盛，幕末時期即隨侍在側，為其奔走效力。鳥羽伏見之戰立下戰功而被拔擢。明治四年為準備廢藩置縣，西鄉組織「御親兵」上京，被任命為陸軍少將，後來在徵韓論政爭後追隨西鄉辭官返鄉。回鹿兒島後雖表面上於吉野致力開墾事業，實際上則為隱居鄉野的西鄉的代理人。在傳出警視廳計畫暗殺西鄉後，在私學校大會上主導會議，最後決定率軍北上，爆發西南戰爭，其可以說是西南戰爭中薩軍的實際總指揮官，西鄉只是精神領袖，最後於城山額頭中彈身亡。

127 日文中幕府將軍又稱「大樹公」，而旁系分家則稱為「御連枝」。

大樹是指慶喜。先陳述：為什麼非得把德川家門的自己投入那樣殘酷的命運之中呢？接著轉到說：沒有報答孝明天皇之恩，對自身的逆運的遺憾，我的這兩個怨恨終於沒有盡頭，可以說是怨念的詩。

容保是個很少有逸聞的人。只有關於這個怨念的一個逸聞。晚年的他只不過是沉默寡言安靜地隱居，可是，身體上卻帶著奇怪的東西。

是一個長二十公分的細竹筒。這個竹筒的兩端繫著帶子，從脖子垂到胸前，再從上面套上衣服。

睡覺的時候也沒有卸下，只有洗澡的時候卸下。

誰也不知道這個竹筒裡裝的是什麼，連容保自己也沒說過。

容保死的時候，遺臣商量該如何處理竹筒。

京都時代，容保還是單身。維新後才開始把女性留在身邊作為妻子。這個女人生了五男一女。容大、健雄、英夫、恆雄、保雄，此外還有女兒一人。他們在為父親守靈之夜，打開看了這個竹筒。

意外的是，裡面裝了信件。讀了之後，發現這不僅僅是信件。

是宸翰。一封是孝明天皇對容保的信賴，對他的忠誠感到高興，認為他是獨一無二的人，意思是這是一封天皇的私人密信，另一封，是痛罵長州和其所屬的公卿為奸賊的文章。

被維新政府當作逆賊對待的他，在維新後從未對此作任何的抗辯，只是靠隨身帶著的這兩封宸翰，默默安慰著自己度過餘生。

「主公的怨念凝聚在這個竹筒裡。」

明治中期，成為第五高等學校教授的舊臣秋月悌二郎對此感到異樣，並這麼說。秋月在偶然無意間對來到熊本的長州出身的三浦梧樓[129]將軍說了這件事。三浦把這件事告訴了長州閥的總帥山縣有朋[130]。對三浦來說，這只不過是當作酒宴餘興而說的話，可是山縣卻說：

「不能置之不理。」

對山縣來說，只要宸翰存在於世間，長州藩在維新史上的立場，後世不知會如何評價。

---

128 此詩原文應為漢文七言律詩，但譯者找不到原文，因此以日文意譯反推，但司馬遼太郎小說原文應漏載了第一句「自古英雄數奇多」。

129 三浦梧樓（1847~1926），長州藩士出身，加入長州諸隊中著名的奇兵隊，參與第二次長州征伐與戊辰戰爭。維新後出仕於兵部省，參與平定萩之亂和西南戰爭，晉升陸軍中將。雖然是長州出身，但因和山縣有朋在奇兵隊時期即關係不睦，因此為陸軍中的非主流派。明治十九年因改革路線之爭退役，其後擔任貴族院子爵議員，並出任駐朝鮮全權公使，隨後主導朝鮮明成皇后（閔妃）暗殺事件（乙未事變）。

130 山縣有朋（1838~1922），原名狂介，有「日本陸軍之父」、「陸軍的大御所」之稱。長州藩足輕出身，曾短暫入吉田松陰門下。高杉晉作創立不問出身的奇兵隊，擔任第一代總督，在第三代總督赤禰武人時，山縣就任相當於副官的奇兵隊軍監，並在赤禰離隊後以軍監身分掌握了奇兵隊的實權。禁門之變時並未上京，留在下關，抗擊英法荷美四國聯合艦隊砲擊。在功山寺起義中指揮奇兵隊支持高杉晉作，並在第二次長州征討中擊敗幕軍。在戊辰戰爭時擔任北陸道總督參謀，立下戰功。維新後，赴歐洲考察軍事。歸國後擔任兵部少輔，在兵部大輔大村益次郎遭暗殺後，逐漸掌握軍權，推動徵兵制，致力於日本近代陸軍的建設與改造。西南戰爭時擔任參軍及現場總指揮官，一手制定作戰計畫，平定亂事，戰後逐漸形成陸軍最大派閥，並跨足政界，二度擔任內閣總理大臣，並指揮參與日清甲午戰爭、八國聯軍、日俄戰爭，此後影響力日增，當時能與他匹敵的只有伊藤博文，在伊藤博文遭暗殺後，成了日本軍政界的頭號巨頭。

派人去了松平子爵家，說想要買下，進行了交涉。金額，是五萬日元。

可是，宸翰並沒有落入山縣的手中。松平家委婉地拒絕了，之後寄存在銀行。

一個竹筒

兩份文件

以這樣的項目記載，到現在松平容保的怨念也還長眠於東京銀行的金庫裡。

加茂の水

加茂之水

一

很難記住的名字。

玉松操。

這就是這個老人的名字。這不是一個典婉的名字嗎？

但是，實物卻不一樣。讓人想到生長於突岩上的孤松，在纖瘦的身上穿著道服，蓬髮剪短而未束。是像中國南宗國畫畫中一樣的隱士。說起畫，老人結庵的地方也是，近江之國，真野之里。

真野是琵琶湖西岸的漁村。

從王朝古早以前開始，在湖畔可算是名勝的岸邊村落，一再在詩文繪畫中登場。一首名為「鶉鳴」[1]的古歌，也留下了這個村落的文字。——鶉鳴真野入江之濱風，尾花飄舞如秋之夕暮。詠唱的人是何人啊。

這個村落裡住著一個老人。漂泊來到這裡。慶應二年夏之前，流浪到江州[2]坂本的某座寺廟裡寄居，但後來沿著湖岸向北走，來到真野，結庵而住。

沒有家人。

村民們開始有傳言說：

「是乞丐吧？」

可是老人在小屋裡堆著滿滿的和漢書籍。他們想乞丐應該不會有書吧，判斷他應該是私塾的老師，就試著把孩子送去，他很認真地教他們讀書寫字。於是漸漸地，把孩子送去的父母變多了。老人就這樣以此為生。

對老人來說，真野一定是個適合生活的地方。如果走下湖濱就可以撿拾蜆仔，漁夫每天都會帶小魚等來送他。話雖如此，但這是題外話，這位老人不喜歡魚腥味，一收到魚就馬上丟棄進湖中。

服裝，從夏天到冬天一整年間，就像裹著大方巾一樣，穿著一套自己設計的、仿製儒服的衣服。因為是個討厭夏天炎熱的男人，盛夏[3]的前後，會一整天躺臥在小屋中，屏住呼吸，一言不發，一心等待季節過去，以這種方式生活。但是，與此相反，當冬天臨近，開始吹起比良山的落山風[4]時，和這落山風一樣，這個老人看起來更加元氣十足，即使在寒冷的天氣裡，也不靠近取暖的火。

「是個有什麼經歷的人？」

---

1 鶉（うつら），是日本鵪鶉，原本被視為鵪鶉的亞種，於一九八三年被認定為獨立的物種。

2 江州，近江國的別稱，領域大約為現在的滋賀縣。

3 原文為「夏の土用」，土用（どよう）是指春夏秋冬各季交替結束前十八天，所以一年應有四次「土用」。但是現在一般指的土用是夏季的土用。夏秋之交的「土用」是一年中最炎熱的時期。

4 比良颪（ひらおろし），是在滋賀縣比良山地東麓吹來的落山風，風速強勁，曾造成鐵道ＪＲ西日本湖西線及琵琶湖多起船難事故。

村民們探詢說道，終於從老人先前的居住地坂本來到村子裡的僧侶和商人口中，漸漸了解村子裡的這個人。在先前的居住地坂本——雖然在那裡只生活了短短幾年，卻好像被稱為坂本聖人。

話雖如此，但性格也不怎麼像聖人。

「好像如果有所不滿，就用棍子打人。」

村民們也聽說了這種事。

脾氣暴躁，似乎是不可原諒的性格，只不過，覺得名利如塵土，一心只想從世間隱遁的姿態，讓人聯想到曾經住在近江的中江藤樹[5]吧。

但是出身比中江藤樹好。

是貴族出身。

村民們知道這件事時的驚訝非同小可。比起對岸彥根的主公大人，他的家世門第更好。知道這件事之後，村民們就像京都的町人稱呼公卿為「御所先生」一樣，在背地裡叫這位老人：

「御所先生」

可以說，乞丐小屋變成了御所。

事實上，老人是京都下級公卿山本家的次子。父親叫山本公弘。這個家是侍從程度的最高官位，家祿一百五十石。

貧窮公卿的次男以下，被送進寺廟的例子很多。這位老人也在元服[6]後不久就被送到宇治的醍醐寺，成為僧人。醍醐寺是京都附近僅次於叡山的巨剎，在這裡學習佛學，進一步鑽研儒學，過了中年後又擴及國學，終於成為全山門第一學僧。

但是，天生脾氣暴躁，或許說毋寧是性格異常。寺門的戒律已經敗壞了。他不能容忍僧侶的墮落，被授予大僧都法印[7]後嚴厲地執行。棒打、為文攻擊墮落的僧人，有時還會為了剝奪僧階而訴訟，被整個山門的僧侶厭惡、孤立，最後不得不捨棄僧服離開寺院。

僧名叫做猶海。

還俗了，一開始是山本毅軒，接著改為玉松操。

這已是年過五十的事情。在諸國流浪。頭髮長出來了，走出來到塵世，卻不可能生活。無論多麼有學問，由於一生幾乎都是在寺門度過的，所以在俗世中很少有人知道他的名字。

在此期間，日本迎來了幕末。培里來航，開港的騷亂開始，攘夷論沸騰，大老井伊直弼被暗殺，攘夷志士聚集在京都，天誅事件接連不斷。再加上時勢變化，幕府斷然進行長州征伐，反而失敗，在連戰連敗中將軍家茂病死。

時勢暗淡。

但是，玉松操卻在流浪。

5 中江藤樹，日本德川幕府初期的儒家學者。一般認為他是日本陽明學的開山鼻祖。他也是日本著名的教育家，被後世尊稱為「近江聖人」。

6 元服（げんぶく），依日本禮制，男子十五成年，行元服之禮。將頭髮束成髮髻，戴上幞頭，並除去童子服，用成人之服飾。

7 真言宗僧階分為三個等級，最高的僧正為法印、僧都為法眼、律師為法橋，又細分為十六級，最高為大僧正，其下依序為權大僧正、中僧正、權中僧正、少僧正、權少僧正、大僧都、權大僧都、中僧都、權中僧都、少僧都、權少僧都、大律師、律師、權律師、教師試補。

就這樣默默無名。

原來他是個狂熱的攘夷主義者，開口就罵幕府，說攘夷、討幕和王政復古才是救國之道。但議論的對象主要是漁夫農夫和商人，與貴顯紳士和所謂志士並無往來，所以在這方面也完全還是沒沒無聞，就此正在迎向老年。

在這時候——

老人命運驟變的時候來了。

「在琵琶湖西岸一個偏僻的鄉村裡，有一位叫玉松操的隱居君子在養老，但是，他的學識為天下所不及。」

有個人用一種童話般的說法這麼說，這個人物的名字出現在京都風雲的一角，是在慶應三年的正月。

二

話題是從洛北的岩倉村傳出。

在這個村子裡，住著當時被尊攘志士稱為奸物、怪人的人物。

是岩倉入道[8]。

此後，這位下級公卿因在維新革命中的第一等功績而被授予公爵，當時，他不知怎麼地被認為是佐幕派的奸人而奉敕隱退，於是削髮以「友山」為號，禁止居住在京都市區。

退隱在岩倉村前後大約有六年了。

在那六年的時間裡有過各種各樣的事情，總之這個男人最近再度開始活動。這次不是佐幕派。這次是作為激進的討幕派策士。本來，這個人善惡分明，據說在公卿中能幹的男人就只有這個「友山」岩倉具視。因此，薩摩藩開始暗中贊助這位昔日的佐幕派政治犯。

當然，岩倉的活動並不是公開的。

他是被天皇放逐，受朝命被剝奪自由的天皇的罪人。他不能為了討幕運動到京都去做宮廷工作，也不能公開與人見面。

「有誰嗎？能夠為我找出能寫優秀文章的名家？」

很久以前就對人這麼透露過。

被禁足的岩倉，除了靠書信、建議書、意見書等文書活動外，什麼都不能做。

當然，這些不能說什麼文章都好。

（非得是優秀的文章不可）

這個男人心裡這麼想。正因為岩倉對宮廷的人太清楚了，如果不是優秀的文章，就不能打動宮廷。

岩倉自己寫不出來。

8 岩倉入道為岩倉具視受落髮出家幽居時的稱號。見〈王城的護衛者〉註釋116。

的確，他的膽量和謀才是天生的，但從小時候對學問的記憶就被定型，與其說是不喜歡，不如說是到害怕程度的討厭，是這樣的男人。

這是題外話，在少年時代有這樣的逸聞。

他和其他公卿的子弟一起聽了名為伏原宣明[9]的宮廷所屬學者講授的《春秋左氏傳》，有一天，岩倉從懷中拿出硬紙的將棋棋盤和棋子，拉著同學中御門經之[10]說：

「來一盤吧。」

當時正在講課中。當經之以會被老師處罰為由拒絕時，岩倉嘲笑地說這樣的大話：「這樣的課有什麼用呢？我已經知道《春秋》的大意了，那樣的東西只要知道大意就好了。與其把時間浪費在字句的鑽研上，還不如下將棋來磨練智略。」

就是這樣的男人。

「有能為我代筆寫文章的人嗎？」

想找人也是合情合理。碰巧……

是慶應三年正月的事，來到這個岩倉村的岩倉具視的隱居宅，江州出身的志士、名叫三上兵部[11]的浪人來訪。順便一提，三上兵部也是維新後，擔任式部長[12]等職務並被授予男爵的三宮義胤。

岩倉在與三上兵部閒聊的時候，說：「我就是這樣的處境。」

他拍了拍自己的和尚頭。意思是罪人的不自由之身。

「雖然我有滿腦子的想法，但因為我的腳被別人剝奪了，不能出門去說服別人。」

「的確如此。」

「除了四處發送密信之外，沒有其他的活動方法。然而由於無才無學，起草的文章，文筆不通順，文意變得晦澀，無法寫出完整的東西。如果我身邊能有個有文才的人跟著我就沒話說了。」

（沒錯）

三上兵部這麼想。如果這個叫岩倉的公卿所擁有的稀世謀才可以加強他的表現力，就如虎添翼了吧。這無疑將獲得比百萬革命軍更強大的討幕能量。

「有這樣的人嗎？」

「這樣啊……」

三上兵部想了一會兒，說：

「有一個人。」

---

9 伏原宣明（1790~1863），江戶時代後期的公卿、儒學者。光格天皇、仁孝天皇、孝明天皇三代出仕於朝廷。明治天皇、岩倉具視年少時皆師事於宣明。

10 中御門經之（1821~1891），幕末至明治時期的公卿、華族，為討幕派公卿之一，曾參與討幕密敕之製作。

11 三上兵部（1844~1905），維新後改名三宮義胤，近江國真宗正源寺住持之子，幕末動亂時期，作為尊攘派志士奔走。與岩倉具視等人交往，參加王政復古運動。慶應三年在高野山舉兵，並在戊辰戰爭中轉戰各地有功。維新後進入兵部省，曾擔任東伏見宮彰仁親王隨行留學英國。之後調職外務省，於日本駐德國公使館任職，回國後轉任宮內省，升任式部長。明治二十九年被授予男爵爵位。

12 式部為明治時期起負責宮廷管理的宮內省中的一個部門，主要負責關於宮廷儀式、交際、雅樂等事務，其負責人為式部官長，戰後，宮內省改為宮內廳，仍維持式部官長之設置。

於是就說出了玉松操的名字。三上兵部是江州人，從玉松操居住在坂本時起就師事之，搬到真野後也經常造訪草庵。可以說是老人為數不多的門人。

「玉松操？」

「不錯，雖然世人完全不知其名，但是學問、文才、心志，三者兼具的人大概也沒有了吧。」

「也可以當謀臣嗎？」

「足夠了。比豐臣家的真田幸村[13]還強。」

「拜託你了。」

岩倉是一個倨傲的男人，但在這個時候，他卻做出合掌拜託的手勢。

「快點過來幫我。」

「可是……」

「怎麼了？」

「剛才你稱之為謀臣，但是，他畢竟是個怪人，若稱之為臣之類這種瞧不起人的對待的話，我想他是不會來的。」

「奉之為師好嗎？」

「不錯。就像玄德劉備對諸葛孔明的禮遇一樣，我想如果能作為賓師受到禮遇就好了。」

「就照這樣做，拜託你了。」

「說得沒錯。」

三上兵部也不敢保證。對方是一個已脫離世俗而難以應付的人。一直以來，他都擁有只要出來世間就能出頭的才學和門第，但他卻是個喜歡隱居在湖西，與漁夫農夫來往生活的男人。他會為了成為在社會上被評價為「奸人」的岩倉具視的祕書兼參謀等等而來嗎？

三

（抱著挨揍的覺悟去試探看看吧）

三上兵部從京都出發了。

那天晚上在大津過夜，第二天走湖西的路，日暮時分抵達了真野。

老人歡迎這位久違來訪的年輕門人，說：

「我來熬粥吧。」

老人煮了自己愛吃的菜粥，請兵部吃。兵部一邊吃著粥，一邊為了誘導話題，從討論時勢開

---

13 真田幸村（1567~1615），本名真田信繁，戰國時期武將，為武田（信玄）家武將真田昌幸次子。昌幸長期與德川家康對立，關原之戰前夕，與長子信幸、次子幸村商量，決定兩邊押寶，自己與幸村加入西軍，長子信幸加入東軍，如此一來，無論勝負如何，真田的家名都不會斷絕。戰事期間，昌幸、幸村父子在上田城拖住家康子秀忠（後來的二代將軍）的三萬八千大軍，使秀忠無法趕上關原戰場的大決戰。戰後，昌幸、幸村父子被流放到紀伊國高野山附近的九度山，命令終生不得離開。大坂冬之陣前夕，幸村逃出九度山，以浪人的身分進入大坂城，投入豐臣秀賴的陣營，並在大坂城外構築著名的防禦工事「真田丸」，並以五千兵力大敗德川方數萬大軍而聲名大噪。大坂冬之陣時，因大坂城牆已被拆除，護城河被填平，因此只能進行野戰。幸村驍勇善戰，曾直接攻入家康本陣，令家康狼狽喪膽。最後，幸村在大軍團團包圍下，力竭戰死。因為屢屢以寡擊眾，被譽為日本第一勇士。幸村也與源義經、楠木正成並列為「日本三大悲劇英雄」。

始。老人嚴厲批判，終於流下眼淚落在粥碗裡，說：

「日本要滅亡了吧。」

這位老人說，只要接二連三接受外國開港要求的幕府還掌握日本政權，日本就會崩潰。這是典型的攘夷論者的說法。

「打倒這個幕府，回到天朝之世，國家就能得救嗎？」

三上兵部誘導地說。

老人放下筷子，

「我不知道。不過，看到嘉永以來廷臣的狼狽相，害怕幕府有如害怕虎狼一樣，連一個站起來糾合勤王諸藩、打倒幕府的人都沒有。」

「有一個人。」

「誰？」

老人用紅腫的眼睛看著三上兵部。

「是誰呢？」

「就我所知，前右近衛權中將岩倉具視卿就是。」

「兵部，你瘋了嗎？」

老人很錯愕，說：

「說到岩倉，不就是出賣皇女和宮、奉承關東的四奸兩嬪[14]其中一人嗎？」

的確如此。策劃與關東的融合，為和宮降嫁而盡心盡力的公卿，除了岩倉之外，還有千種、久我、富小路三位公卿，更有少將內侍重子、衛門內侍紀子兩位女官[15]。

「我不認識岩倉這個男人，但我知道他以前做過什麼。」

文久三年，京都尊王攘夷派的勢力變強之後，岩倉等人被當作出賣京都朝廷的人而被志士恫嚇，並且被朝廷排擠。

「尤其岩倉是四奸兩嬪的頭目。」

老人這麼說。

「沒錯，是頭目。」

三上兵部不得不承認。

事實上，岩倉這個男人的長相，和「頭目」的語感很相稱。眼神銳利，下巴剛毅，下唇肌肉隆起頂著上唇，公卿的家系為什麼會生出這種面相的男人，真是不可思議。靠這樣的容貌骨骼，岩倉即使當賭徒的老大也能勝任吧。

---

14 和宮親子內親王（1846~1877），是仁孝天皇第八皇女，孝明天皇的異母妹，一八六二年，幕府為壓制當時的尊皇攘夷（尊攘）運動，提出聯合朝廷（公家）和幕府（武家）的公武合體的主張，具體行動則是提出希望皇妹和宮嫁給十四代將軍德川家茂，獲孝明天皇同意，史稱「和宮降嫁」。之後引發反激進攘夷派公卿反彈，由三條實美等十三名公卿連名，針對於「和宮降嫁」中奔走盡力的四名公卿、兩位女官，向關白近衛忠熙提出彈劾，稱為「四奸二嬪」。

15 「四奸兩嬪」，除岩倉具視（右近衛權中將）外，另有千種有文（左近衛權少將）、久我建通（前內大臣）、富小路敬直（中務大輔），對四奸的處分為蟄居、辭官、落髮。女官為今城重子（少將掌侍）、堀河紀子（右衛門掌侍。岩倉之妹），其處分為辭官、隱居、落髮。

岩倉有這樣一段傳聞。

這是他被逐出宮廷，從宅邸離開之後的事。激進志士們說要斬殺奸賊岩倉，並尾隨其後。岩倉從市區奔離，逃到了西加茂的靈源寺。一進入住持的居所，他便急忙剃光頭，穿上僧衣，衝進正殿，糾集幾個小僧，模仿誦念楞嚴經的習禮。就在這時，以勤王家自居的恐怖分子們揮舞著白刃跑了進來，在山內四處搜索，終於進來正殿，說：

「把岩倉交出來！」

對著岩倉本人催逼道。志士們如果說到公卿，就會想像在牙齒上塗上鐵漿[16]，在額頭上紋著殿上眉[17]的溫文儒雅的男子。萬萬想像不到，眼前這個膚色黝黑、其貌不揚的男人竟然是前右近衛權中將。

「岩倉中將不在這裡。」

這個住僧如此說道。不僅如此，他還突然正言厲色地說：「本山門是後水尾天皇的敕願寺[18]。在山門內動刀衝突，要如何面對天朝？」用宏亮的聲音恫嚇刺客。

刺客們因此離開了。

就是這樣的男人。這個插曲，老人和三上兵部都知道。三上兵部認為，正是因為這樣，在討幕前夕最後階段的今天，越是需要像岩倉這樣的男人，老人的看法則是，正是這樣的岩倉，越是大意不得的怪物。

「兵部」

老人說：

「近年來，為了宣揚勤王之志，來到京都與諸藩的有志之士往來，為國事奔走。很高興從我的門下出現像這樣的慷慨之士，但究竟是為什麼？是和岩倉之流勾結，成為關東的走狗了嗎？」

「這樣太嚴厲了。老師太不瞭解現在京都的形勢。岩倉卿已經不是往年的岩倉卿。薩州……」

兵部這麼說，並詳細說明了岩倉的近況。老人像聞到髒東西的味道一樣，露出皺眉的表情聽他說。

「既然如此，岩倉又變節為勤王了嗎？」

不，這不是變節。三上兵部為岩倉拚命辯解道。

「從頭開始就是勤王家。」

「那麼為什麼要把和宮賣到關東呢？」

「總而言之，這個人是策士，因為策士就是一方面將自己的真意隱藏於內心，同時因應情勢運用變幻自在的策略，所以有時也會採取出於無奈的對策。不勝惶恐地說，皇女和宮降嫁事件，也是為了利用幕府的力量恢復朝廷權威的權術。」

---

16 日本早期染黑齒者為已婚婦女，自平安時代起，貴族在元服或裳著成人禮前也會以鐵漿把牙齒染成黑色。

17 日本奈良時代起自中國引入，將眉毛剃去或拔去，再塗上顏料的風俗，從平安時代的中期開始，男性貴族將眉毛拔去，在眉毛上方用墨畫上長圓形，被稱為「殿上眉」。

18 敕願寺（ちょくがんじ）原是天皇、上皇之發願，祈願國家鎮護、皇室繁榮等而創建的祈願寺。也有很多是寺廟創建後，因敕許而「成為敕願寺」。

「這是被狸貓矇騙了。」

老人沉默了一會兒，

「回去！」如此說道。

「最好趁著還沒挨我的棍子之前回去喔。」

「是。」

三上兵部乖乖地告辭了，然後在走下土間[19]之後，說出了其實自己是作為岩倉的使者而來的真意，為了回天大業不能給予岩倉協助嗎？明天會再來拜訪聽聽您的答覆——很快地這麼說完，連老人的回答都沒聽，就像逃走一樣地離開了。

第二天早上，三上兵部來了。

被老人拿著棍子追著跑。

再到第三天早上，天才剛亮，他又去敲門，進入草庵，一屁股坐在土間，喊叫：

「老師沒有憂國的至誠。」

這一句話讓老人上鉤了。「你說什麼？」老人擺出聆聽的姿勢。三上兵部立刻說：

「不是這樣嗎？老師曾說過，如果現在不推翻幕府，國家就會傾倒。但是，我認為，君臨這個國家兩百多年的幕府，不可能輕易地推翻。要想推翻他，需要能推翻他的人物。既然如此，正是岩倉卿。——然而，老師卻只追咎卿的既往，卻不去看卿的將來。我敢說。岩倉卿和老師聯手的話，天下之事就成了。然而先生卻藏才隱身，置天下之危難而不救。不能說是沒有至誠嗎？」

老人沉默了。

過了中午，老人還是躲在裡面，但是，過了一會兒，他出來土間說：

「我要親眼看看岩倉，然後再決定。」

四

聽說玉松操要來的那天，岩倉從早上開始就心神不寧。岩倉已經對玉松的事進行充分的調查。知道得越多，就越知道這是偉大的人才，

（我的謀才，玉松的學識，如果二者兼有，則天下之事成矣。）

甚至會這麼想。也知道玉松是奇人傳記中的人物，要把這種性格的男人變成隨時可用之物，該怎麼做比較好，這一點也推敲再推敲。

表演是必要的吧。

岩倉這麼想著，吃完早餐，立刻把僕人與三叫來，命令道：

「我要耕田，去準備吧。」

岩倉的這個隱居所，是這個村子的農民藤五郎的離屋，附帶了幾畝的菜園。

19 土間（どま）指的是在日本建築中，室外與室內的過渡地帶，屬於家屋內部的一部分，日本在家屋中有「室內要脫鞋」的習慣，但在踏上玄關之前，有一個可以穿著鞋子的空間，稱為土間。

岩倉換上田間的工作服，拿著鐵鍬，耕耘著這個菜園，再親自舀取並施灑糞肥。

太陽開始西斜的時候，伴隨著三上兵部的玉松操進入了岩倉村。

他拿著一根竹杖，簡直就跟乞丐一樣的打扮。

（這個家就是前中將岩倉具視的家嗎？）

老人透過籬笆看了看這個家。

雖然聽說是借用百姓家的離屋，但沒想到是這麼糟糕的破舊房子。

（這和我在真野的小屋沒什麼兩樣。）

老人更進一步看到蹲在房子前面的田裡正在用手鬆土的男人。

「那就是前中將岩食具視卿。」

三上兵部說。兵部一邊說明，一邊對岩倉令人意外的形象內心感到吃驚，

（果然是個厲害角色啊）

他咂舌感嘆。

不久，岩倉的家士藤木右京出來，引導他到一間六疊[20]大的房間。這六疊大的房間是寢室和客廳，剩下的只有四疊半和三疊。同住的人只有藤木和僕人與三。

剛退隱當時，岩食極度貧困，同情他的村民拿一些魚菜來給他，勉勉強強餬口。但是，現在因為和薩摩藩祕密連繫，從該藩祕密來的人，放置錢財給他就離開了。所以最近日用家具器具也很齊備。

然而，今天，三上兵部在室內環視一看，那些值錢的家具器具全部都收起來了。

（真是細膩精緻的表演）

三上兵部心裡覺得很驚嘆。

岩倉心想，要讓玉松操這樣憤世嫉俗的男人感佩，除了表演出貧窮之外別無他法吧。

果然，老人小聲對三上兵部說：

「我的看法可能錯了。」

等了一會兒，岩倉繞到後面，在井邊洗了手腳，在三疊大的房間裡拿起鏡子梳理了頭髮，換上繡有家徽的衣服，重新來到六疊大的房間。一進去，就下去到遠遠的下座，平伏著說：

「我是本屋的主人，對岳是也。」

因為只是自報名號，兵部更加吃驚了。對岳是岩倉的號之一。

老人非常自然地點點頭，略帶諷刺地說：「因為彼此都是遁世之人，所以不需要像這樣僵硬鄭重的禮節。」還是不能大意，以這樣的心情，老人聚精會神地凝視著岩倉的臉。

（出乎意外的年輕啊）

他這麼想。大概是四十二、三左右吧。眼睛凝視著而閃閃發光，讓人覺得他並不是普通的男人。

---

20 疊（たたみ），即榻榻米。在日本，典型房間的面積是用榻榻米的塊數來計算，一塊稱為一疊，一張榻榻米的傳統尺寸是寬半間長一間。明治時期曾對長度單位「間」的標準略作調整，因此榻榻米的標準尺寸也有些微改動。台灣民間慣用的房地面積單位「坪」即是以「疊」為基準，兩張榻榻米（二疊為一坪，均為三．三平方公尺）。

不久，晚餐的菜肴端出來了。

老人看了看這個托盤上的各式菜肴。沒有老人討厭的魚，只有蔬菜、山菜、豆腐湯等，沒有一種菜肴不是他喜歡吃的東西。

（把我調查得非常清楚）

老人敏感地察覺到，反而對這件事抱有戒心。岩倉不是泛泛之輩，從這件事不也很清楚了嗎？

「岩倉大人在前些年也是惡名遠播。」

老人這麼說。

說了之後，也覺得有點殘酷。岩倉因為這個惡名，遭到充分的報復。激進志士把人類的手臂丟進宅邸，刺客也會來到這個岩倉村，窺視宅邸的動靜，安穩的日子是一天也沒有。

聽到「惡名」這句話的時候，岩倉正動著筷子，但突然嗆到了，原來是假裝嗆到的樣子，臉色通紅什麼都沒說。

吃完飯後，閒聊起來。

岩倉開始愉快地說起自己田園生活的種種。

出乎意料地能言善道，老人不知不覺被吸引，不時放聲大笑。

「這個鄰村有個叫花園村的村子，那裡有個叫九兵衛的老農。」

也說了這樣的故事。

在岩倉的故事中，九兵衛的老妻以前在岩倉出生本家的堀河家當傭工，乳名叫周丸是岩倉的乳母。一開始，被趕出京都的岩倉就寄居在這個花園村九兵衛家。可以說是流浪中的恩人之一。

「這個九兵衛，又老又聾。」

岩倉指著自己的耳朵說。

有一次，九兵衛出來曬穀場做草鞋。岩倉也在九兵衛身邊蹲下，聽九兵衛講述村子裡從前的故事。

正好是中午，周圍聚集著的雞抬頭啼叫著。

九兵衛看了看那些雞，不久又轉向岩倉說：

「物換星移，所有的東西都和以前不一樣了。」

嘆了口氣這麼說。

「什麼事呢？」

「這些雞和以前不一樣了。我們年輕時的雞在報時的時候一定是咯咯咯地叫，可是現在的雞只是張著嘴卻不叫了。」

岩倉在說這個故事時，還作出九兵衛的表情。意思是九兵衛不知道自己的耳朵不好。

就連玉松老人也對這個故事捧腹大笑，但是，過了大約四小時，他才意識到岩倉特意說這個故事的真意。花園村耳聾的九兵衛不就是指玉松操嗎？就是這樣吧。聽不見時勢了。對於岩倉本人來說，他不就是想說「不管什麼時候都不要老是拿著舊的評價來看自己」嗎？

「你所說的，我覺得我非常明白了。」

老人這麼說。

之後，老人突然改變了態度，開始認真地談論形勢。是像舌頭冒火一樣的激昂的攘夷論。

岩倉已經被薩州的藩論同化，變成「倒幕開國主義」，但是他不違逆老人，對老人的說法一個一個地點頭，最後終於拍了一下手，

「老師所說的事，和我素來的志向一點都沒有不同。」

老人似乎具有無比的易於感動的天性。對岩倉的贊同很感激，甚至說「能活到今天真是太好了」、「事到如今，也好像不是怕死的年齡了，我就加入閣下您的陣營吧。」

玉松操成為岩倉的謀將。

接著，就是這位老人的待遇了。

以岩倉來說，絕對不能把同樣是公卿階級出身的玉松操當成家臣。給終想要把他當作「老師」來對待，但是，拿不出錢來當束脩。

「自身與被流放的罪犯無異，如此貧困度日，也無法給老師待遇。」

岩倉這麼說，玉松操反而生氣地說：

「你在說什麼？只要兩個人分享米鹽，分享臥床不就行了嗎？」

的確只好如此。岩倉也認為，如果繼續觸及這個問題，老人可能會憤怒而返回近江，於是就按照老人的希望做了。

雖說是賓師，但總而言之，老人已成為比較體面的食客。

五

（不只是學究）

岩倉內心開始感到驚訝的，是這位老人的謀才。

岩倉自己煩惱地想，如果有老食客住進與被流放的罪犯無異的公卿身邊，那麼朝廷和幕府會怎麼想呢？玉松操敏感地察覺到這點，對他說：

「就對世人說是您兒子的漢學老師。」

沒什麼了不起的智慧，但是，開始覺得這位老人擁有這種纖細的神經能力。光是這點，就再次覺得：

（也許的確就是三上兵部所說的軍師）

老人一來，岩倉的祕密活動突然變得活躍起來。岩倉村像是成了討幕計畫的策源地。岩倉向京都的公卿有志者和薩摩藩邸等分別發送書信。那些書信多半由玉松操起草，岩倉抄寫，而將之祕密地送到京都，則是僕人與三的任務。

形勢和去年相比為之一變。

從岩倉作為廷臣的政治感覺來說，去年年底孝明天皇駕崩，無論怎麼說都是大事。孝明天皇是個穩健的佐幕主義者，這位天皇在位期間，討幕什麼的是想都不用想的事。

（討幕的時機只有現在）

對宮廷情勢非常瞭解的岩倉這麼想。今年正月，明治天皇以少年之身踐祚。所幸這位天皇年幼，如果請求頒下討幕的密敕給薩長等雄藩的話，時勢會有很大的逆轉。這是一種陰謀。

陰謀雖好，但公卿岩倉不知道在軍事上能否戰勝幕府。就此詢問薩摩藩的大久保一藏[21]時，他說：

「能取勝吧。不過，附帶的條件是薩長必須成為官軍。……」

如果反叛軍成為所謂的「官軍」，其他諸藩就不得不來依附。大久保推測，如果全國的諸藩組織聯合軍，即使會津、桑名、紀州藩夥同幕府，也一定能打敗他們。

「重要的是，要想成為官軍，需要詔敕。只要我們這方得到討幕的密敕就可以了。」

為此岩倉絞盡腦汁策劃計謀，是在這一年（慶應三年）九月。如果要拿到密敕，就再也不是諸藩和志士做得到的。是岩倉這種宮廷中人的工作。

進入秋天後，岩倉就這個可以說是顛覆天下驚人的陰謀，開口跟玉松操商量。

「老師您怎麼想？」

岩倉這麼說。岩倉擔心的是，即便玉松是討幕論者，或許會不會主張正面攻擊法而反對呢？但是玉松操說：

「事到如今，不得已。」

贊成了這個原則。

當時的宮廷可以說是恐幕患者的巢穴。攝政二條齊敬[22]以下到公卿的百分之九十九是所謂公武合體主義的佐幕派，只有一個岩倉，無論如何行動，都不可能讓他們成為倒幕主義者。結果，除了使用詐略之外別無他法。戲法的訣竅是：

前大納言中山忠能

21 大久保利通（1830~1878），通稱一藏，是明治維新的元勳，與西鄉隆盛、木戶孝允（桂小五郎）並稱「維新三傑」。薩摩藩下級武士出身，與西鄉隆盛為下加治屋町的鄰居兼兒時玩伴，兩人在幕末風雲中為親密戰友，攜手改變日本的命運。年輕時曾因藩主繼位人選問題的「由羅騷動」，父親遭流放遠島，自己也受免官幽禁的處分，期間多受西鄉的濟助。島津齊彬繼任藩主後，提拔栽培西鄉隆盛，大久保也復原官職，齊彬猝死後，異母弟久光以藩主父親的身分掌握實權，大久保為接近久光，苦練圍棋棋藝，經過一番努力，終於成為久光的重要幕僚側近。在幕末，與西鄉搭配，在諸藩與公卿中周旋，最後階段更與岩倉具視聯手運籌策劃，一舉完成倒幕大業。維新後以參議身分實際成為新政權核心，推動遷都東京、版籍奉還、廢藩置縣等變革，更以副使官身分隨岩倉使節團前往歐美諸國訪察，期間西鄉隆盛於留守政府中提出「征韓論」，大久保提前返國，與木戶孝允、岩倉具視聯手推翻原議，導致西鄉拂袖下野歸鄉，兩人關係徹底決裂。同年設置內務省，擔任第一任內務卿，從此實際上成為政府中最具實權的人物。他致力實施學制改革、地租改正、徵兵令、廢刀令等，並以「富國強兵」為口號，推行殖產興業政策，對外主導出兵台灣、親赴北京對清談判，對內強力鎮壓士族反亂和農民暴動，也因此被批評為「有司（官僚）專制」。明治十年西鄉在鹿兒島發動西南戰爭，大久保赴京都親自指揮調度以農民百姓為主體的政府軍，擊潰號稱日本最強武士集團的薩摩軍，導致西鄉隆盛負傷自裁。一年後，在乘坐馬車上班途中，遭石川縣不平士族刺殺身亡，享年四十九歲。維新三傑在兩年之內相繼亡故，也代表一個時代的結束。大久保利通也因為奠定日本邁向現代化國家的基礎，而被稱為「東洋的俾斯麥」。

22 二條齊敬（1816~1878），幕末藤原北家攝關家的二條家當主。天保三年（一八三二）就任權大納言。黑船來航時，他與德川齊昭持相同意見，反對簽署日美修好通商條約，安政大獄時受謹慎十日的處分。之後，依序晉升內大臣、右大臣。在京都尊王攘夷運動高漲時期，與中川宮朝彥被視為公武合體親幕派，和三條實美等激進攘夷派公卿對立，因而與前關白的近衛忠熙、朝彥親王合作拉攏薩摩藩及京都守護職松平容保，發動八一八政變。此後，日益深受孝明天皇信任，同年晉升左大臣並就任關白。直至孝明天皇辭世，明治天皇踐祚，他由關白續任攝政。此時，王政復古派公卿陸續復職，在明治天皇發表「王政復古大號令」的同時，宣布天皇親政，並廢除關白攝政職務，隨後與朝彥親王同時受到停止參朝的禁令，雖然在九個月後撤銷此一禁令，但實際上齊敬從此完全不曾參與朝政。是日本歷史上最後的關白，也是人臣當中最後的攝政。

除了籠絡這個人物之外別無他法。
可以說是陰謀家式人物的目標。
岩倉所鎖定的目標權大納言中山忠能，是一個除了頑固的誠實之外，沒有什麼優點的老公卿。家世也並不怎麼樣。公卿的家格中，以所謂五攝家為最高，清華家次之。中山家是再其次的所謂羽林家家格[23]，其官位以大中納言為極官[24]。
「原來如此，對中山卿……」
只有說了這樣之後，玉松操就沉默了。對於這個陰謀的可怕，就連老人也覺得戰慄吧。
「是的，對中山卿。」
岩倉一臉嚴肅地點點頭。
中山忠能本身是個像鄉下學究一樣沒有什麼優點的老人，但是他有一個女兒，是名叫慶子的次女。年輕的時候侍奉孝明天皇，成為權典侍[25]，生下皇子。這位皇子就是今年正月踐祚的新天皇，忠能就是天皇的外祖父。
天皇誕生後被養育在生母的娘家——位於石藥師[26]的中山邸，忠能的的確確從天皇在襁褓中的時候起就一直抱著他，踐祚之後，忠能也一直作為監護人陪伴在身邊。
要想得到密敕，只有籠絡這位擁有年幼天皇的老公卿。老公卿會讓幼帝握住印璽，沾滿紅色印泥，一邊牽著他的手，一邊用力地在詔敕文上蓋上朱印。
「要緊緊地盯著中山忠能啊。」
可以說，歷史被這位平庸的公卿所掌握。

玉松操浮現略帶嘲諷的微笑，稱讚岩倉說「的確是厲害的方法」，但接著說，自古以來宮廷革命從未用過正面攻擊法。他像是安慰自己一樣這麼說。

「然後……」老人說。

「岩倉大人應該會叫我寫討幕密敕的文字吧。」

老人提早準備地說。岩倉點點頭，小心翼翼地注視著老人，回答說：「正是如此。」

「拜託你負責吧。」

老人答應了。

接著，岩倉闡述了與薩摩的大久保討論的討伐幕戰略論，老人一一點頭，最後微笑了一下說：

「光靠這些是會輸的啊！」

---

23 從平安末期到鎌倉時代公家的家格逐漸固定，由家世決定所能擔任或升遷的官職。此時期，形成如下的家格：最高的是攝家，又稱五攝家，出自藤原氏嫡系的五個家族，即近衛家、一條家、二條家、九條家和鷹司家；其次為清華家，包括三條家、西園寺家、德大寺家等九個家族；清華家之下是大臣家，源於清華家的庶流，包括正親町三條家（嵯峨家）、三條西家、中院家等三個家族，大臣家之下才是羽林家，其中包括中山家在內有二十三家。

24 從平安末期到鎌倉時代公家的家格逐漸固定，由家世決定所能擔任或升遷的官職。其家格所可以擔任的最高官位稱為「極官」，五攝家的極官可至攝政、關白，清華家的極官可至太政大臣，大臣家的極官也是太政大臣，但不可兼任近衛大將，羽林家的極官則是大納言。

25 典侍（ないしのすけ／てんじ）原為律令制宮中尚侍所（後宮十二司之一，由女官、女房構成）的次官，在尚侍所中地位僅次於尚侍，但尚侍逐漸侍妾化之後，典侍成為尚侍所實際上的最高女官。其後，典侍也逐漸侍妾化，實際上尚侍所的最高女官則稱為「權典侍」。

26 位於現今京都御苑內。

然後說，「忘記了能成為更大戰力的東西。」
「什麼東西？」
「讓薩長軍拿著錦旗。」
「的確」，岩倉長嘆一口氣說。這位老人真是厲害的策士啊！
岩倉聽說錦旗是很久遠以前天皇軍隊的象徵，但是現在的宮廷裡不存在這種東西，也沒有畫圖，從而無法想像那是什麼物品。
但是，可以想像其效果會很大吧。當時，連佐幕派的人士中，水戶的《大日本史》和賴山陽的《日本外史》[27]等以這種大義名分論史觀的教育也很普及，如果在戰場上出現錦旗的話，會很自然地表現出捨棄弓箭、將矛槍橫置於地的恭順的反應吧。特別是將軍慶喜出身於首屈一指的水戶家，所以這種傾向非常強，應該比什麼都害怕被後世的史學家記錄為「賊軍」。
「有錦旗的話就能贏。」
「真是妙計啊。」
岩倉帶著突然清醒的表情說：
「可是，我不才無學，從來沒有看過這面錦旗，老師您有看過嗎？」
「沒有。」
老人面無表情地說。當然不可能看到這個世界上沒有的東西。
「那怎麼辦？」
「創造出來不就行了嗎？」

不僅是詔書，錦旗也是偽造的。這個圖樣的設計規劃，就「由老朽來做」。老人這麼說。

六

岩倉的祕密工作變得活躍起來了。從京都來的人潛行到岩倉村，岩倉自己也在夜裡和僕人與三一起，由與三帶著大小太刀和包著的包袱，在光頭上戴上山岡頭巾[28]，穿著沒有家紋的羽織和服潛入京都。以那個形象和宮廷中人以及薩摩藩的同志密會。

在這期間，玉松操忙於起草討幕的密敕和設計錦旗的圖案。在岩倉村四疊半的玉松的房間，就像是創造歷史的工作室一樣。

錦旗尤其困難。從歷史上來說，其為人所知並不是那麼古老的東西。在承久之亂[29]的時候第

27 《大日本史》是由水戶藩第二代藩主德川光圀開始撰寫，其死後由水戶藩歷代藩主繼續主持編纂，於明治時代完成。《日本外史》則是由江戶末年出身廣島安藝藩的大儒賴山陽所著。這兩本史書都是以天皇為中心，評斷歷史人物、事件之於天皇屬於忠誠或是叛逆之觀點而出發的大義名分史觀，奉南朝為正統，視足利幕府為逆賊。對幕末尊王攘夷運動的勤王思想，甚至到昭和戰前的皇國史觀影響甚鉅。

28 山岡頭巾（やまおかずきん），是日本一種頭巾的型式，把長方形的布摺成兩摺戴在頭上，在頭部後方的地方縫起來，肩膀上做出一個空隙的頭巾。主要是武士在使用。

29 承久之亂，是日本鎌倉時代承久三年（一二二一年）後鳥羽上皇為打倒鎌倉幕府，舉兵討幕的一場戰爭。天皇失敗，遭到鎮壓。結果確立幕府的優勢，朝廷權力受到限制，幕府甚至擁有決定皇位繼承等的影響力。

一次出現，接著在建武中興[30]之際又出現。是歷史上的第二次。

老人四處探尋書籍。據《承久兵亂記》[31]記載，以赤地錦為地，仿照不動明王的形象，將之圖案化，建武之中興時期，即後醍醐天皇授予楠木正成等諸將的錦旗，根據《梅松論》[32]記載，錦旗是在錦地上描繪上太陽，用金屬釘上天照大神和八幡大菩薩的文字而成。然而，同樣的事實根據不同書籍卻不一樣，《太平記》[33]中記載，在錦地上釘上金色的太陽、銀色的月亮，如此而成。每一種都不知道尺寸大小。

為了慎重起見，岩倉也試著把這些書的那些段落跳著讀。知道果然無法考證後，（那麼，老人怎麼辨呢？）

反而對這件事感到興趣。

一天夜裡，深夜回來後，老人從四疊半的房間裡走了出來，遞出一張紙，說：

「完成了。」

原來，在一張很大的紙上，描繪著像孩子塗鴉似的稚嫩線條，像旗幟一樣的東西。仔細一看，《承久兵亂記》、《梅松論》、《太平記》，不論是上述哪個，都是很像卻又不是的東西，說到相似，最接近《太平記》的記述。總而言之，好像是按照這位老人的想像所捏造的東西。

（沒想到，這位老人，似乎也有馬馬虎虎的時候。）

岩倉覺得很可笑，整個人也安心了。安心，就是因為在馬馬虎虎這一點上和自己沒有太大差別。

「趕快，按照這個設計圖來製作。那麼，要做幾面好呢？」

「薩長各做一面，做兩面就可以了。製作數量太多自然就喪失權威。」

「原來如此，照您說的辦吧。」

岩倉寫了一封信，讓僕人與三到京都的大久保一藏那邊跑一趟。

薩摩藩在京都的外交，大部分由大久保一藏一個人全權處理。他在石藥師寺町東入設置私宅，在那裡安置祇園一力亭茶屋的養女阿優，照顧自己的日常生活。

這一年十月四日，有一位身著旅裝的武士祕密來訪大久保的私宅。

他是作為長州藩對薩摩的聯絡官，往來於領國和京都的武士，名為品川彌二郎[34]。

30 在足利尊氏與地方豪族推翻鎌倉幕府的統治後，因多次謀劃倒幕行動而被北條氏流放的後醍醐天皇返回京都，再次登基，改年號為「建武」，實行天皇親政的專制政治，史稱「建武中興」。之後，中興功臣足利尊氏以重建武家政權為目標，舉起叛旗，建武中興遂以三年短命告終。

31 為軍記物語，作者不詳，成書於鎌倉末期或室町初期。內容講述承久之亂的經過。

32 是南北朝時代的軍記物語、歷史書，全二卷，作者不詳，觀點主張足利氏創立室町幕府的正當性。

33 《太平記》，作者、成書時期不詳，是日本古典文學名著之一。共四十卷，以南北朝時代為舞台，描寫從後醍醐天皇即位、鎌倉幕府滅亡、建武新政和崩壞後的南北朝分裂、觀應之擾亂，到二代將軍足利義詮死去和細川賴之管領就任為止。

34 品川彌二郎（1843~1900），長州藩足輕出身，十四歲時進入松下村塾，師從吉田松陰。吉田松陰在安政大獄遭處決後，與高杉晉作一起為尊王攘夷運動奔走，參與英國公使館燒討事件，禁門之變也有參戰，後來更與桂小五郎一起上京，為推動薩長同盟盡心盡力。戊辰戰爭期間任奧羽鎮撫總督參謀、整武隊參謀等軍職，轉戰於東北各地。維新後留學歐洲，歸國後歷任要職。鳥羽伏見之戰時著名的日本第一首軍歌〈トコトンヤレ節〉，歌詞即出自品川彌二郎之手。

「等待已久了。」

大久保迎接了這位長州人。

大久保立刻向他吐露了岩倉的「密計」。

「原來如此，如果能順利進行，倒幕也不是什麼難事啊。領國也會非常高興吧。」

品川這麼說。在京都的路上，新選組此時正為了斬殺反幕分子而狂奔。

第二天，岩倉的僕人與三拿著岩倉的密信悄悄地來到大久保宅。打開一看，信是用暗號寫的。

「過來！」，是一封召集狀。

六日，大久保與品川騎馬從京都出發。品川顧忌幕吏的耳目，假扮成薩摩藩士，穿著向大久保借來的黑底印有家紋的毛織羽織外褂，戴著斗笠。斗笠上印有島津家的⊕家紋。

向洛北緩慢地騎行了二里，不久進入了岩倉指定的中御門經之的別莊。

岩食已經在等待。

「我想先討論一下討幕後新政府的構想和職務制度。」

岩倉這麼說。兩位薩、長人對事情進展快速感到驚訝。岩倉提出自己的方案。——在天子之下設置太政官，以熾仁親王[35]為太政官知事，以純仁親王[36]為征討大將軍等，這些全部都是玉松操思考的方案。

「怎麼樣？」

岩倉看著兩人的臉。

「沒有異議。」

兩人這麼說。大久保姑且不論，品川也不像有思考構想新政府的頭腦。

「那麼就這樣進行嗎？」

「這是一件好事。」

長州人只能笑微微地笑著說。

重要的會談結束後，岩倉拿出寫有「案件袋」的紙袋，從紙袋中取出玉松操設計的錦旗圖案。

「我想要在你們兩處製作這個。」

說完，交給了兩人。

大久保一藏回到石藥師的私宅，把阿優叫來，突然問說：

---

35 熾仁親王（1835~1895），即有栖川宮熾仁親王。安政五年，老中堀田正睦上洛請求對外條約的敕許，發生「廷臣八十八卿列參事件」，熾仁親王單獨提出了一份反對敕許的建議書，因為這份建議書，以及將次女嫁入毛利家，因此一直被視為公家內的長州系尊攘派勢力。十七歲時與孝明天皇妹妹和宮親子內親王訂有婚約，因為公武合體派的運作，婚約被解除，和宮降嫁給將軍家茂。禁門之變後，被懷疑內通長州，孝明天皇盛怒下罷免了熾仁親王父子的進宮議事資格，並處以蟄居謹慎之處分。慶應三年，孝明天皇突然去世，熾仁親王父子解除謹慎，恢復職務。王政復古大號令發布後，新政府新設總裁、議定、參與三職，由和長州關係良好的熾仁親王出任總裁。戊辰戰爭爆發，出任官軍的最高司令官東征軍大總督，民間盛傳是要報當年和宮降嫁、幕府奪愛之恨，當時傳唱的日本第一首軍歌〈トコトンヤレ節〉，又名〈宮さん宮さん〉，歌詞中的「宮さん」（宮大人）即是指有栖川宮熾仁親王。之後歷任兵部卿、元老院議長、鹿兒島縣逆徒征討總督、左大臣、日清甲午戰爭時任參謀總長、陸軍大將，是明治天皇最信任的人。

36 純仁親王（1846~1903），即後來的小松宮彰仁親王，仁孝天皇義子，原號為純仁親王，十二歲出家就任仁和寺門迹，王政復古後受命還俗，稱仁和寺宮嘉彰親王。鳥羽伏見之戰任征討大將軍，新政府成立後任軍事總裁，戊辰戰爭中任奧羽征討總督。後宮號改為東伏見宮。佐賀之亂時任征討總督，西南戰爭時以旅團長出征。宮號再改為小松宮。歷任陸軍大將、近衛師團長、參謀總長。日清甲午戰爭時任征清大總督，出征旅順。

「你平常在哪裡買和服腰帶的布料？」

阿優心裡想：是有女人了嗎？脫口而出地問道：「要腰帶幹什麼呀？」大久保卻一副沒聽見的表情，冷淡地默不作聲。冷漠是與生俱來的，這個男人，連對阿優都幾乎沒有露出過笑容。

阿優無可奈何地說出常去的和服店的商號，大久保突然改變話題說：

「是啊，零售商比紡織廠好啊，聽說錦就是西陣織[37]。你知道西陣織的布店在哪裡嗎？」

「什麼樣的錦緞？」

「大和錦和紅白色的緞子。」

大久保把設計圖上所指定的顛倒過來說：「不是給女人的，是作為藩送給眾公卿的禮物。」又附帶這麼說。

（如果是藩要購買的話，讓那個職務的人去買就好了啊。）

阿優心裡覺得很可疑，但是，無論如何先去了娘家的一力亭，向與西陣織的布店有交情的人打聽店名，然後馬上走路去了西陣購買。急忙把它帶回去。如果是阿優的話，就不會察覺包袱裡的和服腰帶布料是一舉改變天下的危險物品吧。

回來後，大久保命令道：

「把這個拿去白梅小路。」

寺町的白梅小路是大久保租的私宅之一，供長州的聯絡官品川彌二郎住泊在那裡。

品川彌二郎已經整理好行裝。收到這個後，用油紙包好，再用大方巾捲包起，背負在右肩，兩端在胸前打結固定，從京都出發去長州了。

品川回到長州後，首先前往萩的城下，在城下拜訪了名氣響亮、精通朝廷和公家儀式典故的專家岡吉春，向他說明情況，並委託他製作。

岡吉春拿著這個前往山口，租用了山口藩廳[38]附近的諸隊[39]會所的倉庫二樓，作為祕密的製作所，進行製作。

到了實際製作的階段，僅憑玉松操所描繪的簡單設計圖是不行的，岡吉春以此為基礎，也參考了大江匡房[40]的《皇旗考》，終於製成了印有日月章的錦旗二面，以及印有可以說是其簡略標誌的菊花章的紅白軍旗二十面。

在長州藩，將錦旗一面、紅白旗十面藏在山口藩廳，其餘的由品川彌二郎帶著，趕緊送到京都的大久保那邊。

大久保連同藩的人都沒有告知，而是拿去薩摩藩租借的相國寺中光院的倉庫祕藏起來。

---

37 西陣織（にしじんおり）是日本京都傳統的織布技術。

38 毛利家在關原之戰後受減封之處分，領地由山陰山陽八國削減至防長兩國，在選定新設居城地藩廳所在地時，幕府刻意命令其設在萩城（今山口縣萩市）。萩城面臨日本海，三面環山，交通困難，地處偏遠，土地貧瘠。直至幕末文久三年（一八六三），在決定實行攘夷砲擊之際，為避免臨海的萩城直接受外國船隻的艦擊，決定將藩廳遷到內陸且對外交通較為便利的山口（今山口縣山口市）。

39 從幕末到戊辰戰爭時期，從長州藩開始，組織以百姓為主體的非武士軍事組織，這諸多草莽部隊，總稱為「諸隊」，其中最有名的是長州藩的奇兵隊。

40 大江匡房（おおえ の まさふさ），平安時代後期的公卿、儒學者、歌人。官位至正二位、權中納言。

七

錦旗的製圖者玉松操，從岩倉那裡聽說它完成後被祕藏在京都某個地方的時候，正埋頭於下一個工作——討幕密敕的起草。

「老師要看錦旗嗎？」

岩倉雖然是出於好意對他這麼說，但老人表示，這是大家都說他孤僻之處，他對錦旗這種東西不感興趣。只想看到錦旗在討幕戰揚起硝煙之後真的能達到的歷史效果。老人這麼說。

原來如此，仔細想想，從岩倉村的破房子四疊半的房間裡一步也不出地做各種各樣的設計草擬工作的玉松操，或許已經沉迷於私人製造「歷史」本身的興趣也說不定。

數日後，在玉松的主筆下，討幕的密敕草案完稿。有兩份。

一份給薩摩藩主，一份是給長州藩主。

原文是漢文。是用讓讀了一遍的岩倉倒吸一口氣的激烈言辭，公開指責將軍慶喜的政治罪惡。

詔。源慶喜、藉累世之威、恃闔族之強、妄賊害忠良、數棄絶王命，遂矯先帝之詔而不懼、躋萬民於溝壑而不顧、罪惡所至，神州將傾覆焉。朕、今、為民之父母、是賊而不討、何以上謝先帝之靈、下報萬民之深讐哉。（中略）

汝、宜體朕之心、殄戮賊臣慶喜、以速奏回天之偉勳、而措生靈於山嶽之安。此朕之願、無敢或懈。

「真是名文。」

岩倉這麼說，不過，心裡想，是因為老人在起草時，難以抑制自己的情緒高漲嗎？總覺得這並非沒有像書生一樣慷慨激昂的風格之樣。

（心態還很年輕啊）

岩倉這麼想，突然想起老人離開僧門之後也沒有和婦女接觸過，就這樣變老了。

且說，對於長州藩，在這次討幕的密敕頒下之前，有必要進行另一個階段的操作。長州藩因之前元治元年的禁門之變而成為朝敵，藩主毛利敬親父子被朝廷剝奪官位。要赦免罪行，恢復官位，必須先頒下「宣旨」（「詔敕」是公開發的，「宣旨」則是對內部的敕旨）才行。

老人也寫好了這個宣旨。

這個宣旨案由岩倉親手送到前大納言中山忠能的石藥師的屋敷。

要說岩倉的同志公卿，除了中山忠能以外，只有中御門經之、正親町三條實愛三人。祕密工作包括岩倉在內只有四個人知道。

但是發生了意料之外的障礙。京都守護職支配的新選組，對於最近前大納言中山忠能的宅邸頻繁有人出入一事感到可疑，派遣數名隊士，日夜徘徊在忠能屋敷的大門、後門附近，開始偵察進出的諸藩士動向。

中山忠能本來打算把已經供幼帝親自閱覽的宣旨，親手授予已從長州潛入的廣澤兵助[41]，為此他急忙改變計畫，派岩倉出使。他說：

「能不能藉您之手把宣旨交給長州人？」

岩倉這天，在京都的寺町今出川的自宅。這個時候，朝廷允許他每個月只有一晚可以在京都過夜。

立刻派三男名為八千丸的幼童當密使，到中山府邸去，把宣旨縫進內衣裡，再回到寺町今出川的岩食邸。

得到宣旨後，岩倉立刻向薩摩藩邸通報，把潛伏在那裡的長州人廣澤兵助叫來自己的宅邸，授予他這個宣旨。

關於討幕的密赦，不知道當時的天皇有多少程度的理解。

虛歲十六歲。

外祖父中山忠能和生母慶了將玉松操起草的那篇文章若無其事地供天皇親覽，並請賜下，只這樣就下了詔敕。

這封密敕也怕被在中山宅邸附近徘徊的新選組隊士發現，因此送到正親町實愛的宅邸，從實愛的手中授予薩摩代表大久保一藏和長州代表廣澤兵助。這一天，是慶應三年十月十四日。

然而，這天，由於土佐藩另外的運作，將軍慶喜在二條城突然宣布大政奉還[42]，岩倉和薩長這個討幕祕密工作失去了目標。二十一日，中山忠能把薩摩藩的吉井幸輔叫到自己的屋敷。

十四日的那件事（密敕這件事），應該暫時觀望。

交給他這個要旨的指示書。

岩倉向玉松操講述上述事情的經過，並尋求玉松操諒解，說：

「密敕的生效可以暫時擱置一段時間，但是，就像把栗子埋在爐灰裡一樣，時間一長就會爆開吧。」

老人微笑著沒有回答。總而言之，老人的職責就是擬訂討幕構想和起草文章，而將其加以實現則是岩倉的職責。大概是想說「這是沒有必要對我道歉的事」吧。

---

41 廣澤兵助（1834~1871），長州藩士，生家為柏村家，後入贅同藩波多野家，名為波多野金吾。波多野在長州藩藩校明倫館完成學業，後與長州藩世子毛利元德一同上洛，在桂小五郎和久坂玄瑞的帶領下，擔任京都詰事務方處理藩務。長州藩在經歷禁門之變、下關戰爭和第一次長州征伐後，藩內倒幕派在與保守派的政治鬥爭中敗北，波多野雖屬中間派，仍因而下獄，直至高杉晉作通過政變掌握了藩的實權，波多野獲釋並以政務官員身分參加藩政。同年奉藩命改名為廣澤藤右衛門，之後再改名為廣澤兵助。其後作為木戶的代理人及同僚四處奔走，並與大久保利通等人一起致力於取得討幕密敕等倒幕活動。維新政府成立後，改名廣澤真臣，擔任參與和東征大總督府參謀，戊辰戰爭後，擔任民部大輔和參議的要職。明治四年，遭刺客襲擊暗殺。享年三十九歲。

42 慶應三年，在薩長同盟武力倒幕計畫甚囂塵上之際，幕府將軍德川慶喜宣布主動把政權交還天皇，史稱「大政奉還」。此一行動最初出於坂本龍馬的構想。龍馬為了避免薩長武力倒幕而導致日本進入長期內戰，英法等國趁火打劫，因而思考此一和平移轉政權之方案，他在夕顏丸船上向土佐藩參政後藤象二郎提出包括此一構想的「船中八策」，後藤如獲至寶，回藩向藩主山內容堂提議，容堂亦拍案叫絕，因為此方案可避免土佐藩在薩長與幕府之間無立足之地，也可化解自己在尊王與佐幕間遊移的尷尬立場，因此責命後藤上京在諸藩間與幕府方面全力推動，最終獲得慶喜的認同，於該年十月十四日宣布大政奉還。大政奉還後，成立以德川家為中心的新政府，實際上慶喜仍然掌握政治實權，但卻使武力倒幕喪失正當性，因此，薩長只能重新布局，在兩個月後發動王政復古大號令及小御所會議，終於還是導致了鳥羽伏見之戰的爆發。

這一年，十一月八日，岩倉正式解除蟄居禁閉，被允許返回京都。
「老師，你也搬到我京都的屋敷吧。」
岩倉對老人說完後，先走一步，離開岩倉村，返回京都。
第二天，老人拿著一根竹杖離開了草庵，進入京都，但是沒有進入岩倉邸。
「這樣的富貴之門不適合我居住。」
在門前留下這一句話後就離開了。
那天晚上，岩倉從御所回來，從家人那裡聽說這件事，非常生氣地說：
「為什麼不從後面追去留住他呢？」
派人跑去四處尋找他。
十天左右，玉松操行蹤不明。
後來，聽說了市區中傳言，說有一位古怪的老人在三條大橋下的乞丐小屋以乞丐為對象教他們寫字，叫僕人與三跑去看，果然是玉松操。
與三發現他的時候，老人比乞丐還更乞丐，悠哉盤腿坐在河灘的鵝卵石上，看著河水湍流。
「老師，您怎麼了？」
與三跑過來像要抱住他一樣緊握他的手說：
「正在看水。」
只說了一句，就懷念地看著與三。之後馬上說：
「有可以看到這條加茂川的房子嗎？與三，可以借我附近一間房子嗎？」

岩倉從與三那裡聽說了這件事，立刻暗中安排，租下了加茂川東岸米店的離屋的房間，讓老人住了下來。

這時，大久保一藏來到岩倉家，天南地北閒聊，到了最後，突然問道：

「在岩倉村蟄居的地方，好像有一個髒兮兮的老人，他到哪裡去了？」

在大久保的記憶中，當他到那間農家的離屋去拜訪岩倉時，偶爾會遇到那個老人，但老人似乎很不願見人，總是別過臉去，連招呼都不打。

大久保沒有進一步打聽這位老人的事情。岩倉心裡也想，玉松操，是詔敕的起草者，是錦旗的設計者，是制定討幕和新政府構想大綱方案的幕後人物，現在對大久保等諸藩有志之士說還為時過早。可以說，老人此時候是宮廷內部的祕密事項之一。

但是老人不能長時間住在加茂川畔米店的離屋。到這年年底，京都的情勢變得緊張起來，岩倉在宮廷活動上，沒有把老人放在身邊終究很不方便，於是便用幾近於哭著哀求拜託的方式，把老人帶到寺町今出川的宅邸內。

此時，前將軍慶喜已經南下大坂而在大坂城，擁有幕軍、會津、桑名等諸藩的士兵，與京都的新政府採取對立的形勢。

可以說，日本出現了兩個政權。京都的天皇政權，只有抽象的日本統治權和模糊的外交權，但是駐紮在京都二條城和大坂城的德川慶喜政權，擁有強大的軍事力量、四百萬石的直轄領地支配權，和對三百諸侯的傳統支配力，而且在擁有僅次於江戶城之防御力的大坂城設置軍事據點，除了旗本、會津、桑名等舊式戰力外，集結了三萬以上日本最大的西式步兵軍力。

而且慶喜還是採取恭順的姿態。

岩倉想要開啟戰端。如果不依靠武力擊潰德川軍，他構想的革命是不會成功的吧。但是，只要慶喜服從朝廷的旨意，就什麼都無法做。

有必要以這個來挑釁。

就是慶喜政權的財政基礎——要把那四百萬石的直轄領地歸還朝廷的事。

可以說是無理的難題。如果歸還，旗本八萬騎將會餓死。其他大名在德川體制下還繼續支配著土地人民，為什麼唯獨德川家要把這些交出來呢？

當然，擁護慶喜的會津、桑名藩士等非常憤怒，高唱討伐京都政權的武力背景——薩長的主戰論。

在這種情勢下，召開了岩倉和大久保策劃的「小御所會議」。是御前會議。除了親王、公卿的代表人以外，諸藩主還有尾張侯、越前侯、安藝侯、土佐侯、薩摩侯等五人出席。

在這個會議上，土佐侯山內容堂為了擁護德川慶喜開始了激烈的辯論，終於放言：

「現在的情勢是兩三個公卿的陰謀。」

陪席的越前藩士中根雪江在丁卯日記中寫下了這個情況：「容堂，氣騰，色驕，有旁若無人之狀。」

滿堂，終於被容堂的議論所壓制了。如果就這樣繼續被容堂的暴走擊敗的話，最終岩倉的作品「革命」是不會成功的吧。席間，岩倉目不轉睛地聽著容堂的評論，但容堂因為壓制了滿堂，不知不覺「氣騰、色驕」起來。

「恐怕是有二、三位公卿，擁立幼沖天子，想要竊取天下之權吧！」

他這麼說完的時候，岩倉機敏地抓住了那個所謂「幼沖天子」的失言，挺起了膝蓋：

「太無禮了吧。」

他怒吼道。

「聖上是不世出的英主，今日之舉皆出自宸斷[43]。然而幼沖天子所指為何？」

容堂恐驚，為失言之罪謝罪

中根雪江如此寫下了那時目擊的情況。

岩倉這天在這個會議上呈現的印象是，他剛長出毛髮的和尚頭上戴著頭冠，僅僅到最近之前，都在岩倉村的流放地，「披著舊披風，靠坐在火盆旁，威風八面一掃而出，看起來與眾不同。」容堂的隨扈土佐藩重臣福岡孝弟在他的見聞錄中這麼說。任誰看來都是怪物，他這麼說他的印象。

因為容堂的毒舌而被蹂躪的小御所會議，因為他的失言而暫時休息，這期間，岩倉在休息室

43 宸斷，指天子的裁斷。

遇到藝州侯淺野茂勳[44]，從他懷中取出長九寸五分的短刀，說：

「如果會議再開，容堂還是用那些言論來壓制的話，我也有覺悟。」

暗示要刺殺他。歸結到底，容堂的意見始終是正確的道理，但是用正確的道理來推動，並不能讓非論理且飛躍、所謂的革命成功。正確的道理除了恐嚇別無他法，岩倉終於有所覺悟。

會議重新開始後，容堂保持沉默了。岩倉的意見，躍到了會議之前。慶應三年十二月九日晚上開始召開的這個會議，通宵到第二天十日的拂曉，從頭到尾，一開始是容堂，接著是岩倉的獨角戲。

幕府勢力與慶喜一起離開京都，南下大坂，抱著對京都政權對待德川的政策的不滿，開始以所謂陳情的名義大舉進京的時間是正月三日。

幕軍大舉攻入京都。這個消息，使宮廷驚恐顫慄，公卿們全都臉色蒼白。

守衛京都的薩長軍，雖然向鳥羽、伏見方向進軍，但其兵力不過三千餘人，從大坂的幕軍總數來看，還不到十分之一。這就是岩倉所掌握的全部革命軍。

這兩天傍晚五點多，遠處鳥羽方向傳來陣陣砲聲，御所的紙拉門吱吱作響。公卿們在御所內狂奔。

也有高喊著「被岩倉和薩長騙了」，瘋狂地來回奔跑的公卿。他們對被幕府鎮壓的安政大獄記憶猶新。四日，戰鬥正酣。京都裡流傳著流言，說薩長軍戰敗了。

有一位名叫烏丸光德的年輕公卿。這個人還算是有膽識，

「奸人，還要再次貽誤朝廷嗎？」

在懷中暗藏短刀，為了搜尋岩倉而在御所內四處徘徊。

隨著鳥羽伏見方面傳來的槍砲聲越演越烈，烏丸搜尋岩倉的樣子也越帶瘋狂。終於在一間房間裡發現了目標的奸人。奸人正伸著膝蓋睡午覺。從他那凹陷朝上的鼻子裡發出驚人的鼾聲。

烏丸先是被這個嚇了一跳。但是，他想到了一個計策，說：

「岩倉中將、岩倉中將。」

他搖醒岩倉，在他耳邊喊：

「你在幹什麼？現在鳥羽伏見的薩長軍已經潰滅了啊！」

岩倉慢慢起身，正氣十足地說：「是嗎？」從小就喜歡賭博，輸的時候也很乾脆。

「那樣的話，我也活不了了，將來的對策就拜託你們了。」完全若無其事地這麼說。單純的烏丸光德對岩倉已經心服口服了。

在這種砲聲下的二日，在御所內召開的緊急會議上，

---

44 藝州，指安藝廣島藩。淺野茂勳（1842~1937），廣島藩第十二代藩主，原名長勳，受將軍家茂賜予偏諱，改名茂勳。藩祖為豐臣時代五奉行之一淺野長政次子淺野長晟。事實上，幕末時期的廣島藩主為其養父長訓，茂勳在其時是以世子的身分擔任輔佐角色，直至維新後的明治二年才繼任家督。廣島藩原本在大政奉還前與薩摩、長州簽訂「薩長藝盟約」，約定共同出兵，但因廣島藩後來傾向土佐藩的公議政體論而被薩長疏遠，因此倒幕密敕並沒有下達給廣島藩。其後雖然還是派兵入京，但鳥羽伏見之戰即將開戰前，以兵力不足為由拒絕與薩、長一起對抗幕府，之後由土佐藩補上，這一決定導致廣島藩從倒幕雄藩中除名，喪失了之後與薩長土肥藩閥壟斷明治政壇的機會。

「勝負很難斷定。如果薩長輸了，就把他們當作私戰如何？」

這樣的意見被提出了。這時，坐在末座，名叫西園寺公望[45]、虛歲十九歲官位尚低的公卿，意外且臉色大變地對這位軟弱論者極力爭辯：「薩長和朝廷從一開始就命運與共。現在變成說是薩長的私戰是怎樣？」岩倉立刻說：

「毛頭小子幹得好！」

他大聲讚賞了這個面孔長得像婦人的少年，然後閉上眼睛，喃喃自語道：「再怎麼樣也不能在這裡把這場戰鬥變成私鬥啊。」令滿堂啞然。

大久保，從二日那天起，在御所的等候室，把太刀帶在身邊，自己一個人默默地坐著。到了三日，還是保持這個姿勢繼續坐著。公卿對他的存在，就像是禍害朝廷的魔物那樣嫌惡，誰都沒有接近他。

戰鬥持續了幾天。在這期間，前哨戰勝利的第一報傳來，是四日的早晨。

拂曉，薩軍的傳令將校田中清右衛門，還穿著軍服，騎馬飛奔進御所，報告勝利的消息時，大久保第一次把太刀從手上放下來，汗流浹背、垂下肩膀。「清右衛門的這一消息讓我覺得得到了百萬援兵。」事後大久保如此說道，事實上，這個消息來了之後，在大久保所在的等候室，公卿絡繹不絕地前來祝賀勝利。

岩倉立刻利用這個捷報，在會議上怒吼：

「把錦旗樹立在薩長軍前，必勝！」

並且不顧所有反對，決定以嘉彰親王[46]為征討大將軍，下午，親王入內晉謁，在天皇的休息室，天皇親自授予錦旗。這是大久保的妾阿優買來的西陣織的和服腰帶布料。

薩長終於成為了官軍，第二天，五日，錦旗在東寺的本營飄揚。

而且，為了讓交戰中的幕軍看見這面錦旗，這天，他們前進到淀川北岸，讓它在晴天之下飄揚。

幕軍遠望著它，從遠望的瞬間就開始敗走了，在看到幕軍敗走後，錦旗就返駕回到東寺。玉松操不可思議的作戰策略，成功地奏效。

稿子已經達到我預定的紙張數量了吧。筆者為了書寫這位老人最後的下場，一直沒完沒了地寫到此。

他死在哪裡呢？竟然不知道。

---

45 西園寺公望（1849~1940），原出身德大寺家當主的次男，後過繼西園寺家成為西園寺家家督，西園寺家格屬於僅次於五攝家的清華家。公望四歲時就出仕宮廷，擔任孝明天皇近侍。戊辰戰爭時才十九歲，先後擔任山陰道鎮撫總督、東山道第二軍總督、北陸道鎮撫總督，轉戰各地。維新後，因具公卿身分，受各界極高的期待，岩倉具視、大村益次郎皆視其為自己的弟子，留法歸國後更成為伊藤博文的心腹。自明治三十一年（一九〇一）至大正二年（一九一三）十二年間，由桂太郎和西園寺公望五度交替擔任總理大臣，史稱「桂園時代」，就任首相時明治天皇喜出望外說：「終於有公卿出身的首相了。」之後以元老身分主宰日本政界，歷經明治、大正、昭和三朝，昭和十五年病逝，享年九十二歲。有段著名的軼聞，大村益次郎遇次當晚（見本書〈鬼謀之人〉一章），原本是邀請西園寺公望前來小敘，公望前往途中巧遇萬里小路通房，邀公望前往祇園狎妓，因而爽約，逃過一劫，否則也不可能活到九十多歲了。

46 即純仁親王，後來的仁和寺宮嘉彰親王、小松宮彰仁親王。

但我完全知道岩倉死去時的景況，因為這個人物歷任維新政府的顯要職位，作為元勳以國葬之禮為他的死送行。明治十六年七月二十日去世，享年五十九歲。

在死之前，右大臣岩倉具視把他喜愛的肥後人井上毅[47]招待到自己家中，回想起幕府維新當時，偶然談到玉松操的事，他幾乎是泛著淚水說：「如果我死了，玉松操的名字就會從歷史中消失。現在講這個故事的原因，是為了要把它寫下來，傳述後世。」

對於這段時間的事情，井上毅在《梧陰存稿》之中是這樣認識的：

玉松操，堪稱第一的偉丈夫。平生，不近聲色，不嗜酒肉，以讀書為樂，夙抱神武復古之說，偶然為公（岩倉具視）所知，借與蟄居之一室，使其有起居、策劃之所。公推崇玉松之功，言至「己身初年之事業，皆為彼之力」。薨去之前年，一夕，更召余語玉松之履歷，為毋忘其人之績，書之以為後世語繼之料，以殷勤仰之。

玉松操在維新後不久，因岩倉的邀請而短暫仕於官途，但新政府的所做所為卻與玉松的構想有所不同，意外地開始採取他最厭惡的歐化主義，因而拋棄官職。

「我，為奸雄所圖謀」

只留下一句話就離開了廟堂。

明治五年二月十五日，病逝。據說他在加茂河畔去世，但他臨終前的情況如何，沒有人知道。恐怕是沒有人照護之下就死去了吧。

47 井上毅（1844~1895），出身肥後熊本藩，曾至江戶、長崎遊學。明治維新出仕明治政府的司法省，並被派到德國和法國留學一年。回國後，受大久保利通起用，之後並受岩倉具視重用。曾參與大日本帝國憲法、皇室典範、教育敕語、軍人敕諭等的起草工作，並曾於第二次伊藤博文內閣中擔任文部大臣。

鬼謀の人

鬼謀之人

一

「有個不可思議的人物」

桂小五郎這麼聽說，名字叫做村田藏六。

而且好像是長州人。

此時，長州藩為了將軍隊制度西式化，正在拚命尋覓通曉蘭語[1]的人物。竟然不知道自藩出身的人裡有這種程度的人物，真是太過糊塗了。

「確實是長州人嗎？」

桂在江戶藩邸派人調查。沒有武士資格。也不是鄉士、村長出身。連足輕出身都不是。所以，身家調查也是摸不著頭緒，最後什麼都不知道。桂實在太忙了，只記得

「村田藏六」

這個名字，就這樣置之不理。

說他實在太忙，這年，安政六年，根據木戶孝允（桂小五郎）的年譜記載：

九月，被任命為江戶番手[2]，職務是大檢使[3]。

十月二十七日，吉田松陰[4]，因為幕府而被斬於小塚原刑場。

十一月十三日，被任命為有備館[5]御用掛[6]。

所謂的「有備館」，是在江戸的櫻田藩邸內，說起來就是長州藩的軍事學校，桂被任命為這裡的事務長。

當時，二十七歲。

桂原本不過是藩委託齋藤彌九郎[7]道場代訓劍術的諸多門生之一，如今已經有藩內最好的軍

---

1 荷蘭語。

2 番手，是指負責守城的武士。

3 江戸時代的職稱。掌管日常府內寺社的巡視等。

4 吉田松陰（1830~1859），長州藩下級武士杉家出身，過繼親戚吉田家作為養子，自幼接受叔父玉木文之進的嚴格教育，九歲即進入藩校明倫館擔任兵學師範，十一歲便在藩主毛利敬親御前講授《武教全書》，二十歲時遊學江戸，入佐久間象山門下，與長岡藩士小林虎三郎被譽為「象門雙虎」，二十二歲時與肥後藩士宮部鼎藏相偕前往日本東北地區遊學，因未取得藩的同意，被論以脱藩之罪，受剝奪士籍、沒收俸祿之處分。翌年，黑船來航，在培里艦隊隔年再來時，與同藩金子重輔登上美艦企圖偷渡，被幕府押返長州服刑，出獄後改為在家中蟄居，以叔父所開設的「松下村塾」名義開塾授課，由於其學識在藩內極富盛名，加上不問身家階級皆可入塾，吸引許多有志之士入其門下，幕末長州藩出身的志士，包括高杉晉作、久坂玄瑞、伊藤博文、山縣有朋、吉田稔麿、入江九一、前原一誠、品川彌二郎、山田顯義等，皆出自松下村塾。在幕府未得敕許擅自與美國締約後，松陰的思想言論開始鼓吹倒幕，因而在安政大獄時獲罪，被押至江戸，處以死罪問斬，享年二十九歲。松陰提出諸多政治思想，影響深遠，例如「一君萬民論」，主張國家應由天皇統治，天皇之下萬民平等。也提出「草莽崛起」，即國家的未來不能冀望幕府、諸侯，有志者皆應打破身分限制、挺身而出。他更提出日本未來應經略東亞的國家戰略，更深深地影響日後日本帝國的對外擴張方針。松陰被譽為教育幕末志士英才的導師、啟動幕末維新的思想家，清末梁啟超更評價吉田松陰應居明治維新的首功。

5 有備館（ゆうびかん）是長州藩當時藩主毛利敬親於一八四一年，在江戸櫻田藩邸設置的文武修業藩校。

6 御用掛（ごようがかり），職務名稱，約略等於「事務長」的意思。

事啟蒙家之名，也深受藩主欣賞。更以作為攘夷論的議論家在他藩逐漸開始知名。

桂有強烈的使命感，姑且不管其他藩，他有著要將長州藩打造為日本最強攘夷武裝的心願。順便說一下，「歷史」當時還處於所謂的攘夷思想還流行的階段，到長州藩的攘夷論變成倒幕論的同義詞，還必須經過此後四、五年的迂迴曲折。

在此之前，嘉永三年，長州藩向幕府提出萬一外敵來攻時的動員能力報告：

兵員　三萬三千九百七十人
大砲　五百五十八門
步槍　一萬一千五百六十八挺

作為表高[8]只有三十七萬石（據說實收一百萬石）的小藩，已經是威風凜凜的實力了。

但是，因為桂從很早就透過洋學者江川坦庵[9]等人，對海外的事情略有所知，所以知道這些跟戰國時期沒有兩樣的武裝已經是西洋兩世紀以前的東西，只不過是博物館裡的陳列品了。

（如果不把武裝洋式化的話……）

這就是桂面臨的課題，同時，以長州藩領導人們的思想來說，這個藩絕對不是京都公卿式的國粹攘夷主義[10]。

想要做到這一點，就必須有能夠閱讀荷蘭書籍的人物，但是這個藩只有很少的蘭醫[11]，需要更多人，藩頻頻尋求人才。

且說，前述的年譜裡有一項：

「安政六年十月二十七日，吉田松陰，因為幕府而被斬於小塚原刑場。」

桂雖然不是吉田的弟子，但待之如兄，如今被幕府殺死了。

非常悲憤。事後，桂小五郎帶領在江戶藩邸的松陰門下的弟子三人，趕到刑場，收拾遺骨，當夜便葬於當地回向院的墓地。同行的人是，飯田正伯、尾寺新之丞、伊藤利輔[12]（俊輔，後來

---

7 齋藤彌九郎，江戶時代後期至幕末的劍術家。流派屬神道無念流。幕末江戶三大道場之一，另外兩大道場是鏡新明智流的桃井春藏和北辰一刀流的千葉周作。

8 表高（おもてだか）是指江戶時代由將軍授予大名或旗本的領地登記上的石高。相對於表高，實際對領民徵收的年貢額的計算中使用的石高被稱為內高。

9 江川英龍（1801~1855），號坦庵。江戶時代後期的幕臣，伊豆韮山代官。致力於製造火砲及民政。其砲術學於高島秋帆，曾建議幕府加強伊豆沿岸警備，並在伊豆韮山建造金屬冶煉爐，主持修建江戶台場。佐久間象山、桂小五郎是其門人。

10 國粹主義是國家主義的一種，在近代日本與歐化主義對立，強調、維持、發揚或維護本國國民和本國文化、傳統的獨立性。

11 蘭醫（らんい），指西醫。因為江戶時代西洋醫學是透過荷蘭人傳入，故稱「蘭醫」或「蘭方醫」。

12 伊藤博文（1841~1909），幼名利助，又名俊輔，出身長州貧農百姓之家，後因父親被足輕收養而取得武士身分。幼時寄宿於寺院，後入吉田松陰門下學習，透過來原良藏介紹，擔任桂小五郎隨從，前往江戶，在此與井上馨認識結為至交。隨著桂、高杉晉作、久坂玄瑞等人投入尊王攘夷運動，參與火燒英國公使館及幕府密探宇野東櫻、幕閣學者塙次郎的暗殺事件。一八六三年奉藩命祕密前往英國留學，翌年在英國得知四國聯合艦隊計畫攻擊長州，與井上馨提前回國在橫濱與英國公使交涉。其後在高杉晉作功山寺起義時率先支持倒幕派，倒幕派重掌政權後，受桂小五郎指派負責向薩摩及軍火商採購武器。維新後改名伊藤博文，因其英語能力歷任外國事務局判事、大藏少輔兼民部少輔等要職，推動各項改革。明治四年，與大久保利通、木戶孝允並列全權副使隨岩倉使節團出訪，會面德意志皇帝威廉一世及首相俾斯麥，受到極大影響。與大久保、岩倉日漸親密，回國後因反對征韓論，在岩倉、大久保、木戶之間斡旋。西南戰爭、大久保遇刺後，成為明治政府領導人。明治十八年政府改行內閣制，伊藤因其英語能力擊退出身高貴的公卿三條實美。就任後開始起草憲法，被譽為「明治憲法之父」。

的博文）。

之後幾天，往來於回向院，在埋葬處所豎立了一個刻有「松陰二十一回猛士」[13]的墓碑。為了建造這個松陰塚，桂每天到回向院參拜。

有一天，回向院的僧人向桂說：

「今天，這個刑場附近的小廟，有女性死刑受刑人的解剖。」

（女囚的解剖？）

蘭醫已經進行過男性的解剖，但是不曾解剖過女性。因為桂的生家是藩的典醫，所以他知道這種事。

「這真是稀奇的事啊。但是偷偷解剖女性死刑受刑人，如果被幕府知道了，會惹來大禍啊！」

「不，這件事是幕府指示的。」

僧人當然知之甚詳。被指定為解剖場的小寺，是這間回向院的附屬寺院，幕府的命令就是透過回向院下達的。

由於玉之池有幕府的種痘所，後來成為西洋醫學所，這個醫學機構向幕府提出這次解剖的申請，得到了官方的許可。

據僧人所說，屍體是千住的女遊民，三十七歲。雖然度過了多年牢獄生活，但似乎是個相當健壯的女人，身體沒有衰老的樣子。是一個適合的解剖對象。

但是，在江戶的蘭醫之中，沒有對解剖有自信的蘭醫。

所以，幕府的種痘所只好拜託住在宇和島藩江戶藩邸的該藩僱用的蘭學學者某某人來執刀，某某人，是大坂緒方洪庵塾[14]出身的。

「某某人是……？」

桂若無其事地問道。

「好像叫村田藏六。」

桂驚嚇到幾乎停止呼吸。

「村田藏六！」

「是的。」

「高僧如能賜教，不勝感激。村田藏六是不是和我一樣，也是長州人啊？」

「不，不是吧。」

至一九〇一年四度擔任總理大臣。期間歷經日清甲午戰爭，將台灣納入版圖，參與八國聯軍。此後，以元老身分主宰日本政界。日俄戰爭前夕，反對開戰，致力於對俄交涉，戰後為善後處理奔走。日本在戰後加速對朝鮮控制，伊藤擔任特派大使與朝鮮簽訂「第二次日韓協約」，並出任第一任韓國統監，任內推動高宗皇帝退位及解散韓國軍隊，在全力推動日韓合並之際，於中國的哈爾濱車站遭韓國獨立運動人士安重根暗殺身亡。

13 吉田松陰二十五歲之後自號「二十一回猛士」，據他表示，他的原姓是「杉」，拆字後是「十八加三」，即「二十一」，又「吉田」二字，「吉」是「十一口」，「田」是「十加口」，合起來正好是「二十一回」。另外，松陰通稱「寅次郎」，「寅」在十二地支中正好與十二生肖的「虎」對應，日文發音也相同，而「虎」是猛物，故自稱「猛士」。松陰赴死前的辭世詩即以「二十一回猛士」落款。

14 緒方洪庵（1810~1863），幕末時期醫生、蘭學家、教育家。因在日本的鎖國時代將西方的醫學知識引入日本，於一八三八年開辦家塾叫「適適齋塾」，簡稱「適塾」或稱「緒方塾」而著名，前後入門生徒超過千人以上，是當時日本首屈一指的蘭學塾。緒方也因而被稱為「日本近代醫學之祖」。

回向院的僧人毫不在意地說。

「聽說是伊予宇和島藩僱用的，並且擔任幕府的蕃書調所[15]的教授方手傳[16]，好像也有從加賀藩收受津貼。」

「……」

「桂先生，這麼熱心的話，跟那所寺廟的人說一聲，去參觀這次解剖如何呢？」

僧人誤以為這位長州藩士對解剖女囚這件事感興趣。事實上，桂也是出身於醫生世家，所以不會不感興趣，但是，他更感興趣的，是村田藏六。

村田藏六，就是後來的大村益次郎。

幕末最後的時刻作為官軍的參謀，像彗星一般出現的天才戰術家，桂從一開始知道此人，就帶有一種不幸的氣氛。「是地下的松陰介紹我們相識的嗎？」桂直到晚年都還這麼相信。

二

從回向院出來，桂急急忙忙前往這場解剖所在的寺廟。

的確就像是刑場旁邊的小廟，茅草屋頂、簡陋的本堂，周圍是雜亂插著卒塔婆[17]的墓地。那裡的一個角落圍著沒有花紋的布幔。

太陽也快要下山了。

桂走進布幔裡面，裡面全是醫生打扮的男人。

（看不見啊。）

從人牆的中央，有聲音冒出來。聽說時年三十六歲，但是像老太婆的聲音。

（是什麼樣的男人啊？）

桂凝神傾聽。

這一段，從村田藏六的角度來寫，其實藏六好像也是第一次做女體解剖。

但是，這個男人是很有自信的人，受到來自幕府的委託時，說：

「如果邊看書本邊做的話，就做得來吧。」

面不改色地承擔下來了。

他早已遍覽荷蘭的解剖學群書，作為非公開發行的私人著作，編寫了一本名為《解剖手引草》[18]的書籍。

15 蕃書調所，為幕末時期，幕府為研究及教授西洋學術所設立。學生主要以幕臣和陪臣為對象。除西洋學術教學外，也兼有幕府的翻譯局和出版局的地位。

16 蕃書調所內的教職，除相當於校長的「頭取」一人外，設有「教授」兩人，「教授方手傳」十五人，相當於助教授。

17 卒塔婆（そとば）為梵語的中文音譯，日本直接借用，原為靈廟、靈塔之意，在日本演化為直長條形木牌，作為類似佛菩薩加持的牌位，上面書寫佛經名或法會名、欲超薦者之名諱、供養者等資料。

18 手引（てびき），是「指南」、「手冊」的意思；「草」，是草稿。

在這個墓地的現場，自己的著作就放在旁邊，一邊一一對照，一邊進行切除。

「這是陰道。」

他平靜地敘述。一邊進行切除，子宮口、子宮、卵巢、喇叭管（輸卵管）……，一邊說著理所當然的事：

「這些器官，和男人不一樣。」

有人提出了疑問。

村田藏六似乎有個習慣，對任何問題都不會馬上回答。等了一會兒，才很簡短地回答。那是非常肯定、不容質疑的回應。與其說他是個醫生，不如說是冷靜而透徹的軍事家更為貼切。

「好像是個古怪的男人啊！」

桂心裡這麼想。

解剖，在日落前結束了。

人群散去。

桂從人群的缺口中窺探，一個像是村田藏六的人，正在用僕人遞給他的杓子洗手。不像是醫生的打扮。

留著整齊的頭髮。凸額的頭頂上頂著象徵性的小小的髮髻，月代剃得很寬，服裝是黑色棉製印有家紋的羽織外褂。

配帶著刀飾簡陋的大小太刀。

村田藏六，從布幔走出來。

「啊，請稍等。」

桂小五郎這麼說。村田藏六回頭瞪著他。

桂意想不到地與這張令人屏息的奇特容貌面對面。這副後來在背地裡被形容為「火吹達摩」[19]的異相，現在動也不動地看著桂。在直接凸出的額頭上，黑而濃密的眉毛蓬亂而生，嘴呈へ字型彎曲，下巴由下往上突出延伸，眼窩凹陷。是很不簡單的臉。

對於這個奇特的相貌，後來成為他部下的船越洋之助[20]（維新以後，改名衛，男爵，歿於大正二年）這麼說：「有著奇怪的長相，總覺得難窺其心。」可以說是容貌醜劣。

「您是哪位？」

村田藏六這麼說。

「我是毛利大膳大夫[21]的家臣，桂小五郎。是藩的有備館御用掛，請多多請教。」

19 火吹達磨（ひふきだるま），與地爐和火盆一起使用的道具，通常是約五到八公分的卵形銅製容器，底邊有一個約一公釐的洞，裡面呈中空，把它放在火旁，裡面空氣就膨脹，從洞裡吹出來，使火旺盛。因外形多模仿達摩臉不倒翁而得名。

20 船越衛（1840~1913），原名洋之助，安藝廣島藩士出身，幼年入廣島藩校學問所學習，受藩的執政辻維岳的賞識提拔，負責與薩摩藩交易，後更以隨從身分隨辻維岳上京，因此結交諸藩志士。第一次長州征伐時，參與幕府和長州藩的調停，結識了大村益次郎，向其學習兵學。明治政府成立後，受政府召喚出任江戶府判事，戊辰戰爭擔任軍務官權判事，在庄內藩、盛岡藩攻略戰中立下戰功。後與山縣友朋一起推動兵制改革，任兵部大丞，因捲入山城屋事件官商勾結醜聞而退役結束軍旅生涯。之後轉任內務省，曾任千葉縣、石川縣、宮城縣知事，後擔任貴族院敕選議員、宮中顧問官等職，敘男爵。

21 指長州藩主毛利敬親，官拜從四位下大膳大夫。

「這樣啊。」

其實村田知道桂小五郎，但是臉上毫無表情。

「有何貴幹？」

很簡短地問。似乎是不聽廢話的男人。

「不，沒有什麼特別事，改天您有空時能去拜訪您嗎？」

「可以，我以前住在宇和島藩邸，但現在在麴町的新道一番町，位於市之谷見附[22]裡。就在見附的正前方，下六番町入口的地方就是了。」

講解的方法清楚明瞭，顯露了這個男人的性格吧。

「但是，」

村田藏六這麼說：

「我不喜歡諸藩那些所謂的志士，不和他們來往。您要談的事情，可別是泛泛的橫議空談啊。」

桂怒上心頭。

沒有回話。

「那麼，到時候見。」

說完，匆匆忙忙離開這裡了。

回到櫻田的藩邸，桂恍恍惚惚了許久。一股亢奮無法平息。桂一生之中遇過非常多人物，卻沒有過類似這次大村益次郎（村田藏六）的情形這種奇妙的衝擊。

（是因為那異樣的面相嗎？）

這是原因之一吧。但是不只是這個，是整體的感覺。大概是待人接物禮儀不佳的男人，但是也不是無禮或傲慢。實在是覺得太無益了。回想起來，那時，村田藏六連一次所謂的客套都沒有。

（真古怪。）

奇怪的是，想念起那個相貌來了。

桂把伊藤俊輔叫來自己的房間。這個男人是藩的百姓出身，但是作為桂的侍從一起到江戶來，現在以僱用的資格成為下級藩士，是個很機靈的男人。

為了調查村田藏六的事，給他一點交通費。

過了一個月左右，伊藤回來報告。

村田藏六在江戶的蘭學者之間，也實在是不太為人所知。

一來是討厭交際，再來是來江戶時間好像只有三年左右。

很早期出身於大坂的緒方洪庵塾。當時說起蘭學就是大坂，江戶學界被認為是二流。村田是

22 見附（みつけ）原指在城牆外拱形突出的小附城，設置看守的哨兵。江戶城原有三十六個見附，現今已不存，但留下了「赤坂見附」、「市ヶ谷見附」等地名。

弘化三年入塾，跟後來富有盛名的佐野常民[23]、橋本左內[24]、大鳥圭介[25]、長與專齋[26]、福澤諭吉[27]等人比起來，也是大前輩。

「出身是在本藩領內的鑄錢司村（現在的山口市）哦。」

伊藤像斬下鬼頭、立下首功一般得意地說。是那個村子的鄉紳之子，老父叫作孝益，在村裡是比較有人望的醫生。

村田藏六，在學籍還在緒方塾的時候，到長崎遊學了一年左右，歸塾後就成了塾長。當時以緒方塾的塾長來說，需要具有相當以上的學力。但是，二十七歲時，他就回到了故鄉周防國吉敷郡鑄錢司村，在村裡開業了。

「可惜了啊。」

桂，一邊聽著伊藤的故事，一邊嘆息。擔任塾長的程度的男人，沒有直接留在京阪、江戶的蘭學界，藩又沒有採用他，因此成為了村醫。

「他的老父孝益叫他回來的。」

伊藤俊輔調查得很詳細，利用藩的急飛腳[28]，並有照會郡的奉行所。

第二年，娶了鄰村的百姓的女兒琴子，是個圓臉，個性溫和的婦人。

「在村裡的評價如何？」

「很差。」

伊藤這麼說。

（是這樣吧，他不能勝任百姓的村醫這種工作吧。）

鑄錢司村的庸醫，說起來在郡內也是很有名的。

並不是因為誤診，而是因為不太招呼患者家屬。

村裡有個傳說，村民在路上遇見村田，寒暄了一句：

「先生，天氣真熱啊。」

村田藏六笑也不笑地說：

---

23 佐野常民（1823~1902），佐賀藩士，維新後官職歷任樞密顧問官、農商務大臣、大藏卿、元老院議長。正二位勳一等伯爵，日本紅十字會創始人。是「佐賀七賢人」之一。

24 橋本左內（1834~1859），幕末志士、思想家、越前福井藩士。早年學習儒醫，後從緒方洪庵學西醫和蘭學。當過藩醫，為藩主松平慶永謀臣，致力藩政改革，後受慶永命赴京都活動，遊說在京貴族，擁立德川慶喜繼任將軍，於安政大獄被捕，次年處死。

25 大鳥圭介（1833~1911），德川幕府末期幕臣、軍人，早年學習儒醫，後從緒方洪庵學西醫和蘭學。幕末時任幕府步兵頭並（校級軍官），負責幕府陸軍的教育和訓練工作。鳥羽伏見之戰後，為強硬派主張繼續作戰，轉戰各地，後於箱館戰爭中率部於五稜郭投降。明治五年獲特赦出獄，隨即在新政府任職，歷任左院少議官、開拓使五等、工部大學校校長、元老院議官、駐清國特命全權公使、兼任朝鮮公使、樞密院顧問官等職位，受封男爵。

26 長與專齋（1838~1902），出身肥前大村藩歷代漢方醫之家，後入大坂緒方洪庵塾，明治四年為岩倉使節團一員、考察德國、荷蘭的醫學及衛生行政，回國後歷任文部省醫務局長，兼任東京醫學校（現在的東京大學醫學部）校長、元老院議官、貴族院敕選議員、宮中顧問官、中央衛生會長。對日本醫學界及衛生行政貢獻極大。日語中「衛生」一詞即是由他翻譯的。

27 福澤諭吉（183~1901），出身於豐前中津藩的下級武士家庭，為日本近代重要啟蒙思想家、教育家，是慶應義塾大學創辦人，早歲遊歷歐美，受近代科學和西方自由民主思想影響很深，回國以後，他極力介紹西方國家狀況，傳播自由平等之說，以倡導民權，促進「文明開化」，並鼓勵日本人學習科學，興辦企業，發揚獨立自主精神，以爭取日本民族獨立。對日後日本國家走向影響深遠。

28 急飛腳，指信使。

「夏天會熱是當然的。」

冬天，寒暄說天氣真冷，村田便說：

「寒冬就是這樣。」

藏六無法理解人類社會多餘的禮儀。為了他人而露出笑容，對藏六來說，是不合理的。不合理的事就是無用的事，這是藏六的想法。

「真有趣的人啊。除此之外還有什麼呢？」

桂接著說。

「男女之事只有妻子一人，是個非常厭惡妓院的人。」

（可能是這樣吧。那張臉，女人也不想接近吧。）

桂突然想起在小廟的墓地裡，藏六發出老太婆般的聲音，摘除婦產科的各項器官的情景。在他觀察的時候，這個男人對女人的關心，不帶感情的：這是陰道、這是子宮口、這是子宮……只不過是對這些器官的綜合分析而已吧。

藏六在故鄉三年了。

長州藩本身，對藏六完全無視。

藏六在這前後已經對兵學產生了興趣，經常翻譯荷蘭陸海軍的兵書。當然，長州藩廳並沒有察覺到領民中有這樣的兵學家。天下皆不知道藏六。只有一個人知道。

在大坂的老師緒方洪庵。洪庵一眼看透藏六身上的兵學天才。藏六要回去故鄉時，洪庵建議道：

「上醫醫國。閣下當醫生也非常優秀，但是因為是國家危急之際，不如去從事軍事。」

可是藏六卻表示「這是我業餘的愛好」，「故鄉的家父，很期待我作為村醫繼承家業，我不能辜負他。」

沒有理會他。

另一個原因是，即使想要改革一國的兵制，也必須要有藩肯用他。長州藩，對藏六完全無視。

在這當村醫的時期，藩出動三萬兵、兩千匹馬，進行了根據古老流派的大操演，藏六和百姓一起出門到羽賀台去參觀。一邊看著這硝煙和沙塵，一邊心想：

「不任用我嗎？」

但是他保持沉默。藏六對於不得志忍耐下來。

村田藏六本來就不是能毛遂自薦的那種開朗的男人。

然而，

——器重他的藩

終於出現了。

在村子裡度過了三年的嘉永六年秋天，渡海而來的伊予宇和島藩，祕密派來使者，希望他能前往出仕。

宇和島藩的藩主名叫伊達宗城，和薩摩藩的島津齊彬齊名，是天下諸侯中最精通洋學的人。在軍事近代化這點領先其他各藩。

祕密以化名僱用流亡中的高野長英[29]的，也是這個藩。

長英後來回江戶了，於是懇求緒方洪庵推薦接替的人才。

「全天下除了長州人村田藏六之外，沒別人了。」

緒方如此推薦。

從四國遠道而來的先遣使者，就是因為這樣的原委。

——接受吧。

藏六下定決心。這是嘉永六年，培里來航後第三個月的事。天下正湧現了海防熱。

「他從到宇和島藩開始，就改了名字，開始使用藏六這個名字。」

伊藤這麼說。桂若無其事地問道：

「他過去是什麼名字？」

「村田良庵。」

「誒？」

小五郎臉色大變，稍微回想起來了。

「你確定嗎？」

「沒錯。」

（如果是這個名字的男人，曾經來過萩城下，而且到過我的宅邸……）

「關於竹島的事，想陳述一些意見。」

沒有任何人的介紹信就來了。竹島是朝鮮海域的鬱陵島之一，當時在長州藩中，開拓這個島作為進軍朝鮮、滿洲跳板的藩論非常活躍。

——村田良庵？

是個聽都沒聽過的百姓。因為這時桂正好臥病在床，

「幫我拒絕了吧。」

就這樣把他趕回去。

——這樣啊。

村田並沒有生氣，他抓著桂家的僕人，拿出荷蘭航海相關書籍中關於竹島的記載，結結巴巴地說：

——從《萬國公法》來看，還是盡早掌握比較好。

平靜地留下這句話後就離開了。

「有這樣的記載。」

只是想讓母藩知道這個重點。

（這樣啊，是當時那個男人嗎？這麼說來，我也成了把村田藏六從長州趕到其他藩的其中一人了。）

29 高野長英（1804~1850），日本江戶時代末期著名蘭學學者。陸奧人。完成日本第一本生理學著作《醫原樞要》。一八三九年，幕府製造了「蠻社之獄」鎮壓蘭學者，高野長英被判終身監禁。一八四四年，高野長英趁監獄發生火災逃出監獄。一八五〇年，高野長英被幕府圍捕時，被多名捕快攻擊而身受重傷，在護送的過程中死於轎內。

但是，話雖如此，那時在小塚原的寺廟境內時，自我介紹：

「我是毛利大膳大夫的家臣桂小五郎。」

為什麼村田藏六在當時絕口不提這件事？藏六是那樣的不動聲色。

（難以捉摸的人物啊）

桂心裡這麼想。不，對於出生在萩城下家世良好的家庭、繼承上士之家、並且深受藩公喜愛的桂這樣的男人來說，藏六的心事是難以理解的。在藏六看來，這是不堪回首的屈辱回憶吧。

「然後呢？」

桂催促伊藤說。

「是的，宇和島藩的村田藏六……」

伊藤說：

「藩所僱用、上士格、俸祿百石。」

但是，並不是藩士。也就是所謂的「被相留」的資格。以現在的話來說，應該是「顧問」吧。

藏六也對這種待遇很滿意。他橫渡海路到四國，翻山越嶺，踏上了夾在山海之間的宇和島之地。

在宇和島的工作，不是蘭醫的工作，主要是翻譯兵書和授課。

翻譯了步兵操典，教授砲台的設計方法，輪休的時候還偷偷地解剖野貓，或製作海綿。

另外，為了向居留長崎的荷蘭人學習軍艦的製造法、修繕法，奉藩命被派遣到當地。因為勝海舟[30]、榎本武揚[31]等人出身的幕府長崎海軍傳習所此時還沒有建立，村田藏六可以說完全是先驅者吧。

藏六從荷蘭人那裡接受了航海及其運用術、造船學、砲術、船具學、測量學、算術、高等數學、機關學、砲術實習。

30 勝海舟（1823~1899），幼名麟太郎，幕末時武家官位為「安房守」，因此又被稱為勝安房，維新後以同音改名為勝安芳。出身旗本之家，年少時刻苦修習劍術、西洋砲術、蘭學、西洋兵學，三十歲時黑船來航後才為幕府錄用，成為幕臣。之後進入長崎海軍傳習所學習航海術，畢業後返回江戶任軍艦操練所教師方頭取。一八六〇年幕府派遣使節團赴美，海舟擔任咸臨丸艦長，成功橫跨太平洋，也因此更具國際觀與現代化精神。回國後晉升為軍艦奉行，在此時期，坂本龍馬原欲加以行刺，被海舟說服，此後終身奉海舟為師。其後海舟經家茂將軍批准開設神戶海軍操練所，由龍馬擔任塾頭，聚集大批脫藩浪人。但禁門之變後，因海舟曾反對幕府發動第一次長州征伐，軍艦奉行的職務被罷免，甚至受到蟄居一年半的處分，神戶海軍操練所也被迫關閉。隔年幕府在第二次長州征伐中敗北，海舟復職軍艦奉行，並受命赴長州調停，成功說服長州停戰，但慶喜無視其調停協議逕引敕命停戰，海舟憤而辭職並返回江戶。鳥羽伏見戰後慶喜逃回江戶，請求勝海舟復出擔任軍事總裁、幕府方面的全權代表。在討幕軍發動江戶總攻擊前夕，親自與討幕軍參謀西鄉隆盛會面，以保全將軍慶喜的性命和德川氏的家名為條件，達成協定，江戶城未經戰鬥便開城投降，此即著名的「江戶無血開城」。維新後，勝海舟作為舊幕臣的代表人物參加明治政府，歷任要職。明治七年為反對出兵台灣而閉門不出，一年後完全下野。退出政治舞台後在東京的赤坂冰川町的宅邸吟詩作畫，為文著書。明治三十二年因腦溢血辭世，享年七十七歲。

31 榎本武揚（1836~1908），出身御家人榎本家次男，幼年時入田邊石庵門下學習儒學，後入昌平坂學問所學習。二十一歲時入長崎海軍傳習所，畢業後任江戶的築地軍艦操練所教授，同時在中濱萬次郎的私塾學習英語。一八六二年幕府首次派遣留學生赴海外，榎本被派至荷蘭留學，修習萬國海律、外語、船舶運用術、砲術、蒸汽機學、化學、採礦學、國際法等諸領域知識。五年後回國受到重用。戊辰戰爭時，雖然率幕府艦隊在日本史上首次軍艦海戰阿波沖海戰中取勝，但慶喜陣前潛逃回江戶，榎本指揮艦隊載運武器傷兵從大坂撤退回江戶，並被任命為海軍副總裁。江戶無血開城，榎本不願被迫交出艦隊，組織抗戰派幕臣，率領開陽丸等八艘軍艦從品川一路北上，沿途召募收容戰友，最後抵達蝦夷箱館（今北海道函館市），以此為據點宣布成立蝦夷共和國，並出任總裁。在東北戰事平定後，新政府集結兵力，展開戊辰戰爭的最後戰役——箱館戰爭。蝦夷政權的舊幕軍最後開五稜郭投降，榎本入獄關押，在福澤諭吉、黑田清隆的奔走下，三年後獲特赦，此後出仕新政府，開拓北海道，歷任海軍卿、駐外公使、多屆內閣各部大臣，七十三歲辭世。

之後，安政三年，與藩主參覲交代一起到江戶，但是，不喜歡待在藩邸的吏員生活，於是，

——請允許我在市區開設學塾。

強行向藩提出申請，終於在繼續領取俸祿的情況下，開設了私塾「鳩居堂」。地點是在小塚原告訴桂的「市之谷見附裡。就在見附的正前方，下六番町入口的地方」。原本是御家人[32]的屋敷，花了三十六兩買下來的。

「現在還維持那個學塾嗎？」

「是的。」

「都教些什麼？」

「荷蘭語、兵學、醫學。門下聚集著諸藩之士。——令人意外的是……」

伊藤說：

「聽說從領國來的久坂玄瑞先生，曾經入塾僅僅一個月左右。」

「哦。」

想起來了。

「讓久坂因為荷蘭語能力不足鎩羽而歸回到萩的，就是這間學塾嗎？」

（話雖如此……）桂這麼想著。藏六這個男人的心眼很壞。並沒有對久坂說：

——我也是長州人。

久坂如此熱情的人，如果聽說了，一定會四處宣傳：

——村田藏六是長州人。

對於藏六，幕府比長州更關注他。

保留他在宇和島藩的士籍，被任命為幕府的蕃書調所教授方手傳（助教授，實際上是翻譯員），給他每個月米二十人份的俸祿，年俸二十兩。

接著，他還兼任幕府講武所[33]砲術部門的教授。如今，在整個江戶，擁有村田藏六那麼多頭銜的男人也不多吧。他一邊開私塾，一邊兼任幕府兩個部門的教官，而且還保有宇和島藩的士籍，加賀藩也給他津貼，從事翻譯工作。

「不知道的只有長州嗎？」

桂苦笑著說。

立刻與江戶藩邸的重要官員周布政之助[34]商量，對招聘他來長州藩進行運作。

---

32 御家人，鎌倉、室町時代原本指「與幕府將軍直接保持主從關係的武士」，到江戶時代，則成為專門的稱呼，一萬石以下的幕臣，凡有資格謁見將軍者，稱為「旗本」，無此資格者稱為「御家人」。

33 講武所（こうぶしょ），隨著接連不斷的外國船來航，以及受列強的近代軍事裝備所刺激，幕府為了強化國防，於嘉永七年（一八五四）開設講武所，以官員、旗本、御家人及其子弟為對象，教授劍術、西式訓練、砲術等。

34 周布政之助（1823~1864），長州藩士，是家中五男，但因父兄相繼去世，出生僅六個月就繼任家督。曾與來原良藏、松島剛藏等人組成嚶鳴社討論政治，二十五歲時被提拔為祐筆椋梨藤太的助手。四十歲左右作為藩經濟政策的負責人，原本同意長井雅樂的航海遠略策，但是被久坂玄瑞等松下村塾的藩士們說服，為了統一藩論而提倡攘夷。後曾與高杉晉作一起試圖壓制長州藩士的暴動，但是失敗了，結果發生禁門之變和第一次征伐長州，為收拾事態而四處奔走，漸漸被椋梨等保守派奪去實權，同年九月，因自責而切腹自殺。享年四十二歲。周布以酒品不好出名，最著名的事件是在酒後辱罵土佐藩主山內容堂，因而受謹慎幽居之處分。

周布這個人物，是個實行力比思慮更旺盛的男人，但是，就連這個打破常規的行動家也說：

「去了其他藩就不知道，在長州藩不是土民嗎？」

對這個推薦猶豫不決。招聘「土民」不符合藩的慣例。

「如果只是委託翻譯的程度……」

如此折衷了。

「那麼，以此交涉看看，但是，總之先跟對方打個招呼吧。」

正因為不是藩士，村田藏六的學問不是用藩費得來的，而是自費得來的。

——藩有什麼恩義可言嗎？

對那個只有那麼點肚量的男人，桂暗自覺得擔心。

三

桂前往拜訪的時候，藏六正在指導集體閱讀討論。

「就讓他等吧。」

藏六說著，繼續指導集體閱讀討論。結束時，已是燈火初上的時候了。

桂在玄關三疊大的房間裡，得到了一個火盆，一邊烘著手一邊等待。炭火快燒成灰的時候，藏六進來了。也沒說「讓你久等了」，只說：「我晚餐之後，要翻譯幕府委託的戈貝爾步槍操作法，所以只能空出一個小時吃晚餐。這樣也可以嗎？」

「沒關係。」

桂忍耐著心裡的憤懣。但是，自己也曾經在玄關給對方吃過閉門羹，因為有這個弱點，才會和顏悅色地點頭。

招待晚餐的地點，是在藏六的書房。桂的餐盤上放著豆腐。配飯的菜只有這道。桂愣住了。

「你不喜歡豆腐嗎？」

一邊說著，自己一邊痛快地拿起筷子開始吃起飯來。把豆腐沾著醬油往嘴裡送。

藏六之後為了慰勞在函館戰爭[35]中立下大功歸來的長州藩士山田市之允[36]（後來的顯義，伯爵），招待他到自己的宅邸，當時也是請他吃這個豆腐。山田氣得連筷子都不拿。

無奈之下，桂只好吃了。一邊吃，一邊看著村田藏六那張稀奇古怪的臉，豆腐變得更加難吃

---

35 即「箱館戰爭」，為戊辰戰爭的最後戰役，以榎本武揚為首不願投降的舊幕軍，最後集結於蝦夷箱館（今北海道函館市），以此為據點宣布成立蝦夷共和國，新政府軍最後發動攻擊，在戰役中原新選組副長土方歲三力戰而死，最後榎本武揚等舊幕軍開五稜郭投降，戊辰戰爭落幕。

36 山田顯義（1844~1892），原名為顯孝，後改名為顯義，通稱為市之允。長州藩上級藩士長男出身，十三歲時進入藩校明倫館學習，翌年進入松下村塾，師從吉田松陰。十九歲時以世子毛利定廣護衛的身分上京，開始參加尊王攘夷運動。八一八政變時擔任護衛隨同七卿逃離京都（七卿落難），翌年亦參與禁門之變。逃回長州後，與品川彌二郎等人建立御楯隊，參與下關戰爭與功山寺起義，後曾在普門寺塾向大村益次郎學習西方軍事。第二次長州征伐時追隨高杉晉作在周防大島、藝州口立有戰功。其後以在京長州藩兵的指揮官身分參與鳥羽伏見之戰，戊辰戰爭的長岡之戰（見本書〈英雄兒〉一章）中，新政府軍陷入苦戰，顯義率軍從長州出發支援山縣有朋，箱館戰爭更是以陸軍參謀兼任海軍參謀，實際指揮作戰，取得勝利。戰後官拜兵部大丞，隨後，大村益次郎遇刺，臨終前將建設日本新式軍制的任務托付給弟子顯義。但顯義於明治四年隨岩倉使節團出訪，一年半後歸國，兵部已被山縣有朋把持。此後雖仍參與佐賀之亂與西南戰爭的征伐，但已轉向司法界發展。後曾在多屆內閣中擔任大臣的職務。

了。

「豆腐有營養成分。它和西洋所說的乳酪一樣，足以養生。」

藏六這麼說。

桂切入了主題。

「什麼？長州藩要邀請我回去？我在宇和島藩有士籍，現在從幕府領取俸祿，而且我是村田藏六。」

「您的意思是？」

「只有在幕府、宇和島，村田藏六才為人所知，但是，如果作為長州人的話，我不過是領國內鑄錢司村的宗太郎（幼名）。鑄錢司村的宗太郎無論如何立說論述，也不會為人所知。斷然不能出仕為官的。」

「但是……」

「暫且，請等一下，君子應居於可以實現主張的地方。證據是，百姓醫生村田良庵的意見，桂君，連你也不予理會。」

（這個男人還記得。……）

桂低下頭來。口中的豆腐是越來越難吃了。

「出仕為官的事，我拒絕。」

第二天，桂又來了。

藏六冷淡地說，如果是昨天的事，那就是浪費時間。

「那麼，這樣的話如何？」

桂始終不失殷勤。

「這樣是什麼意思？」

「如果不是出仕為官，只接受長州藩的委託翻譯兵書的話呢？」

桂很狡猾。其實，即使是所謂的出仕為官，也正如周布政之助所說的，沒有辦法讓這些土民出仕為官。如果是當同心、手付[37]、足輕的話是可以的，但幕府的講武所教授方村田藏六，是不可能讓他當足輕的。所謂「單純的委託翻譯」，是從一開始就擬好的腹案。

「啊，如果是翻譯的話就可以。」

藏六也很乾脆地接受了。宇和島、加賀藩委託的翻譯也做。「如果諸藩的軍制都以我的翻譯進行改革的話，那就無話可說了。」

藏六特意說「諸藩的」。表現出不認為長州是母藩的樣子。

藏六為長州藩翻譯了兩三本書。

關於這個緒方塾訓練出來的男人的語言能力，大鳥圭介這麼說：「幕府講武所的兵書翻譯等，

37 同心（どうしん），本是幕府下級官員的職稱，在與力管理下擔當維護城市治安的職責。但少數諸藩也以「同心」作為足輕階級的正式名稱。手付（てつき），原本也是幕府直屬郡代、代官之下地方官員的一種，但在全國各藩也以手付、手附（てつけ）、手代（てだい）等來稱呼類似的地方役人。

自從這個人來了之後面目一新。如果原文裡有困難的文句，其他教授也會去問村田老師。」

在長州藩的蘭醫中，有一個叫青木周弼[38]的西博德[39]的弟子。這位青木看了村田的翻譯後說：

「桂先生，那是如鬼神一樣的厲害啊。」

桂也很驚訝。所謂藏六的翻譯，不只是單純地說明荷蘭的兵制，還對應了日本藩國現今使用的兵制，不，是卓越地變應了日本的兵制。例如，讀藏六的《海軍槍卒練習軌範》，其中使用了「足輕」這個詞。

一、足輕、陪臣、農民、町民、此為重兵，藉武器之力，臨曠原平野，決戰鬥之戰勝。

以士民為「重兵」，作為軍隊的主力。根據這一條，後來高杉晉作[40]的奇兵隊誕生了。進一步說明了西式軍隊中所謂的「士官」，打破了藩幕體制中所謂的武士身分、武士、侍、武士資格、上士等概念。其中一條是：

一、士，但非當今所云之士也。當今之士，唯以高位高祿，與足輕無異。

所謂士官，是指重兵的指揮官，只需擁有指揮的學問，使用方略智謀的人，稱其為司令。藏六說：「然而……」有人以為以擁有善於使用刀槍的能力作為士的資格，但他們的想法是錯誤的。使用刀槍步槍的，是上述的重兵。

（真令人驚訝啊。）

38 青木周弼（1803~1864），名邦彥，字周弼，長州藩周防大島村醫之子。最初師從長州藩醫能美洞庵，學習醫學和儒學。十八歲前往大坂，三十歲去江戶，師事深川的坪井信道學習荷蘭語和臨床醫學，也拜宇田川榛齋為師。同門的還有緒方洪庵。一八三九年擔任長州藩醫，一八四二年擔任周防醫學所教授蘭學掛。他也致力於設立醫學校「好生館」，一八五五年晉升為御側醫。與研藏一起在藩內為人接種牛痘，為霍亂治療做出貢獻。門生眾多，晚年在江戶堅決拒絕就任幕府的西洋醫學所頭取的邀請。

39 西博德（Philipp Franz von Siebold, 1796~1866），德國內科醫生、植物學家、旅行家、日本學家和日本器物收藏家。一八二三到二九年間旅居於日本，除任職診療所，並開設了第一家由旅日外國人主持的學塾「鳴瀧塾」，培養了很多能夠讀寫荷蘭文的所謂「蘭學家」及蘭醫外，他還潛心研究日本的動植物。同時，他還開展了許多有助於日荷貿易的市場調查，並接受荷蘭政府特別任命，進行「蒐集日本政治、軍事情報」的工作。一八二八年返國時，被查獲擁有大量幕府禁止的日本各式地圖而被捕，一年後遭逐出境，並被命令不得再次入國。返歐之後成為歐洲日本學的鼻祖權威。一八五九年起，他作為外交官再次前往日本，直到一八六二年。他在日本留有一私生女，是日後成為日本第一位女醫的楠本井禰。司馬遼太郎於之後以大村益次郎為主角的長篇小說《花神》中描寫大村和井禰有著長期的曖昧情愫。

40 高杉晉作（1839~1867），長州藩上級武士出身，高杉氏為自戰國時代起即代代出仕藩政要職的名門。本名春風，晉作為其通稱，字暢夫，號東行。自幼入漢學塾學習，十四歲進入藩校明倫館，十九歲時入松下村塾師從吉田松陰，與久坂玄瑞並稱「松門雙璧」，再加上吉田稔麿、入江九一合稱「松下四天王」。翌年受藩命赴江戶留學，入昌平坂學問所學習。次年老師吉田松陰死於「安政大獄」，此事更加深他對幕府的痛恨。其後進入軍艦教授所學習航海術。不久，又到東北地方遊學。一八六二年，奉藩命與薩摩藩士五代友厚一起以幕府使節隨行員身分前往上海，目睹清國淪為半殖民慘狀及太平天國之亂。回國後與桂小五郎、久坂玄瑞在江戶與京都展開尊王攘夷運動，並與諸藩志士交往。期間主導火燒英國公使館、暗殺幕府密探等激進行動，藩方深恐其行動刺激幕府，遂將其召回藩，回藩後自號東行，剃髮隱居於萩。長州發動下關砲擊外國船艦行動後，晉作重新復出，為防衛下關，組建了一支不問身分出身、招募自願參加的一般農民百姓的軍隊——奇兵隊，自任總督，開啟了幕末各式庶民武裝諸隊風氣之先。下關戰爭後晉作奉命與英法各國談和，但八一八政變後藩內急進力量抬頭，晉作勸阻無效，最終發生池田屋事件，更進一步爆發禁門之變，長州菁英幾乎犧牲殆盡。幕府發動第一次長州征伐時，保守派（俗論派）掌握藩政，晉作率領諸隊於功山寺舉兵，發動武裝政變，重新掌握藩政，並從但馬迎回桂小五郎、起用大村益次郎，在薩長同盟成立後，於第二次長州征伐中痛擊幕府，幕府權威盡失，倒幕勝利曙光已現，但此時晉作卻因肺結核病倒，在大政奉還半年前辭世，享年二十九歲。晉作一生行事狂狷，卻非激進盲動之徒，在長州藩菁英泰半凋零時，一肩扛起領導長州的大任，引領歷史，可謂是驅動倒幕齒輪的風雲人物。留下著名的辭世詩：「讓無趣的世界變有趣」。

身為藩的上士的桂驚訝地倒吸了一口氣。這不是單純的兵術，不就是革命書籍嗎？如果採用這樣的軍制，就會否定武士身分階級，同時藩體制本身也會崩潰吧。

第二年萬延元年二月，長州藩從長崎買進了一千挺戈貝爾步槍，並著手兵制改革。在藩裡多少有些涉獵西洋式兵學的人，有醫生青木周弼、田原玄周[41]、東條英庵[42]等，但卻都沒有兵學的眼界。

「桂先生，把村田藏六叫來吧。把他從幕府、宇和島藩手中要回來。」

青木周弼這麼說。桂也把這個意思和周布政之助商量。周布閉口無言了。

「不是士民嗎？」

周布與世子毛利敬親商量。結果是一樣的。如果突然採用士民作為武士身分的話，藩會發生不平和動搖。

結果，沒有給予武士的身分，只說「提供年米二十五俵」，以後再漸次提高。但為了方便，還是決定稱之為「青木周弼育」。「育」與其說是門人，不如說是一種養子。因為是藩的上士青木的養子資格，所以可以成為藩士。

「小五郎，以這個條件藏六會來嗎？」

不會來吧，周布也能想像到。有哪個傻瓜，會辭去幕府的教授之職，歸還在宇和島藩的士籍，收入也只剩下三分之一，而且身分降到和足輕差不多，在這樣的條件下移籍呢？

桂對這個方案忍不住笑出聲來。周布政之助也苦笑著，但堅定地說：

「將來會想辦法的。」

「可是，我不知道村田會不會答應。」

「說的對啊。」

周布從領國下手採取了必要措施。由郡奉行叫來了領國內鑄錢司村藏六的老父孝益，運作由其勸說藏六返回長州的事。

「雖然我不想使用權謀之道，但我不想讓幕府和其他藩搶走我國（藩）的人。」

周布的計策奏效了。

藏六在麻布的藩邸舉行長州藩主辨的舍密會（化學實驗會）時，他們都來了，除了舊識青木周弼以外，還與東條英庵、手塚律藏[43]等藩的洋學者建立了交情。這個時候，在座的話題轉移到物理學，涉及了彈道論。大家都問藏六。藏六根據彈道論物理學的複雜公式說明，讓在座的人都

---

41 田原玄周，長州藩醫兼蘭學家。安政二年藩的西洋學問所創設後，擔任其師範。同年十二月被任命為西洋原書頭取役，安政五年制定學制規則。安政六年提出遠洋航海說。吉田松陰即從此人習得初步的蘭學知識。

42 東條英庵（1821~1885），本名英，父親為右田毛利家毛利築前的家臣。二十四歲時前往緒方洪庵的適塾學習，翌年前往江戶入伊東玄樸門下，兩年後成為長州藩的西洋書翻譯御用掛，之後成為長州藩藩醫。一八五七年前往江戶，擔任幕府的蕃書調所教授職手傳，並任軍艦操練所教授方，兩年後成為幕臣。其後出任開成所授職並教授荷蘭語。維新後，隨德川家遷往靜岡，出任靜岡學問所教授

43 手塚律藏（1822~1878），長州藩熊毛郡周防村村醫的次男。十七歲時前往長崎師從高島秋帆和西博德學習蘭學、造船術等，後來又鑽研英語。一八五〇年前往江戶，但為了逃避國粹論者的追殺，改以母親姓化名瀨脇壽人，移居下總國（今日的千葉縣）佐倉，出仕於佐倉藩，從事蘭書的翻譯工作。後應幕府首席老中堀田正睦的邀請，開始從事日本首次對「英語」的系統研究，同時在江戶開設私塾。其後出仕擔任蕃書調所的教授手傳。維新後，擔任開成學校教授，後出仕擔任外務省貿易事務官，致力於振興日本與俄羅斯之間的貿易。

為之瞠目。但是他說：

「這種對理論的鑽研，如果行有餘力搞搞還可以，但是光有數學公式是不能擊發砲彈的。頭腦太好的人一搞砲術，就會被數學公式的趣味性所吸引，變成一發砲彈都擊發不了。」

桂非常佩服。他認為藏六並非單純只是學者。

歸途中，桂與藏六並肩而行。藏六突然說，長州需要我嗎？像出謎語一樣委婉地說。

「當然需要。」

「需要到什麼程度？能不能告訴我程度？」

藏六接著說，收到了在領國的老父寄來的信，勸他到長州工作。藏六說，自己也有這個打算，所以希望用數字來表達需要自己的程度。

把待遇身分說成「數字」。是藏六式的不浪費口舌的本性。

無奈之下，桂老實地說，需要的程度是「一年米二十五俵」。

（會生氣嗎？會拒絕嗎？）

桂看著藏六的臉。藏六非常平靜地說：

「我答應你。」

桂很意外。穿著粗劣的棉服、半袴[44]、有一點O型腿的藏六，連笑都不笑，看著桂的眼睛，說：

「這和彈道論是一樣的。人世間也不能按照數學公式進行。」桂不由得轉移視線。藏六一定看穿了長州藩的伎倆吧。

四

村田藏六的移籍問題還沒有解決。

如何向僱用藏六的幕府和宇和島藩打招呼呢？

所幸的是，宇和島藩主伊達宗城與長州的世子元德[45]關係密切，所以協商進展順利。宇和島藩方面還嘲諷地說：

「村田這種程度的才幹，母藩的長州在此之前卻棄之不顧，真是不可思議。」

但是宇和島藩並沒有讓長州藩將藏六獨占，

「因為有時候還是要委託他翻譯。」

以這個理由，「還是要給年祿，否則就不放村田離開」。以長州藩來說，這是無可奈何的。

藏六自己也向周布和桂提出了條件。今後也要開設私塾，也教其他藩的藩士，這樣也無妨嗎？

「無妨。」

---

44 半袴（はんばかま），指長至腳踝，下襬沒有紮緊的和服裙子。又稱切り袴、平袴、小袴。

45 毛利元德（1839~1896），原為長州藩支藩德山藩第八代藩主，因德山藩為藩祖毛利輝元直系血統分家，因此過繼為毛利敬親之養子，成為世子，命名廣封。將軍家定賜下偏諱，改名定廣。禁門之變後，被幕府剝奪官位，收回將軍偏諱「定」字，改回廣封。維新後，改名元德，鳥羽伏見之戰後上京就任議定一職。翌年，養父敬親隱居後繼承家業，升為從三位、參議。就任後不久，因版籍奉還而被轉任藩知事。明治四年，元德因廢藩置縣被免官，移居東京，後歷任第十五國立銀行行長、公爵、貴族院議員。

不得不這麼說。幕府方面出乎意料地順利談妥。雖然他已兼任蕃書調所、講武所、軍艦操練所等三個機關的教授，但他的身分並不是所謂的幕臣。除籍的事很簡單就解決了。藏六關閉了鳩居堂，搬到麻布藩邸檜屋敷，在這裡開設學塾。把入門者按藩籍分別計算的話，達五十四藩。

但是，他在藩的工作始終不出翻譯官、語言教師的領域。長州藩對藏六的器重不過是這種程度。

周布政之助有時想起來，會不時對桂說：

「火吹達摩現在怎麼樣？」

這個綽號，有人說是高杉晉作取的，也有人說是周布政之助取的。是說他的臉就像達摩在用竹筒吹火一樣。

「不知道啊。」

桂也不知道，火吹達摩入藩後所從事的事務也不同，住的藩邸分別是，周布、桂住在外櫻田的本藩邸，火吹達摩住在麻布的下屋敷，地理上也分開了，不知不覺就沒去在意。

「最近，好像有時會去神奈川學英語。」

桂有聽說這樣的傳聞。據說教師是居住在神奈川的美國傳教士J・C・赫本[46]。

「真是個奇怪的人啊。難道異國語言就那麼有趣嗎？」

周布搖搖頭。

之後，幕府決定建立西式陸海軍，從長州藩召募西洋兵學者東條英庵當了旗本。英庵和藏六一樣，因為不是藩士出身而受到冷遇，藩只讓他做翻譯這件事。人被搶走後，藩裡驚慌失措。如果當初給英庵武士身分的話，幕府也不可能簡簡單單就橫刀奪取了。

「周布先生，雖然我們總是說幕府是如何地因循守舊，但是，只要有必要，即使是土民也召募為天下的直參。」

桂這麼說。更強硬地拘泥於身分制度的反而是諸藩。

「幕府不可能不覬覦比英庵更優秀的火吹達摩。」

「知道了。」

當時，藏六奉藩命為了在領國的萩城下建立以兵學為中心的西洋學問所，而在歸國途中。

周布立刻和藩首腦商量，將藏六編入先手組[47]，升為上士，以「長年致力蘭學有成」的文意，賜下了目的不明的銀十枚的賞賜。

46 詹姆斯·柯蒂斯·赫本（James Curtis Hepburn, 1815~1911），日本江戶時代被美國長老會派到日本作醫療及傳道的宣教師。現時最普遍的日語拉丁拼音方法平文式羅馬字（又名赫本式）就是由他所創。

47 先手組（さきてぐみ），為江戶幕府的軍制之一，原為戰時先鋒部隊之意，進入江戶時代已無戰亂，平時配置於江戶城各門之警備、將軍外出時之警護，也負責江戶城下的治安維持等任務。各藩亦仿幕府設置先手組。

周布似乎還是很擔心，他給遠在領國的朋友青木研藏[48]寄了一封信。

東條英庵之事，受公儀徵召，以為海軍得以相當之整備之故，敬述所聞。村田藏六，歸國省親，已啟程哉。

以此開頭的文字，為了不讓藏六在家鄉看起來不愉快的樣子，而拜託他多多照顧。

藏六在藩裡的待遇一下子變好了。

在萩城下建立的西洋兵術藩校，被稱為博習堂。可以說是士官學校。

學科分為兵學科、海軍科、砲術科，這三個學科全部都由藏六來教。而且教科書也取消了原典主義，全部都用翻譯書。

「學習異國語言需要十年的時間。在學習異國語言的十年裡，士官們早已滿頭白髮。」

藏六這麼說。

藏六的不可思議之處在於，這些知識大多是自己從書籍中獲得，至於如何掌握，則都以實際現場操作來教學。例如，兵學科分為戰場建築術、戍營內則、行軍定則、先鋒隊勤務、小戰術、戰鬥術、將帥術等七個科目，分別派練習生到現場，指導演習。

全部都採取速成主義。普通科目是歷史、地理、理學、分析學、數學、天文學，但是，他說：

「有餘力的話再去學。」

萩城下的上士們，對作為兵學教官的藏六卑賤的出身似乎是冷眼看待的。

有一次某藩士質疑藏六平時的穿著，問道：

「村田老師已經是武士身分之列了，為什麼總是穿著像個身分低下的人一樣的半袴呢？」

藏六一副理所當然的表情說：「因為我不騎馬。」

如此回答。因為不騎馬，所以不需要長褲裙，這是一個明快的理由。雖說如此，身為武士卻不會騎馬，難道不是恥辱嗎？

但是藏六卻若無其事地這麼說。

「老師，是用哪個流派的劍術？」

有人這麼問。

「我沒有學過劍術。」

藏六正確地回答。有人判斷他連拔刀的方法都不知道。

某個居心不良的人，藉著鑑定刀的話題，讓藏六試著把刀拔出來。

一般來說，刀要先鬆開刀鞘口再嗖一聲拔出。可是藏六像是只憑蠻力拉扯一樣用力拔，拔完之後，氣喘吁吁。

---

48 青木研藏（1815~1870），青木周弼之弟，後成為周弼養子。早年與兄長一起師從長州藩醫能美洞庵，一起前往長崎隨西博德學習蘭醫。其後在江戶師從宇田川榛齋、伊東玄樸學習醫學後，奉藩命前往長崎，帶回最新醫術。回到萩藩後，因兄長周弼建議在藩內種牛痘時，受毛利敬親之命，作為傳習醫被派往長崎和佐賀，為長州藩帶回種牛痘技術，長州藩得以迅速成功地防止天花。他曾擔任敬親的御側醫，明治二年，被任命為明治天皇的大典醫。

「也是很厲害的武士啊。」

在藩中成了笑柄。但是藏六在博習堂的教學時針對這種嘲笑作了回答：

「我的兵學中所說的士，並不是指在諸藩中坐吃高祿的人。士的武器不是刀槍而是重兵（兵卒）的隊伍，士的技能不是哪個流派的劍術，而是能隨意指揮重兵的能力。不能把國家的安危託付給滿口武士、武士自以為了不起的人。」

此後，藏六回到江戶，在麻布藩邸的一隅，回到翻譯、兵書教學的生活。

但是，時勢急轉了。文久三年五月，長州藩決定單獨堅決進行攘夷，於馬關海峽砲擊外國船隻，同年八月十八日，京都發生政變，長州勢力被逐出宮廷，第二年元治元年六月池田屋之變[49]，同年七月蛤御門之變[50]，同年八月幕府宣告長州征伐，長州更與英美法荷的聯合艦隊在馬關砲戰進行，呈現淒慘的敗狀。

在此期間，周布政之助因慨嘆時勢而切腹自殺，桂也在蛤御門之變中逃出京都，去向不明[51]。

藏六人在領國。

年四十。還只不過是負責槍枝的「鐵砲取調方」。

與聯合艦隊的戰鬥失敗後，藏六獨自一個人巡視了一圈被破壞的沿岸砲台群。

「驟雨一過，萬籟無聲。」

他喃喃自語。這場戰役太魯莽了。他暗自想，如果讓自己擔任總指揮，就不會變成這樣吧。

但是，藏六保持沉默。

五

藏六終於開始被藩所重用，是在幕府即將動員第二次征長軍的傳聞高漲之後。

此時，桂從但馬的潛伏地脫出，回到了長州。

桂一生中最活躍的時期就是這個時候。統一了藩論，購入新式的米尼葉步槍四千挺，在土佐

---

49 池田屋之變是一八六四年七月八日（元治元年舊曆六月五日）在京都發生的一宗政治襲擊事件。池田屋是京都三條小橋的一間旅館，當日京都守護職屬下的武裝組織新選組突襲池田屋，屋內多位主要來自長州藩的吉田稔麿等尊王攘夷激進派重要人物被殺或被捕。

50 蛤御門之變，又稱為「禁門之變」，是在元治元年（舊曆）七月十九日（一八六四年八月二十日），長州藩藉著「藩主冤罪向帝申訴」的名義出兵到京都，會津藩、桑名藩及薩摩藩試圖阻止長州軍入京，因此在京都御所西側蛤御門附近發生戰鬥，長州藩戰敗；以久坂玄瑞、真木和泉為首的十七人也於此自裁。事變後德川幕府發動第一次長州征討。

51 長州藩武裝上京發動禁門之變時，桂小五郎並不認同，因此留在京都藩邸，並未奔赴戰場，當幕府包圍河原町的長州藩邸時，桂遁逃至對面的對馬藩藩邸，再躲進因州（鳥取藩）藩邸，之後化裝為乞丐躲避於三條橋下，在時常出入對馬藩邸的出石但馬商人廣江屋甚助兄弟的協助下，逃出京都，潛居於但馬，藩內無人知其下落。九個月後才託甚助兄弟通報長州，高杉晉作喜出望外，迎其回藩主持藩政。這段故事，在司馬遼太郎的短篇小說〈逃命小五郎〉中有精彩的描述，收錄於短篇小說集《幕末——終結幕府．十二則暗殺風雲錄》之中。

的坂本龍馬[52]、中岡愼太郎[53]的斡旋下與薩摩藩結成祕密攻守同盟，形成了對抗幕府的態勢。

桂一回國，就在山口的藩廳裡忿慨不滿地說：

「為什麼不重用村田藏六?」

村田藏六，在長州慘烈的戰敗中，第一次名列馬廻役譜代[54]之列，賜予百石。終於成為名實相符的武士資格，自萬延元年移籍以來，已經是第六年了，才和在宇和島藩當時同等的資格。馬上，桂又推舉他為：

軍政專務

這年十二月，奉藩命再次改名為大村益次郎。藩和幕府已經處於比斷交還緊張的狀態，所以曾經在幕府任職的村田藏六這個名字，應該是各方面都不妥當吧。

這一年，四十二歲。在日本歷史上，大村益次郎這位軍略家，在這一年如彗星般出現。

第二年慶應二年七月，幕府向三十六藩下達軍令，決定從藝州口、石州口、小倉口、大島口四境進軍防長二州[55]。

對此，長州舉防長二州採取抗戰態度，海軍總督是高杉晉作，陸軍總督沒有特別任命，但藏六，也就是益次郎制定全部作戰計畫，自己親自作為石州口參謀，前赴實戰。

「火吹達摩沒問題嗎？」

幾乎所有的藩士都有這樣的疑慮。

就在益次郎率領大軍向山陰石州口進發的前夜，就連桂也說：

「大村先生，你遠在司令部指揮作戰就可以了，實戰交給其他人如何？」

52 坂本龍馬（1836~1867），土佐藩鄉士家次男出身，但其實坂本家經營當鋪、製酒，為當地豪商的分家，非常富裕。自幼勤於修習劍術，十九歲時自費前往江戶修行劍術，入江戶三大道場之一北辰一刀流桶町千葉道場。該年適逢黑船來航，龍馬深受吸引，影響其日後投入航海的志業。一年後返回土佐，在藩內各方請教，吸取關於國際情勢及航海知識，也學習砲術和蘭學。兩年後再次申請至江戶修行劍術，二度到桶町千葉道場習劍，表現傑出，擔任塾頭。回藩後加入武市半平太集結鄉士所組成的「土佐勤王黨」，但與執著於土佐藩的半平太想法有差異，最後選擇脫藩，三度前往江戶。此時原欲前往暗殺幕府軍艦奉行勝海舟，反被海舟說服，成為其門人，協助他創立神戶海軍操練所，在此期間透過勝而結識了西鄉隆盛。操練所因海舟被革職而被迫關閉後，龍馬為了繼續收留塾生，四處集資成立類似現代股份有限公司形式的海上貿易商社「龜山社中」，轉往長崎為據點。期間，與同藩脫藩浪士中岡慎太郎分頭居間奔走，促成歷史性的「薩長同盟」。盟約簽訂三天後，龍馬在伏見寺田屋受伏見奉行指揮幕吏圍捕，身受重傷，後由薩摩藩收容保護，並送回薩摩休養療傷。隨後指揮船隻支援長州藩，參與第二次長州征伐的下關海戰。由於龜山社中陷入經營困境，龍馬轉向母藩土佐藩尋求支持，經過與藩參政後藤象二郎談判，龜山社中改組為「海援隊」，接受土佐藩資助。此時，薩長的武力倒幕計畫已箭在弦上，龍馬為了避免薩長武力倒幕而導致日本進入長期內戰，英法等國趁火打劫，因而向後藤象二郎提出包括「大政奉還」和平移轉政權方案、以及未來新政府構想在內的「船中八策」，最終透過土佐藩的推動，為將軍慶喜所採納，終於實現大政奉還。一個月後，龍馬在京都的住所近江屋遭人襲擊，與在場的中岡慎太郎一同殞命，享年三十三歲。暗殺事件的真相始終未獲證實，但近年來漸有公論，認為是京都見迴組下手，只是當年志士都把帳算在新選組頭上，近藤勇最後被梟首的理由之一就是「暗殺坂本龍馬」。

53 中岡慎太郎（1838~1867），土佐藩鄉士出身，十六歲時入門武市半平太的道場學習劍術，日後隨武市加入土佐勤王黨，展開真正的志士活動。八一八政變後，土佐藩內也展開對尊攘派的鎮壓，武市半平太入獄後處以切腹之刑，土佐勤王黨瓦解，中岡只好脫藩，流亡至長州，此後成為在長州的脫藩志士的總聯絡人，此外，也擔任流亡到長州的三條實美的隨身衛士，負擔長州與各地志士的聯絡工作。之後，率領脫藩浪人支援長州參與禁門之變、下關戰爭等戰役，在戰鬥中負傷。在當時薩、長嚴重對立的氛圍中，許多有志之士認為唯有推動薩、長等雄藩聯手，才有可能實現武力倒幕。於是中岡全力在長州進行遊說，並說服與薩摩交好的坂本龍馬聯手，最終成功促成兩藩簽訂「薩長同盟」。其後，在坂本龍馬重新與土佐藩參政後藤象二郎接觸後，中岡與龍馬一併被土佐藩赦免脫藩之罪，中岡更進一步推動薩土密約。並以自身在長州所親歷的奇兵隊為參考，成立「陸援隊」，與龍馬的「海援隊」相呼應。但不同於龍馬和平轉移政權主張，中岡自始至終都是武力倒幕的堅定推動者。兩人最後在龍馬京都暫居處近江屋就此問題展開爭論，卻遭不明刺客襲擊，龍馬當場殞命，中岡負傷後兩天傷重不治。享年三十歲。

54 馬迴（うままわり）原本是指是騎馬的武士，作為護衛、傳令以及決戰兵力，陪伴在大將的馬周圍的武家職務制度之一。進入江戶時代，也作為諸藩的職務制度而存續，擔任著大名的日常警衛。譜代（ふだい），則指直屬武士。

55 即第二次長州征伐，又稱為「四境戰爭」。

益次郎說：

只是有點熱得受不了，他笑也不笑地這麼說。時為陰曆六月。

「我去。」

當日，拂曉，石州進攻部隊從山口藩廳前出發。士兵穿著西式軍裝，高級士官騎在馬上。

桂前往送行。但是，全軍沒有一匹馬上坐著總司令益次郎。桂凝視著開始行軍的部隊。

終於找到了。穿著和服的男人，走了。

雖說是和服，但也只是穿著夏天穿的單衣。下襬穿著類似伊賀忍者穿的獨特的褲裙，腳上不穿一般有綁帶的草鞋，而是穿著像拖鞋的草鞋[56]，頭上戴著農民的斗笠，手上帶著茶色蒲扇，啪噠啪噠地搧著蒲扇步行著。

「桂，大村做得來嗎？」

藩主敬親擔心地問道。桂也感到不安。大村連太刀都沒拿。行軍途中怕礙事，就讓隨從背著了。

「不，諸葛孔明總是不穿盔甲，以羽扇綸巾之姿指揮三軍，這樣就可以了。」

桂安慰藩主說。事實上，只能祈禱大村能像諸葛孔明。不然的話，除了他之外沒有其他軍略家的長州軍，只能在幕府、三十六藩的兵力面前潰滅了。

益次郎更加深入敵地，他走在軍隊的最前頭，總是把自己培養的幾名學生拉來周圍，在戰鬥中，他不斷地把這些學生派到諸隊，用於傳令、指導戰鬥。

在益田方面的戰鬥中，進軍到了河邊。
沒有橋。
對岸有敵人向我射擊。益次郎一邊啪嗟啪嗟搧著蒲扇，一邊走過來，對大隊司令說：
「為什麼猶豫不前？」
「打算派築造兵（工兵）去搭一座船橋，正在等待。」
「是嗎？」
益次郎命令士兵在河岸集合。
「大隊，跳下去！」
大喝一聲。大家都被這個氣勢嚇了一跳，噗通噗通地跳下河裡。但是，每個人都一邊氣憤地說「哪有這麼魯莽的指揮官？」一邊奮勇突擊至一兵一卒，戰鬥大獲全勝。
然而，當這支部隊從戰場上撤回時，已經架設了一座船橋。
大隊司令和半隊司令等士官向司令部抗議說：「庸醫做的事就是這樣。」益次郎一邊搔著被蚊子咬了的膝蓋，一邊說：
「面對對岸的敵人無論如何還是害怕。如果不激怒士兵的話，就不會向前衝鋒。可是回來的

56　無論什麼型式的草鞋，在中文裡都稱作「草鞋」，但在日本是有區分的，「草鞋」（わらじ）是指有綁帶綁在腳踝的草鞋，因為腳底和鞋底非常貼合，所以過去是長距離移動時穿著的鞋。「草履」（ぞうり）則是沒有綁帶，類似現代的拖鞋，不適合長距離移動和跑步。

時候，心情就會鬆懈，絕對不會再跳進水裡，所以我就架起了橋。」

戰鬥的前一天，總是一個人帶著石板出去。是去偵察敵地的地形。正因為是穿著夏天的單衣也沒有佩刀，敵人絕對不會認為這是敵人的參謀。回來後，召集士官，在石板上畫著圖面，說：

「明天就這麼做。」

預測「敵人會從這裡出現吧」，他的預測百發百中沒有失準過。

橫田川戰鬥的時候，也是傍晚一個人拿著蒲扇出去的。到了河邊沒有橋。就去附近的農家，說「幫我開船」農民拒絕了。

「給十兩。」

於是，給了十枚小判[57]。農民嚇了一跳，把益次郎送到對岸，偵察結束後又把他送回來。

在石州大麻山，幕軍築起很多堡壘等待長州軍。益次郎在這次戰鬥的前一天也帶著石板出門，傍晚時喝了晚餐的小酒。

年輕的士官說：

「發動夜襲吧。」

但是他說「晚上應該睡覺啊」，說完就入睡了，但是凌晨就起床，去臼砲隊的陣屋，說「帶著你們的大砲跟我來」，步行走捷徑來到了大麻山山谷對面的丘陵。

在丘陵上，有一間叫三浦的大村長的家。雖然是敵地的村長，益次郎似乎已經交涉好了，在這個庭院裡安置了一門大砲。

同時，要傳令的學生跑去叫步兵諸隊開始向大麻山前進。

開始發動時，臼砲無間斷地發射，從三浦屋敷越過山谷。

大麻山的幕兵正好在吃早餐之前，後勤兵正在燒飯，這時砲彈落在了大鍋裡。因為引發後勤兵極大的騷動，早起的幕兵大驚失色，丟下槍械就逃跑了。

在山上集結的時候，昨晚主張夜襲的士官來到益次郎身邊，主張追擊。

「什麼？敵人只要把他趕走就行了，沒有過度殺人的必要。」

冷淡地這麼說。

當晚，為了前往濱田，在森林中夜行軍，益次郎將火繩掛在樹枝上，以防後面的士兵迷路。可以說是有實戰經驗的下級士官的智慧吧。

黎明，一到市街區，益次郎就讓隨從帶著長梯，時不時地說：

「架在那家吧。」

說著，爬上屋頂，向四周眺望。他在偵察是否有伏兵，但怎麼看都像是在乘涼的樣子。

當時的軍官日後回憶道：

迄今為止，老師大多保持沉默，什麼事都完全不說。雖然總是嘲笑他是個古怪的怪人，但是因為這次戰爭的計畫謀略都是他一一策劃的，所以所有人都突然向老師表示敬意。

57 小判（こばん）是江戶時代流通的一種金幣。

實在是個奇怪的人啊。如果要說到底是怎麼回事，我聽說了這樣一件事。在其他人看來，好像是在不必要的地方派出軍隊。結果在別的戰場上戰敗的幕府軍隊，果然逃到這裡。似乎是可以清楚掌握預測到敵人的模樣。老師已經把荷蘭的兵書和日本的軍學折衷起來，編寫出了一流的兵學。

雖然是個沉默寡言的人，但他對害怕子彈的人和顏悅色地說：

「雖然說人上了戰場，但也不太容易被槍彈擊中。又，如果被擊中，不也是英勇赴死嗎？」

（小澤武雄・後來的男爵・回顧談）

總之，益次郎指揮的石州方面軍自山口進軍以來，向橫田、扇原方向前進，攻陷益田城，攻陷大麻山的野戰陣地，並進一步向山陰方向的幕軍大本營濱田城近逼。

濱田六萬石是幕府的親藩，松平武聰[58]是城主。雖然是小藩，卻以城的堅固而聞名。

長州軍中，有人說：

「如果進攻濱田城的話，恐怕會從鄰藩的出雲松平家[59]派出援軍來。戰事必定會變得很艱難。」

益次郎說：「正因為是親藩，所以不會像你說的那樣。從前，赤穗浪士[60]進攻吉良屋敷時，浪士中的一人擔心上杉家是吉良的親戚，一定會派人支援，但是首領大石內藏助卻以事情不會這樣來制止大家這種說法。同樣的道理，即使濱田成為戰場，從雲州或其他地方也沒有派出援軍來的道理，這事情是不會發生的。」

果然如此，七月十八日，濱田城主突然放火燒城，從海路遁走。之後，轉眼間，石州一帶被長州軍所平定。

益次郎回到山口，指導其他戰線的作戰，八月一日小倉城陷落，幕軍全線敗退。

第二年慶應三年春，他又重新回來擔任兵術教官，在山口的藩廳從事翻譯工作。

「火吹達摩，現在是一副『我在某處打過仗了』的臉。」

一向不苟言笑的桂，只有在這個時候，反常地在背地裡揶揄他了。

六

慶應四年正月，幕軍在鳥羽伏見被薩長土的聯合軍擊敗，前將軍慶喜逃回江戶，京都、大坂

58 松平武聰（1842~1882），德川齊昭十男，原名德川昭音，過繼為石見濱田藩藩主松平武成的養子，成為第四代藩主。第二次長州征討時，濱田城被長州軍占領，將居城移至美作鶴田，直至廢藩置縣為止。

59 出雲松平家，即松江藩，當時的藩主為第十代的松平定安。第二次長州征伐時，庇護被長州藩打敗而流亡的石見濱田藩主松平武聰。之後長州藩的軍隊逼近出雲國境，松平定安不得不在未照會幕府的情形下與長州藩單獨講和。

60 元祿赤穗事件，是發生於日本江戶時代中期元祿年間，赤穗藩藩主淺野長矩在奉命接待朝廷敕使一事上，深覺受到總指導高家旗本吉良義央的刁難與侮辱，憤而在將軍居城江戶城的大廊上拔刀殺傷吉良義央。將軍德川綱吉命令淺野長矩切腹謝罪並將赤穗廢藩，而吉良義央卻沒有任何處分。原赤穗藩首席家老大石內藏助遂率領赤穗家臣共四十七人夜襲吉良宅邸，斬殺吉良義央，為主君復仇。由於該事件體現出對主君的忠誠，出現很多匿名的戲曲來歌頌赤穗義士，後來更成為著名的歌舞伎劇目《忠臣藏》的藍本。

納入「新政府」的統治下。

益次郎來到京都。他在新政府的位置是所謂「軍防事務局判事加勢」的微職。

雖說是軍防事務局，長官是皇族，高官幾乎都是公卿，實際的權力卻掌握在益次郎手裡。

「那就是在征伐長州時擊敗幕府的火吹達摩嗎？」

薩摩藩士等人看到了在長州征伐之前還沒沒無名的天下第一軍師。

軍師依然討厭洋服，身穿黑毛絨的裙褲配上筒袖羽織的獨特服裝，頭戴深編斗笠。並不是喜歡奇裝異服，而是因為「這很舒服」的這種像男人的合理主義。

益次郎在鳥羽伏見之戰時，將新選組作為陣地的伏見奉行所作為兵舍，收容了諸藩派出的「御親兵」。同時，在討厭洋服這情形下，還是說：

「不准穿和服。」

要士兵穿上窄袖與西式褲了，即使彆扭還是把它當作制服。

鳥羽伏見之戰結束一個多月後的四月六日，在大坂城內的馬場，迎接剛剛元服的少年天皇，舉行了閱兵式。這是向江戶的德川軍和諸藩示威，參加的有薩、長、藝、筑前、肥前的諸藩兵。

益次郎依然穿著往常一樣的服裝指揮一切。除了益次郎以外，在「官軍」中，沒有人能勝任西式的閱兵儀式。

可是這時，就在諸藩之兵列隊，準備迎接天皇上台的最後關頭，擔任御親兵[61]掛，名叫萬里小路道房的公卿說：

「汝，」

對益次郎怒吼道：

「面對天子，企圖讓士兵維持站著當作行禮，萬萬不可！」

指的是舉槍敬禮。這是不敬。

益次郎拿出荷蘭書、英文書，指出在西式軍隊中，這是最高的禮儀，說完之後，公卿同伴的四條隆謌[62]、鷲尾隆聚[63]也過來了，異口同聲地說：

「是啊，萬萬不可，萬萬不可。」

益次郎露出像是快哭了的表情。用船越衛[64]的說法，火吹達摩短暫的一生中，臉上露出困惑的表情，就只有這個時候。

---

61 御親兵，指以護衛天皇及御所為目的軍隊。整個江戶時期，武權掌握於幕府之手，天皇朝廷沒有任何軍隊。直到幕末政局丕變，至明治時代，先後三次設置了「御親兵」。第一次是文久二年（一八六二），敕使三條實美等人向將軍家茂傳達督促攘夷、設置親兵的敕令。翌年，根據三條實美的建議，設置為天皇護衛之兵。同年八一八政變後，朝廷下令解散親兵。第二次即此處所提，為因應鳥羽伏見之戰後的緊張情勢而設置。第三次則是明治四年，為了做為廢藩置縣等改革的後盾，西鄉隆盛由鹿兒島率領薩摩藩兵進入東京，長州藩、土佐藩亦獻兵。

62 四條隆謌（1828~1898），幕末時期攘夷派公卿，在八月十八日的政變中失勢，被剝奪官位，為「七卿落難」中的一位公卿，隨三條實美等人遷往長州，之後轉往太宰府。王政復古後討幕派回到朝廷，恢復官位並掌握實權，在戊辰戰爭中擔任中國四國追討總督、大總督宮參謀、仙台追討總督、奧羽追討平潟口總督等職務。明治二年任陸軍少將，此後擔任各鎮台司令官，並晉升陸軍中將，歷任元老院議官、貴族院侯爵議員。原敘伯爵、後晉升侯爵。

63 鷲尾隆聚（1843~1912），右近衛中將鷲尾隆賢的次子，投身勤王倒幕運動，慶應三年（一八六八），召集志士在高野山舉兵，後投降紀州藩。戊辰戰爭時擔任奧州追討總督、陸軍少將。後擔任兵部大丞，並歷任各縣知事。

64 船越衛（1840~1913年），廣島藩出身，明治時期的官僚、貴族院議員。男爵。因第一次長州征伐時，負責在幕府和長州藩之間居中談判，因此機緣，後師從大村益次郎研習兵學。明治新政府成立之後為新政府所徵召仕官。

不久，地下官人[65]高舉錦旗，吹響修驗僧[66]用的法螺，十七歲的天子身著直衣、切袴等裝束。全軍把槍放置於地面，跪拜平伏。

（就像是投降的姿態啊）

益次郎心裡這麼想。

早在大坂城舉行閱兵之前，官軍已從各道進發以平定東國，四月十一日，江戶城交接完畢。到現在為止大半的軍事部署與作戰，都是由在京都御所的益次郎所制定的。

然而，儘管江戶城和平收復，但是，在關東仍有江戶彰義隊[67]、大鳥圭介率領的外逃幕軍、榎本武揚的海軍，以及旗幟不鮮明的奧羽諸藩[68]等，戊辰戰爭可以說是剛剛開始。

尤其困難的是彰義隊。有二千名盤據在江戶，事事都與官軍士兵發生衝突。

「要徹底地寬容。」

這是在江戶城內的總督府首席參謀西鄉吉之助的方針。

就隨著江戶城和平移轉而與舊幕府方面的勝海舟、山岡鐵舟[69]的約定，西鄉在道義上必須加以遵守，以此作為方針，對彰義隊的暴行睜一隻眼閉一隻眼。

西鄉嚴令官軍諸隊，無論彰義隊隊員如何挑釁官兵，都不要上當。

「關於彰義隊的解散，委託勝、山岡兩人進行說服。」

西鄉這麼說。

雖然是基於道義，但實際上，西鄉不得不有道義。官軍兵力僅三千餘人，彰義隊有二千人。

如果是野外決戰的話，這個數字也許能取勝，但是如果採取包圍攻城的形式，再怎麼說也不是三千人能攻得下來的。

沒有自信。再說所謂官軍三千，也是諸藩的烏合之眾。

西鄉在江戶之亂結束後，寄給京都同藩的大久保一藏（利通）的書信中也寫到：

「在江戶此處出差的官軍，想要真正實戰的藩並不多，我認為這是一件很困擾的事情。現狀是，能依賴的只有長州一個藩。（土州不在江戶）」

---

65 地下官人（又稱地下人）是日本的一種貴族，原本指未得升殿之詔書的官吏，然而後來，同樣不得升殿的武士或庶民，也以此稱呼指代。

66 修驗道（しゅげんどう）是日本創立於奈良時代的山岳佛教信仰，以密教為主等影響成立的宗派。也稱作修驗本宗。修驗道的實踐者稱為修驗僧或山伏。

67 鳥羽伏見之戰後，將軍德川慶喜逃回江戶，為了對天皇表示恭順而蟄居上野寬永寺，而反對慶喜恭順的舊幕臣，以原一橋家家臣的澀澤成一郎（澀澤榮一的堂哥）為首，招募擁護將軍的幕臣、攘夷浪人及市民，在江戶集結為武裝部隊，以「彰顯大義」之名命名為「彰義隊」。江戶無血開城後，慶喜退至水戶，彰義隊隨即進駐寬永寺，盤踞籠城反抗新政府，進行暗殺新政府成員、擾亂江戶治安的行動，最後被大村益次郎指揮的政府軍擊敗。部分殘黨逃往北陸、東北，繼續反抗新政府軍，最後參加了箱館戰爭。

68 「奧」指奧州（陸奧國），大致包括今日的福島縣、宮城縣、岩手縣、青森縣等東北諸縣。「羽」則指羽州（出羽國），大致包括今之秋田、山形兩縣。江戶無血開城後，奧羽諸藩原本不希望捲入戰火，由仙台藩、米澤藩向新政府提出對會津寬大處理的請求，但是遭到拒絕，會津藩的武裝恭順也不被明治新政府承認，而在鳥羽伏見之戰前夕放火燒毀薩摩藩藩邸的庄內藩也被列為「朝敵」。因此，由會津、庄內的「會庄同盟」發展為「奧羽列藩同盟」，後再加入越後北部諸藩，擴大為「奧羽越列藩同盟」，共同結盟反抗新政府軍。

69 山岡鐵舟（1836~1888），日本幕末政治家、劍術家及思想家。出身旗本家四男，因劍術拔群成為幕臣，又與清河八郎組成浪士組，與勝海舟代表幕府與西鄉隆盛談判，是江戶無血開城的功勞者。維新後原跟隨德川家新家主家達至靜岡藩輔政，後與西鄉隆盛約定仕於明治天皇十年，擔任宮內大丞。位列子爵。

江戶城的總督府參謀團也有薩長兩派，薩摩是政治解決派，長州主張武力解決。

但是，薩摩的意見壓倒了長州。長州系參謀寺島秋介[70]（益次郎的弟子）等人也因為沒有取勝的自信，不得不自重。即使贏了卻燒毀了江戶的市街也沒有意義。一旦燒毀，就會招致上百數十萬市民的怨恨。作為新政府，並沒有信心招致此後果而斷然執行，而且外交團的代表英國公使也反對將江戶作為戰場。

「可以在不燒毀市街的情況下討伐彰義隊嗎？」

在總督府每天都有這樣的討論。總是沒能得出結論，只能嘆氣。恐怕與其說是靠戰術，不如說只能靠魔術吧。

「如果是在京都的大村老師的話，說不定會想出一個好辦法。」

四月二十日左右，寺島秋介在薩摩系參謀們面前說道。

「所謂大村，是在貴藩被稱為火吹達摩的人嗎？」

薩摩的海江田武次[71]（舊稱有村俊齋，後來的子爵）露出諷刺的表情這麼說。這個男人，是薩摩人中，與西鄉、大久保一起最早開始投入勤王活動的男人，但是氣量狹小，性格怪癖多，是個經常與長州人發生不必要摩擦的人物。

「是的。」

寺島無奈地說。

「據說是醫生家出身的。」

海江田這麼說，但他想說的應該是「百姓醫」吧。不過海江田武次，正如他為人所知的舊稱俊齋，是島津齊彬的茶坊主[72]出身，情況也類似。

海江田雖然對戰爭的方式無知，但是，不只是海江田，諸道的官軍參謀幾乎都是志士，能夠指揮大軍作戰的軍事技術人員幾乎是絕無僅有。

彰義隊的暴行越來越嚴重。

谷中三崎町一人，動坂一人，駒込千駄木町一人，分別有薩摩藩士被殺害，在三橋（三枚橋）有一名筑前藩士被殺，還有因州藩的彈藥輸送隊遇襲而被搶走了輜重。

70　寺島秋介（1842~1910），長州藩士，曾參與下關戰爭、禁門之變。鳥羽伏見之戰後出任維持大坂治安的浪華隊隊長，隨後被任命為東征大總督副參謀東下江戶，上野戰爭中擔任團子坂口的諸藩軍總指揮。戰後從事警政工作，西南戰爭時以警視隊參戰，其後出任元老院議官、貴族院敕選議員等職。

71　海江田武次（1832~1906），薩摩藩士，本姓有村，名俊齋，家有三兄弟，俊齋為長子，自幼貧苦，十一歲時成為藩主島津齊興的茶坊主。後結識西鄉隆盛、大久保利通，三人結為莫逆，受島津齊彬賞識提拔，俊齋因而有機會接觸諸藩志士。安政大獄後，三弟次左衛門參加櫻田門外之變，刺殺井伊直弼後當場自刃，二弟雄助因參與策劃，事後亦切腹。俊齋則入贅到死於安政大獄的藩士日下部伊三治，改姓海江田，名武次信義。其後，海江田擔任島津久光護衛上京，參與鎮壓寺田屋騷動的激進派同志，生麥事件也出手斬殺英國人。戊辰戰爭時擔任東海道先鋒總督參謀。進入江戶城後，與軍務官判事長州藩的大村益次郎嚴重衝突，在任職彈正大忠時因涉嫌教唆暗殺大村益次郎事件，受到調查並受謹慎之處分。在大久保的努力下才恢復官職，被任命為奈良縣知事，後因爭議事件被解任，其後擔當起對新政府不滿的島津久光與新政府之間的調停者，再次踏上官途。明治八年回鹿兒島養病，養病期間爆發西南戰爭，西鄉隆盛、大久保利通先後離世。明治十四年重新任官，歷任元老院議官、樞密顧問官，敘封子爵。

72　茶坊主（ちゃぼうず），在將軍和大名的周圍，包括安排茶道、侍者、接待來訪者在內，從事城中的一切雜務。因為不帶刀，而且削髮，所以被稱為「坊主」（和尚），但不是僧人，屬於武士階級。

這種情況傳入京都。

益次郎當時寄宿在西本願寺前，名為丹波屋平兵衛、專賣僧衣的店家，從那裡往來於御所的軍防事務局。

在丹波屋方面，受與長州關係密切的西本願寺的委託，將益次郎安置在那裡，但對這個人一無所知。

一開始，還以為他是從鄉下來收購古董的人，但是又配帶大小太刀。從他有佩刀的樣子來看，一定是武士，但他的行為表現，總覺得不太熟練，看起來顯然不像武士，無法得知其真面目。

他幾乎不和寄宿家庭的人開口交談，出門回來，就不說話地閉門不出。

由店家的女兒照顧日常起居。店家女兒多少有和益次郎對話的機會。

第一次，益次郎詢問了店家女兒的名字。

「叫阿琴。」

她這麼回答，他盯著店家女兒的臉問，「名字叫阿琴的婦人在京都有多少人啊？」問了這個不可能回答的問題。

「我不知道。」

「如果能知道和自己同名的人有多少就好了。我一生中遇見過兩個叫阿琴的女人。」

「另一個人是誰？」

「我的妻子。」

他笑也不笑地回答。之後就再也沒有說過任何話。

有一天，他叫店家女兒，

「到河原町的書店，幫我買江戶的地圖，各種地圖都要。」

說著，交給她大額金錢。

買回來後，每天把這些東西攤開在自己房間的各個地方，分別用鉛筆在上面寫下注記。有一天，店家女兒進來看到，就問：

「您要去江戶觀光嗎？」

他沒有回答。

過了一會兒，

「是啊。」

這麼回答道。

益次郎將這些地圖放進行囊中，經由海路前往江戶的時間是閏四月上旬。不是作為參謀，而是作為以新官制任命的軍務官判事。江戶之行是依據

「前往江戶任職」

的命令。這不是戰鬥命令。而是採取非常和平的調動形式。

益次郎一進入江戶城西之丸，就拜託西鄉，要求全體參謀集合。在官軍戰史上，這是首次有具有軍事能力的人物登場，但是這些參謀只視之為京都軍務官浪費時間的「視察」，意興闌珊。

益次郎只是默默地聽著對實際狀況的說明。

直到最後也沒有發表自己的意見，會議就這樣結束了。

結束後，益次郎帶著一名雜物保管者，在江戶城內四處走動，打開西之丸倉庫，取出古美術品。

益次郎仔細地看了看。

這個男人的嗜好，只有古董。根據船越衛的回憶，維新後，一寂寞就去買古董。但是，這個超乎常人的計畫主義者，無論什麼樣的名品，只要是一兩以上就不買。買的東西都精準地以一兩的金額為限。「所謂的人都要有某種興趣，所以我也對掛軸之類的東西有興趣，但要定好一個金額，超過這個定額我就不買。」

西之丸倉庫不愧是收藏了將軍家的珍寶，所以逸品雲集。

益次郎正在欣賞那些東西，突然有一個人闖入，是薩摩方面的參謀海江田武次。

「你在幹什麼？」

海江田大喝一聲。因為在他看來，是在趁火打劫嗎？益次郎稍微瞥了海江田一眼，然後就無視他了。當時這種瞧不起人的態度，造成了他與海江田一生的不和。

海江田在其名為《實歷史傳》的自傳中，讓記者寫了下來：

> 偶然窺見城中的某個房間裡，以書畫奇品為首的金銀珠玉寶器等，大致上屬於將軍的寶貝，看到滿室雜亂地堆放。而房間裡卻有一個人。

益次郎的彰義隊攻擊計畫的第一步，就是籌措軍費。因為諸藩聯合的官軍幾乎沒有錢，所以把德川家收藏的美術品作為抵押，向居留在橫濱的外國人借錢。

當時，橫濱裁判所判事寺島宗則（後來的伯爵）在自傳中寫道：

> 大村益次郎於江戸城中。幕士則集結於上野山內，為了考慮對反叛行為的攻擊戰。一日，因遣使要求會面之故，余，至城中。大村云：「為了攻擊之配置，亦無財務對策。惟有至橫濱請求外國人借金周轉。」

但是，這一財務對策，由於意外的幸運降臨在益次郎面前，而變得不需要了。

肥前佐賀的藩士，在京都新政府擔任外國事務局判事一職的大隈八太郎[73]（後來的重信，侯爵），搬空了新政府的府庫，帶著二十五萬兩巨款從海路東下而來。

---

73 大隈重信（1838~1922），肥前佐賀藩上士出身，幼名八太郎。七歲即入學藩校弘道館，十八歲時因對朱子儒學教育不滿，要求改革，引發騷動而被退學。後進入「蘭學寮」學習蘭學，曾向藩主鍋島直正講授荷蘭憲法，才學受到藩主喜愛。此外，也向聖公會的牧師學習英文、數學等洋學。後與同藩藩士副島種臣出任佐賀藩在長崎設置的英語藩校「致遠館」教頭，開始往返京都長崎之間，結識諸藩志士。與副島一起計畫勸說將軍慶喜大政奉還，脱藩前往京都，被捕後被遣送佐賀，受到一個月的謹慎處分。肥前佐賀藩因藩主態度，藩風保守，極少活躍的志士，但擁有先進的軍事實力，鳥羽伏見之戰官軍獲勝後才加入官軍，參與東下江戸行動，因此躋身倒幕四大雄藩之列。維新後大隈以肥前藩代表身分加入新政府，因其外語和處理財政的能力而引人注目。岩倉使節團出訪時，大隈成為留守政府核心人物之一，但在其後的征韓論爭議中，與大久保合作反對征韓論，因而與同藩的江藤新平、副島種臣分道揚鑣。此後在大久保及之後的伊藤博文政權中皆擔任要職。明治憲法實施後，組織立憲改進黨，兩度出任總理大臣。教育方面，他創立東京專門學校，即後來的早稻田大學，和福澤諭吉創立的慶應義塾大學並稱日本頂尖的私立大學。

這個任務是，幕府曾經向美國訂購鐵甲艦，但是幸而進入橫濱港，是新政府為了購買事宜所派遣的使者。

但是，美國公使對日本的內亂表明了局外中立的立場，不將軍艦轉讓給新政府。

益次郎拿著這二十五萬兩，決心殲滅彰義隊，對薩摩方面進行說服。

海江田武次反對益次郎所謂立即討伐的意見，說：

「官軍的兵力太過稀少，如果開啟戰端，萬一危及到總督的宮大人[74]怎麼辦？」

益次郎沉默著。

「退一百步說……」

海江田說：「即使能獲勝，如果江戶陷於戰火，也無濟於事。」

益次郎默默地打開地圖。

他之所以沉默，是因為這個男人知道自己的口才。一開口的話，就像前述那個天氣的寒暄一樣，只會傷害對方的感情吧。

益次郎讓門人寺島秋介說明自己的意圖。

寺島口若懸河地說：

「包圍敵人，以神田川隔開，以那裡的對面作為戰爭區域。但是，理想上來說，是進一步推進，把敵人困在上野山中像圍城一樣採取包圍態勢，把戰鬥場所限定在上野。這樣就不會給市民帶來麻煩。」

「那種包圍……」

海江田敲著桌子說：

「這麼少的兵力能做到嗎？別做夢了。」

「辦得到。」

終於益次郎說：

「你不懂戰爭。」

「什麼?!」海江田非常憤怒從喉嚨發出聲音，逼問益次郎。所謂不懂戰爭，對全軍的參謀而言沒有比這更大的侮辱吧。

但是，對益次郎來說，這不過是用最科學的方法表現他對海江田的看法。這個可以說是失言，直到後來也讓海江田留下怨恨，最後落到縮短益次郎的壽命的地步。（暗殺大村益次郎的幕後主使，有當時的彈正大忠[75]海江田信義——武次改名——的傳聞，具有幾乎無可置疑的真實性，流傳至今）。

「你說不懂是什麼意思？」

海江田說。益次郎不理會他。

「從我出生以來，從未說過不負責任的話。這場戰爭以現在的兵力已經十分足夠了。」

---

74 指征東大總督的有栖川宮熾仁親王。

75 彈正大忠（だんじょうだいちゅう），日本律令制下的太政官體制設置「彈正台」，負責監察、治安維持等工作。彈正台長官為彈正尹，其下依序為大弼、少弼、大忠。明治初期，依太政官制設置彈正台，後與刑部省整合為司法省。

他面無表情地說。

等等，你說這話……——就在海江田還要再說些什麼的時候，西鄉制止了他，作了第一次發言。

「現在是怎麼樣？大村老師都這麼說了，而且還說要親自負責，不是應該一切都交給老師嗎？」

益次郎已經事先和西鄉說過，這場戰爭就交給我吧。西鄉沒有干涉益次郎的作戰，

（這個男人這麼說的話，一定是有把握吧）

他這麼看。而且，在這種情況下，一定認為長州立下軍功更有助於將來的薩長融合。

無論如何，彰義隊攻擊的總指揮權交給了益次郎。

七

《條公年譜》[76]中有這樣的記載：

欲討官軍彰義隊，召諸藩隊長議之。參謀林玩十郎[77]以為「平定關東，要兵二萬」。故以其舉，暫止。軍防局判事大村益次郎至，曰：「今府之見得兵三千，此兵優足以破賊。」條公（大監察使三條實美）等納其說，免玩十郎之參謀，以益次郎專修戰備。大總督府之作戰計劃皆成於大村之手。

官軍會害怕也是合情合理。從編制上看，彰義隊並非烏合之眾，而是一支正規軍隊。最小戰鬥單位是組（小隊）。每組設組頭（小隊長），副長輔佐，各伍長分別指揮。兩個組為一「隊」（中隊）。設隊長一人。隊的番號從一號到十八號，由頭取負責總隊的指揮。而且更有協同部隊。游擊隊、步兵隊、砲兵隊、純忠隊、臥龍隊、旭隊、萬字隊、神木隊、高勝隊、松石隊、浩氣隊、水心隊等，總共號稱三千人。

「夜襲比較好。」

這是薩摩方面參謀的強硬意見。以少數部隊攻擊陣地，作為古今東西的戰術常識，除了夜襲別無他法。

在江戶城西之丸的總督府的作戰會議上，從一開始就是夜襲論。西鄉一直保持沉默，沉默當然是認可了薩人對夜襲論的雄辯。

---

76 即《三條實美公年譜》。

77 東征大總督府之下參謀應為「林玖十郎」，但司馬遼太郎各版本〈鬼謀の人〉原文皆載「林玩十郎」，經查此處所引《三條實美公年譜》卷二十二，頁三十八之原文所記載為「林玖十郎」，此處所載「林玩十郎」應為誤記。林玖十郎（1837-1896），名通顯，宇和島藩士，二十四歲時擔任藩主伊達宗城的小姓，參與藩政機要，薩英戰爭、禁門之變、征長之役時擔任宗城之密使。之後，擔任藩的京都留守居役，與諸藩志士來往交流。王政復古後以徵士身分出任海陸軍務掛，同年，受拔擢與西鄉隆盛共同擔任有栖川宮東征大總督府下參謀，參與江戶城的接收。隨後擔任參謀軍監轉戰甲州。翌年，改名得能亞斯登，轉任北海道開拓權判官，一年後因腳氣病歸藩療養。之後投身宇和島地方政治，曾擔任縣議員等職務。

益次郎什麼也沒說。令薩人感到不快，問他：

「你怎麼看？」

益次郎沒有回答。如果回答了，只會說出平日論理的話語。大概是害怕薩摩生氣吧。

但是，又被追問了一遍。

益次郎簡短地說。我們是王師，應該在白晝堂堂正正用兵。

「這是第一點。」

接著，他說：夜襲的話，敵人為了使用照明，在市中各處放火，江戶將變成灰燼。

發言就到此為止。

態度冷淡。「長著一張奇怪的臉，總覺得是個不知道他心裡想什麼的人。」是連同藩的門人都這麼說的男人。薩人全都怒氣沖沖地想：

（是在愚弄我們嗎？）

西鄉察覺到益次郎的態度。認為繼續進一步討論下去也只會造成內部分裂，因此宣布散會，之後在自己的房間裡，等待益次郎到來。

西鄉這個政治感覺豐富的男人，開始稍微理解這個長相怪異的長州人。與人接觸的拙劣程度，不知為什麼只有把他想成好像是不小心混入人的世界。只有一件事，他是擁有能調動士兵的天才，只帶著這種天才，突然出現在風雲之中。

是個奇士。他想，如果奇士是天才的話，也許是上天憐憫沒有軍略家的薩長，特別降下這個人物給他們。

正如西鄉所料，益次郎抱著地圖、文件、石板來到西鄉的房間。

西鄉鄭重地鞠躬行禮，說了幾句玩笑話。

但是，益次郎無法領會。也沒有答話，只是攤開了作戰圖。

眾人討論是沒有意義的，只想得到您的理解，作戰就這樣進行。請您過目。

西鄉看了看。

果然，臉色變了。

薩摩軍負責預計為上野陣地中最為激戰的黑門口的攻擊。協同的是肥後、因州。

長州軍負責敵人的後方本鄉方面的工作，協同部隊是肥前、筑後、大村、佐土原。

從富山藩邸的攻擊，是肥後、筑後。

水戶藩邸是備前、佐土原、尾州磅礡隊。

除此之外，還有預備隊和切斷退路的部隊，這些部隊都是選擇戰意薄弱、舊式裝備的諸藩。

也就是說，從一橋御門到水道橋是阿波藩，從水道橋到水戶藩邸是尾州藩，聖堂附近是新發田藩，森川宿追分附近是備前藩，大川橋是紀州藩，千住大橋是因州藩，川口是大久保與市，沼田是肥後藩，戶田川是備前藩，下總古河是肥前藩，武州忍是藝州藩，武州川越是筑前藩。

總而言之，如果以城池來說，黑門應該就是所謂大手門[78]的地方，彰義隊方面應該也在這裡

78 大手門是日本城郭中設在通往內部的二之丸或是三之丸的門。相當於正門。

集結了大部分的火力。

「……」

益次郎保持沉默。

西鄉也默默審視著進攻部署。採用《防長回天史》[79]古文風格的文章來觀察這期間的微妙之處。——

大村益次郎示之以攻擊部署，西鄉熟視之，終了，曰：

「尊意乃置薩兵於鏖戰之處乎？」

大村，靜默執扇開闔，仰天無言。

既之（經過相當時間）曰：

「然。」

西鄉，不復言而退。

在益次郎看來，這場攻防戰的關鍵掌握在黑門的勝敗。然而，與長州相比，薩摩的兵力更強。而且裝備更好，所以要薩人負責，是因為這個理由，不過，如果這麼說的話，西鄉理應也不會不高興，但是他卻只是把扇子啪噠啪噠地開闔，然後只是說：

「的確。」

之後，海江田武次等薩人聽到了這個消息，憤慨地說應該斬了大村，幾名劍士正要跑出去，西鄉好不容易才壓制他們，沒有發生大事。但是自從這件事發生以後，薩人對益次郎的憎惡越來越強烈了。

八

攻擊彰義隊的傳聞，在市區中流傳。

流傳的同時，益次郎的預測也很簡單就猜中。彰義隊搬離市區中的屯所、宿舍，集中到上野的山上固守。

「只是……」

有這樣的報告：

只有一處，在廣小路上建立了市區中的陣地。

下谷廣小路，可以說是上野的主要幹道，道路兩旁町家密集。彰義隊阻斷道路，把榻榻米堆疊起來，每天晚上都從山上派出槍隊。

防備官軍夜襲。但隨著黎明的到來，又回到了山上。

益次郎掌握了他們移動的規律。

79 末松謙澄所著，為記錄明治維新時期重要史書。

「派隊出去擊潰他們吧！」

雖然有人提出這樣的意見，但是益次郎說別管他們。

已經進入梅雨期了。

明治元年五月十五日凌晨，以大總督府的命令，諸藩之兵，到江戶城大手門前的下馬處集合。就是現在的二重橋外。

前一晚的雨下得有點小，但腳下卻非常泥濘。

諸藩的隊長一集合，益次郎就由隨從提著燈籠來了。

跟往常一樣戴著深編斗笠、穿著筒袖羽織和黑毛絨的裙褲。

「攻擊上野的彰義隊！」

益次郎在燈籠的燈光中宣布。

之後，繪圖高手的益次郎，將自己畫的諸隊攻擊部署圖發送下去，不久從懷裡拿出了懷錶。

經過十分鐘。他小聲說：

「出發。」

諸隊長的黑影點點頭，馬上無精打采地散開。歷史在這一瞬間，因為在霪雨霏霏中小聲的號令而為之一轉，而發出這個號令的人，也沒有絲毫表演的裝模作樣，已經開始返回西之丸了。益次郎作了充分的計算。號令不過是其結果而已。

很像實驗室的化學家。不，這個男人就是一個化學家。已經制定了方程式，準備好藥劑和器材。剩下的就是對實驗的學生下達「做實驗吧」的命令就夠了。

益次郎占住了西之丸總督府的一根柱子，把他那額頭突出的頭靠在上面，等待實驗的結果。天已經亮了。

諸隊在雨中向其部署的方向前進。

彰義隊方面，按照往常的習慣，天亮時把槍隊從廣小路的榻榻米堡壘撤回山上。之後，官軍順利地進來了。實驗成功了。

多少也有一些不順利。

前往本鄉的長州藩兵中，以有地品之允為隊長的第一大隊第四中隊，配備了在攻擊日的前幾天向橫濱外商買來最新式後裝槍（史奈德步槍），益次郎很期待這支隊伍能大顯身手，但是，正當有地隊要進攻的時候，卻不知道槍的操作方法。原來只進行過一次試射，從隊長以下，都還不熟練。

去採購槍枝的是參謀長州藩士木梨精一郎。木梨把本鄉的加賀藩邸作為指揮所。

「去加賀藩邸學會了再回來！」

有地派去數人，讓隊伍暫停。因此，一部分人多少有些混亂。

薩摩藩，或許因為對大村的不滿，而把主力放在湯島，至於原訂部署的黑門口，一開始，只派出了足輕隊和一半的游擊隊。隨著這方面的步槍戰激烈起來，才終於陸續投入兵力。

雖然有些差錯，但實驗大致順利進行。

在這期間，益次郎正為印行名為「江城日誌」的軍中報紙作準備。

這個男人到江戶上任以來，就著手發行報紙，日刊，每天發行一千份。在城中置雕刻師八人，手工木板印刷。這不是這個男人的興趣。大概是認為為了下達軍命令，這樣的東西是必要的吧。他叫人印刷題為「彰義隊，一日討滅」的預定稿。他相信，按照他的計算，用一天就能解決。把這個意思的報紙印刷數千份，打算在戰鬥結束的同時，向全軍、全市發送。

雨勢又變大了。

在上野周邊的戰鬥區域，溝渠和池塘的水溢出，道路泥濘不堪，整隻腳被淹沒的情況也不在少數，戰鬥極為艱難。

而且彰義隊出乎意料地頑強，一開始在三橋阻擊官軍，之後退回黑門進行槍砲戰，官軍一步也無法推進的狀態持續了幾個小時。

彰義隊擁有舊幕府法式砲兵所擁有的七門四磅山砲，二門置於黑門，二門在山王台，其他三門置於背面要地，這種火力令官軍狼狽而吃盡苦頭。

官軍砲兵陣地，位於本鄉台的加賀藩邸和富山藩邸，越過不忍池砲擊上野的山上。

這裡有肥前鍋島藩在事變前從英國入手的阿姆斯壯砲[80]兩門。

砲彈不是圓彈而是用尖頭彈，其破壞力、殺傷力是世界之最吧。當時這個火砲，除了英軍以外，在地球上也只有肥前鍋島藩擁有。

英國陸海軍省，最初也考慮到這種砲的操作多少伴隨著一些危險，沒有採用它作為制式砲。但是由於在薩英戰爭中試驗性地使用而成功，所以才有了更深入的認識，但這種程度，還是沒有下定決心採用為制式砲。薩英戰爭的時候，旗艦的砲術長R・E・特拉塞向本國作了報告。「在現在使用的各種砲彈中，這門砲可以說具備了最大的破壞力。尤其是插入了擊發引信的榴彈的效力，再怎麼讚美都不為過。」

在進攻上野的前一天，益次郎特地把肥前藩這兩門砲的砲隊長叫來，說：

「這種砲是官軍的長城，如果敵兵逼近的話就撤退，不要被搶走了。」

砲彈的數量也很少。而且在戰鬥初期隨意擊發，讓敵人知道砲的所在位置，那可不行，所以不可以開砲，下午，到了戰鬥激烈的關鍵時刻才開始開砲。下了這樣的命令。

下午，在江戶城西之丸也能聽到這種砲獨特的爆炸聲。

靠在柱子上的益次郎突然睜開眼睛，從懷中取出懷錶看了看，再將懷錶收進懷中，閉上眼睛。

城裡不時傳來戰況的急報，完全沒有進展，時間也不斷流逝。

「再這樣下去，不就要天黑了嗎？」

甚至連長州方面的參謀、副參謀之間也都傳出這樣的聲音。

「火吹達摩，在做什麼啊？」

大家嚷嚷著。薩摩方面也加入了這場騷亂，要前往質問益次郎。

大家一起跑進總督府的房間一看，益次郎不在。去那裡的一群人問：

80 阿姆斯壯砲（Armstrong's Rifled Breech Loader），是英國威廉・阿姆斯壯男爵（William George Armstrong）於一八五五年發明的一種大砲。該大砲特點是，從火砲後方裝彈、大砲管內有膛線、使用砲彈為圓筒狀而非圓球狀，此三項特點一直沿用至今。裝填砲彈的時間只要舊式大砲的十分之一。

「火吹達摩去哪裡了？」

是不是登上富士見櫓[81]去做什麼了呢？說著大家就跑上去找。

達摩在那裡。

還是靠在柱子上。

「我想詢問一下老師，老師當初說是絕對不能夜襲，說要在白天解決，但以現在的戰況看來，在黃昏之前，連外面的外牆都很難突破。如此最終還是會變成夜戰。這場夜戰也是從白天開始持續下去的戰鬥，所以什麼準備都沒有。這樣該怎麼辦？」

參謀寺島秋介代表大家這麼質問。

「……」

益次郎好像在思考著什麼，對這個問題沒有任何反應，還是繼續思考的樣子。但是，突然注意到大家，身體離開了柱子，看了看懷錶。

「已經是這個時間了，解決了。」

彷彿是懷錶的指針解決了戰鬥的語氣。

然而，像是回應這句話一樣，窗外，正是上野的方向，冒出了濃濃的黑煙，接著開始噴出火焰。

益次郎把臉轉向眾人，說：

「好像已經在收拾善後了。」

之後用指腹擦去汗水，用像對實驗作講評一樣的口吻，罕見地多話，說：

「那把火應該是賊兵為了撤退，在上野的山上放的，要是這樣就不可能還在那裡。這把火是他們已經逃得一個人都不剩的信號。」

不久，戰勝的捷報來了。

益次郎下令將《江城日誌》在城中、市區散發，然後對副參謀鹽谷良翰說：

「出去一下。」

命令他準備。

之後，就出城了。

跟隨者有：副參謀鹽谷良翰[82]、大屋斧次郎[83]，以及另外兩名長州藩士。

益次郎戴著平時戴的深編斗笠，看起來笨拙而不自在地在馬身上搖晃。

---

81 櫓（やぐら），原是指城牆內為防禦和瞭望而建造的城樓。江戶城原有三重櫓六棟、二重櫓十棟、平櫓四棟、多門櫓二十六棟，但歷經幾次火災及大正年間的關東大地震，現在僅存伏見櫓、巽櫓、富士見櫓三棟。富士見櫓以往可以從櫓眺望到富士山，故得名。一六五七年明曆大火，江戶城天守閣燒失。此後，天守一直沒有重建，富士見櫓就一直充當天守的角色。大正十二年關東大地震，富士見櫓在震災中倒塌，幸好大部分材料還能再用，於是復砌成現今所見的富士見櫓。

82 鹽谷良翰（1835~1923），上野館林藩（今群馬縣館林市）藩士，櫻田門外之變後，因被懷疑為浪士而被逐出小日向清光院的住所。文久元年前往關西結交勤王志士，回藩後，任藩校求道館助教授。鳥羽伏見之戰後，新政府軍東下江戶之際，致力於引導館林藩倒向勤王，其後加入官軍，跟隨參謀大村益次郎，說服古河藩、結城藩、宇都宮藩加入勤王陣營，其後仕官於新政府。

83 大屋斧次郎（1834~1879），上野館林藩藩士，本姓中村。名祐義。由於藩主與長州藩有姻親關係，在長州與幕府對立時，和九名同志決定落髮赴死，並指責持開國論的家老岡谷瑳磨介，使其下台。戊辰戰爭時，因大村益次郎的推薦出任軍監。彰義隊戰爭時，負責神奈川方面。明治初期出任橫濱縣少參事，後又任職於司法裁判所。因認為西鄉隆盛有知遇之恩，得知西鄉死於西南戰爭後，憂憤地將自己的著作獻給宮內省，切腹自盡，享年四十六歲。

視察戰場。在上野廣小路松坂屋前，看見了官軍為了防禦敵人子彈用的許多榻榻米散落一地。在松坂屋旁，看到酒桶和吃剩的飯團。在三枚橋仲町的入口處看到五、六具戰死的官軍屍體，在黑門附近看到了七具彰義隊隊士的屍體。

接著經過清水堂的下方，看著鐘樓、中堂燃燒坍塌的餘燼，太陽下山的時候踏上了歸城之路。

「沒有燒毀市區。」

他喃喃自語地這麼說。大概是想親眼確認實驗的結果吧。

在市區，來不及逃跑的百姓們聚集在各個路口。

可是，誰也沒有注意到這個穿戴著深編斗笠、筒袖羽織和黑毛絨裙褲形象的男人。這就是為攻擊上野制定方案、部署並執行任務的軍師，即使這麼告訴他們，誰也不會相信吧。

馬上，東北平定、函館戡定戰開始，總督府還在江戶城，益次郎一步也沒有出城。

在彰義隊攻擊開始之前，以土佐藩兵為主力的東山道總督的部隊，對駐紮在宇都宮城的舊幕士大鳥圭介、松平太郎[84]、土方歲三[85]等人發動了攻擊。但，官軍在小山戰敗，在各地苦戰，這方面的戰況進展也很不順利。

各地分別向益次郎要求援兵。

每次都置之不理。前線異常激憤，

「應該斬了大村！」

甚至傳出這樣的聲音。終於當地軍隊的隊長河田佐久馬[86]（因州）、楢崎剛三[87]（長州）二人從前線騎馬，披星戴月兼程飛奔到江戶，詳細說明了前線的困境。

84 松平太郎（1839~1909），出身幕臣之子，入門於江戶佛學者村上英俊的私塾。文久年間任幕府奧右筆，慶應三年任外國奉行支配組頭。戊辰戰爭爆發後，被任命為陸軍奉行並，在陸軍總裁勝海舟手下，原本應負責鎮壓舊幕府軍對官軍的反抗，但自身作為主戰論者的松平，與大鳥圭介、榎本武揚等人一起參加了對官軍的抗戰。從江戶逃出，在下野今市與大鳥會合，運送軍用資金。之後在會津戰爭中戰敗，與榎本等人一起前往蝦夷地（北海道）。在占領蝦夷地後，成立蝦夷共和國，並舉行總裁選舉，松平得票僅次於榎本，就任箱館政權的副總裁。明治二年五月新政府軍發動總攻擊時，奮戰不敵，出城投降。投降後與榎本等人一起被押送東京監禁，明治五年特赦後，曾出仕新政府，後辭官從商，但經商失敗，晚年妻子和孩子去世，在榎本的濟助下生活。

85 土方歲三（1835~1869），武藏國多摩郡石田村（現在東京都日野市石田）農民家庭出身，少年時當學徒、賣藥經商。二十五歲時結識天然理心流第四代傳人近藤勇，入其門下，並與其結為義兄弟。文久三年，歲三與近藤勇、沖田總司等道館的師兄弟一起參加幕府上京都的浪士組召募。在幕府召浪士組回江戶時，歲三與近藤勇等人決定留在京都，與芹澤鴨一派共組壬生浪士組，被京都守護職松平容保任命，主要負責取締不法浪士和京都市內警備，八一八政變後被賜名「新選組」。之後，歲三策劃擊殺新選組初代局長芹澤鴨，肅清芹澤一派，由近藤勇接替擔任局長，歲三則擔任副長，從此歲三等於實際掌握新選組的實權。期間，歲三對外壯大組織，策動池田屋事件使新選組聲威大振，對內則排除異己，鐵腕貫徹紀律，山南敬助、河合耆三郎、谷三十郎、武田觀柳齋等多人受切腹處分或遭斬殺，更策劃著名的油小路事件，擊殺脫隊另立門戶的伊東甲子太郎、藤堂平助等人，因此有了「鬼之副長」封號。由於近藤勇遭伏擊負傷無法參加鳥羽伏見之戰，由歲三率領新選組參戰，不敵薩長的新式武器而敗陣，歲三化名內藤隼人與近藤勇將新選組改名為「甲陽鎮撫隊」，前往甲斐國，但在甲州勝沼之戰中大敗，歲三回到江戶，在無血開城後，率流山殘部，與不願投降的舊幕軍會師，離開江戶，轉戰東北各地，在仙台加入榎本武揚率領的舊幕府海軍，隨同榎木轉進北海道，任「蝦夷共和國」陸軍奉行。最後在箱館戰爭中腹部中彈，落馬而亡，享年三十五歲。

86 河田佐久馬（1828~1897），名景與，通稱佐久馬，鳥取藩士出身，擔任藩的京都留守居，因而結識桂小五郎等人，開始參與尊王攘夷運動，成為鳥取藩尊王攘夷派勢力的中心人物，八一八政變前夜，河田等藩內尊攘派襲擊京都本願寺，斬殺公武合體派的本藩重臣黑部權之介等三人，翌年禁門之變後，因其與長州的關係，被送回藩領幽禁。第二次征長戰爭時，因大村益次郎大破石州口，河田與同志一起脫藩投奔長州。王政復古後，與倒幕的長州藩兵一起入京，之後歸藩。戊辰戰爭爆發，河田參加東山道先鋒軍，擔任鳥取藩兵參謀，之後轉戰東北，活躍於宇都宮城之戰與會津戰爭。此後歷任新政府要職，敘封子爵，享年七十歲。

楢崎等人甚至說，如果益次郎不答應援兵的要求，就會被同藩的自己所斬殺。

楢崎剛三出身長州藩的上士，深受世子喜愛，以其劍術成為世子的親衛，幕府征伐長州時在藝州口奮戰。

甚至連出身門第也拿來說：

「怎麼樣，農民醫生？」

瞧不起益次郎。

楢崎口沫橫飛地訴說著苦戰的情況，但是益次郎卻更加像火吹達摩似的面無表情地聽著。

楢崎，終於說：

「在前線，從早上九點到下午四點，步槍一直持續不斷射擊。」

如此沉浸於極端的表現，這一點，以益次郎的性格，很不喜歡。

「你，不能說謊。」

冷冷地斥責他。

「什麼說謊？」

楢崎站了起來。益次郎變得越來越冷靜，說：「說謊就是說謊。步槍這種東西，連發三、四個小時，會燙到手都沒辦法摸。如果不澆水的話，就不能像你說的那樣連發。你說從九點一直持續射擊到四點，這就是說謊。如果你說不是說謊的話，現在你可以在這裡連發四、五個小時看看。而且，聽你說每個士兵平均不是還有兩百發子彈嗎？對這樣的部隊，不但不能提供子彈，而且也不能增援。」

用這種說法。益次郎用太過無懈可擊的理論擊退了他。當然，楢崎、河田也不得不退下離開，但是，留下了在爭論中失敗的怨恨。這種怨恨不僅在這兩個人身上，還同時在全軍擴散。特別是深深扎根於薩摩人，再加上益次郎的弟子以外的長州藩諸隊隊長。

函館之役時也是如此。

攻擊軍的參謀黑田了介[88]對攻擊苦思焦慮，於是緊急用軍艦派了某一位薩摩人到江戶的益次郎那邊，請求增援。

「那裡的軍隊很足夠了。」

---

87 楢崎剛三（1845~1875），本名賴三，出生於長州藩士林家，後來成為楢崎家的養子。在藩校明倫館學習，擔任藩世子毛利元德近侍。文久三年，到下關出差，參加攘夷戰。元治元年跟隨世子上京，因禁門之變而返回。其後，加入干城隊，成為世子的小姓。翌年，第二次長州征伐，在藝州口作戰，表現活躍。戊辰戰爭時，作為東山道先鋒進軍，任第一大隊二番中隊司令官。在關東的甲州勝沼之戰、宇都宮之戰，東北的白河口之戰、會津戰爭等，立下戰功。在白河口之戰中右手腕中彈負傷。另外，在會津戰爭後，還留下將會津的少年帶回長州照顧的逸聞。明治三年被兵部省派往法國進修兵學，明治八年，因肺病惡化客死巴黎。

88 黑田清隆（1840~1900），通稱了介，薩摩藩一個年俸僅有四石的貧困下級武士家庭的長子。早年參與薩英戰爭，後來被送到江戶學習砲術。經過數年學習，返回薩摩藩，開始參與倒幕運動並擔當重要角色，因西鄉隆盛、大久保利通的重用而在薩長同盟的締約過程中扮演重要的角色。鳥羽伏見之戰中擔任薩摩藩步槍第一隊長。同年三月，與山縣有朋一起擔任北陸道鎮撫總督的參謀。和山縣有朋攻取新潟，又和西鄉隆盛聯手令米澤藩和庄內藩歸順。箱館戰爭時以參謀的身分擔任戰鬥的總指揮，戰後力主從寬處理榎本武揚等人，結果使榎本武揚等人在三年後被釋放。隨後擔任北海道開拓使，致力於北海道的開發及對俄對韓外交。征韓論爭議時，因主張內治優先而反對西鄉隆盛，西南戰爭爆發，黑田先沿海路南下鹿兒島確保此地，再北上參與熊本城解圍戰。戰後，在西鄉、大久保相繼離世後，成為薩摩藩閥的代表人物，其後曾繼伊藤博文之後接任第二代內閣總理大臣。黑田曾捲入北海道官產賤賣疑雲，一生以嗜酒且酒後性格大變為名，曾因此被民間懷疑酒後殺妻，也曾於酒後在船艦上發砲擊中民宅導致傷亡，更曾在酒後私闖井上馨宅邸而遭政府處分。

益次郎冷淡地說：

「在閣下回到函館之前，應該就已經攻陷了。」

果如其言。但是，預言太過準確了，讓對方顏面盡失。益次郎不明白這種人情世故的微妙之處。

奧州戰爭[89]結束後，有這樣一個故事。從前線回來的首席參謀西鄉隆盛[90]和大村益次郎，久違之後在江戶的政廳同席會議。

因為是官軍兩大巨頭的會面，所以與會者都期待會有什麼愉快的交談吧。

但是，西鄉卻一直撥弄著羽織外褂默不作聲。益次郎也環顧四周沉默不語。

不久到了散會的時間。兩個人終於對上視線，羞赧地笑了一笑，就匆匆退席。

戰爭行動已經結束。應該是彼此能交談的共同話題已經沒有了吧。

但是，旁人都很驚訝，說：

「大人物的沉默是不正常的。」

不久，這個傳聞傳得沸沸揚揚。

然而，這樣的傳聞，對於一部分薩摩人來說，卻成了對益次郎的惡評。認為這是對老西鄉無禮吧。

明治二年六月，益次郎被任命為新政府的兵部大輔。

這一時期，他給家鄉的妻子琴子寄去薪水和津貼的餘額，並對其用途進行益次郎式精打細算的指示。翻譯其大意是：

「因為寄去了月薪剩下的一千五百兩，一千兩交給上田莊藏保管，需用的時候再去領出來用。五百兩放在手邊，借給可靠的人，或者購買田地。」

從江戶寫給琴子的信中，也有這樣的內容：

「十四張榻榻米，請趕快去向山的榻榻米店僱請他們來鋪吧，榻榻米中等大小的就可以了。」與寄回家鄉的這種信相反，益次郎在這個時期，抱著幾乎可以稱為驚奇的宏大而精密的構想，推進了建軍的具體化。

可以說是奇蹟般的才能。

益次郎因為嚴重的暈船，一次也沒去過外國，但他幾乎完全吸收了西式軍隊的長處和軍制，創建各種制度、各種設施。在維新倖存者裡有才能的人之中，如果沒有這個男人，這是不可能做到的事情。

只是，對薩摩太過於警戒了。

---

89 奧州（おうしゅう），又稱「陸奧國」，大約包含今日的福島縣、宮城縣、岩手縣、青森縣四縣。奧州戰爭則指戊辰戰爭中的東北戰爭，大致上從白河口之戰開始，至會津戰爭及盛岡戰爭為止。

90 戊辰戰爭中官軍進軍越後的北越戰爭，官軍與河井繼之助領導的長岡藩陷入苦戰（請見本書〈英雄兒〉一章），西鄉不顧大村勸阻，執意親自帶兵前往北越戰線，結果果如大村所料，西鄉抵達時戰事已結束，使西鄉自前線歸來極為尷尬羞愧。

維新初期，他暗中設想新政府的敵人是薩摩，並且常常以此教導當時還年輕的西園寺公望。其理由是：「像足利尊氏那樣的人物從九州起事的時候，天下的大勢如何發展，是無法想像的。那時，也許應該要從公卿中挑選有家世背景又可靠的人來凝聚大家，從現在起就要物色這個人物。可以的話西園寺公[91]就是這個人。」西園寺方面的資料上如此記載著。

益次郎在前述寄信給家鄉的妻子指示榻榻米的事之後的下個月，也就是明治二年九月四日下午六點多，在京都三條木屋町旅館二樓的裡間，被突然來襲的一群暗殺者以凶刀砍傷。急報立即送到正好因宿疾結核而在箱根的山中療養的木戶孝允（桂）那裡。九月十日的木戶日記中記載著：

> 朝，微雨，至暮更甚。不久，河村謙藏（急使）來，（中略）四日晚，大村益次郎，於京都木屋町三番地之寓所，刺客七八人亂入。（同席之）靜間彥次郎、加州人安達某，受難而死。大村家僕，翌五日死，一人身數處受重創。天哉，大村雖數處受重創，據報命無大礙。余一時大為驚愕。見命無大礙，始安之。

下個月二日，為了接受蘭醫A．F．博杜恩[92]的外科手術，在大坂鈴木町大坂醫院住院，但是引發敗血症，十一月五日去世。年四十六。

在他臨死之前，把兵部大丞船越衛叫來枕邊，留下遺言說：「要祕密、盡可能地大量製造四斤山砲。」益次郎預料到明治十年西南之役[93]的發生，他說這將是最後一次的國內戰爭吧。

暗殺者，共有十二人。

都是惡名昭彰的狂熱國粹攘夷主義者，斬奸狀[94]上寫著：「專模擬洋風，玷污神州國體，蔑視朝憲，沉浸於釀成蠻夷之俗。」

但是，對益次郎來說，不幸的是，十二人之中有三個人，是自己鄉黨的長州藩士。此外還有五名土州藩士，其他四人。

一個一個，被逮捕了。

根據太政官令被判處死刑，這個刑案被上奏，得到天皇的敕裁，透過留守官將其移往京都，在京都府知事長谷的指揮下，十二月二十日在粟田口刑場正要執行死刑時，突然，從東京的彈正台傳來奇怪的命令：

---

91 指西園寺公望。

92 A·F·博杜恩（アントニウス・ボードウィン，Anthonius Franciscus Bauduin, 1820~1885），荷蘭軍醫出身，其弟擔任荷蘭駐日領事，在日本出島居留的弟弟的推動下，接受江戶幕府的邀請來到日本。擔任長崎養生所的教頭。一八六六年（慶應二年）離任，一八六七年（慶應三年）再次赴日，一八七〇年、服務於大坂假學校、大坂陸軍病院，在大學東校執教，之後歸國。一八七三年復歸荷蘭陸軍。

93 西南之役（せいなんのえき），即西南戰爭，是一八七七年（明治十年），發生在九州地區，由鹿兒島士族以西鄉隆盛為盟主，藉清君側之名義發動的起事，也是日本至今最後一場內戰。結果以農民為主體的政府軍擊敗鹿兒島士族，西鄉隆盛中彈後由手下介錯（砍頭），宣告了武士時代的結束。

94 暗殺者聲名斬殺惡人的理由的文書。

「停止行刑。」

京都府在事實不明的情況下，再次將犯人送進監獄。

彈正大忠就是過去薩摩方面的參謀海江田信義。

之後，知道是海江田的私人命令，再改回執行死刑。

關於益次郎的暗殺，是海江田信義唆使凶手的說法，在當時，人們是半公開地相信了。

至少，發掘大村來指導幕末戰爭的木戶孝允是相信的。

木戶寄了一封日期押在益次郎從東京出發前往京都的前一天（七月二十六日），警告京都府大參事積村半次郎[95]的信。

「近日通得貴意，關於如海江田之表裡不一之事由，人心越生疑惑，煽動者越得機會。」

木戶更在事件發生後，給同藩的參議廣澤真臣寄送了如下信件：

「關於大村一事，明確是海江田煽動，私下皆有如此說法。」

關於這件事，薩摩方面的資料中，有留下大久保利通日記。以下是意譯。

「十二月二十五日，海江田先生來了，關於大村案罪人的處置問題，作為彈正台卻說想挽留（停止行刑），就此勸說他。（中略）今夜海江田又來訪，就大村事件進行懇談。」

過兩天，海江田來到大久保這裡。

「海江田先生來了。談了關於大村事件罪人的處置，說政府的處置難以信服。」

另外，翌日二十八日的日記中也有類似的記述。

不知道海江田信義是否真的下達了暗殺的指示。
但是，益次郎，當歷史需要他的時候，突然出現了，這個使命一結束，便匆匆離去。
甚至有些神祕。

95 槙村正直（1834~1896），通稱半次郎，長州藩鄉士出身，曾擔任藩的右筆（祕書），新政府成立後，出任議政官史官試補，再轉往京都府，歷任權大參事、大參事、參事，後任元老院議官，敘封男爵。

英雄児

英雄兒

一

在江戶做學問的話，當今，就是古賀茶溪先生的學塾，鈴木虎太郎如此聽說，在安政六年，十六歲的時候從伊勢國津出來，入了這家學塾。

虎太郎，這個人後來熱衷於禪，捨棄俗世，以在俗之身，先後跟隨鎌倉圓覺寺的宗演、京都建仁寺的默雷等人參禪，居士號為「無隱」。晚年住在三重縣津市乙部三十九番地，明治三十二年歿。這個故事，很多都是有賴於無隱居士的遺談。

古賀茶溪先生，乃是大名鼎鼎的古賀精里[1]之孫，是幕府的儒官。是罕見的對蘭學多少有所涉獵的漢學者，因此擔任幕府蕃書調所的頭取。作為官儒，卻頗有時勢的眼光，在攘夷思想盛行的當時，說：

——當今我國之軍備除利用火器之外別無他法；當今理財除與外國貿易之外別無他法；四面環海的我國除依靠船舶來轉動別無他法。

積極提倡大家所說的所謂「三大要務」。

學塾以久敬舍為名。

各國年輕的有志之士，皆因仰慕古賀茶溪之盛名，爭相入塾。

十六歲的無隱也是其中之一。

私塾在古賀的宅邸內，建築面積大約五十坪左右。

因為老師是幕臣，擔任蕃書調所頭取的職務，所以十天也沒能親自授課一次。自然，集體閱讀討論等也由塾頭指導，初學者跟著資深的門人學習，以這樣的方式進行。

集體閱讀討論時的座位是固定的。無隱的鄰座是年紀三十歲左右，作為一個塾生來說年紀太大的人物。

看一眼，就會讓人心裡想：

——是什麼人啊？

擁有這樣的風采。

睫毛像胎毛一樣茶褐色，眼珠子凸出，深處發出光芒。所謂的眼帶異彩大概就是這種面相吧。眼睛明明很大，卻常常像睡著了一樣瞇得很細。維新後，無隱想像，可能是近視。大大的鼻子，使鼻孔看起來很深，嘴巴絕對很大，但是閉得很緊。一言以蔽之，就是讓人折服的長相。

是個沉默寡言的男人。

但是因為是長相太過與眾不同的人，無隱一進學塾就報上自己的名字，想打聽對方的事情。

---

1 古賀精里（1750~1817），江戶時代中期的儒學者。佐賀藩士出身，遊學京都，師從橫井小車鑽研朱子學。在大坂開設學塾，後將學塾交給尾藤二洲與賴春水等。歸藩出仕於藩主鍋島治茂，一七八一年創設藩校弘道館，並親自教授，訂定學規學則，確立夕道館之基礎。

「我是勢州[2]的人，通稱鈴木虎太郎，號無隱。如果您叫我無隱，我會很高興的。」

說著，那個男人目不轉睛地看著無隱的臉，不久便笑了起來。一笑，那張臉變得與年齡不相稱，特別可愛。

「無隱君嗎？」

十六歲卻叫無隱，似乎很奇怪。但是這個男人對於這樣的問候好像很喜歡，說：

「我叫蒼龍窟，越後長岡[3]出身，河井繼之助。」

入塾後過了幾天，對這個人的事情大致了解了。是出身名門的長岡藩士，因為是小藩，所以俸祿不高，但是在藩裡似乎也是頗有來歷的世家。看起來很富裕，穿著打扮作為書生也很奢華，大小太刀的刀飾也不粗糙。

雖然是鄉下武士，但聽說以前曾是齋藤拙堂[4]、佐久間象山[5]的門生，那時據說也曾在久敬舍待過一段時間，所以算是重回學塾的新生。學問沒有很厲害。

與其說做不到，不如說是對於自己感興趣的學問特別熱衷。

（奇怪的人啊）

在學塾裡，出了一個作詩的課題。門生以指定的題目作詩。

這時，對無隱來說像叔叔一樣的河井繼之助說：

「無隱君，我用十六文錢請你吃烤番薯，你能幫我作詩嗎？」

無隱大吃一驚。不是為了學習詩文才來學塾的嗎？而且無隱還只是個十六歲的毛頭小子，對於詩來說，是才剛剛學完初學者的《詩語粹金》和《幼學便覽》[6]的學力而已。

「我不行啊。第一，把像我這樣幼稚的詩，當作是河井先生的詩而被老師發現的話，會成為你的恥辱。雖然很感謝你的烤番薯，但還是必須拒絕你。」

「你真是個笨蛋啊。」

這個叔叔眨著眼睛說：

「詩和文章無論怎麼拙劣，都不會改變人的價值。大體上來說，漢學家等都知道，只要詩文寫得好，世間和自己就認為是出色的學者。用這種東西，能成就天下事嗎？」

這個劣等生對學問似乎有著不同的定義。無奈之下，無隱只好幫他作了詩。

有一次，無隱以埋首於注釋的方式讀《三國志》，這個劣等生感佩道：你明明是個毛頭小子，竟然能如此用功而不覺無聊啊。感佩之餘，問他：

2　勢州（せいしゅう），伊勢國的別稱，屬東海道，現今三重縣中北部，以及愛知縣、岐阜縣的一小部分。

3　越後長岡藩，越後國大致上就是今日的新潟縣範圍，長岡藩則是今日新潟縣古志郡全域及三島郡東北部、蒲原郡西部，包括現在的長岡市、新潟市。藩祖是德川十七將之一牧野康成之子牧野忠成，是七萬四千石的譜代大名。

4　齋藤拙堂（1797~1865），名正謙，出身津藩（今三重縣津市），幕末知名朱子學家、文學家。雖為儒學家，但亦涉獵洋學及西洋兵學，主張「和洋折衷」，率先於藩內施打牛痘，並以西洋軍制改革藩政。

5　佐久間象山（1811~1864），名啟之助，出身松代藩士（今長野縣長野市），是日本江戶幕府末期思想家、兵法家，以主張公武合體和開國論而著名。學習儒學出身，後又轉向蘭學，提倡「和魂洋才」。一八三九年，象山在江戶開設象山書院，勝海舟、坂本龍馬、吉田松陰等人均出自其門下。一八六四年，遭攘夷派刺客河上彥齋暗殺。

6　兩本皆為日本漢詩的入門教本。

「為什麼要這麼用功呢？」

無隱很困惑，老實地回答：

「因為很有趣。」

於是河井說：

「如果因為有趣而讀書，不如去聽說書或劇場，會更有趣。」

（說奇怪的話的人啊）

雖然這麼想，但在每天接觸的過程中，無隱漸漸被這個劣等生吸引，最後竟然叫他老師。在這個學塾裡，從塾生的前輩中選一個直接的指導者——無隱是年少者中首屈一指的秀才，卻把這個老劣等生當成了直屬師父。

這位師父，是個極端不擅長寫字的人，在學塾中被評價為：

「河井不是在寫字，而是在雕刻字。」

的確，在無隱看來，覺得他寫起字來相當吃力，就像一家木板印刷店正在嚴肅地雕刻字版的樣子。儘管如此，卻不停地寫字。因為他有抄寫書本的癖好。

這個男人的學問觀是，學問必須成為自己的行動力。

有一次，他的胯下長了一個大腫塊，身體一動就很痛苦的樣子。無隱忠告他說：「向學塾請假去接受治療如何？」

「我是在考驗自己的學問。」

和腫塊的劇痛戰鬥就像是這個男人的學問。他說：「學問應該要能擴大自己的實踐能力。」

對詩文和典籍的枝微末節的解釋等等是毫無用處的。

他醉心於與天保之亂的大鹽平八郎[7]思想相同的「陽明學」行動主義。當時的官學朱子學，是強調先窮理後行動，自然的，與行動相比更偏重於知識，但是王陽明的儒教則主張知行合一。非得要有具有行動能量的知識，而形塑這個行動主體的自己就是學問。在王陽明所說的話中，有一句已經通俗化的名句：

「破山中賊易，破心中賊難」

這個越後人與腫塊的痛苦戰鬥，就是陽明流所謂的「學問」吧。

越後人有著獨特的思維方式。

這個學塾的塾頭叫小田切某某。他一方面擺出一副要請客的樣子，一方面一到結帳時絕不輕易從自己的腰包掏錢，是這種性格的男人。有一天，他與包括繼之助、無隱在內的八個塾生，一起去新宿從前的銀世界[8]賞梅，在小餐館裡大家一起喝酒。

7　大鹽平八郎（1793~1837），日本江戶時代後期下級武士、陽明學者。出生於今大坂市，十四歲開始在大坂町奉行當與力，之後開設私塾「洗心洞」，從與力退職潛心於陽明學。一八三六年，日本發生天保荒災，商人囤積居奇，下層百姓苦不堪言。大鹽平八郎向官府請願救濟人民，但被漠視，於是將其出售藏書所得，分發給市民和近郊平民，發檄文領導起義，進攻市區的富家住宅和商店，事敗，遂與養子引燃火藥自殺。之後受到大多數明治維新志士及其後自由民權運動者的崇拜。

8　位於西新宿三丁目現今的新宿公園塔五十二樓超高層建築所在地，在江戶時代是名為「銀世界」的賞梅名所，明治四十四（一九一一）年，東京瓦斯株氏會社取得所有權，將梅樹及「銀世界」石碑移至港區芝公園，在當地興建瓦斯儲存槽，引發市民反對運動。瓦斯儲存槽存續到一九九一年才隨著新東京都廳改建為超高層大樓。

到了結帳的時候，小田切掏了掏腰包說：「哎呀，我只有二分金[9]。誰有帶零錢，就出一下吧。」

河井馬上說：

「好吧，我來結帳。」

說完，他把女侍者叫來，結完帳，說：

「但是，小田切，你的部分我沒有結帳。」

就把小田切丟下不管，催促大家趕快回去。這似乎也是出自「陽明學批判」。

無隱越來越感興趣，因為正好認識了一個和河井同藩的男人，所以對這個男人的事追根究柢。

「是個沒有用的男人。」

他這麼說。

宅邸位於長岡城下的長町一丁目，一進大門，兩旁是漂亮的老松樹。是在這裡長大的。

父親對這個獨子的討厭學問和調皮又急又氣，九歲時就讓他學習武藝。馬術是三浦治部平，劍術是鬼頭六左衛門，是藩裡名聲響亮的高手。

繼之助長大後也輕蔑地說「像弓馬劍槍之類的都是武士微不足道的技能」，但是，他從一開始就不把學習師父教的技法看在眼裡，而是按照自己的風格堅持到底。馬術老師三浦訓斥他，他就說：「馬只要能讓牠跑就夠了。」還嘲笑咒罵劍術老師鬼頭說：

「劍只要會砍就夠了。」他咒罵道。

總而言之，他的性格過於自我中心，其道理和學問觀似乎都是為了正當化自己的行為而考慮。

無隱後來曾造訪長岡，與認識繼之助的人會面，詢問了各式各樣的事情，但每個人都說：「那個人到中年為止都沒有值得一提的事，我們也沒有持別去注意。」

無隱還拜訪了河井家的屋敷。與其父親代右衛門、母親阿貞、妻子阿菅會面，據說在他十八歲時，在庭院前依照儒禮設置祭壇，殺雞滴血，用某些激烈的話語向天立誓。

無論如何，無隱十六歲，在久敬舍當時，接觸繼之助蒼龍窟僅六個月。這年六月，繼之助說：

「在備中松山有個我很欣賞的人物。」

就這樣退塾了。

無隱一生中從未像這個時候這樣感到寂寞。臨別時，詢問了繼之助兩件事：

「在這個學塾裡，河井老師有何所得？」

「我讀了一本奇書。」

他說。有一天，繼之助在翻找久敬舍的書庫時，發現了幾乎所有學者都不知道書名的《李忠定公集》[10]共十二卷。隨著閱讀，狂喜不已，在學塾花了十個月時間抄寫下了全部內容。

李忠定是宋朝末期的名臣。徽宗皇帝晚年，異族金人入侵時，宮廷試圖與之議和。但是，李忠定始終提倡主戰論，痛批議和最終將導致亡國。在高宗時代受到重用，無論是作為行政官還是

---

9 二分金（にぶきん），是江戶時代流通的一種金幣。正式名稱是二分判（にぶばん），幣值等於半兩。

10 李忠定，即南宋名臣李綱。李綱（1083~1140），字伯紀，與趙鼎、李光和胡銓合稱「南宋四名臣」。一一三九年，宋金議和，宋向金稱臣納貢，李綱憂憤成疾，翌年病逝，謚號忠定。

野戰司令官，其工作都如獅子般勇猛強悍。

此時的繼之助，正處於幕末人心騷亂的時代。

——我的一生要如李忠定。

他暗自下定了決心。這個男人只讀符合自己氣質的書，但是，似乎沒有比這套《李忠定公集》更令他感動的書了。

無隱接著問道：

「之後在學塾裡要跟隨誰比較好呢？」

「土田衡平很好。」

他這麼說。無隱大吃一驚。土田是一個看起來比河井更差的劣等生，是個年過三十卻完全看不懂漢籍的男人。據說他在二十五歲時來到京都，師從後來成為天誅組[11]首領的藤本鐵石[12]，鐵石批評他不學無術，他才開始讀書。是出羽人。

繼之助離開江戶後，無隱向土田鞠躬行禮，請求指導。這讓土田大吃一驚。

「這個叫河井的傢伙是個奇怪的男人。我和他一起在這個學塾裡，彼此都沒說過話，他為什麼會說這樣說呢？不過，我也周遊過天下，見過各式各樣的人物，但沒有看過像河井這樣的男人。我有一次看過那傢伙下將棋的樣子。從沒見過那麼愉快的將棋。」

根據土田的說法，繼之助下將棋眼裡根本沒有勝敗，只是唰唰地落子，儘管如此，卻不斷地勝出。

「他也許是百年難得一遇的英雄兒——可是長岡藩只有七萬四千石。」

土田想了想，說：

「藩的家業太小了。小藩裡有這種男人，是藩的幸運還是不幸，這種事只有老天知道。」

他預言般地說。

後來，河井繼之助在北越[13]掀起了翻天覆地的大騷動，但是土田衡平[14]並沒有看到這一預言正確與否，他參加筑波之亂[15]，轉戰各地，最終跑到磐城中村，想再起事時被捕，為幕吏所斬殺。

---

11 天誅組（てんちゅうぐみ），也作天忠組，是幕末之際由尊皇攘夷志士組成的武裝集團。以岡山藩脫藩浪士藤本鐵石、土佐脫藩浪士吉村寅太郎等為首，擁立攘夷派公卿前侍從中山忠光為主將，計畫利用孝明天皇大和行幸時，在大和國舉兵。文久三年（一八六三年）八月十七日，舉兵襲擊幕府天領的大和國五條代官所，將代官鈴木源內梟首。但是，舉兵後的八月十八日，發生八月十八日政變，大和行幸中止，京都的攘夷派失勢，天誅組受到幕府軍的圍剿而全軍覆沒（天誅組之變）。

12 藤本鐵石（1816~1863），幕末志士、書畫家。岡山藩出身，後脫藩遊歷諸國學習書畫和軍學，結交各方尊攘派志士，與吉村寅太郎（土佐藩脫藩）、松本奎堂（三河國刈谷藩脫藩）三人領導天誅組在大和起事，為天誅組三總裁，天誅組之變中於鷲家口（奈良縣東吉野村）戰死。

13 指日本令制國越後國（えちごのくに）的北部，主要範圍為現今的新潟縣。戊辰戰爭中官軍與長岡藩的戰事史稱「北越戰爭」。

14 土田衡平（1836~1864），出羽矢島藩（今之秋田縣）藩士。後改名赤坂貞介，參加水戶天狗黨舉兵，與幕府及諸藩的士兵戰鬥。元治元年被捕，處死刑。享年二十九歲。通稱久米藏。

15 筑波之亂（つくばのらん），又稱「天狗黨之亂」，或稱元治甲子之變，指一八六四年（元治元年）三月，日本水戶藩尊攘派天狗黨發動的騷亂。天狗黨是趁藩主德川齊昭改革藩政之機而出現、以輕格武士為核心的激進派，水戶藩的門閥派看不起這些突然得勢的下級藩士暴發戶，便譏諷其為「天狗」，這就是「天狗黨」名字的由來。水戶藩尊皇攘夷激進派（天狗黨）藤田小四郎集結了六十二人的隊伍，在筑波山舉兵。起事後，許多町人、農民和神官參與其中，隊伍迅速膨脹到一千四百多人。最後被幕府鎮壓投降，成員隨後被分批殘殺，罹難的天狗黨共有三百五十二人之多。水戶藩「天狗黨」被幕府消滅，藩內人才付之一炬，在新政府成立後，水戶藩沒有人占重要地位。

二

總之，是個奇怪的男人。他在想什麼，想做什麼，無隱也不知道。

河井在久敬舍學塾時的興趣，無非是去吉原[16]狎女尋歡，都老大不小了，還玩類似拉枕頭的遊戲。拿出一個箱枕，彼此用三根手指頭捏住，互相拉扯決定勝負。另外，還熱衷於：

瞪蠟燭

像幼兒一樣的遊戲。點燃燭燈，瞪著那盞燈，沒眨眼的那方就贏了。

這兩個遊戲他比學塾裡任何人都強。

——河井好像就算瞪著太陽，眼睛也不會眨一下的樣子。

受到這樣的評價。

在學塾中的時候，河井曾經突然收拾枕頭和燈籠，把書籍和棉被打包到行李就要離開。大家很驚訝地問：

「你要退塾嗎？」

「嗯，大概是這樣。」他說。後來才知道，這是安政六年，因為條約批准問題，對外關係緊張[17]。幕府命令各藩分擔江戶周邊的沿岸警備。長岡藩必須派遣警備隊到橫濱，並命令河井繼之助擔任隊長。

為此似乎暫時退塾了。但是過了幾天，不知為何，又帶著書籍、棉被、燈籠、桌子等東西回來了。

「怎麼了？」

無隱問道。河井卻沉默不語。

後來，無隱從與河井同為長岡藩的塾生那裡問出了事情的經過。接任橫濱警備隊長的時候，河井對江戶家老說：

「既然是橫濱的警備隊長，就與去打仗一樣。生殺予奪的權力全都歸我吧？」

他如此確認道。家老大吃一驚。河井覺得很掃興，馬上說道：

「那我拒絕。」

暫時又回去了學塾，過了幾天又接到藩邸的召喚。一到，江戶家老就說：

「你所說的的確合理。我賦予你隊員的生殺予奪之權，希望你能接受隊長職務。」

繼之助接受了。

騎著馬，率領著隊士，從愛宕下的藩邸出發。來到品川的妓院「土藏相模」前，下了馬，把

16 吉原（よしわら）是日本江戶時代在江戶公開允許的妓院集中地，稱為吉原遊廓，位於現今東京都台東區千住三丁目，是日本第一的花街。

17 安政五年（一八五八），在美國的施壓下，日本先後與美荷俄英法五國議訂五個不平等條約。條約議定後，由於國內攘夷派的反對，幕府以要取得天皇的敕許為由，一直拖延沒有正式簽訂。因此美國藉英法聯軍戰勝清國的時機，將軍艦開進下田進行軍事恫嚇，最後於一八五九～六〇年幕府終於先後與五國完成締約，史稱「安政五國條約」。

轡繩交給馬夫，對大家說：

「我是被委派來處置這支隊伍的。所以我說，不要去橫濱了。想回江戶的就趕快回去。想和我一起去這個妓院的就跟我來吧。」

說完便上樓去了。

第二天早上，回到久敬舍，從藩邸來的使者臉色蒼白地等在那裡。河井大喝一聲：

「連生殺予奪之權都給我了，卻沒有隊伍解散與否的自由嗎？」

他這麼說道。這個男人似乎有自己的理由，跟藩比起來，他更罵幕府的作法。他說：「外國只是虛張聲勢地嚇唬人，不會開戰。對方沒有戰意，我方卻膽怯地風聲鶴唳而出兵橫濱等等，這關係到一個國家的權威。」

不久，河井從久敬舍退塾，前往備中，拜訪了擔任備中松山藩參政的實學家山田方谷，請求入其門下。

方谷的名字是山田安五郎，作為藩制改革家，他是聞名天下的人物。

他出生在百姓之家。年少時即因才學出眾聞名四方，藩主板倉周防守[18]提供學費送他到京都、江戶學習，之後成為藩校的學頭，接著歷任財務官、郡奉行、參政，使藩財政變得富裕。

河井前去拜訪的時候，方谷一方面身為參政之職，一方面離開了城下的屋敷，住在名為西方村長瀨的開墾地，指導下級藩士開墾。

河井在這裡生活了一年多。幾乎沒讀過書。有一天，方谷驚訝地問他：

「你為什麼不讀書？」

河井沉默無言。過了一會兒，說：

「我是來看老師的工作情況的。」

後來，河井成為長岡藩的參政後，從赤字財政一變而升為富庶的藩，並進行了對小藩來說程度過於龐大的重武裝化，這似乎很大程度地有賴於當時的觀摩學習。

在這段居留於備中的期間，他也觀摩學習長州藩、佐賀藩等早已轉變為近代產業國家的西國諸藩。如長州藩，雖然俵高只有三十多萬石，但實際收穫卻超過一百萬石。

相較於此，北陸、關東、東北的諸藩等依然維持戰國時代那樣以農業為中心的經濟，藩財政年年衰退，已經到了無可救藥的地步。

在河井繼之助遊歷的時候，東西諸藩這種貧富差距，甚至讓人懷疑這是在同一個日本之內嗎？

（總有一天，西國雄藩的富強，會以武力的形式壓倒東國、北國嗎？）

---

18 板倉勝靜（1823~1889），陸奧白河藩主松平定永八男，入贅成為備中松山藩藩主板倉勝職的婿養子，後繼任家督成為七代藩主，官拜周防守。任內拔擢農商出身的山田方谷進行藩政改革，受到各方好評。文久二年（一八六二）升任老中，努力安定混亂的幕末政局，處理東禪寺事件，陪同第十四代將軍德川家茂上洛。由於生麥事件的賠償問題，加上無法遵守孝明天皇下達的攘夷敕命，一度被罷免老中職務，但在慶應元年（一八六五）再任老中。慶喜繼任將軍後，板倉深得慶喜信任，擔任首席老中兼會計總裁，之後，他一方面致力幕政改革，另一方面盡力實現慶應三年的大政奉還。鳥羽伏見之戰戰敗後，與慶喜、會津藩主松平容保、桑名藩主松平定敬等人從大坂乘開陽丸逃回江戶。在江戶的勝靜因為慶喜被視為朝敵而辭去老中職務，受軟禁於下野日光山，再轉移到宇都宮藩，在宇都宮戰爭中被大鳥圭介率領的舊幕府軍釋放，與同樣曾為老中的小笠原長行一起成為奧羽越列藩同盟的參謀，隨軍轉戰至箱館五稜郭。對此不以為然的山田方谷派松山藩士乘坐普魯士商船前往箱館，勝靜被半強迫地帶回東京。在藩內的壓力下，回到東京的勝靜於次日向明治政府自首謝罪，被處以終身監禁，明治五年受特赦釋放。晚年擔任上野東照宮的祀官。

河井心裡這麼想。接著，他又將足跡延伸到長崎，僱了翻譯，分別到洋人家裡拜訪，詢問外國的情勢。他將西國遊歷的感想，以日期押在萬延元年四月七日的信件，寫給長岡城下的大舅子（妻子的哥哥）椰野嘉兵衛：

一、我認為天下的形勢早晚會有無可避免大變動。現在世界的形勢可以說是戰國時代。出現了彼得大帝的俄羅斯等似乎比想像中更有氣勢，而日本的攘夷等等則是有勇無謀。

一、京都和關東的關係也令人心痛。看來薩長之徒在這兩者之間，挾著私心，企圖挑撥離間。關東也不能中他們的計策，做出輕率的舉動。

一、我認為開國是必然的趨勢。既然如此，就不能再分公卿（京都）或霸府（幕府）。應該上下一統，致力於富國強兵。如果認為關東會一直延續現在的德川統治，那真是太天真了，真是可悲。

一、長岡藩畢竟是個小藩，無力推動天下大勢。基於此，充其量就是整頓藩政，培養實力，看清大勢，避免貽誤大事，除此之外，別無他法。

萬延元年初夏，河井離開了山田方谷那裡。老師方谷他日對人說：

「那個男人在長岡這樣的小藩，對藩來說是有利還是不利？」

他一副不得要領的表情搖頭這麼說。

河井回到江戶後，第三度入久敬舍學塾。

也沒有要做學問的樣子。窩在自己的房間裡，以皮革製的文件匣為枕，整天翻來覆去。

無隱很擔心地問：

「不回長岡的家嗎？」

他覺得河井的老婆很可憐。河井把在皮革文件匣上的頭轉過來，瞪大眼睛看著無隱，說：

「毛頭小子懂什麼？」

「河井的老婆真是可憐。」學塾裡有人這麼說。「據說那個叫河井的男人說，我要去江戶一下，說完就走了。他老婆問他，江戶離長岡有多遠，他好像是說，只要順著信濃川往上走就是江戶，想見面的話就過來。所以他老婆就很奇怪地放心了。真是可憐啊！」也有這樣義憤填膺的人。

有一次，無隱受學塾的朋友邀請去堀切賞菖蒲。據說是江戶的名勝，所以打算出門。河井從房間裡盯著準備好正要出去的無隱，說：

「回來後告訴我情況吧。」

無隱出門了。但是，他方向感不好。回去的時候，同伴在無隱沒有察覺的情況下硬是把他拉進吉原的遊廓內。

「這裡是哪裡？」

無隱一說，大家哄堂大笑，說：是天下的不夜城。

「你還是處男吧？這種時候應該老老實實地聽大哥的話。」

年僅十七歲的無隱很害怕。這是孩子氣的恐懼造成的，但是，另一個原因是，害怕如果河井知道自己去了花街柳巷，他會怎麼說。

無隱斷然拒絕後回來學塾。立刻去河井的房間報告。河井逐一點頭。

「那太好了。因為那夥人很惡劣，我本來想叫你不要去，但是，想到你也已經十七歲了，應該有判斷能力，就沒說什麼了。我買了很多包子，你吃吧。」

說著，把包子給了他。

無隱被讚美後，高興得眼淚都要流出來了。當然，相信河井這個人是不會去那種花街柳巷的。但是，幾天後，

——沒有比河井更常去妓院的人了。

聽到這樣的話。

他很生氣，幸好幾天前的包子還剩兩三個，就去退還給他。

河井還是把頭枕在皮製文件匣上，一點都不驚訝。

河井有著不可思議的頭腦。對事情的發展，就像下將棋一樣一目了然。如果無隱去參觀堀切的花菖蒲，之後會怎麼樣呢？他必定會從吉原回來，所以河井準備了點心——甚至一副連無隱聽到傳聞後會來把包子還給他都老早就預知的樣子。

河井面無表情地伸出手，拿起包子放進嘴裡。慢慢咀嚼後吞進喉嚨，然後在皮製文件匣上翻身，抬起脖子打開文件匣的蓋子。拿出一本小冊子來。

「這是什麼書？」

「《吉原細見》[19]啊。」

無隱拿過來翻開。關於吉原的三千八百七十五名妓女，價格、評價等都清清楚楚地印在上面。

「這些記號是什麼？」
無隱指著河井在妓女的名字上面用紅筆畫的記號。
「是我買過的。」
令人吃驚的是，從這些符號來看，河井似乎買過全部有名的妓女。
符號有△○◎三種，也有畫掉的。無隱要求就此說明，但是河井只是笑著，沒有回答。只說：
「我就只有買過這些女人，但是如果是標示◎的人，這些對男人來說可是不簡單的敵人。我以前以為只有懦弱的男人才會沉溺於女人。但事實並非如此。懦弱的人也許可能會沉溺於○△。但是◎的話，我認為越是英雄豪傑，越容易沉溺其中。雖然說是沉溺，但是並不是讓她幫你穿上羽織外褂，幫你捶捶背，幫你這樣那樣。這種情，有一種難以名狀的情況，不知不覺間男子的鐵石心腸融化了。反而越是英雄豪傑，越容易被融化。」
「……」
「所以我才去嘗試看看。總之最後的結果就是覺得女人真是好東西啊。甚至讓我的內心顫慄，到現在還這麼覺得。」
河井的眼神變了。大概是凝神想起這些◎記號裡的誰吧。

---

19 《吉原細見》（よしわらさいけん），是專為前往吉原的遊客所特別製作的導覽手冊。書名五花八門，有《吉原袖鑑》、《吉原雀》、《吉原買物調》等等，後來書名逐漸統一為《吉原細見》。書中詳細記載吉原的地圖、茶屋店的清單、遊女的花名、階級、費用等等資訊，相當於現代的風俗導覽手冊。

「所以，我不再去了。」

他這麼說。

「我這個人，大致上把自己的一生都規劃好了。的確，我的藩是俸祿少的，是小藩，正因為是小藩，將來藩就需要靠我吧。的確，即使是同樣度過一生，在婦女身上讓鐵石心腸融化也不失為一種樂趣。但是人是沒辦法有兩種生活方式的。我必須按照我的規劃生活。」

所謂的規劃，恐怕是指靠自己將自己創造成英雄這件事吧。

「十七、向天立誓，以輔國為目標。」就像河井自己所作的詩句所說的，這個男人為了這個目標，似乎已經反覆做了各式各樣的思考籌謀。

三

之後不久，河井繼之助回到了越後長岡的故鄉。第二年文久二年八月二十四日，藩主牧野忠恭被命為京都所司代。

忠恭於次月十五日離開長岡，當月二十九日進入京都二條的官邸。

河井還在長岡。有一天，他好像在城裡聽到了什麼，飛奔回宅邸，說：

「阿菅，給我湯泡飯！」

阿菅馬上去準備，並問繼之助：

「這次要啟程去哪裡？」

「你知道啊？」

狼吞虎嚥的繼之助停下筷子。阿菅默默地微笑著。結褵多年，從丈夫的神情就大概能明白了。

「去京都。」

又開始狼吞虎嚥吃起飯來。阿菅苦笑了一下，馬上去為旅行做準備。自從十六歲時從椰野家嫁過來以來，丈夫連一年都沒有在家裡安居過。阿菅就像是為了幫繼之助的旅行做準備才嫁過來的。繼之助前往京都，一進入所司代的屋敷，就請求拜見主人，得到了許可。

繼之助說：請主人辭去職務。

「說起來，原本所謂所司代的職責，如果在幕威盛行的時候不得而知，但如今的時勢已經派不上用場了。現在薩長守護宮門，藉朝威蔑視幕府，市區裡的浪人跋扈，奉行所形同虛設，此時要想鎮護京都，除了擁有百萬石的兵威之外，別無他法。以區區七萬四千石的實力，今後肯定會受挫，這是顯而易見的。」

「太無禮了！」

一旁的參政三間安右衛門用扇子搧打膝蓋訓斥道，但繼之助沒有理會。安右衛門更大聲地斥責。繼之助似乎這才注意到安右衛門的存在，目不轉睛地盯著他看了一會兒，歪著頭說：

「你是不是覺得只要怒吼別人，時勢就會改變？」

很乾脆地就回國去了。

藩公覺得繼之助的意見很有道理，翌年七月辭職，回到長岡。但是幕府卻繼續提拔忠恭擔任老中。

「太愚蠢了！」

聽到這個消息的時候，繼之助正在吃午飯。

丟下了筷子。阿菅一邊撿起筷子，一邊問道：

「您又要啟程遠行了嗎？」

「不，我要登城。」

請求謁見，說以當今低俸祿的大名之身，不應擔任老中等職務。「請您務必辭退。」他說。

按照繼之助的意見，藩地的富國強兵才是最要緊的事，即使成為閣老等，現在的幕府也已經到了無法運作的地步，作為諸侯之家來說，這是無用的花費。

「我已經接受了。」

忠恭這麼說，並斥退了這個長相奇特的男人，但是，卻留下了強烈的印象。忠恭一到江戶就任後，立刻拔擢繼之助為御用人兼公用人[20]，命令他在江戶工作。

這是破格的提拔。

繼之助高高興興地到江戶赴任，這次是作為公務，勸藩主辭職，每天都進出藩主面前來勸說。繼之助的意見，是私底下說：「今天，即使輔佐無力化的幕府也無濟於事。重要的是長岡藩的富國強兵，這畢竟是為了日本好。」

忠恭終於接受他的勸說，稱病閉門隱居。

但是，幕府判斷這是裝病，於是派長岡藩的支藩常州笠間的領主牧野貞明[21]到龍之口的老中屋敷探望，向忠恭勸說辭職的不當。

忠恭不得已聽從他的勸說，但是有繼之助在身邊。

對於繼之助來說，不管辯論的對象是誰都沒有差別。大力反對，終於口不擇言地當面痛罵與藩主同宗的笠間侯。因此被勒令退席，隨即遞交辭呈，任職五個月後返回長岡。

阿菅在玄關迎接了這個太過頻繁於去留的丈夫。

那天晚上，父親代右衛門對老妻阿貞感慨萬千地說：

「阿菅真可憐啊。」

丈夫說不定什麼時候又會出門去哪裡。仔細想想，阿菅十六歲，繼之助二十三歲時結婚以來，繼之助連半年沒有在家裡安居過。

——那樣的話，連生孩子的時間都沒有。

家中有喜歡在背地裡說閒話的人。兩個人到現在還沒有生下一個孩子。

「那種傢伙……」

20 御用人（ごようにん），是指在江戶時代，幕府、諸大名、旗本諸家非體制內職務內的主君近侍，掌管財政等庶務，參與機要的人。公用人（こうようにん），則指在大名、小名的家中，負責處理與幕府相關事務的職務。

21 常州，指常陸國，範圍大致上相當於今日的茨城縣。笠間藩，位於現在的茨城縣笠間市，是八萬石的譜代大名，為越後長岡藩的支藩，第一代藩主是從日向延岡藩移封的牧野貞通。第八代藩主牧野貞明（1831~1887），元治元年改名為貞利，同年發生天狗黨之亂，積極參與幕府軍的鎮壓行動，隨後被任命為大坂城代。鳥羽伏見之戰後，得知慶喜循海路逃回江戶後，貞利也只帶著三個家臣從陸路逃向江戶，隨即辭去大坂城代一職。藩內佐幕派與尊王派分裂，結果加入新政府軍向宇都宮藩出兵。明治元年年底，將家督讓與長男貞寧後隱居，改名為貞直。

代右衛門苦笑道。

「丈夫是那種傢伙的痛苦就不用說了。對藩來說也很麻煩，不管多少次接受什麼職務，都馬上就辭職了，這一輩子，打算怎麼辦呢？」

儘管如此，代右衛門並非對這個兒子不滿。

「這個叫繼之助的男人，總是說長岡藩應該要如何如何，這種想法太強烈了。這樣的男人，不適合做藩的小吏。只要有一個人擔任上司，就會發生衝突。這個男人能擔任的職位，只有藩的首席家老。」

「但是……」代右衛門自嘲道。

河井家不是門閥。別說是首席家老，就連普通的家老都當不了。繼之助最終會不會成為藩裡的孤兒而終老一生呢？

「那也不錯吧。」

代右衛門對於有這個奇怪的兒子已經半死心了。河井家雖然是俸祿不高的家庭，但除了俸祿以外，祖先購置的田地很多。即使沒有擔任職務，也有足夠的財產可以悠然自得。

「隨便那傢伙去吧。」

從江戶回來的繼之助，每天都熱衷於射擊。

這個男人曾經師從佐久間象山，對西式槍砲有充分的知識，但在長岡卻買不到這種槍。為此，他找人訂製了一把十匁鉛彈[22]的火繩槍，把它扛去藩的試射場，對著放置在距離五十間[23]遠的目標射擊，竟然一發也沒失手。

「西洋有一種帶劍的刺槍，如果我能率領配備刺槍的一千人部隊一支，無論多麼堅固的陣地都能擊破。」

他逢人就這麼說，不僅這麼說，還幻想著自己指揮這支部隊的英姿，甚至還作了詩。詩句中說：

劍槍千兵破堅陣

他請藩裡有名的書法家某某寫下這首詩，裱褙後掛在書房裡。每天凝望著它，幻想在硝煙中指揮西方式步兵的自己。

繼之助沒有佩刀走在城下。這讓他非常得意。別人指責他，就正合他意地論述他的看法：

「佩刀對武士是無用的，對今後的戰爭有什麼用處呢？」

更進一步說：

「武家被稱為弓箭之家，已經不是說那種事的時候了，今後應該叫砲船之家。」

所謂砲船之家，就是懂得槍砲的操作，懂得航海術的人才是武士。

---

22 匁（もんめ），日本的重量單位，一匁為三・七五九公克。日本的火繩槍以鉛製子彈（玉）的重量來分類，有七分玉、三匁玉、六匁玉、十匁玉等。

23 間（けん），日本的長度單位，一間為六尺，約一・八一公尺。

不久，藩主忠恭辭去老中之職回來長岡。

一回來，立刻把繼之助叫來，詢問今後藩政的方針。

因為忠恭已經聽說了「劍槍千兵破堅陣」的傳聞，正以為繼之助會不會說「將藩的兵備西式化」的時候，他就說：「首先要讓藩的財政富裕起來。我認為世間之事全部都應該等有錢之後再考慮，除此之外的措施暫時是沒用的。」

雖然長岡藩的表高七萬四千石，但據說實收卻有二十萬石。但是，冗費過多，借貸如山，藩財政無法維持下去。

藩主又向繼之助詢問財政事宜。繼之助大加闡述。過了幾天，被授予所謂郡奉行的要職。繼之助立即禁止各代官[24]從各個村子裡收取賄賂，罷免了幾名與村長勾結，在納糧方面做了手腳的惡質代官等，進行了種種改革。

藩主對繼之助出人意料的行政手腕非常高興，在第二年慶應二年除了郡奉行之外，還讓他兼任町奉行，在慶應三年更進一步讓他兼任評定役[25]。

藩的財政徹底好轉，不僅舊債全部償還完畢，慶應三年年底，藩庫中還積累了九萬九千九百六十多兩，這是長岡藩勘定方[26]從未見過的盈餘。

繼之助曾說：

「我雖然是武士，但在理財方面也想成為能勝任越後屋[27]掌櫃程度的男人。」

為了學習這方面的知識，曾寄宿在備中松山藩的山田方谷那裡。

如今卓越地開花結果了。

藩主忠恭大喜，在盈餘九萬九千九百六十餘兩的次年慶應四年四月，任命繼之助為家老，並在閏四月晉升為執政（首席家老）。就任郡奉行以來僅僅四年，是破格的連續晉升。妻子阿菅也高興地對人說：「最近，他完全沒有離開到別的國家去，真是託您的福啊。」

繼之助成了長岡藩的獨裁者。雖然阿菅為丈夫「已經不可能出門旅行了」而高興，但是，長岡藩七萬四千石本身，在這一瞬間，恐怕選擇了意想不到的命運。

四

慶應四年（明治元年）閏四月，河井繼之助掌握了長岡藩的政權，正月發生了鳥羽伏見之戰，幕軍主力轉移到江戶，二月頒下討伐德川的詔書。三月，東征大總督進入駿府城，四月，接收江戶城，閏四月，德川三百年來連豐國大明神的名稱都被廢除的豐臣秀吉的神號復活了。

---

24 代官（だいかん），原指代替君主或領主掌管任地事務的官員。江戶時代則是掌管幕府、諸藩直轄地行政和治安的地方官的稱謂。

25 評定役（ひょうじょうやく），在江戶時代指負責處理司法訴訟或司法評議的官職。

26 勘定方（かんじょうかた），在江戶幕府或大名的各機關單位中，擔任財政相關工作的官員。

27 越後屋（えちごや），日本常見的商號名，江戶時期常以創辦人出身地為商號命名，由於江戶商號有許多人是從越後出身，因此越後屋也成為「商人」的代稱，又因武士階級原本即蔑視商人，使「越後屋」成為奸商的代名詞。

「時勢變了。」

繼之助不這麼認為。繼之助是優秀的政治思想家，但在這點上，他不是革命家。之所以這麼說，是因為這個對時勢敏銳得堪稱天下第一的男人，一次也沒有提出過「以京都朝廷為中心建立統一國家」這樣的政治概念。這場騷動，

「是薩長的陰謀。」

他這麼說。事實上，時勢發展到這個地步，薩長可能已經到了憑恃「陰謀」的極限，但是，這個陰謀，並不是像家康消滅豐臣家那種戰國時代的陰謀。也不是要讓島津家、毛利家成為將軍，而是要創建一個新的統一國家。

繼之助對此全然不知。也難怪他不知道。就連幕末的第二政界（第一政界若以江戶為中心，第二政界則以京都為中心）兩大勢力之一的薩摩藩的領導人西鄉吉之助，直到幕末薩長密約的前夕，仍無法放下「長州是不是圖謀毛利將軍之位呢？」的懷疑。北越人繼之助如此強烈地斷定，可以說是理所當然的事吧。

而且，長岡藩不僅是德川譜代的名門，其家祖牧野康成是德川十七將之一，其子即藩祖忠成最初是德川氏發祥地三河牛久保的城主。自然，藩士的家系多來自遙遠的三河，以三河武士團自詡。

繼之助的頭腦受這樣的環境制約。如果這個男人出生在薩摩、長州、土佐，或許會成為超過西鄉、桂、坂本的回天功臣。

自從繼之助聽聞東征大總督從京都出發後，大家都說他「背上長了翅膀」。變成了行動異常

的人。

「如果橫濱的開港地被薩長掌控，天下事就完了」，於是在官軍東下之前，晝夜兼行地急行到橫濱，購買西式武器。

當時，指望日本內亂的各國武器商人都湧入橫濱，但英國商人占據了壓倒性的勢力，而且他們在英國公使館的暗中唆使之下，都以薩長土為首的西國諸藩作為主要顧客。

向關東、東北諸藩出售武器的，主要是愛德華・施奈爾[28]這個生於瑞士、擁有荷蘭國籍的商人。

繼之助走進位於英國飯店旁施奈爾的事務所。依舊沒有佩刀。

「我是長岡藩的河井繼之助。」

他把名片遞給日本人服務生。

被帶到接待室。

繼之助是個喜歡調查的人，來這個事務所之前，他已經充分調查了施奈爾。

就像荷蘭人一樣，對日本官員的通病非常了解，甚至也聽說這種評價：他賄賂那些負責採購

---

28 愛德華・施奈爾（Edward Schnell），過去一直被認為是荷蘭人，後來才知道是普魯士人，因為父親的工作關係，在荷蘭的殖民地印度尼西亞長大，開港後不久，十六歲的愛德華就與哥哥約翰・亨利・施奈爾（John Henry Schnell、日本名平松武兵衛）一起來到了橫濱。一開始經營牧場，販賣牛肉和牛奶，後來擔任各國領事的通譯或書記官，並開始經營貿易，販賣軍火。戊辰戰爭爆發後，從上海和香港運來武器彈藥，送往奧羽越列藩同盟。北越戰爭中，新潟港陷落時，愛德華正在卸貨武器彈藥，被薩長軍逮捕，隨即被釋放。之後從新潟搬到東京，在東京開商會。明治十五年前後還在日本國內活動，此後則行蹤不明。

的官員，然後以相當高的價格賣出去，而且，更惡劣的是，如果對方是無知的人，就會很不像話地硬賣給他舊式槍枝。

受害的是除了南部藩[29]之外的其他東北諸藩，他們大多買到歐美任何陸軍都已廢棄的戈貝爾步槍。諸藩的官員沒有武器知識，大家都很滿意。第一，光是叫做「洋式槍」，回藩之後也就很有辯解的理由。

不過，所謂戈貝爾步槍，只不過是將擊發裝置從火繩改為燧石，子彈是前裝式的，槍管內是沒有膛線的滑膛。就這一點來說，與種子島時代的火繩槍[30]沒什麼兩樣。

發射操作費時費力，戈貝爾步槍每打一發，其他新式槍都能打十發。繼之助很清楚，這一比率是在鳥羽伏見決定會津軍與薩長士勝敗的關鍵。

施奈爾走了進來。

這個男人會日語。而且，在河井來訪之前，調查過河井這號人物、長岡藩的藩情、支付能力等等，知道現在眼前這個褐色睫毛的人物是藩的首相。首相親自來購買武器，令他非常緊張。

「請給我看看槍的樣品。」

繼之助面無微笑地說。

施奈爾立刻命令店員陳列各種槍。果然，他並沒有愚蠢地對繼之助拿出戈貝爾步槍。首先，展示了薩長和幕府步兵所持的米尼葉步槍，說：「射程很長。」

「我知道。」

繼之助這麼說。接著，展示了恩菲爾德步槍、史奈德步槍、夏普斯步槍、夏塞波步槍、斯賓塞步槍等。

施奈爾頻頻推銷美國製的夏普斯步槍。說它槍身很短，操作起來很輕鬆，而且是準確度很好的後膛槍。

「這個應該很便宜。」繼之助說。施奈爾說：「不，很貴，價格並不便宜。」繼之助立刻拿出隨身筆墨盒和懷紙，畫了一張美洲大陸的地圖，說：「你知道這張地圖上是哪個國家嗎？」

「美國。」

施奈爾被繼之助的氣魄所壓制。

「是的，以我們的年號來說，從文久二年開始，這個國家就發生了內亂（南北戰爭）。大致看起來即將結束。好不容易製造出來的槍已經過剩。這些就流向了國外。充斥在全世界。即使這樣還是很貴嗎？」

施奈爾默不作聲了。

「而且，我不喜歡這把美國槍，因為它太短了，在他們的國家大概是給騎兵用的吧。槍在近身肉搏的場合並沒有長矛的功能，而且我認為我國的長矛術自古以來就是世界第一。因此還是長槍好。就要米尼葉步槍吧。」

---

29 南部藩（なんぶはん），即盛岡藩，因藩主為南部氏而稱為南部藩，位於現今岩手縣中北部及青森縣東部。

30 根據記載，日本最早的槍枝，是於一五四三年由葡萄牙人從種子島傳入的火繩槍。

米尼葉步槍是薩長正在使用的英國製步槍，在英國已經從制式槍中淘汰，所以價格很便宜。繼之助訂下了大量購買的約定。打算在全藩上自上士下至足輕，一戶一挺地交給他們。

接著，繼之助拿起了恩菲爾德步槍。同樣是英國製造。以米尼葉步槍為原型改為後填式，由於是新式，所以價格很貴。而且只有少量來了橫濱、上海、香港。

「這個也要。」

並表明了數量。打算用這把槍作為藩的法國式步兵隊的裝備。恐將在步槍戰中發揮最大的威力吧。繼之助定了價錢。下了決定後，馬上把隨從身上的定金交付。橫濱的武器買賣全都是現金交易。

「貨物一到，餘款就立即付清，指定的港口是……？」

繼之助的交易不拖泥帶水。

「新潟。」

「知道了，我會親自去。我希望能在那個港口見到你或是你的代理人。」

施奈爾握著繼之助的手說，這是他來到日本和中國以後，第一次見到像商人一樣的商人。對施奈爾來說，「商人」這個詞是最大的讚美吧。

繼之助又訂購了幾門四斤山砲。施奈爾看到這個Nagaoka（長岡）首相採購的量比北國、東北的雄藩還要大，他瞭解了就像世人所評價的那樣，長岡雖然小，卻是個富裕的藩，更瞭解了繼之助這個人的某些部分所擁有的魅力，道別的時候一直握著他的手，「為了貴藩的戰爭準備，」他說：「我想盡我所能。」

「不，不是戰爭準備，」繼之助說。「是兵制改革，我只是想擁有與長矛數量相同的米尼葉步槍而已。」他表情冷淡地這麼說，但施奈爾只是雙手一攤地笑了。這個叫施奈爾的軍火商，從亞洲各地的硝煙中走來。如果沒有預先嗅到硝煙味的能力，就無法做到這門買賣。繼之助馬上返回長岡。

不久，施奈爾的輪船駛入新潟港。那是一艘名為加賀守號的四百噸大帆船，上面掛著荷蘭旗。兩個月後，施奈爾的加賀守號再次進入新潟，攜帶大批槍砲、彈藥、附屬工具等上岸。此後，加賀守號幾乎每隔一個月就會進港。施奈爾不僅向繼之助的藩出售武器，還以這個新潟港為基地，也向東北諸藩出售武器。

沒多久，橫濱被官軍包圍。但是由於東北、北國諸藩只要到新潟就向施奈爾購買武器，所以沒有任何不方便。會津藩向施奈爾支付的金額是七千零二十美元，米澤藩是五萬六千二百五十美元，庄內藩是五萬二千一百三十一美元，但最小的長岡藩向施奈爾支付的金額是最大的。

為了籌集這筆購買武器的費用，繼之助除了改革稅賦和節約冗費之外，還施展了天才的理財手腕，城下的商人甚至感嘆道：

——河井大人生為武家實在很可惜。

大政奉還之後，諸侯紛紛撤離江戶，但是，繼之助此時把江戶屋敷牧野家的寶物器具全部賣給橫濱的外國人，賺了數萬元。又將江戶、長岡藩庫的米運送到米價較高的函館出售，注意到江戶與新潟之間的貨幣行情，每一兩錢有三貫文[31]的差價，購入兩萬兩錢。裝上船運回新潟，賣給土地的兌換商賺取利潤，甚至到了讓人覺得長岡藩本身已經變成掮客的程度，拚命地賺錢。把這些財物全部用於購買武器。全部都是向施奈爾購買。施奈爾的輪船加賀守號的蒸汽鍋爐像快著火一樣地燒著，忙碌地往返於橫濱和新潟之間。

在這些上岸的武器中，有一種令人驚嘆的新式武器。是美國製的速射砲。這種武器出現在南北戰爭末期，據說一門可匹敵二十門一般大砲，當時，施奈爾經手到日本的只有三門。

繼之助以一門五千兩的價格買了其中的兩門。終於，

「劍槍千兵破堅陣」

繼之助的夢想，以百倍的規模變成了現實。

繼之助熱衷於軍備。以前還是個書生時，繼之助的軍備論始終是以外敵為對象，但現在則是以國內的敵人為目標。就像個賭徒。對賭徒來說，賭博本身就是目標，不管對手是誰都不重要，而政治家一旦沉迷於軍備，無論敵人是誰，軍備本身就是熱情的對象，最終將沉溺於其中，而不知盡頭何在。

繼之助相信強化軍備才是對長岡藩主的「輔國之任」。

繼之助，在「官軍」討伐德川的敕令下達的同時，將藩制轉換為臨戰體制。這幾乎可以說是一場革命。

將軍制重建為西式的步兵、騎兵、砲兵三兵科的同時，也試圖平均藩士的俸祿。在以往的軍制中，根據戰國時代的方法，一百石的軍事義務都是一樣，但這些都因西式化而無用，因此決定

減少百石以上的人的俸祿，增加百石以下的人的俸祿。例如，二千石的人減為五百石，二十石的人增為五十石。平均化有助於加強軍團的團結。

繼之助已經在城下殿町設立了兵學所，以培養西式士官，在城西中島的土地上建立了練兵場，選拔藩裡的子弟編成八個大隊，對射擊、各別訓練、密集訓練、分散訓練、前哨、宿營、拂曉戰、夜襲等各科進行高強度訓練。

此外，他還製作了兵糧，讓城裡的點心店製作可攜帶的麵包。藩裡的人都不明白為什麼要忍受這麼大的改革和訓練，但他們都信任繼之助並遵從他。

「是謙信再世吧？」

也有人這麼說。的確，在三百年前北越的天地擁有上杉謙信，接著有河井繼之助。不可思議的是，這兩個人有很多共同之處。

謙信這個人物，向軍神立誓，一生斷絕女色，以此作為代價祈求常勝。他幾乎可以說是一個怪人，缺乏領土野心，反而是出於一種藝術欲望的衝動而作戰，並且戰無不勝。謙信是把戰爭當作像是藝術或宗教的男人，河井繼之助在氣質上一定也有類似這樣的地方。

總之，自謙信以來的三百年後，在北越的天地裡誕生了規模雖小卻精巧的軍事集團。而且僅僅四年時間就完成了。

---

31 貫文（かんもん），江戶時期貨幣單位，又簡稱為「貫」。

五

慶應四年三月七日，官軍北陸道鎮撫總督[32]進入越後高田。在繼之助成為首席家老的閏四月，會津藩兵、舊幕軍衝鋒隊、桑名藩兵等都已進駐越後一帶，已經在各地展開了戰鬥。

越後除了天領[33]之外，被分割為十一個藩。

最大的是高田藩十五萬石的榊原家，其次是十萬石的新發田溝口家，第三是長岡藩，其次是五萬九千石的村上內藤家，其下就只是三萬石到一萬石的小藩。因為高田最早歸附官軍，其下的小藩大致上也追隨，因此旗幟不鮮明的只有北越之中唯一的西式武裝藩——長岡藩一藩。

繼之助始終認為北陸道鎮撫總督是薩長的偽官軍，為了貫徹他的見解，四月十七日早上八點，要求藩士全體登城，在藩主蒞臨的情況下訓示。

按照繼之助的解釋，薩長是「挾天子陷害幕府的奸臣」，他說：「雖然我藩是小藩，但是要據孤城於越後獨立，將存亡交給上天，以報答德川三百年的恩義，並且要當義藩的先驅。」

話雖如此，但是當會津藩逼迫他加入奧羽聯盟[34]，與他共同作戰，他也沒有答應，並始終表明：

武裝中立

不採取行動。

這差不多是繼之助所能做的極限了。這種聰明的頭腦，雖然適合解釋時勢，但也就僅止於此。

薩長的首腦試圖扭轉時勢，會津藩始終試圖恢復以德川為中心的政體。不管哪一邊都可以說是出自國家論的構想，但繼之助的情況，他的想法是，自己熱衷於武裝的只限於長岡一藩，只是把這個藩塑造成弔唁已滅亡的德川幕府之最後的義藩，這可以說是他的世界觀。長岡藩的軍制、民治都是由繼之助獨創而產生的，可以說藩本身就是他的作品。

繼之助非常依戀這部作品。就連同屬佐幕主義的會津藩，派藩士佐川官兵衛率軍逼近長岡城下，就其不參加奧羽攻守同盟一事與他強硬談判時，他說：

「如果那麼想要長岡城，那麼以會津、桑名所擁有的強大軍隊就是輕而易舉吧，請不要客氣，用武力拿下吧。」

會津方面無可奈何不得不承認長岡的中立主義而撤離。

談判結束後，佐川官兵衛對同藩的會津人抱怨道：

「是個說話方式連呼吸都不能大意的人啊。」

---

32 官軍在鳥羽伏見之戰告捷後，新政府成立東征大總督府，下轄北陸道、東山道、東海道鎮撫總督、奧羽四路鎮撫總督府，其中北陸道鎮撫總督是高倉永祐，副總督四條隆平，參謀則為山縣狂介、黑田了介、品川彌二郎三人。

33 天領（てんりょう），指江戶時代幕府的直轄地。天領是俗稱，其他還有江戶幕府直轄領、德川幕府領、德川支配地、幕府領、幕領等各種稱呼，都不是歷史上的正式用語，江戶幕府的正式用語是「御料」或「御領」。

34 「奧羽列藩同盟」是在日本戊辰戰爭中由陸奧國（奧州）、出羽國（羽州）的諸藩結盟，反抗明治新政府壓力所結成的同盟。

這時，幕府的衝鋒隊長古屋作左衛門[35]率領四百名步兵抵達新潟，在市區中大肆騷擾。

繼之助帶著一名僕人，單槍匹馬前往新潟，一進入市街上，就看到喝醉酒的幕府步兵敲破一家富商家的窗戶，準備搶劫。當繼之助從馬背上瞪著他們，他們害怕他那惡狠狠的目光，立刻四散開來。繼之助馬上走進旅館「櫛屋」，把隊長舊幕臣古屋叫來，像下命令一樣地說：

「把士兵屯集在寺町，不要到市區。」

古屋老老實實地聽從他的意思。進入閏四月，在越後各地的官軍與會津軍及其下部隊的戰鬥越演越烈，戰場每每波及長岡藩的領地。

繼之助以「只是警備藩領」的名義，終於將其親手培養、投注巨額費用的藩軍部署在藩領的四境。

首先將野戰司令部設在城外攝田屋村，親自擔任總指揮官在那裡布陣。並配置了：

城內陣地，以家老山本帶刀[36]為隊長的一個大隊，砲二門。

作為南境警備陣地的一個大隊，砲八門。

草生津村有兩個小隊，三門砲。

藏王村有兩個小隊，三門砲。

另有游擊隊三個小隊，砲三門。

而且這些火砲除了前述那門美製速射砲外，還裝有三門法國製速射砲，而且四斤山砲都是膛線砲，精準度略高於官軍砲兵的水準，在野戰火砲中，有兩門堪稱世界一流的後裝式火砲。

在火力裝備方面，別說是會津藩，就連官軍也遠遠處於劣勢。繼之助長岡軍當時的陸軍裝備恐怕已經達到了世界水準吧。

繼之助擁有如此的裝備盤踞在北越，成為調停東西衝突的勢力，他正氣凜然地相信，只要一有機會就會喚起天下的義軍，消滅薩長。

不，沒有什麼相信不相信的問題。如果繼之助只是一個個人的話，以他的頭腦應該已經看出時勢的變化而覺得無能為力了，但他自己培養的「武力」，卻有別於他的頭腦，似乎令他產生了完全不同的思考，讓他這麼想：

——可以的！

美式速射砲讓人這樣覺得，而法國式後裝砲讓人有了自信。武器已經是繼之助的腦髓了。

---

35 古屋作左衛門（1833~1869），或寫作古屋佐久左衛門，原名高松勝次，其弟為幕末明治名醫高松凌雲。築後國百姓出身，十九歲時原本立志行醫而到長崎、大坂，後來放棄習醫，轉到江戶學習洋學和劍術，入贅御家人古屋家，改名古屋作左衛門。因其英語能力而受幕府重視，進入幕府西式陸軍中擔任步兵差圖役（相當於中尉連長），向駐紮在橫濱的英國軍隊學習軍事，與沼間慎次郎等人一起翻譯《英國步兵操典》、《步兵操練圖解》等日本第一本外國兵書，名噪一時。鳥羽伏見之戰戰敗後，逃回江戶的殘部出現大量逃兵潮，作左衛門獲得陸軍總裁勝海舟的許可，與京都見迴組的今井信郎一起為取締逃兵從江戶出發，沿途陸續説服出逃部隊歸順，集結成約九百人的部隊，命名為衝鋒隊，滋擾各地，並與新政府軍戰鬥，最後與榎本武揚會合，轉往北海道，任「蝦夷共和國」步兵頭。箱館戰爭時，在五稜郭被新政府軍軍艦艦砲直擊，身負重傷，送往其弟高松凌雲的函館病院收治，一個月後不治身亡。

36 山本帶刀（1845~1868），即山本義路，長岡藩上級武士家庭出身，幕末時為長岡藩上席家老。當時河井繼之助得到藩主牧野忠訓、前藩主忠恭的絕對信賴而崛起，果斷實施以打破門閥為目標的越後長岡藩慶應改革。義路雖然是門閥勢力的代表，但始終與河井保持友好，協助改革，甚至同意減俸。北越戰爭中作為長岡藩大隊長出陣。長岡城第二次被攻陷後，藩主一家逃到仙台藩，長岡藩兵逃到仙台藩和米澤藩，山本隊在鞍挂峠擔任斷後軍的角色。之後轉往會津參與會津戰爭，兵敗後被宇都宮藩兵逮捕，越後口軍監等人對義路十分惋惜，提出只要他道歉恭順，就可以救他一命，但義路拒絕了，還陳述道：「藩主命令我作戰，沒有命令我投降。」翌日在阿賀野川河原被斬首。

「從前，上杉謙信盤踞北越，觀望天下，依靠這股牽制的力量，讓甲斐的武田、尾張的織田都不容易奪取天下。」

繼之助心裡這麼想。這個謙信，擁有這麼多火砲嗎？閏四月，就持續在武裝中立的情況下度過。

這期間，官軍不理會繼之助的意見，繼續進行包圍作戰，兵分兩路開始行動。一路是以岩村精一郎[37]為軍監的步兵一千五百人，砲二門。其任務是，首先攻陷小出島（會津藩領），進軍至小千谷，渡過信濃川占領榎峠，然後攻擊長岡城。另一路是以三好軍太郎[38]為軍監的步兵二千五百人、砲六門，參謀黑田、山縣與這支部隊一起行動，沿著海道進軍占領新潟。

閏四月二十一日，官軍兩支部隊從高田出發，途中，海道軍驅逐了會津兵，並於二十八日占領了柏崎，岩村率領的山道軍則在前一天占領了在北方六里與長岡城相望的小千谷。

繼之助下定了某種決心。

翌月一日，派使者前往小千谷的官軍本營，告知執政河井繼之助要來出面請願。官軍對此表示理解。二日，繼之助除了一名藩士外，還帶著僕從松藏，乘轎子從長岡出發。心中已有對策。讓官軍醒悟討伐德川的錯誤，長岡藩會站在官軍與會津之間調停的立場上。不知道繼之助是否理智地認為，只有七萬四千石的長岡藩，就可以居間調停天下二分的對立。

官軍的大本營設在小千谷的舊會津陣屋，總大將是土佐藩出身的軍監岩村精一郎，今年二十三歲。維新後，他歷任佐賀縣令、鹿兒島縣令、農商務大臣等職，但並沒有什麼特殊的才能。

繼之助先在信濃川河畔的旅店裡換好衣服，穿上麻布禮服，進入官軍指定的會談場所慈眼寺。

岩村由幾個士官陪同接待。

繼之助看著岩村，

（是這種黃毛小子啊）

他內心輕蔑地這麼想。

（果然這次的大亂，是薩長土的黃毛小子們擁立幼帝，惡搞操弄軍隊。）

他如此確信。後來，岩村回憶說：「河井應該是來請願的，但是態度傲慢，言語中充滿了詰問的語氣、氣焰高張。」

岩村果然也不過是個黃毛小子。當時，稍微瞭解諸藩情況的人應該知道北越有個河井繼之助，但這個土佐偏僻鄉下宿毛出身的年輕人對此一無所知。

只是賣弄著官軍的官威。

---

37 岩村精一郎（1845~1906），即之後的岩村高俊。土佐藩鄉士出身，長兄是第一任北海道長官岩村通俊，二哥是活躍於自由民權運動的林有造，以「岩村三兄弟」聞名。慶應三年跟隨長兄通俊為購買鐵砲前往長崎。隨後進京，加入陸援隊。在坂本龍馬、中岡慎太郎於近江屋被暗殺後，有傳言指出紀伊藩三浦休太郎是暗殺者，岩村與十津川鄉士中井庄五郎、澤村惣之丞、陸奧宗光等人一起襲擊三浦休太郎，與負責警戒的新選組交戰（天滿屋事件），之後參加鷲尾隆聚的高野山舉兵。維新後改名高俊，戊辰戰爭中，擔任新政府軍的東山道先鋒總督府監察。北越戰爭中率軍逼近越後國的長岡，在小千谷慈眼寺與長岡藩家老河井繼之助談判，戰後擔任各地的地方長官，擔任佐賀縣權令時，與兄長通俊合作，鎮壓江藤新平的佐賀之亂。其後歷任各縣知事、農商務大臣、貴族院議員，敘封男爵。

38 三好軍太郎（1840~1900），即之後的三好重臣。長州藩士家五男出身，加入奇兵隊，擔任參謀，之後就任振武隊總監，戊辰戰爭時在北越戰爭立下軍功，戰後成為陸軍大佐（上校），歷任東北鎮台司令長官、仙台鎮台司令長官、大坂鎮台司令長官。西南戰爭時，擔任征討第二旅團司令長官，在戰鬥中負傷。戰後升任陸軍中將，歷任軍職、樞密顧問官，敘封子爵。

總而言之，河井所說的是：

——現在請暫緩攻擊的時機。這樣一來，敝藩也可以統一藩論，甚至說服會津、桑名，給你們一個圓滿無事的結局。

「為此，……」

河井又附加了一個條件：

「停止討伐德川，否則東國的爭亂就不會停止。」

「……」

岩村他們默默地聽著。只覺得這個鄉下的家老是瘋了吧。

事實上，繼之助如果是理智地想要請願的話，那他的確是瘋了。在請願書中，——向德川干戈相向是大惡無道。

有這樣的句子。簡直就是挑戰書。而且還對岩村說，把這個交給京都朝廷代理人的總督。

「我拒絕。」

岩村退回了請願書。

繼之助說，想要盡力居間斡旋調停，為此請寬限一些時日。

岩村認為這種寬限期限的請求，是長岡藩準備戰鬥的謀略。

「總之，貴藩不遵奉朝命，只好兵戎相見。」

於是，岩村片面中止了三十分鐘的會談，離開了座位。岩村也不能答應這些條件。

河井的請願中充滿了對官軍的攻擊，更滑稽的是，似乎即將受到攻擊的這個小藩的家老，竟然提出這樣的要求：

「我去幫你們和會津藩調停吧。」

提出這樣的要求。繼之助有意識地愚弄官軍。仗恃著自己擁有日本第一的裝備，過於自信了。請願書中也有這樣的內容：如果官軍不聽這個提議的話，

「將大難臨頭。」

暗示以武力威嚇。會談決裂，繼之助返回自軍。在途中笑著說：

「官軍真是笨蛋，為什麼不把我抓起來？」

繼之助的心中，不管勝敗如何，一定湧起了對戰爭的激昂興奮之情吧。

繼之助一歸陣，便統一藩論，向會津、桑名、舊幕臣諸隊發出通牒，宣告共同作戰，讓藩主父子退避到城外，五月四日，諸隊進軍。

已經進入雨季。

各地都進行了雨中的交戰，在大部分的戰鬥中都是長岡、會津軍獲勝，並向官軍的據點榎峠逼近。

終於在十一日攻陷榎峠，十三日在旭山戰役中大破官軍，司令官時山直八戰死。

參謀山縣狂介（後來的有朋）從柏崎方面飛奔趕來，直接指導作戰，官軍的一門砲一天射擊一百五十發，但還是沒能阻止戰敗。

「為什麼沒有在慈眼寺會談的時候扣留河井？」

在此前後，山縣檢討斥責了岩村。

此時，官軍諸將開始意識到，自己的軍隊正在與異常的天才作戰。

官軍的軍官二階堂保則留下了這樣的書面文字：「繼之助原本就是個剛愎之士，專權而壓制同僚。長岡的向背就在這個男人一個人身上。如果當初逮捕他的話，不費一兵一卒就能收服長岡。最後就像縱虎歸山一樣。」

山縣有朋（狂介）在後來寫的北越戰爭回顧手記中也寫道：

勝則得意，驕傲自滿，敗則沮喪，徒有畏懼，這是任何軍隊都無法避免的。（中略）只有我（長州的）奇兵隊多少有些素養，不會因為這種敗戰而意志沮喪，但其他士兵大多產生了恐懼心理，薩州兵的隊長尚且如此，甚至也有只能暫時從這方面撤退才是良策的說法。

結果，變成兩軍隔著信濃川對峙的形勢。

繼之助每天都會巡視自軍的陣地。

藩兵都是藏青色棉布筒袖外褂，下身則穿著稱為「布袋褲」的服裝，背上印著五間梯的騎縫標誌，但是，只有繼之助穿著藏青色碎白點花紋的單衣，下身穿著綁腿小袴，腳穿大座的木屐，下雨時則撐著傘。

前述的美國製速射砲中，有一門在城南陣地山本帶刀指揮的部隊裡，他幾乎每天都到這門砲旁邊來，像是問候一樣地摸一摸，或是親自操作。這是一門有六個砲口、外形奇特的砲，在藩中，被稱為：

加特林槍

翻譯成「機關砲」可能更為正確。

「讓我射一次試試看吧。」

繼之助對砲手這麼說。繼之助一邊這樣開著玩笑，一邊用手指把砲尾上的泥仔細地刮掉。這種愛撫方式到了讓人懷疑是不是為了使用這種砲才發動戰爭的程度。

「什麼嘛，官軍馬上就要逃走了吧。」

根據繼之助的計算，如果擊退北越的官軍，之前對官軍陽奉陰違的天下譜代大名就會奮起，倒戈相向吧。

在別人看來，這或許是一種太過虛幻的希望，但對繼之助來說卻是重要的戰略要素。

「我藩擁有北國第一的砲兵團。」

這是所有自信的根源，由此產生了各種各樣的希望。如果以前久敬舍的無隱聽到，恐怕難以置信，繼之助的頭腦已經失去了平衡。當然，繼之助自己並不認為自己發生了變化。就像繼之助在久敬舍認識的拿破崙，在擁有強大的砲兵團時想要稱霸世界一樣，繼之助的心中深深地裝著二十七門新式砲，而這些心中的巨砲群則在思考著藩的前途。發出恫嚇性請願書的也是這些火砲，如意料中使官軍敗走的也是這些砲群。

然而，另一方面，在長州藩士三好軍太郎指揮下負責海道方面的官軍部隊，繼續按預定計畫進攻，十五日進入出雲崎。山縣想將這支部隊用於攻擊長岡，於是急奔前往與三好商量。

這產生了意想不到的奇功。十九日拂曉，對長岡方面來說很不幸的濃霧遍布信濃川流域。在其注意到的時候，已經有二千官軍出其不意地從濃霧中出現，接著第二軍渡河了。遭到這種出其不意的打擊，長岡這方面的部隊潰散，逃進城中。官軍緊追其後，從三個方向突入城下，向大手門逼近。

繼之助率領山本帶刀的隊伍奔赴戰場，親自操作速射砲，從六個砲口向敵人猛烈發射砲彈，但是，卻被一顆子彈擊碎了左肩。

不得已暫時進入城中，但因己方主力在城外陣地而力不能及，遂集結敗兵出城，退至栃尾。很快，由於官軍縱火，城下的街道變成一團火燃燒起來，火很快轉移到城樓上，轉瞬間就吞噬了整個城郭。

六

雖然失去了城池，但河井並沒有死，這讓全軍深受鼓舞。而且野戰武器還在長岡軍手中。河井已經變成不折不扣的鬼。在什麼都得不到的戰鬥中，他投入長岡藩士的全部力量。

城池陷落是十九日，向栃尾撤退是二十日，但是，在二十一日，繼之助率領長岡軍諸隊向加茂前進，在這裡召集全線諸將召開作戰會議，六月二日，從開始行動的地方追擊官軍，接二連三攻破山縣築起堡壘的安田口、本道口、中之島口，終於攻入今町的官軍大本營，攻破大手門入城。

在今町的戰鬥中，由於繼之助從三個方向包圍，猛烈砲擊，町家全部被自藩的長岡軍砲彈粉碎燒毀，路旁顱骨碎裂、腦漿迸流的男女，肚破腸流、臟腑外露的人，沒有手腳、沒有頭顱的市民屍體堆積如山，由此可見，新式砲的威力有多麼驚人。

繼之助繼續推進軍隊，將官軍逼至刈谷田川左岸，繼續砲戰，造成幾乎全軍覆沒的損失，暫時休兵返回栃尾的臨時本營，七月十九日再次開始行動，選出長岡藩兵十個小隊作為夜襲部隊，由繼之助親自率領，於二十四日向栃尾進發，同夜，從長岡東北方向通稱八丁沖的沼澤地，趁守備部隊不注意時出其不意地長驅直入城下，第二天二十五日展開激戰，終於驅逐官軍，收復了城池。

但是，在這場戰鬥中，繼之助的左腳膝蓋以下受到槍傷，幾乎被擊碎，已經不可能再指揮戰鬥。

因此，長岡軍的士氣突然衰退，二十九日，城池再度被官軍奪取，繼之助乘著門板敗逃而走。之後逃到會津，八月十六日，因傷口的膿毒而死。

長岡藩的抵抗，隨著繼之助的死而熄滅。

曾經，繼之助有個名為小山良運[39]的朋友，對他過於強硬的藩政改革抱有不安，提醒他要注意是否會被暗殺。繼之助笑著說：

39 小山良運（1827~1869），本名善元，越後長岡藩藩醫。年少立志學習蘭學，遊學江戶、大坂（適塾）、長崎（精得館），成為長岡藩的蘭醫。在江戶，他還進入幕府儒官古賀茶溪的私塾久敬舍學習。其時，與同藩的河井繼之助等人就藩政日夜進行激烈的討論，被周圍的人稱為「桶黨」，意為如水桶般團結得滴水不漏。是河井繼之助的兒時玩伴，也是他推進藩政改革的協助者與摯友。北越戰爭戰敗後，住在領內石瀨，直至離世。

——也許會被扔進水溝裡兩三次，但藩裡沒有一個人有殺我的氣概。如果有的話，這個藩會更有趣。

明治二年，新政府為了報復繼之助，下達令旨：

——首惡河井繼之助處以家名斷絕之處分。

直到明治十六年才終於有了恢復家名的恩典。

妻子阿菅隨著妻舅們在城池陷落後，避難到長岡以南約二里的古志郡村松村，後來被赦免，明治二年，回到被燒毀到面目全非的長岡城下。當時從會津若松建福寺收拾繼之助的遺骨取回長岡，遷葬在菩提寺的榮涼寺。戒名是忠良院殿賢道義了居士。

這座墓碑建成後，不斷有人來鞭笞墓碑。據說大多都是在戰火中死去的人的遺族。

阿菅沒有立足之地，只好投靠親戚移居札幌，明治二十七年在那裡去世。

此後，在榮涼寺的繼之助的墓碑，不知被什麼人砸碎。無隱直到晚年，還經常造訪榮涼寺，發現墓碑被砸碎後，立即修理，

「不是那個男人的罪，而是對那個男人來說這個藩太小了。」

他這麼說。

所謂的英雄，如果上天把他放錯了時間和地點，似乎就會造成像天災一樣的危害。

人斬り以蔵

斬人以蔵

一

不幸的男人出生了。

他隔著五帖的榻榻米，「咳——」的一聲，痰像子彈一樣飛了出去，穿透了對面的紙拉門，可見他的肺、胸肌和腹肌的力量相當強大吧。

（這樣的我，竟然只是足輕啊）

這是以藏十五歲時的自嘲。如果是在戰國風雲時期，只要發揮這項異能應該就可以心想事成吧。

雖然是足輕，但畢竟是藩士。以有姓氏、可佩刀[1]之身來說，表面上武士是武士，但是，在土佐藩，足輕自稱的姓氏是不被正式承認的。

所謂的土佐藩士，從種族上來說分為上士、鄉士、足輕。足輕即使下雨也光著腳而不能穿高齒木屐。鄉士即使在酷暑時也不可以撐陽傘。而且以上士來說，被賦予對鄉士和足輕的「無禮討差許」[2]這一其他藩所沒有的異常特權。原因是上士是關原之役之後，與藩祖山內一豐一起遷移過來[3]的他國人，面對鄉士以下的土著人必須賦予上士相應的權能才能治理，有這個傳統。這個藩的鄉士、足輕也集結成「土佐勤王黨」[4]，與藩和幕府對抗，有其他藩所沒有的一種類似於種族鬥爭的一面。

無論如何，足輕以藏……

根本就沒有學習劍術之類的身分。上士學劍術要去石山孫六[5]和麻田勘七[6]的道場，鄉士要去日根野弁治[7]的道場等，但是足輕應該去哪裡呢？

1 即「苗字帶刀」（みょうじたいとう），有姓氏、可佩刀，是江戶時代武士及其統治方的官員及相關人員的身分標誌。

2 無禮討差許（ぶれいうちさしゆるす），「無禮討」原本是近世時期的武士受到町人、百姓等令武士難以忍受的「無禮」行為時，即使將其斬殺也不會遭受處罰的武士特權。「差許」是許可的意思，在土佐，將「無禮討」此一武士對町人的特權區別化賦予上士，許可上士對下士、足輕的「無禮」行為亦有將之斬殺的特權。

3 山內一豐，原為織田信長旗下大將豐臣秀吉家臣，在秀吉取得天下後，受封於長濱城的二萬石，後被移封於遠江國的掛川城六萬石，原為秀吉為防範關東德川家康而由親信大名居間緩衝抵禦的安排。秀吉死後，關原之戰前夕，家康召開小山評定會議，形式上讓武將自由選擇繼續追隨或離去參加石田三成的西軍，會中山內一豐率先宣布獻出居城、追隨家康，而使會議氣氛轉為擁護家康大會。關原戰後，家康論功行賞，沒收參加西軍的長宗我部盛親的土佐領地，轉封給山內一豐，盛親從此成為浪人，一豐卻成為土佐二十四萬石的國持大名。一豐入主土佐後，帶來大量從掛川來的家臣，鎮壓原長宗我部氏的武士，土佐藩從此嚴格區分掛川來的上士集團與原屬長宗我部氏的鄉士集團。

4 土佐勤王黨是於文久元年（一八六一年），由土佐出身、在江戶留學的武市半平太等人發起組成，以鄉士為主體的政治團體。土佐勤王黨除了高舉尊王攘夷的目標外，還強調要繼承因安政大獄而失勢的前藩主山內容堂的意志。除了最初歃血為盟的兩百餘人外，更有超過五百人的協力者。他們以土佐藩「舉藩勤王」為目標，在藩內暗殺參政吉田東洋，更在京都聯絡諸藩志士與公卿、周旋國事。在長州藩主導宮廷的時期，山內容堂對他們採取放任的態度，但八一八政變後氣氛一變，容堂即返回土佐，對勤王黨展開殘酷猛烈的逮捕鎮壓。

5 石山孫六（1828~1904），本名鄉道，江戶神田出身，十一歲起學習忠也派一刀流劍術，曾受邀至土佐進行劍術比賽，山內容堂親自觀看，從此土佐劍術界受其影響。後來擔任土佐藩江戶藩邸的劍術指導，文久三年正式成為土佐藩士，在高知城下開設道場，並擔任藩校致道館的劍術指導。明治維新後，擔任高知縣警察部的海南學校劍術指導。

6 麻田勘七，本名直養，生沒年不詳，土佐上士出身，至江戶師從鏡心明智流桃井春藏直雄學習劍術，另外也師從千頭傳四郎的小野派一刀流，回藩後被尊為「土佐一番劍豪」，在高知城下開設道場，同時也擔任藩校致道館的劍術指導，門下多為土佐藩上士。

7 日根野弁治（1815~1867），土佐藩鄉士出身，本名吉善，後成為其小栗流和術老師日根野惠吉的養子，在高知城下經營道場。因其本身出身鄉士，因此門下多為鄉士出身，坂本龍馬即其門下弟子之一。

——足輕不需要學劍術。

這是藩三百年來的想法。在戰場上，屬於長柄槍組、弓組、槍組，擔任步卒的任務。騎馬一對一地廝殺的是上士和高級鄉士，不是足輕。

以藏的體力和毅力天生如此強大，他的人生也因此變得非比尋常。

「據說二天大人的劍術是自學而成。」

聽到這句話，是十五歲的時候。「二天大人」指的是江戶初期的武人宮本武藏[8]。幾年前，筑後柳川的劍客大石進[9]受參政權吉田東洋[10]的邀請，來藩時，不停地說「二天大人」、「二天大人」。透過這些話，以藏記住了這些古人的名字。

於是，他削了一把橡木劍，拿著它，在每兩天一次不當班的時候，從早到晚做著擊碎骨肉的揮劍動作。據說：

「揮劍三年，就可有初階的技能。」

雖然是如此重要的事，但以道場劍術的狀況，一般的道場主如果強迫門人做這種單調的運動，大家就不敢來了，所以不得不讓門人戴上面罩及護手，相互進行對打，從而維持門人的興趣。結果變成竹劍舞蹈，沒辦法真正地學習。

以藏擅長使用的是木劍，不是竹劍。就像偶然使用了戰國草創時期的古法一樣。臂力不同。太刀揮劍的速度也不同。

他覺得腳法技術也很重要，於是四處奔跑跳躍，盡情地以勞動練出一身肌肉。

（劍技不只是在戶外。）

他考慮到在室內的持劍戰鬥。

為此還削製了小太刀的木劍。

由於在室內戰鬥中，如果使用大刀，採取上段架勢[11]就會被天花板卡到，橫砍就會砍到牆壁，更何況是在浴室、樓梯、廁所、狹窄的走廊上，除了相當熟練的人使用下段架勢切落、擦地等小技巧以外，別無他法。

以藏用小太刀自學了這些室內戰鬥。他跳來跳去，砍斷了紙拉門的窗櫺，劈開了廁所的門，

8 宮本武藏（みやもとむさし，1584~1645），本姓新免，名諱玄信，通稱武藏，號二天，江戶時代初期知名的劍術家、兵法家、藝術家，創立二天一流的劍道流派，以「二刀流」劍術聞名於世。「二天大人」指其號，或「二天一流」始祖，所謂「二天」就是指「二天曬日」之意，指的是太陽和月亮：即陰與陽。

9 大石進，第一代大石進名種次，築後柳河藩士，以大石進為號，創立大石神影流劍術，以長竹刀、突刺技聞名，與男谷信友、島田虎之助並稱「天保三劍豪」，後傳其子種昌，為第二代大石進。

10 吉田東洋（1816~1862），本名元吉，東洋為號，土佐藩上士出身，二十五歲繼承家督，翌年出仕，擔任船奉行，推進藩主山內豐熙的藩政改革，六年後藩主豐熙去世，失勢返家。之後以療病為由到近畿地方遊歷，結識各地學者。其後受到繼任藩主山內容堂的賞識，出任大目付，之後更成為參政，但在隨容堂赴江戶參覲時，在一次酒宴中毆打將軍旗本，也是山內家的親戚松下嘉兵衛，被免職減俸、歸鄉隱居。隱居期間，於高知郊外開設私塾「少林塾」，後藤象二郎、板垣退助、福岡孝弟等日後傑出的菁英，皆為其入門子弟。二年後東洋獲赦免，重返政壇，復歸參政之位，隨即陸續發布新政策，採取富國強兵，主張殖產興業、開國貿易，如此的改革引發保守派不滿，同時也與主張尊王攘夷的土佐勤王黨激進派對立，終於在武市半平太的策劃下，遭勤王黨的那須信吾、大石團藏、安岡嘉助等人暗殺，享年四十七歲。

11 日本劍道有五種基本架勢（構え）：「上段」是將劍舉過頭上；「中段」是將劍平舉，劍尖指向對手喉嚨或眼部；「下段」是將劍尖指向對手膝蓋；「八相」是將刀握於右胸前，垂直握刀，刀尖指向天；「脇構え」是變形的下段架勢，刀子是握在身體右側向下，刀尖朝後。

最後摔進茅坑裡，再爬了出來。或者幾乎擦過門楣揮劍，斬殺門檻對面的敵人，然後立刻在榻榻米上翻轉，抵擋敵人的太刀，簡直像個瘋子一樣地練習。當他偶然領悟到這種室內的小太刀技法和一刀流「扉切合」的祕技相同時，已經是幾年後的事了。

「為什麼一介足輕之子要學習劍術呢？」

父親儀平很不高興地這麼說。但是，這位父親不久就死了，以藏就繼承其父。屬於御家老桐間將監大人的足輕組，組頭是森田治右衛門，以藏的俸祿是四人扶持[12]。吃小米、吃麥子、吃糙米，一年也沒有幾次吃白米的機會。與住在鄉間持有田地的農民相比，是如牛馬般的生活。

（我想成為劍客）

貧困武士的子弟，想要擺脫貧窮的方法，除了卓絕於學問，或是深得劍技之高深底蘊而開設一間道場之外，別無他法。

以藏沒有學問。只是從父親那裡學了些書法的程度，不會讀漢籍。光靠足輕的家計，根本也去不了學塾，也沒有那種程度的頭腦。

（如果我出生在二天大人的時代……）

只靠身懷一劍技壓劍壇，有著這樣的夢想。

（應該也要斬殺一些活的生物。——）

他喜歡斬殺貓。能夠在貓嚇得跳起來的時候，在空中突然拔劍斬成兩截。也殺老鼠。從牆壁洞口露出臉的瞬間，木刀如電光般跑過來，擊碎了老鼠的頭。以藏的家被這種獸類的血弄得髒兮兮的。

劍，是用來殺人的。但是，進入德川時期，變成了一種哲學。以藏就像戰國草創時期的劍客一樣，一心自修作為殺人方法的劍技。究竟哪個是正道，哪個是邪道呢？

即使以藏的劍技能殺幾百隻貓，也難免自成一格。

這時，以藏聽說了一個意想不到的好消息。在城下一個叫新町田淵、很多鄉士屋敷的地方，一個叫武市半平太[13]的男人開設了一家道場。

好像有這樣的傳聞：因為武市本身就是白札（高級鄉士）[14]，所以不問門人的身分，足輕也可以來。

---

12 扶持（ふち），主君給家臣的俸祿。在江戶時代，每人每天的標準是玄米（糙米）五合（一合等於一八〇毫升），這一年的分量用米或錢來支付。

13 武市半平太（1829~1865），名小楯，號瑞山，通稱半平太，土佐藩鄉士出身，雖為鄉士，卻為鄉士中最高家格「白札」（準上士），自幼積極向學，隨小野派一刀流麻田直養（勘七）修習劍術，在新町開設道場，以文武雙全、人格高潔聞名。二十六歲時前往江戶向江戶三大道場之一鏡心明智流的桃井春藏學習，取得塾頭地位，於此時結識坂本龍馬，也與桂小五郎等諸藩志士結識。一年後回國再次開設道場，中岡慎太郎、岡田以藏等為其門生。三年後，帶著以藏巡迴九州、西國，進行武者修行，除了劍術比試，更用心考察西國諸藩動向局勢。翌年，再度以劍術修行名義前往江戶，與長州、薩摩諸藩尊攘志士密切交流，並組織「土佐勤王黨」，以「舉藩勤王」為目標，返國召募同志，並大肆遊說，企圖將藩論導向尊王攘夷。其時掌握藩政大權的參政吉田東洋為公武合體派，武市於是策劃土佐勤王黨成員暗殺吉田，進一步與保守派合作，發動政變，肅清東洋派，在幕後實質掌握了政權。此後，半平太在京都、江戶與諸藩志士、攘夷派公卿周旋合作，並發動多起「天誅」暗殺行動。八一八政變後，攘夷派失勢，引退隱居的前藩主山內容堂回到土佐重掌大權，重新啟用東洋派主政，並對土佐勤王黨展開殘酷的鎮壓，半平太被捕入獄後，下令切腹，享年三十七歲。

14 白札（しろふだ），土佐藩特有的階級身分，作為安撫土佐鄉士的政策之一，土佐藩特別設立了白札階級，賜予那些數代都有特別貢獻的鄉士家族。白札階級享有同上士階級一樣的待遇。相當於準上士。

（我與武市家並非毫無關係）

以藏下定決心前去拜訪。

二

因為，以藏的本家是土佐香美郡神通寺村的鄉士，父親儀平是他的次子，後來出來到城下擔任了足輕。姓岡田。

其遠祖來自鄰國伊予國（愛媛縣）伊予郡岡田村。武市家也是如此，很久以前是伊予的豪族，遠祖名叫武市武者所。巧的是，當時以藏的遠祖是武市家的家臣。武市氏與眾多家臣一起流落到土佐，出侍於長曾我部家[15]。

以關原之戰為分界，長曾我部家滅亡，從遠州掛川移封的山內家成為土佐的國持大名[16]時，與舊國主的遺臣們一起，武市氏、岡田氏也都因身為土著而成為鄉士。

「總之，在很久以前，我們是主僕，憑這層緣分，能不能允許我入門這件事？」

以藏拜託武市夫人富子。富子覺得他很可憐，於是幫他撮合，總算努力促成了武市對他的接見。

武市最初學習一刀流，後來到上士的道場鷹匠町麻田勘七道場。當時武市因為是鄉士，被很多同門上士子弟輕視，但從中傳進而到皆傳[17]，終於被允許招收門徒。

白札鄉士武市家，位於城外吹井村。田地山林眾多，十分富裕。用這筆財力在城下妻子的娘家島村家旁邊建了道場。道場門面寬四間，進深六間，雖不是很大，但很快就有六、七十名鄉士子弟入門，生意興隆。

武市身材高大，臉色蒼白。眉清目秀，膚色白晰，只有眼睛鼻子大得實在可以用雄偉這個詞形容。沉默寡言，不苟言笑。他從不開玩笑，終其一生，都沒和夫人以外的女人接觸過，作為一個南國人，是很罕見的男人。喜歡一板一眼地看待事物，他的朋友坂本龍馬經常嘲笑他：

——下巴（武市的下巴總是繃得很緊）又在固執地說什麼呢？

說句題外話，坂本的性格完全與他相反，即使來武市家玩也是，不使用廁所。回去的時候一定在門前解手。因此，牆邊總是散發著一股臭氣，富子對此也很為難，便向丈夫訴苦，

——那是將來要去成大事的男人。不要跟他計較吧。

他這樣說。武市雖然太過一板一眼，但也有包容別人的地方，所以領國中年輕的鄉士們都仰

---

15 長曾我部氏，亦可寫為長宗我部氏，原為土佐有力七豪族（土佐七雄）之一，戰國時代勢力擴大，長曾我部元親時代成為戰國大名，統一土佐全境，更進一步擴張到鄰國阿波、伊予，但在羽柴（豐臣）秀吉四國攻伐戰中敗北，被減封至土佐一國。之後在秀吉麾下轉戰九州征伐、小田原征伐、朝鮮征伐。到元親之子盛親時，在關原之戰中參加西軍，戰後被德川家康沒收領地，淪為浪人。大坂之陣投入大坂豐臣秀賴陣營，戰後被處死刑，長曾我部氏嫡系就此斷絕。

16 國持大名（くにもちだいみょう），日本江戶幕府之下的大名有兩種分類方法：一是根據與幕府將軍的關係，劃分為親藩、譜代、外樣；二是以領地規模，劃分為國持大名（國主）、準國主、城主、城主格、無城。日本當時在名義上被劃分六十六個令制國，國持大名就是領地覆蓋一國以上的大名。

17 在日本武道、藝道的世界裡，由師父傳授給徒弟的技能階段，稱之為傳位（でんい）。可以說是技能等級。類似的概念還有段位。一般傳位的階段，由初級到高級，分為「初傳」、「中傳」、「奧傳」、「皆傳」。

慕武市，爭相加入其門下，這就是後來組成三百人「土佐勤王黨」，引發幕末動亂的原因。

但是，對初次見面的以藏卻很嚴厲。雖然武市本身是受到上士歧視的鄉士，但是，是這麼看的：

（怎麼，是足輕嗎？）

正因為是一板一眼的男人，階級意識也很強。而且武市厭惡無智而粗暴的人。更糟糕的是，以藏的眉宇之間有一種特有的陰暗。這讓武市的第一印象變差了。而且，他是遠祖的家臣的血統，這一點也讓他輕視了以藏。

武市一走進客間就直呼其名：

「以藏嗎？」

以藏在門檻對面跪下平伏著。

「是的！小的是以藏。」

「在此之前，是跟誰學習的？」

「因為我是足輕，所以沒有跟任何人學習。只是尊崇二天大人，拿著木劍自己領會而已。」

「自己領會？」

武市皺起眉頭。

「領會」不就是「深諳其道」的意思嗎？這個男人沒有教養，用字遣詞不得體。

「哦，自己領會了嗎？既然如此，你就在道場上，和誰對打一下看看吧。」

武市這麼說。

三

以藏在道場的角落裡，戴上面罩、護手、竹製護胴。拿起竹劍。每一樣都是第一次使用的工具。

武市半平太從上座用銳利而細長的眼睛看著以藏的動作舉止。

（像野獸一樣的男人啊。）

令人感覺不快。髮際不整齊，頭髮卷曲，眼睛凹陷，眼瞼紅腫潰爛。有點駝背。

他拿著竹劍向前走到道場中央。蹲下，又站了起來，擺好架勢。

很粗魯的架勢。雖然是中段架勢，但竹劍呈水平狀。放著整個護手露出破綻。

兩腳邁著大步。

他的背彎著腰，屁股向後突出，採取有如角力的姿勢。

與以藏用竹刀交手的是安藝郡的鄉士某某，在道場算是中等的實力。可是，他打從心裡輕蔑以藏，故意露出護胴採取上段架勢。

某某衝了過去，向下砍向以藏的護手。然而，以藏卻舉起竹劍接住，轉瞬間以迅雷不及掩耳的速度靠近對方，一腳踢向對方的睪丸。

某某哇的一聲向後仰，痛得當場昏厥過去。這不是劍術。

（看到了嗎！）

以藏很想這樣大叫吧。沒有比這更痛快的事了。他知道，在劍術道場上，既沒有上士，也沒有鄉士，也沒有足輕的分別。

武市連眉毛都沒動一下地看著，馬上，說「下一個」。

下一個人出來了。

以藏以竹劍與這個人咔、咔互擊兩三下，但不久便跳了起來，重擊他的面部。這也很不尋常，他盡量地伸長竹劍，打在對手面罩上沒有金屬護具防護的頭頂上，這名男子也受到輕微的腦震盪，踉踉蹌蹌地回到座位上倒下。

總之，這是沒有規則的劍術。使用這種可以說如同打架時揮著棒子的劍術，往往反而會讓剛開始學習的人被擊倒。

武市命令擔任師範代[18]的城下鄉士檜垣清治[19]與他對打。

連這個檜垣都被打敗了，弟子們一片譁然。

（像這種足輕……）

有這樣的感覺。而且，雖然是姿態難看的劍術，但狂暴的攻擊卻不是所謂常識性的劍擊。

武市自己也驚嘆不已。他想，如果能把原則和理論教給以藏，他會變得多麼強大。

（——但是）

自己能贏嗎？說實話，道場主武市半平太在這裡與以藏對打，將以藏擊倒，教訓一下他的足輕劍術，能夠以實際的例子教育以藏和門人，有品格的劍之正統技術的厲害。

（如果被以藏這傢伙擊中，怎麼辦）

沒有比這更難看的了。

武市半平太十四歲入門的第一個老師，是一刀流千頭傳四郎。老師千頭，

——這是萬中選一的素質。

很驚訝地這麼說，不是一般的素質。後來再入麻田勘七的門下，超越前輩獲得「中傳」，安政元年，獲得「免許皆傳」[20]。麻田也說：「一輩子不會再有半平太這樣的弟子了。」

就是這樣的本事。而且身高將近六尺，臂力、魄力都不輸給以藏。

但是，他想，對手畢竟是足輕的劍術。會攻擊哪裡，怎麼攻擊，都不會按照規則來。例如，半平太聽過有關柳剛流的傳聞。那是武州農民出身的劍客岡田總右衛門所創的流派，突然以上段架勢攻擊對手的脛骨。連續猛烈地擊打。劍術中本來就沒有攻擊腳的方法。自然，也沒有防禦方法。安政年間，由於這個柳剛流，江戶中的名流道場遭到了嚴重的擾亂。武市半平太聽說，桃井道場、千葉道場好不容易想出防止方法，柳剛流像流行病般的猖獗才戛然而止。

18 在流派或道場，位居師範次席的人。平時代理道場主指導教授門生的人的稱號，「師範的代理」之意。

19 檜垣清治（1839~1894），土佐藩鄉士，後改名直枝。與坂本龍馬同樣在日根野弁治道場學習劍術，之後又拜武市半平太為師。後來武市半平太成立土佐勤王黨，他是第三十九個歃血為盟加入土佐勤王黨的人。在松平春嶽擔任幕府政事總裁時，容堂因協助春嶽廢止參觀交代制度而受江戶人的怨恨，消息傳至領國，土佐勤王黨的鄉士組成「五十人組」，未經藩的同意，自發自費從土佐奔向江戶保護容堂，途中檜垣誤解坂本瀨平為幕府密探而殺之，因而被送回土佐幽居謹慎。土佐勤王黨大舉被捕時，檜垣屢受酷刑，但堅不招供，之後被處以終身監禁，直至明治六年才獲赦。出獄後任職於警視廳，擔任權少警視。西南戰爭時以警視隊隊員參加戰鬥，戰後歷任警官練習所所長與沖繩縣書記官。

20 習藝的傳位中，由初級到高級，分為「初傳」、「中傳」、「奧傳」、「皆傳」。「免許皆傳」（めんきょかいでん）是最高級別的許可證明，含義是「全部傳授的證明」。

（一般都說正道者最好不要與使用邪道的人交手，怎能與他對打呢？）

但是，武市本來就是個決斷迅速的男人。上述的想法也只是一瞬間掠過腦海，在師範代檜垣清治敗退後，未加思索就輕率地站起來。

他走下來到地板上，拿起一把竹劍，走到以藏面前。

以藏跪著平伏在地上。萬萬沒想到武市會親自與他對打，他激動得渾身顫抖。

「請準備一下。」

武市雖然這麼說，但他自己卻穿著白色的劍道練習服和白色裙褲，以這樣的裝扮，沒有戴護具。

（這樣打不下手）

起身的以藏呆住了。

「怎麼了？盡情打過來吧！」

武市這麼說，擺出「青眼」[21]的架勢。

以藏還是之前那種自我風格的中段架勢。

武市踏出腳步。以藏往後退。又再往後退。

武市以壓倒性的優勢向前推進。以藏越往後退，身體就越彎曲，竹劍就像下垂的尾巴一樣，變成奇怪的架勢。

武市正想把劍尖向上揮到上段，以藏抓住那一瞬間，變成了一顆子彈，像噴火一樣刺了過來。

武市狼狽不堪。立刻豎起竹劍，把以藏的竹刀擋開，但還是嚇出一身汗。

一瞬間，正因為武市的劍術不愧是正統且變化多端。他捲起剛才防守的劍，朝以藏面部擊打，一知道攻擊太淺時，便大步地向前一踏，竭盡全力地刺向以藏。

以藏的身體飛了五、六間遠，之後，只是胡亂地在道場的四個角落裡四處逃竄。

「以藏，這樣很難看啊！」

一邊這麼說著，一邊接連不斷地攻擊他的面部、身軀、護手，全部都有效擊中。

以藏把身體蜷成一團，只是接受擊打。拚了命壓抑著想要攻擊的情緒。即使在一瞬間，覺得現在可以攻擊了，但以藏的竹劍一動也不動。只是接受武市的竹劍如下冰雹般地擊打。

以藏忍耐著、逃竄著。這是對武市的阿諛奉承。不自覺地巴結他。

（為了你，我可以當小丑）

如果用話語來說，大概就是這樣的心境吧。覺得甜美，不，是一種近乎瘋狂的甜美心境。並非有意識地讓自己陷入那樣的心境。

心境意想不到地轉換了。似乎是兩代足輕的卑躬屈膝造成的嗎？還是以藏本來的性格就是這樣呢？

無論如何，可以說，以藏一生對武市的態度就是在這個時候決定的。

「嗯，我認輸了。」

21　劍道架勢的一種。劍尖朝向對手眼睛的一種中段架勢。

以藏扔下竹刀，坐了下來，雙膝併攏，在地板上跪拜。這種姿態，散發出一股令人悲哀的足輕的氣息。

武市嘆了口氣。

他收起竹劍。

（可怕的男人）

這樣的實感再次湧現出來。剛才那一記刺擊的猛烈，那種強度的刺擊，在千頭道場和麻田道場都沒有經歷過。

武市本來是一個以沉毅君子而聞名的男人。他從來沒有對不成熟的希望入門者像這樣有失大人風範地發起攻擊，但是，他一定是被以藏那唯一一次的刺擊攻擊嚇破了膽，才會反射性地做出那樣的舉動。

「以藏，即刻入門！」

武市又恢復為平時那個冷靜的男人。

「為了在本流派學習，要專注於你的壞習慣，首先要做的是改掉它。為了改掉，一個沒有經驗的初學者，完成了兩年的修業，必須再進行第三年的修業。為此，劍技會變弱。以正規的方法修行三年來習慣這種弱。如果能夠克服這種弱的話，在第四年就會達到一種相當出色的劍術境界。」

「非……非常感謝您！」

以藏是個愛哭的男人。他一邊淚如雨下，一邊不停地低下頭。

立刻，在起誓書上蓋上血印，把名字寫上去：

岡田以藏宜振[22]

字寫得糟糕透了。

這天晚上，武市躲在倉庫裡，原本就蒼白的臉完全失去了血色，凝視著閱書架。

閱書架上放著淨琉璃本[23]。

因為是個多才多藝的男人，他會唱淨琉璃。也因為他是個謹慎正直的男人，怕他的聲音傳出去打擾到家人和鄰居，所以才在倉庫裡唱。此外，他還跟隨城下的畫家德弘董齋、弘瀨友竹學習南畫[24]、美人畫，幾乎達到專家的境界。

倉庫的門嘎啦嘎啦地打開，妻子富子端著茶走了進來。

「您怎麼了？」

今天晚上，武市的嗓子連一聲也沒有發出來。

「我在想以藏的事。」

「那個足輕怎麼了嗎？」

22 岡田以藏，本名宜振。

23 淨瑠璃（じょうるり）是一種日本說唱敘事曲藝，通常使用三味線伴奏。淨瑠璃本則是記載淨瑠璃詞章的書。

24 南畫（なんが），日本繪畫因受中國「南北宗論」影響，在江戶中期，以「南宗畫」為本發展出來的畫派，又稱「文人畫」。

「不，這個世界上總有讓人害怕的男人。雖然我自詡有點劍才，但素質卻比不上以藏。」

富子沉默不語。

她認為這不是她應該過問的事情。她身材嬌小，在城下也是以美女著稱的女性。娘家是鄰居家。以槍術家著稱的鄉士島村壽之助是她的叔叔。

「富子，妳能不能留守看家三年？人們說『劍唯江戶』，我想在江戶重新學習。」

這天，武市讓弟子們回去後，重新思考了一下，發現以藏的形象在心中越來越巨大。

（我沒有戴面罩護手對打，所以以藏這傢伙打起來才會有所顧忌。那時候如果戴上防具比賽的話會怎麼樣呢？）

富子點點頭。

但是，藩外留學需要藩廳的許可。到這個許可發下來，還有半年吧。

「拜託妳了。」

把富子抱進懷裡。這對夫婦沒有孩子。如果沒有孩子，武市家恐怕會斷絕，就連富子的娘家島村家也建議半平太納妾以生出庶子，但是，這個男人沒有回應。有一次，半平太的朋友對富子講清楚緣由，讓她回到位於吹井村的武市家十天左右，其間，派去了一個婢女。婢女對此也心知肚明而頻頻表現出一副不太平靜的樣子，但是武市卻完全沒有要碰她的意思。

後來富子說穿了那個朋友的計謀，武市笑著說「我知道」，問富子：

「妳是什麼心情？」

富子回答說：「因為我一直相信你，所以沒什麼大不了的。」這對夫婦是如此的和睦。

武市拋下富子去江戶，一定是下了很大的決心。
一切，都是因為以藏。

四

以藏這傢伙，一點一點地變弱。武市從竹刀的握法開始教。腳的動作，也以一定的方式束縛住了。架勢也嚴格地矯正了。不得不變弱。

但是，以藏非常順從武市的指導。對這個性格偏激的男人來說，這種順從簡直令人毛骨悚然。

（想變強）

不只是如此吧。以藏的心情應該更不一樣吧。

像狗一樣。所謂的狗，具有不幸的性格。在同伴面前，牠們會猙獰地露出獠牙相向，唯獨對飼主這種不同的生物，卻順從得可憐。以藏對把自己當作弟子的武市，有著像狗一樣的心情。

（因為祖先是家臣。）

也有這樣的感情。

因為以藏以這種態度來貼近他，武市雖然一方面對以藏的這種卑躬屈膝感到不快，但另一方面也不知不覺產生了一種飼主般的心情。

——三年，劍技會變弱。

雖然武市這麼說，但不知道是不是因為以藏的素質相當好，還是徹底遵從傳授者武市，他提早學習到了，半年時間裡，他的壞習慣大致上改掉了，擁有相當於師範代檜垣清治的劍技。

以藏覺得道場非常有趣。不管怎麼說，對這種足輕來說，沒有比這裡更痛快的地方了吧。用竹劍的劍尖耍弄平時耀武揚威的上士子弟和鄉士們，有時還能把他們打到倒地不起。

（我的世界只有劍）

只有在這樣想的瞬間，才能把自己從足輕的屈辱中拯救出來。

以藏使劍過於猛烈。護具範圍外的皮肉被以藏打到，據說骨頭都要碎裂了。

——實在是隻瘋狗。

大家都害怕和以藏一起練習。這隻野狗，只有對武市是隻溫馴的狗。

武市向藩廳提出了自力修行（自費留學）的請求，但是藩的不成文規定是「如果是尚未繼承家業的長子，可以去藩外留學，但是已成為戶主則是不允許的」，要獲得允許是很不容易的。直到最後，他賄賂了藩的門閥桐間將監。

輕易地被允許了。

武市還想帶以藏一起去。主從一起成為江戶新師父的門人，武市也很看好以藏的素質吧。

「那不是足輕嗎？」

桐間將監說。從來沒有聽說過足輕去藩外留學這種事。

「在桐間大人您一個人的心裡，把以藏這傢伙當作我的僕人，用這個名義可以嗎？」

「你也是個古怪的男人，難道你打算用自己的財產讓他學習劍術嗎？」

桐間嘲笑他，但是，也是因為相應的小賄賂的效果，得到了許可。

以藏狂喜異常。

如果是為了半平太，連命都可以不要。

「真……真的，讓我在江戶修行嗎？」

說著就哭了。

武市接到「為了劍術考察派遣至江戶」的藩命，帶著僕人以藏，抵達江戶的鍛冶橋藩邸，是在嘉永六年八月。

在藩中，這種人被稱為劍術諸生。

道場可以隨意選擇，但幾乎所有人都選擇距離鍛冶橋藩邸較近、京橋蜊河岸邊的鏡心明智流桃井春藏道場。其他的，還是去離藩邸很近、京橋桶町的北辰一刀流千葉貞吉道場[25]坂本龍馬大致上在同一時期選擇了後者進行研修。

---

25 千葉貞吉（ちばさだきち），為北辰一刀流創始人千葉周作之弟，在桶町開設玄武館的分支道場，世人為與周作的玄武館區別，稱之為「桶町千葉」或「小千葉」。

武市選擇了桃井。正如人們常說的那樣，「位[26]之桃井，技之千葉，力之齋藤」[27]，江戶劍壇三分天下。

以藏也入塾了。

當時是第四代桃井春藏的時代，名叫直正，是桃井各代之中最傑出的劍客。他的門下，有很多光聽名字就能讓江戶的小道場主顫慄的猛士。上田馬之允、兼松直廉、久保田晉藏、坂部大作[28]。

武市在這裡就像騰雲駕霧的飛龍，很快就嶄露頭角，入門第二年，很快就被提拔為塾頭。不管怎麼說，他畢竟在領國已經取了其他流派的「皆傳」資格，而且還是個小道場的主人，所以和普通的劍術諸生不一樣。

師父桃井春藏也對武市待以特別的敬意。武市有這樣的人格吧。

第一，是武市有組織能力。在還沒當塾頭的時候，曾向師父進言。他說：「道場的風氣墮落。」道場的旁邊有一家叫藤棚的休憩茶屋[29]，道場的學生有很多人會把女人帶去那裡，這似乎引起了武市憤世嫉俗的習性。

「現在不加以矯正的話，會有損先生的名譽的。」

他對師父春藏這麼說。春藏為人寬厚豁達，在這一點有失嚴謹。把矯正道場風氣的工作全權委託給武市，所以提拔他為塾頭。武市立刻制定道場的規章制度，規定了門禁、罰則等，違反者毫不留情地予以處罰。道場裡群情騷動，都對武市大為不滿，但是，半年後道場的風氣就徹底改變了。武市的這種性向和才能，培養他日後成為土佐勤王黨的黨首。

桃井春藏以自己的門人武市為傲，在當時流行的由諸侯邀請的武藝表演中，一定會帶著武市同去。仙台侯和出石侯[30]等人，特意指名提出要求說：

「想看武市的武技。」

在這一點上，同時代擔任麴町齋藤彌九郎道場塾頭的長州人桂小五郎，恰好也有同樣的人氣，會被諸侯召喚去展示自己的劍技。

那麼，話說以藏。

有一天，桃井春藏說：

「雖然對半平太不好意思，但那個僕人最好不要再練劍了。」

技術相當熟練。不過，那是一種越是熟練，品格就變得越差的奇怪劍技。以藏的劍技是「只

26 所謂「位」（くらい），是指修行的深度所造就的「品格」和「品位」，以其氣勢壓倒對手，被稱為「位詰め」（くらいづめ）。

27 幕末時期有「江戶三大道場」之稱，分別為士學館（鏡心明智流）的桃井春藏、玄武館（北辰一刀流）的千葉周作、練兵館（神道無念流）的齋藤彌九郎。此三大道場各有一千多名遠自日本各地來此習刀的年輕武士，學習劍術之餘，眾人也共同討論國事，因此無論是維新志士或佐幕的新選組組員，大多出自此三道場。

28 上述四人上田馬之允、兼松直廉、久保田晉藏、坂部大作，在當時並稱「桃井四天王」。四人中上田、兼松、坂部，在維新後皆擔任過警視廳所創設的擊劍世話掛，負責警視廳的武術指導。

29 待合茶屋（まちあいぢゃや），名義上為提供會議或密會場所的茶屋，由於很多人都在「待合茶屋」內喚來藝伎飲酒作樂，因此備有寢具，提供男女在此幽會，或讓人喚來遊女狎妓。

30 仙台侯指陸奥仙台藩主伊達慶邦，出石侯指但馬出石藩主仙石久利。

要能贏就好」的劍。

就像嗜血的狼咬人一樣，動作極其粗野。即使是有效的攻擊，也毫無美感，像胡亂攻擊般的格調，讓看到的人想吐那樣的卑劣。

「那樣的話，連『目錄』[31]都拿不到。」

雖然春藏這麼說，但是作為一個比劍者的以藏絕對不弱。

如果被他有效擊中面部的話，就會覺得像是腦漿飛濺一般慘烈。只是，如果說這個技能有缺陷的話，是怎樣的呢？就是只能有一擊，技能沒辦法再延伸，也沒有餘裕。例如，若在第一擊太淺的情形下，就無法再出第二招。

所以，在比賽中是吃虧的。

以藏以最初的一擊決勝的時候還好，但是如果這一擊沒有被裁判判為「有效擊中」的話，面對用竹劍有效擊中次數較多的對手，在不知不覺中不得不把勝利讓給對方的情況很多。

吆喝聲也很沒格調。

彷彿野獸在咆哮。師範代們嚴厲地指責了以藏的這個缺點。

然而，以藏卻倨傲地吼道：

「如果是真劍的話會怎樣？即使最初的一擊太淺，對方也會喪失戰鬥力。第二擊就能把他劈成兩半。」

這種反抗的態度，也受到道場前輩的惡評。第一，劍不是為了殺人而存在的，以採取這種立場的這個流派來說，以藏的劍只能說是邪劍。

五

經過了幾年。

時代正在改變。

人的身上也發生了劇變。往年只是一介劍客的武市半平太，現在作為土佐勤王黨的領袖，在京都藩邸，成為藩的「他藩應接方」[32]。

在土佐藩，按規定鄉士無論如何也不會被提拔為上士。如果成為上士，就可以擔當藩的政務。因為藩不想讓領地內的「異族」鄉士進入政治核心。

但是，武市雖然是「異族」，卻被提拔為上士。

這一特例是透過異常的事變才可能實現的。武市在領國暗殺了身為藩的參政，獨裁者吉田東洋，一舉由勤王派掌控了藩內閣。

暗殺者並不是武市自己。武市以門下的鄉士於雨夜在城下帶屋町將其擊殺。藩情為之一變。

---

31 劍道的段位，稱之為傳位（でんい）。除了前述「初傳」、「中傳」、「奧傳」、「皆傳」的傳位之外，依流派不同，也有分為「切紙」、「目錄」、「印可」、「免許」、「皆傳」、「口決」的傳位。目錄（もくろく）本意為證書的意思，即是取得指定傳授之該流派劍技招式的證書，大致上是初級階段。

32 在京都負責本藩與他藩的外交與周旋。

武市躍上京都的舞台。

雖然他只不過是所謂留守居組[33]中最下等的上士，但是畢竟掌握著三百名不要命的土佐鄉士，藩內、藩外的勢力之大無與倫比。

自大老井伊掃部頭在江戶櫻田門外被殺以來，幕府權力驟然衰微。京都的非合法政權正在形成。以宮廷為中心，薩長土三藩的活躍分子代表各自的藩相互競爭勢力，再加上各國的浪士聚集而來，時勢變成只要是反對派，立即死於刀劍之下。在京都的幕權代表機關所司代、奉行所也因害怕他們而沒有調查犯人。

變成了無警察狀態。這是文久二年到文久三年的事。此時，新選組還沒有誕生。

以藏像影子一樣緊貼著武市的身邊。

總是像影子一樣沉默。

武市並沒有常駐藩的臨時大本營洛西妙心寺本山內的大道院和河原町的藩邸，而是多以木屋町三條的小料理屋「丹虎」作為根據地，進行籌謀策劃。

幾乎每三天就會出入一次三本木的花街，與諸藩的「應接方」聚會。在茶屋喝酒也是他的公務。所謂「應接方」，根據藩的不同，也有「周旋」、「公用方」的職稱。聚會相互交換情報。在長州藩，桂小五郎就是這個職位。

因仰慕武市之名而來的諸藩之士、浪人也很多。像是與以藏一起被譽為「斬人之男」的薩摩人田中新兵衛[34]，每天晚上都出入武市的策劃根據地「丹虎」，甚至還結拜為義兄弟。

長州的久坂玄瑞也來了。土州人自不待言，因州、藝州、薩州、對州[35]等被稱為勤王藩的藩，裡頭的激進派沒有沒來過「丹虎」拜訪的人吧。

經常發生激烈的爭論。

以藏總是在走廊附近的房間角落裡默默地聽著他們的議論。

「以藏，茶！」

聽到武市這麼一說，以藏趕快站了起來，走到土間，他的任務就是向「丹虎」的主人重兵衛轉達。

這個任務，對以藏來說是悲哀的。如果可以的話，想參加討論。可是，他沒有學問，完全不明白大家在說什麼。

不只是以藏，當時薩摩藩的志士，也就是人稱斬人半次郎，後來的桐野利秋等人，也因為目

33 留守居組（るすいぐみ），是土佐階級制度中的一個層級，是最下等的上士。土佐藩存在嚴格的階級制度，共分五等：最高的第一等是「藩主」，第二等是「上士」（包括：家老、中老、物頭、馬廻、小姓組、留守居組）；第三等是「白札」；第四等是「下士」（包括：鄉士、徒士、組外、足輕、庄屋）；最低的第五等是「地下浪人」。

34 田中新兵衛（1832~1863），為「幕末四大人斬」之一，本名雄平，薩摩藩士，父親本為藥商，據說花錢買來武士身分。新兵衛劍術優異，但流派不明，三十歲時上京，寄居海江田信義住處，曾參與島田左近、本間精一郎、渡邊金三郎、大河原重藏、森孫六、上田助之丞等人的暗殺行動，因此，被稱為「天誅」之先驅。八一八政變翌年，長州系公卿姉小路公知遭暗殺，現場遺留一把凶刀，經指認屬田中新兵衛所有，京都町奉行逮捕新兵衛，新兵衛在審訊中途然拔刀切腹而亡。姉小路暗殺事件又稱「朔平門外之變」，是第一次有公卿遭到暗殺，其時薩摩與長州關係惡劣，薩摩人田中新兵衛涉案也使薩摩於宮廷中的影響力下降。

35 土州指土佐藩，因州指因幡鳥取藩、藝州指安藝廣島藩、薩州指薩摩藩，對州指對馬府中藩。

不識丁，所以不知道「尊藩、敝藩」這些詞。不知道「尊藩」（そんぱん）是對對方藩的敬稱，以為是「損藩」，以為是對自己藩的謙稱，屢屢連續地這樣講而讓他藩的志士不知所措。但是，薩人半次郎是一個吊兒郎當而開朗的男人，反而因相當於他師父的西鄉隆盛喜歡其幼稚可愛而無學問，所以沒有感到自卑。得意於自己的無學而這麼說：「要是俺識字的話，必取天下。」

半次郎幸好有西鄉這個大度量的人庇護。

以藏的師父就不同了。

的確，根據薩人田中新兵衛的評語：「瑞山（武市）這個人物無人可比。大概只有我藩的西鄉吉之助（隆盛）了吧」，就統率力、謀略可以這麼說，但是，度量卻不能比。武市嫌惡以藏的無學。

「以藏，這是不對的。」

連隻言片語都一一加以糾正。不，西鄉和武市作為老大資質的致命差異，就是有無幽默感。武市是少有的不以詼諧方式來處理事情的土佐人。以藏只要看到師父瞪著自己，經常就畏縮起來。

有一次，以藏參加了一個同志聚會，才剛要開口說話，坐在上座的武市就瞪了他。以武市的立場來說，為了藩的名譽，作為土佐藩的代表，他無法忍受以藏胡謅一些搞不清楚狀況而無教養的話，招致其他藩士的嘲笑和輕侮。他就是這樣一個過於敏感操心的男人。

這讓以藏退縮了。

話雖如此，武市也不是不疼愛以藏。在這部小說中，省略了從江戶的桃井道場時代到京都時代之間，武市帶著以藏，遊歷九州諸道場，進行武者修行之旅。拜訪柳河、久留米、大村、熊本、豐後岡等地的劍客，進行比賽，以藏的劍名在九州揚名。所有旅費都是武市出的。塑造劍客以藏的，從頭到尾都是武市殫心竭慮的結果。

但是，俊才無法理解愚鈍者。

以藏在聚會上畏縮不前，所以尋求以行動作為補償。

例如在聚會中，有人這樣發言：

「某某人假裝勤王，但其實不就是佐幕派嗎？」

以藏的身影迅速地消失了。趁著夜色，跑到街上，闖進某某人家，舉刃斬殺。

然後收起血刀，回到聚會的座位上，若無其事地坐著。

武市很長的時間都不知道以藏已成為這樣的殺人者。

以藏第一次殺人，是文久二年八月，發生在大坂的街衢。

當時以藏在土佐藩大坂住吉陣營的長屋。那已經是武市暗殺參政吉田東洋之後的事了。其直接下手的那須信吾[36]、安岡嘉助[37]、大石團藏[38]在暗殺後立即越過四國山脈脫藩，來到上方[39]，藏身於京都的薩摩藩邸。

領國內屬於已故的吉田東洋一派的上士團，為了偵察，派出兩名下橫目（下級警吏）前往上方。其中一人就是岩崎彌太郎[40]。岩崎並不是所謂的勤王派。但是，他看到勤王派開始壟斷藩政的現實，感受到這項工作的危機，於是捨棄同僚，從大坂回到領國。

剩下的是下橫目井上佐一（市）郎。

以藏得知警吏來到大坂後，萌生了殺害他的念頭。

（如果那須、安岡、大石等凶手被逮捕，背後的武市老師的名字就會浮現）

他心裡這麼想。這個男人，在暗殺這件事情上頭腦靈活到了狡猾的程度。首先，他在住吉陣營中招募同志，並想出了一計，和兩個勤王派的下橫目講好，要他們去井上佐一郎的住處拜訪。因為是同樣職務的故舊關係。

「去喝一杯吧。」

就這樣，在心齋橋附近喝酒，以藏等人走了進來，就像偶然巧遇一樣，在那裡碰面了。

「好久不見了不是嗎？我們南下，好好敘敘舊吧。」

以藏這麼說。

以藏不喜歡井上。所謂下橫目是從鄉士、足輕階級出身者之中挑選出來的卑職，受上士之命，負責偵查打探同族不正行為的職務。換言之，對以藏來說就是出賣同族的人。

特別是，井上是個倨傲的男人，從前以藏在城下當足輕的時候，在播磨屋橋旁與他擦肩而過，因為沒有注意到，所以沒有打招呼。井上叫住以藏，說：

——以藏。

「我聽到傳聞，說你稱病在應該當班的日子請假，實際上跑去新町田淵的武市道場，是真的嗎？」

這讓以藏顫慄不已。有可能被下橫目提出報告而遭到傳喚調查。

他血氣充腦。回過神來的時候，已經跪在地上難看地磕著頭了。

井上，長著一張像米袋的大臉。他臉上泛出冷笑，離開了。當時的屈辱，以藏絕對忘不了。不，可以說，正是這種屈辱的鬱積，使他奔走於劍術的修行，像惡鬼羅剎一樣，持續向武市學習劍術。

---

36 那須信吾（1829~1863），出身土佐藩鄉士濱田家，後入贅槍術道場主那須俊平家，據說無論劍術、槍術，或鐵炮都極為拿手，非常崇拜武市半平太，與坂本龍馬私交甚篤，龍馬脫藩時，即借住信吾家，信吾指示他如何沿國境的韮之峠脫藩。後來在武市的指示下暗殺吉田東洋，隨即脫藩，潛逃至京都。翌年，參加天誅組舉兵，擔任軍監，於鷲家口戰鬥中，中彈身亡，享年三十五歲。

37 安岡嘉助（1836~1864），土佐藩鄉士出身，參加土佐勤王黨，在參加吉田東洋的暗殺行動後，立即脫藩，潛逃京都，受久坂玄瑞的庇護，也暫時住進薩摩藩邸。翌年，與那須信吾一起參加天誅組舉兵，在戰鬥中負傷被捕，押送至京都六角監獄，翌年處決，享年二十九歲。

38 大石團藏（1831~1896），土佐藩鄉士出身，參加土佐勤王黨，曾以使者身分前往長州，也曾至薩摩考察，在參加吉田東洋的暗殺行動後，立即脫藩，潛逃京都，受久坂玄瑞的庇護，之後由薩摩藩士奈良原繁收為養子，改隸薩摩藩籍。慶應元年作為薩摩藩第一批英國留學生，與五代友厚等人一起密赴英國留學。在英國與森有禮一起寄宿，學習測量、機關學、數學，慶應三年回國。維新後在鹿兒島縣立中學造士館擔任數學教師，之後於沖繩縣廳任職，不久辭職回到鹿兒島。

39 上方（かみがた），指京都及其附近一帶。廣義也指畿內地區、京阪地區、關西地區。

40 岩崎彌太郎（1835~1885），日本三菱集團創辦人，出身土佐藩地下浪人，據說曾祖父時因家貧賣掉鄉士身分而成為地下浪人。年輕時因父親在酒席上打架入獄，彌太郎為父伸冤，結果也因此入獄，在監期間，向同牢的商人學習算術和經商技巧。出獄後進入蟄居中的吉田東洋所開設的少林塾學習，得到後藤象二郎的賞識。吉田東洋復出政壇後，彌太郎作為藩吏被派往長崎，但因挪用公款被調回土佐，隨後受命監視土佐勤王黨和脫藩武士動向。吉田東洋被暗殺後，彌太郎和同僚井上佐一郎前往大坂調查，因先行回國而逃過一劫，井上佐一郎遭岡田以藏暗殺。慶應三年，在後藤象二郎推舉下，再次派往長崎，於土佐藩的商貿組織土佐商會中擔任財務會計，與坂本龍馬密集互動，龍馬遭暗殺後，海援隊解散，彌太郎奉藩命負責善後，海援隊部分資金及人員也成了彌太郎日後以海運事業起家的基礎。維新後到廢藩置縣之間，土佐藩的財政惡化、債台高築，藤象二郎決定將土佐藩的船、大坂藩邸和長崎土佐商會等全部無償送給彌太郎，但也將藩的債務全轉由岩崎承擔。彌太郎以此為基礎，在大坂西長堀的舊土佐藩邸設置名為「九十九商會」的海運貿易商社，接著又改名為「三菱商會」。後來更發展為三菱公司，現今三菱集團的企業標誌即來自土佐藩山內家的三葉柏家紋。此後，彌太郎透過政商關係，在台灣出兵及西南戰爭中獲利驚人，使三菱集團發展成為日本數一數二的大財團。

現在，是「志士」。天下之士中，知道以藏之名的人也很多。以藏大搖大擺地說：「我們南下，去擁抱南樓的美女吧。」

井上覺得以藏輕浮的變化很放肆，但是心想：

（也許能探出什麼）

於是成群結隊地沿著心齋橋南下。

井上已經被灌得很醉了。

南下，在九郎右衛門町繼續喝，日落後，出來道頓堀川的河邊。

說著，以藏裝出爛醉如泥的樣子，靠在井上的肩上，用手臂環住脖子。

「啊，醉了，醉了。」

「唔唔……」

他用力勒緊。井上出不了聲。旁邊有個町人經過，但他沒有注意到。他啪躂啪躂地蹬著腳，不一會兒就悶死了，體溫快速變冷，癱軟地垂吊在以藏的手臂上。

（這就是播磨屋橋上的井上佐一郎嗎？）

以藏看到這個看似權力化身的井上現在垂吊在自己的手臂上，才知道人類的空虛，一切都是假的。他暗自覺得狂喜。人就是這麼微不足道嗎？有權力的人被殺了之後，不就是一具屍體嗎？藉由把他變成屍體，感覺作為活著的自己的優越感，就像沸水的泡沫一樣湧冒上來。

以藏和同志們一起拔出短刀，猛力刺入井上的左右腹部，好像在享受那種觸感似的，嘎吱嘎吱地轉動著刀柄。

即使刺入了，也沒有噴出血來。井上好像已經被以藏手臂的怪力勒死了。把這具屍體踢下道頓堀川，為了避免被發現，把他假裝成像是溺死的。

之後，忘不了殺人的快感。

在京都殺多田帶刀時也是如此。帶刀原本是金閣寺的坊官[41]，二十三歲，是個像皮膚白皙女子一樣溫柔的男人。

原來，幾天前，武市在「丹虎」這樣說：

「長野主膳[42]的妾好像還活著啊。」

以藏拚了命探聽她的下落。以藏連長野主膳是什麼人都不知道。主膳現在已經死了。他曾作為井伊大老的心腹派駐京都，利用目明[43]文吉，對幕府批判派的諸大夫、學者、浪人一個一個偵查出來，向所司代檢舉，將之送進監獄，是這樣的人物。

一邊是協助主膳，一邊也暗中從事工作的女人是他的情婦村山加壽江，原本是井伊的妾，井

---

41 坊官（ぼうかん），日本平安時代以後，負責為寺院最高指導者（別當、三綱）等的庶務管理機關所屬的在俗僧侶。

42 長野主膳（1815~1862），井伊直弼的謀臣，直弼繼任家督後，任命主膳為藩校弘道館國學方，協助直弼改革藩政，深受直弼信任。在一橋派和南紀派爭奪將軍繼承人時，奉直弼之命前往京都，對公卿進行遊說，為南紀派擁立德川慶福（家茂）做出貢獻。外傳由於主膳通過島田左近等人收集朝廷內部動向情報，卻未能察覺戊午密敕的消息，因此挾怨誇大水戶藩士的「陰謀」，才使直弼下定決心進行安政大獄，主膳也因而招致各方怨恨。直弼在櫻田門外之變遭暗殺後，繼任藩主直憲疏遠主膳，家老岡本半介妒忌主膳在直弼時代的功績和厚待，與他對立。幕府進行文久改革，追究井伊家的責任，藩主直憲聽從岡本半介的建議，下令逮捕主膳，處以斬首之刑。享年四十八歲。

43 目明し（めあかし），江戶時代，負責犯罪偵查的最末端的警吏，類似現今的「線人」。

伊成為大老後，謀臣長野接收了她。據說這個女人還活著。

但是，以藏最終還是沒能掌握。不過，同藩的依岡權吉[44]、小畑孫三郎[45]、河野滿壽彌[46]、千屋寅之助[47]等人，在與以藏不同的地方打探，得知加壽江隱居在島原風化區附近商家的後屋裡，這一年，十一月十三日的晚上，發動突襲，揪著她後腦的頭髮硬拽了出去。

把她赤裸地綁在三條大橋河灘一丁遠左右北邊河堤上的竹林裡，豎立寫有罪狀的捨札，讓她活著示眾。

她的兒子就是帶刀。

以藏恐嚇加壽江租住的後屋的房東說：「加壽江有個兒子吧？如果不來找她，我就斬了你這傢伙。」在加壽江被懲罰三天後，他才出來找她。

「以藏，幹得好！」

依岡等人稱讚道。以藏和依岡等二十名同志一起要多田帶刀從島原口步行到蹴上。帶刀嚇得癱軟，走不動了。最後被硬拖著走了。

「這是屠殺了眾多勤王志士的元凶的親人，斬殺吧。」

有人說：「不不不，這個男人不是村山加壽江和長野主膳生下的孩子。是她和前夫金閣寺坊官多田源左衛門所生的孩子，和主膳不是血親關係，所以就像他的母親一樣，不要取他的性命，讓他活著示眾就好。」反對的人也這麼說。

不久，把他帶到了蹴上，雙手反綁叫他跪著。

以藏沒有明確的意見。保持沉默地把手放在刀柄上打算斬殺他。有想立下功名的心理，但不只是這樣，還有憎恨。帶刀從繡有家紋的禮服到內衣全都是絹絲。以藏憎恨那包在絹絲裡的肉體。

正要拔刀時……

就在這一瞬間，長州人某某的劍更快。聽到暗沉的敲擊聲。帶刀發出了像是咽喉被剖開的慘叫聲。

長州人的刀從帶刀的後腦骨砍下，刀刃一歪，頭上的肉飛了出去，徒然只是讓這個包著絹絲的男人叫鬧而已。

「這樣才會人頭落地。」

---

44 依岡權吉（1842~1923），名弘谷，權吉為通稱，維新後改名琢麿。土佐藩鄉士，師從武市半平太習劍，是第三十一個歃血為盟加入土佐勤王黨的人，也參加護衛容堂的五十人組，之後留在京都為國事奔走。當容堂開始鎮壓逮捕勤王黨時，武市入獄，權吉擔任牢房看守，負責監獄內外的聯絡。得知半平太入獄的中岡慎太郎祕密回到土佐時，將慎太郎的書信交給半平太的也是他，但被後藤象二郎發現而被免職。維新後到松山擔任英語教師，曾任高知縣學務課長。

45 小畑孫三郎（1837~1866），名正路，土佐藩鄉士，曾擔任監察使前往京都、大坂觀察政情，後加入土佐勤王黨，在鎮壓勤王黨之獄時，被判終身監禁。後因肺結核而暫時出獄，三天後即病逝，享年三十歲。

46 河野滿壽彌（1844~1895），也寫作萬壽彌，維新後改名敏謙。土佐藩鄉士，加入土佐勤王黨，與武市半平太、坂本龍馬維持好友的關係，暗殺吉田東洋的行動中負責善後工作，也參加護衛容堂的五十人組，在京都和江戶間為國事奔走。鎮壓勤王黨之獄時，受嚴刑拷打堅不招供，被判終身監禁，維新後才獲釋。之後由後藤象二郎帶往大坂，受江藤新平賞識，出仕侍詔局，後又任廣島縣大參事、司法大丞兼大檢事。其後歷任內務、文部、農商務、司法大臣等職位，敘封子爵。

47 千屋寅之助（1842~1893），土佐藩庄屋（村長）之子，後改名菅野覺兵衛。加入土佐勤王黨，也參加護衛容堂的五十人組，當時坂本龍馬等人都成為勝海舟的弟子。在勝的建議下，覺兵衛也參加了幕府在神戶設置的神戶海軍操練所。之後從龜山社中到海援隊，一路追隨龍馬。之後參加戊辰戰爭在奧羽地區四處轉戰，戰後，在薩摩家老小松帶刀的安排下，與原海援隊隊士白峰駿馬一起赴美留學。回國後在勝海舟的介紹下進入海軍省，擔任海軍少佐，明治十七年辭官。

說著以藏踏出一步，刀光一閃。

帶刀的喧鬧停止了。原本尖叫著的頭顱脫離了軀幹，飛向天空，掉進旁邊的溝川裡。溝川的水自然地洗淨了這顆頭顱上的血。

——絕技。

說著，所有的人都驚訝得出不了聲。以藏用帶刀的絹絲擦拭沾滿血污的刀。鮮血從頸部的切口噴湧而出。

以藏把燈籠拿近，用手觸摸了頸骨的切口。那骨頭的剖面就像削掉又研磨過一樣漂亮。

以藏對自己的手藝很滿意，在溝川洗手。在同志的燈籠照亮下，以藏的表情像外科醫生一樣冷靜。

此後，以藏的身影幾乎出現在所有著名的天誅現場。

武市經常暗示教唆同志「天誅」，要他們斬殺佐幕派，卻唯獨不喜歡以藏殺人。

「你為什麼要殺人？」

武市曾以像是故意刁難的老師的表情這樣質問以藏。對武市來說，他所進行的教唆殺人全部出自政治理論和正義。而以藏的殺戮，不就是屠殺者嗎？武市因為手下有以藏這樣無智的劊子手，所以覺得自己志士神聖的殺人行為像是被玷污了一樣。

但是，對以藏來說，殺人也是神聖的。他無法從口中表達自己的正義和理論。所以打算用殺人來表現其理論。如果因此被責難，作為志士的以藏不就沒有立足之地了嗎？

「這是天誅。」

以藏像是緊緊抓住一樣地這麼說。但是飼主用冷淡的眼神說：

「這是我在講的話語。」

以藏沉默了。連話語都有歧視嗎？足輕連「天誅」這個話語都不能使用嗎？以藏改變態度看著師父。眼神中充滿了憎惡。

「你那是什麼眼神？」

武市也感到意外。這隻狗為什麼會有這樣的眼神呢？在武市看來，他是想要教育這隻狗。要做學問，要掌握正統的尊王攘夷理論，在此基礎上才能說天誅之類的話。但是，作為優秀的教育家，武市大概不會用這種惡劣的表現來教導其他同志和弟子。唯獨對以藏另當別論。不必顧及對方感受的足輕、僕人、從小養大的弟子、遠祖的家臣血統，以及最重要的是愚鈍者，不自覺地就這樣對待他了。

「老師……」

以藏低下頭。眼淚滴落在膝蓋上。他正覺得後悔吧，武市是這樣看他的。但是，以藏的眼淚是從另一個淚腺流出來的。這個淚腺是與憎惡相連接的。這是以藏第一次對被稱為「海南墨龍」的京都第一「豪傑」產生憎惡。

（老師食言了。不是說在天子身邊努力的志士都是平等的嗎？我也不可能永遠是足輕以藏。問問諸藩之士吧。岡田以藏已經是響遍京都的志士了。）

想要這樣大喊出來。

出現了不幸的齟齬。武市並不是因為把以藏當作足輕而輕視他。實際上薩摩藩士田中新兵衛在該藩中是和足輕一樣身分低下的人，但武市卻與他結下兄弟的義盟。但是，以藏卻始終拘泥於自己的足輕身分。

有一件天誅事件，雖然武市沒有真正下手，但很明確地指揮了這件事。

是對京都東町奉行所森孫六、大河原十藏、京都西町奉行所渡邊金三郎、上田助之丞這四個與力實施天誅的事件。

上述的四位與力，是早年安政大獄時活躍於逮捕志士的鐵腕幕吏，特別是渡邊金三郎等人，審訊極為殘酷，當時，連町人都在背後說：

「渡邊大人是鬼還是蛇？」

武市為了替在大獄中死去的前輩報仇雪恨，打算對上述的四個與力施以天誅。

幕府似乎也暗中察覺到這一點。以「御用召」[48]將他們調回江戶。

這一動向也被偵知了，是武市「丹虎」的常客之一，石州津和野藩名叫福羽文子[49]的志士。後來改名為「美靜」，歷任東京學士院的會員、子爵。

接到福羽的急報，武市立即向薩摩藩邸、長州藩邸的同志發出傳閱文件。

「畢竟對方是大人物，我覺得不應該只歸功於我們土州人，所以想三藩聯合動手，如何？」

很快，薩摩藩的周旋方，名為高崎佐太郎之膚色白晰的青年飛奔到「丹虎」來。

「我藩出兩個人。」

高崎這麼說。這個年輕人和歌寫得很好。維新後改名為正風，擔任宮中御歌掛之長，男爵。是紀元節[50]的節日歌「高聳入雲的高千穗……」的歌詞創作人。

斬奸團成立了。薩摩只有兩人，長州以久坂玄瑞為首有十人，土佐更多，以清岡治之助[51]為首有十二人。從總共二十四人的人數來說，是空前的大刺客團。此外，後來阿波蜂須賀藩的志士中島永吉（後來的錫胤。男爵）加入，共有二十五人。

但是，以藏卻被排除在外。

以藏從同志那裡聽說了這個暗殺計畫，並質問武市為什麼會遺漏掉自己的名字，但武市只回答：「沒有那樣的計畫。」就不再談了。

但是武市已經讓人針對東海道的驛站一一調查，正確掌握了與力東下的日程。與力們在九月

48 御用召し（ごようめし），為朝廷和官廳發出的傳喚命令。大多是為了任命官職或敘位等的調用。

49 福羽文子（1831~1907），石見津和野藩士，通稱文三郎，後改名美靜。十九歲時藩校養老館入學，二十三歲受藩主之命上京，進入國學家及神道家大國隆正門下，受國學思想影響而成為尊王攘夷論者。四年後歸藩擔任養老館教授。文久三年被召入御所，成為孝明天皇的近侍。八月十八日政變之際，與七卿一起西下歸藩，受到藩主的賞識，為藩政改革竭盡全力。維新後歷任新政府神祇官要職，擔任明治天皇的侍講，之後也擔任過宮內省歌道文學御用掛、文部省御用掛、元老院議官、貴族院議員，敘封子爵。

50 紀元節（きげんせつ），是日本祝祭日中四大節（紀元節、四方節、天長節、明治節）其中之一，紀元節即日本建國之日，其來源是根據日本書紀中神武天皇於西元前六六〇年即位之日，明治五年（一八七二）訂定為「紀元節」，第二次世界大戰結束後被廢除，一九六六年重新恢復，改為「建國紀念日」。

51 清岡治之助（1826~1864），土佐藩鄉士，名正道。年輕時文武修習，遊學江戶，入安積艮齋門下，又熱心學習平田國學，通曉古史古傳。之後上京與土佐勤王黨同志們一起參與尊攘運動，屢次參與天誅行動。在三條實美擔任敕使出使江戶時，曾隨副使姉小路公知敕使前往。鎮壓勤王黨之獄時，武市半平太等勤王黨幹部下獄，治之助與同族清岡道之助等安藝郡同志策劃解救武市等人，但在藩政府的追查下，最終被捕，與二十三名同志一起被斬於奈半利河原。

二十三日曉八刻[52]（凌晨兩點）從京都出發，當天應該在近江的石部驛站[53]停留。連住在哪間旅店都調查了。渡邊是住橘屋，森是佐伯屋，大河原是萬屋，上田是角屋。

武市把各藩的刺客代表叫到三本木的料亭吉田屋，說：

「根據我祕密詢問石部驛站的官員，同一時間，來自江戶的久世大和守、松平式部少輔的隊伍也來了，據說驛站的情況擁擠混亂。當然戒備也很森嚴吧。大家此行要抱著誓死的決心。」

二十三日，得知渡邊與力等人按計畫從京都出發後，武市命令刺客團也出發。以藏後來從同藩的同志那裡聽說了這件事，立刻拿起刀飛奔過去。已經太陽高掛，刺客團出發已經過了兩個多小時。石部距離京都有九里十三丁遠。用步行的要走到深夜才會抵達吧。以藏衝出河原町的藩邸，跑過三條大橋，從粟田口開始漸漸變成上坡，到逢坂山紅葉則是下坡的街道，像個瘋子似地跑上跑下，在大津驛站的茶店買了餅，邊吃邊跑。

腰間帶的是他引以為傲的肥前忠吉[54]鍛造的二尺六寸的近似直刀的腰刀，刀鞘為朱紅色，卷柄為藏青色，刀鍔為薄鐵，這些刀飾都是土佐製的，刀鐺上下擺動著。雖然以藏供稱這把刀是從龍馬那裡得到的，但是龍馬自己好不容易從姊姊家拿出陸奥守吉行[55]以脫藩[56]，不可能有忠吉那樣多餘的東西。以藏或許不就是從殺人中搶來，重新整理裝飾的嗎？

到了草津驛站，太陽已經西斜了。

「到石部還有多遠？」

「不到三里十丁。」

驛站的工人回答道。途中，在梅木附近看到對面有個像是江戶大旗本的人帶著十來個家臣過來。

「我斬！我斬！我斬！」

一邊喊著一邊像疾風一樣過去了。對方嚇得向道路左右讓開。是叫某某守的大身旗本[57]。如果還是從前的世道，是不可能讓外樣藩的足輕之流可以輕易接近的身分。說起來旗本也不爭氣，但是他一定是被以藏的臉色表情嚇到了。總之以藏，天下除了武市以外，什麼都不怕。

（如果斬殺了，也只是屍體而已啊）

達到了如此的社會觀。如果以藏不是瘋子，那就可以說他是這個時代催生出來的畸形兒。

---

52 江戶時代對時刻的說法，十二時辰，由子時的「真夜九」起，依序有夜、曉、明、朝、晝、真晝、晝、夕、暮、宵、夜，而其後數字為敲鐘數，子時和午時為九下，然後遞減到四下。

53 石部宿（いしべしゅく），東海道五十三個驛站中的第五十一個，位於今滋賀縣湖南市石部。

54 江戶時期肥前國盛產名刀，其中最負盛名，也是肥前刀的開創者即忠吉，初代忠吉本名為橋本新左衛門。

55 陸奧守吉行（1650~1710），陸奧國中村，以及攝津國住吉出身的刀匠。本名森下平助，移居到土佐後，也稱為土佐吉行。曾擔任土佐藩的鍛冶奉行，其作品在土佐的刀中也得到特別優秀的評價。

56 根據司馬遼太郎的長篇小說《龍馬行》，龍馬為了準備脫藩而尋找一把好刀，但其大哥權平為了避免他脫藩而將家裡的刀櫃鎖上，二姊阿榮支持龍馬，把前夫留給她的陸奧守吉行送給龍馬，事後受到前夫登門指責，二姊阿榮因此自盡。

57 大身旗本（たいしんはたもと），旗本中領地石高特別高的，一般來說，知行超過三千石的可稱為「大身旗本」。

另一方面，三藩聯合的刺客團選擇了石部驛站這邊一間農家當作襲擊準備所，在這裡等待日落。因為必須同時襲擊四家旅舍，所以分成四組，每個人都戴上蒙面的頭巾，在蒙面上再繫上用於辨識的白色頭帶。穿上這樣的裝束，已經分不清楚誰是誰。

太陽一下山，就從農家出發。

闖入了驛站。

那時，以藏還在奔跑。道路進入甲賀郡。說是山路，路寬也很窄。上氣不接下氣，差點倒下。以藏看見了石部驛站的燈火。

跑啊跑啊。

驛站入口附近有間橘屋。以藏狂喜。傳來劍戟的聲音。他衝了進去，從土間跳到樓梯上，一步兩階地奔上二樓的走廊上。

隔扇倒了，紙拉門也碎了，幾個同志和與力渡邊金三郎和他的三個家臣以白刃交手著。

這時，以藏衝了進來。

但是，他沒有穿同志的制服。長州人某某以為以藏是敵人，突然砍了過來。以藏用刀柄接住了。

「你搞錯了，我是土佐的岡田以藏啊。」

氣勢凜然地報了名字。因為其他藩士也知道這個名字，所以一瞬間就明白了，但是，哪裡有來暗殺卻大聲自報藩和姓名的笨蛋呢？大家都心想：

（糟糕了）

不正是因為如此，他們才會蒙面，無聲地進行戰鬥嗎？以藏這麼大聲，連旅館的老闆、伙計、女傭大家都聽得一清二楚。

正因為渡邊是個被稱為鬼畜的男人，意外地難以對付，同伴往往變得好像被壓制了。以藏說：

「讓開！」

他把同伴推開，把年少時自學的室內鬥技發揮得淋漓盡致。

以藏像是要猛撞渡邊似的直衝前進。突然向前翻滾，在難看的翻滾姿勢中拔劍，將渡邊的身體砍成兩半。

渡邊當場死亡。

這時，渡邊的同事森、大河原在各自的旅館中被斬殺，變成了一顆首級。只有與力上田助之丞不在自己的旅館裡，而是去了佐伯屋，在和同事森聊天的時候被砍了一刀。但是，刺客團以為上田是森的家臣，所以沒有刺其咽喉就撤退了。上田在幾個小時後斃命。

刺客團立即離開驛站，飛奔於夜晚的街道，連夜將渡邊、森、大河原梟首於京都粟田口刑場。以藏回到藩邸。沒過多久，就過年了，來到文久三年春天。以藏去了木屋町三條的「丹虎」，久違地得到與武市會面的許可。最近，不知為什麼，武市疏遠了以藏，不讓他來見面。

「以藏，聽說你參與了殺入石部的行動。」

武市似乎不高興地說。

「聽說在石部驛站引起轟動啊。說是土州藩士岡田以藏等人幹的。雖說是天誅，但主君的名字是即使咬舌自盡也不能說出來的。你大聲地叫出藩名。到底是怎麼想的呢？這樣，還算是柏章旗（土佐藩的藩章）下的武士嗎？不，這麼不小心，你以為還能為國家做事嗎？還能說什麼報效勤王之志嗎？」

「……」

以藏愣住了。

那是意料之外的攻擊。那時候，因為有個同志想要砍向自己，沒辦法下就只能大聲報上自己的姓名不是嗎？以藏辯解道。原本就口吃。一邊滿頭大汗一邊訴說著事情經過。

「從一開始就錯在老師沒有把事情坦白告訴以藏。為什麼只有以藏被排擠在外呢？這實在太可恨了。」

「這是對師父講的話嗎？」

武市這麼說。不知不覺間只對以藏用這種話中帶刺的斥責口氣，武市自己也沒有辦法。

「有很明確的理由，勤王大事不能讓你知道。」

「啊，為什麼？」

「你摸著自己的心想想看。」

以藏完全不明白。

後來問了同藩的同志弘瀨健太[58]，弘瀨明快地告訴他：

「老師知道你在寺町那件事。」

「那有什麼不好？」

以藏咬牙切齒。露出愚蠢的表情。

稍早之前，他曾經偶然遇到從土佐藩脫藩的坂本龍馬，這就是事情的源起。

龍馬在土佐系志士中，與武市一起給人耀眼的印象。他和武市原本是老朋友，雖然流派不同，但在江戶的劍術修行時代是無話不談的好友，一起回到領國後，成立了土佐勤王黨。

但是，因為後來龍馬脫藩，他和武市的見解發生了分歧。

龍馬在攝津神戶村建立海軍塾。應該說是浪人學校，聚集了浪人、各藩的下級藩士三百人，讓他們練習軍艦、商船。

他提倡的並不是像武市那種固陋的攘夷論。而是透過加強貿易、海運和海軍力量，歸根到底就是透過開國來增強國力，抵禦外國的侵略和侮辱。

不過，在討幕、在京都建立統一國家，這一點上是一致的。但是龍馬卻嘲笑聚集在京都的志士們，說：

「光靠空談和天誅，能成就天下大事嗎？」

雖然他沒有向外界透露，但他大概打算他日組建浪人商船隊，掌握瀨戶內海的海上貿易，一旦到了討幕的時機，就裝載火砲，建立強大的海上勢力來對付幕府。

---

58 弘瀨健太（1836~1863），土佐藩鄉士，本名年定。因策劃請青蓮院宮（後來的中川宮）對前土佐藩主容堂下達「藩政改革令旨」，與平井收二郎、間崎哲馬一起，被容堂下令切腹，享年二十八歲。以此為開端，容堂開始對土佐勤王黨進行大規模的逮捕與鎮壓。

但是，龍馬身無分文。無意間知道幕府的軍艦奉行海舟勝麟太郎[59]，想要努力利用他的力量操縱幕閣，租借練習船給他。設立學塾的資金，則向越前福井藩松平春岳遊說：「將來要建立像美國股份公司一樣的公司，從各大名那裡收集股份。如果貴藩成為設立發起藩的話，因為透過貿易的商利將使越前福井藩的財政大大受惠，所以想先拜借五千兩。」如此等等，讓他現在拿錢出來了。

和武市的行事作風截然不同。

對於往返於京坂的勝海舟，龍馬得知以他是幕臣開國論者中的急先鋒為由、京都的攘夷浪士要加以天誅一事，於是委託以藏擔任勝的保鑣。當然會給津貼。

以藏高興地接受了。以藏可以直截了當地斷言，不是為了錢財。是為了正義。

之所以這麼說，是因為在土佐藩的同志中，坂本不就是與武市相提並論而受到尊崇嗎？依道理，是不會錯的。

以藏總是把「思考力」寄託在某個別人身上。寄託給武市，寄託給坂本。並不覺得有什麼矛盾。因為在以藏看來，兩者都是：

了不起的人

但是，以藏和坂本同年，沒有長幼上下之分。正因為如此，以藏對坂本反而覺得敬愛，對武市則感到畏懼。

不過，坂本說要我做幕臣勝的保鑣。幕臣，在這一點上，以藏總覺得：

（不能告訴老師啊。）

只有這樣的感覺。所以對這件事就這樣默不作聲。

然而，事件發生了。勝來京都的時候，以藏按照和坂本的約定，把勝接進那家旅館，晚上，陪同他到藝伎料亭。地點有人說是寺町，也有人說是堀川邊。

黑暗中突然有幾個壯士（海舟的談話說是三個人）拔刀跳了出來。

「奸賊，受死吧！」

向勝砍了過來，以藏從勝身旁緩緩地（在勝看來是這麼說的）踏出腳步，拔出長刀，

「知道土佐的岡田以藏嗎？」

說著，把最前面的浪士劈成兩半。

接著岡田又大喝了一聲。其他男人被他的氣勢嚇到了，趁著黑暗逃走了。

勝似乎很不高興。

是對以藏不高興。比起自己的危機得到拯救這件事，對以藏的慘烈殺戮，勝更有不一樣的感覺。

默默地走了一會兒。

「岡田君，你啊……」

勝這麼說：

59 即勝海舟。

「你好像喜歡殺人這件事，但是你最好還是改掉比較好。」

以藏嚇了一跳。自己侍奉的這些飼主們，為什麼每一個都淨是說些令人意外的話呢？以藏很不滿。

「勝老師，不過，如果那時敝人不出手斬敵的話，老師你現在也就不會在這裡走路了。」

——這麼一想，我也無話可說了。

幾年後，勝這樣說道。

在武市看來，總之以藏既沒有主義也沒有節操。昨天是為了攘夷而殺人，今天是為了開國而殺人。只能認為是瘋子。

（我教這個人劍術，是錯誤的）

可是，事到如今，武市已經不想再對以藏缺乏知識的頭腦說什麼思想、節操了。

只要就一點來責備他。這樣一來，以藏的頭腦也才能理解吧，就是這樣。

「你好像有女人了啊。」

武市不喜歡酒色。據說是個除了夫人以外不知別的女人的男人，也不太喜歡喝酒，尤其討厭有女陪侍的茶屋酒。出入三本木是為了「他藩應接方」這一不得已的公務，他認為這不是身為武士的人應該涉足的地方。

「聽說你經常流連在茶屋裡。」

「先生不也是這樣嗎？」

「對我來說，那是可以被原諒的。」

「那麼，對敝人來說呢？」

是說對足輕就不可原諒嗎？以藏接收到的意思是這樣，對武市產生了強烈的憎惡。想把他變成屍體，甚至是這麼想的。

武市察覺到了殺氣。

「以藏，你現在產生了奇怪的想法。」

他鎮定地這麼說，臉上卻流露出進退兩難的憎惡。

「那個女人是茶屋的妓女。以她的身分，不是要持續不斷的金錢嗎？你錢的來源是什麼？能告訴我嗎？」

（別人給的）

以藏心裡這麼想。在武市的命令下，去年閏八月的一個雨夜，在從先斗町筋穿過木屋町筋的三十九號露路，斬殺了越後浪人本間精一郎[60]。同伴有七人，薩摩的田中新兵衛也在。場所狹小，很難揮刀，同志每次刀子揮下來，要麼砍到民宅的細格子門窗，要麼砍進右手邊的木板牆造成刀拔不出來，動作非常困難。這時以藏擺出左手持刀的架勢走上前去，舉刀接住本間的太刀，右手迅速地拔出小太刀，猛力刺進了本間的腹部。

---

60 本間精一郎（1834~1862），越後出身的勤皇志士，早年在江戶和京都學習，種下了尊王攘夷的思想。與庄內藩的清河八郎等人交往，比清河早一步上京，勸說薩摩和土佐藩倒幕。但是本間鋒芒畢露，聰明好勝的他善於爭論，不僅辯才無礙又自命不凡，因此人緣極差，再加上傳出他是幕府密探的傳聞，因此遭到天誅暗殺。維新後大正年間為其追贈官位，算是對他的平反。

頭顱在木屋町四條北酒館的店門口被砍下來。正因為有以藏在，才能順利完成。

武市在他的「在京日記」裡用兩行字承認殺害本間的事。

田中新兵衛來，談到四時，歸去。

同夜，以、豪、健、熊、〇、收、孫、衛、有事。

有事，就是指將本間天誅這件事。

不過，說句題外話，本間被京都的志士們，認為是假扮勤王的佐幕派間諜，但是，武市在誅殺他之後，才知道本間並沒有如此，非常後悔。

在殺害本間之後，武市以其「他藩應接方」的權限，將藩的公款發放給這些殺戮者們。以藏用這筆錢認識了茶屋的酒和女人。可以說，是武市教他的。可以說武市教了以藏兩種強烈的東西，劍和酒色。自然，正因為是這種性格的男人，才會墜入深淵。

為了設法籌措這些錢，他也經常出入薩摩和長州的藩邸，只要有人說「殺了某人」，他就去殺了，以此得到慰勞金。以藏的天誅，成了他的事業。

因為酒色和殺人，他的面相開始一天比一天狂暴。

武市就這件事指責他：

「究竟是為了什麼勤王？」

接著又重複說：

「是為了酒色殺人嗎？」

但是以藏不懂，這和為了主義而殺人的武市有多少區別。只是，

「不是為了酒色。」

他斷言道。這也可以相信。以藏是從薩摩和長州的領導人那裡承包了天誅這件事。他們的理論和正義不可能錯誤不是嗎？

「以藏，教育你的是我，你只要跟著我就可以了。」

武市只能這麼說。終歸還是把以藏看成自己的狗。

但是，不知不覺間，狗的飼主變成很多人。倒不如說，在武市這個飼主不知道的時候，牠已經淪落成野狗。

但是，以藏並不認為自己是野狗。透過從與武市這個單一飼主切割開來，和其他藩士廣泛交往，想要成為志士。

（不管到什麼時候，我都不再是這個老師的僕人了。）

以藏沉默不語。就這樣，連行個禮都沒有就從武市面前離去。

六

急變來了。

就在武市身上。隱居在江戶的土佐藩事實上的國主容堂，回到了領國，掌握了藩政的指揮權，

開始採取強烈的反動政策。

容堂，被視為是對武市發起的參政吉田東洋暗殺事件和之後的藩政改革，持針鋒相對的反對立場的人物。他恢復了吉田參政當時藩的人事安排，同時，還下定決心查明暗殺吉田東洋的主謀，並將之定罪。

容堂很厭惡京都的「他藩應接方」，擅自氣焰高張地偽稱藩論，特別是和薩長激進派往來甚密，企圖建立想得天下的未知秩序，他不僅廢除了這個職務，還禁止家臣與他藩藩士交往，並命令武市等人一齊回國。

他沒有馬上對武市下手，而是先從武市的同夥下手，首先，命令兩個人切腹。是平井收二郎[61]和間崎哲馬[62]兩人。

之後，容堂及其官僚開始對勤王黨進行了長達二十多個月極其殘酷的鎮壓。

以藏等人也接到召喚回國的命令，但他和其他許多同志都一起拒絕了，自然就算脫藩，成為浪人之身。

之後，會津守護職的屯駐，新選組誕生，再加上所謂的禁門之變，長州藩從京都政界退了下來，京都再次迎來所謂的佐幕時代。市區裡新選組以巡查為名橫行霸道，只要是激進浪士就決不寬貸地斬殺。

比書本翻頁還容易，僅僅一年時間，佐幕派的全盛時代便到來。

以藏被留在京都。

武市已經不再是他的飼主了，不久就聽到消息說他被關進了監獄。

這個給以藏最多飼料去進行「天誅」的長州藩飼主，現在已經不在京都了。薩摩藩也是，田中新兵衛因某案的嫌疑而切腹，現在與佐幕派的會津藩結成同盟，已不再進行「天誅」。所有下單訂貨的人都不見了。從文久二年到三年，以藏的事業也只持續了一年多短暫的時間，就結束了。

現在的情況相反，他的處境是害怕被新選組、見迴組[63]所斬殺。

即便如此，劍術不是一種技術嗎？技術不會不見，這種說法是一般俗人的看法。不可思議的是，以藏竟然已經變得無法拔出劍來。迄今為止，正因為有

---

61 平井收二郎（1835~1863），土佐藩上士出身，土佐勤王黨中少數幾個上士出身者。文久二年，隨藩主山內豐範上京，與小南五郎右衛門和武市半平太一起以他藩應接役的身分，與公卿、薩摩藩、長州藩的尊王攘夷運動家密切交流。另外，努力在安政大獄中受到處罰的水戶藩士鵜飼吉左衛門的兩個兒子的赦免而奔走，使他的聲望受人肯定。三條實美派敕使東下時，與武市一起留在京都，為謀求薩長兩藩調停的尊王攘夷運動而進行周旋。之後，因憂心藩不接受土佐勤王黨的方向，向青蓮院宮請求令旨，逼迫藩政改革。前藩主山內容堂質問青蓮院宮得知實情後，計畫失敗，與間崎哲馬、弘瀨健太一起被命令切腹。享年二十九歲。

62 間崎哲馬（1834~1863），名則弘，哲馬為通稱。土佐藩上士出身，也是土佐勤王黨中少數幾個上士出身者。在江戶入安積艮齋門下學習，與清河八郎交情甚篤，回到高知後，在土佐藩設立的田野學館等地任教，後因債務糾紛被革職。其後在高知城下的江之口村開設私塾，中岡慎太郎、吉村虎太郎等為其門生。之後參加土佐勤王黨，做為核心人物非常活躍，為武市半平太最為重用的人。因為同為上士，間崎與上士勤王派的重要人物乾退助亦交情匪淺。後在青蓮宮令旨事件中，與平井收二郎、弘瀨健太被下令切腹，是土佐勤王黨之獄的首位犧牲者。

63 見迴組（みまわりぐみ），全名「京都見迴組」，和新選組一樣，是幕末時期維持京都治安的組織，皆專門用於取締反幕府勢力。但新選組是由浪人所組成，見迴組則由幕臣旗本所組成。由於組成者身分不同，所以待遇不同，負責的區域也不同。見迴組主要管轄御所、二條城周邊的官廳街、新選組則管轄祇園、三條等町人町、歡樂街。

這樣的「正義」，以藏才會勇猛而隨意地砍人。當這種「正義」從以藏的腳下消失後，以藏就變成了只是單純的以藏。

以藏在馬道一帶商家的後屋，非常落魄，連裙褲都拿去賣了。也賣掉了肥前鍛造的忠吉那把刀，換成二兩的便宜刀。在後屋，原本和在三本木的女侍相擁一起生活，連這個女人也跑了。

「你啊，跟以前不一樣了，是怎麼回事呢？」

這女人在離開的前夜，冷冷地這麼說。在「正義」時期，被這種光彩所籠罩的以藏，自有其相應的魅力吧。她說「不一樣了」的意思好像是和那時相比，現在的以藏簡直落魄得判若兩人。以藏等待這個女人好幾天。當他終於知道她跑了的時候，便出去尋找。身上沒有佩刀，在京都的市街徘徊。

走到堀川筋時，對面來了兩個像是浪人的男人。肩膀被碰了一下。吵起架來，對方拔劍。以藏又恢復往日那種野獸般輕快敏捷的身手，潛身鑽過空檔，奪過對方的白刃，斬了下去。

但是，刀太鈍了。從對方的肩胛骨反彈起來，沒能斬斷，不顧一切地將劍反手砍擊對方的上半身，但只是鮮血飛濺，對方並沒有倒下，而是啪噠啪噠地逃走了。

以藏正要追上去的時候，一根棒子把他的腳絆倒了。

是捕吏。以藏不由得蹲在地上，抱著頭。捕吏們用棍棒在他身上一陣亂打，直到以藏痛到無法動彈，才用繩子綁住。如果是往日的以藏，應該不像是會被這種捕吏打倒的男人吧。

捕吏的指揮由同心負責。看到這種官員的形象時，以藏又回到往年的以藏。膽怯，害怕。和在城下的播磨屋橋上被下橫目井上佐一郎虛喝一聲時一樣，以藏自己蹲了下來。

等回過神來的時候，已經在所司代屋敷的牢房裡了。從他和賭徒、小賊同囚一室的情況來看，就連所司代也沒有意識到，這個流浪漢，是直到去年為止，以「斬人以藏」的外號令京都顫慄的著名「志士」。

審問的時候，雖然說了「我是土佐藩士岡田以藏」，官員們也不相信。是個騙子嗎？官員是這樣想的，但是，為了慎重起見，去河原町的土佐藩邸查詢了一下，派來了幾個小監察。

已經是容堂重新組織的藩內閣的警吏們了。

（以藏嗎？）

聽到的時候，他們非常雀躍。要說為什麼，是因為武市及其下下獄的人，每個人都是口風很緊的，不屈服於當局的審問、拷問，不輕易招供。即使不能掌握殺害東洋的證據，至少在大坂殺害下橫目井上佐一郎、或是只要招供出京都天誅事件中的一件的話，就可以定罪。

（終於得到像樣的活生生的證人了）

於是藩吏出面到所司代，讓他們從格子門外面看看以藏。果然，是足輕以藏。

但是，他們搖了搖頭。

「沒見過這張臉。本藩裡沒有叫岡田以藏的人，大概是謊報藩名的無賴流浪漢吧。」

這個聲音被以藏聽到了。

以藏抓著格子門大叫。我是以藏，是岡田以藏，難道你們忘記曾見過我了嗎？——他這麼說道，但是，藩吏就這麼離去。

（瞧……瞧不起足輕到這種程度嗎？）

連憤怒的力氣都沒有，在格子門下崩潰了。淚水打濕了這個男人那張窮酸的臉。

當然，對待的方式也改變了。

所司代將其視為無家可歸的遊民。因為是沒有戶口登記的人，所以受到比百姓町人還不如的待遇。

他的名字也叫「無宿鐵藏」[64]，施以黥刑後被流放到京都外。

流放，是從所司代不淨門[65]被趕出來的，在旁邊二條通紙屋川的河堤上。

「滾吧！」

被放走了。

以藏像個虛脫的人，連半丁的路都走不到。在河堤上的柳樹下，最後一個需要以藏的集團正在等待著他。是土佐藩的警吏。

「岡田以藏，奉藩命將你召回本國。」

身體極度虛弱的以藏被綁上繩子，塞進準備好的囚籠。由於藩否認自己的在籍，而陷入了「無宿黥面鐵藏」見不得人的形象，這次，他將以足輕岡田以藏的身分被押送回領國入監。

（我是人嗎？）

以藏在囚籠裡喊叫著。只在想要利用的時候利用，不把自己當人對待，無論是藩，還是老師武市都一樣。

「我是無宿鐵藏！」

以藏像個瘋子一樣大笑、憤怒，最後哀訴著：

「我不是土佐人，證據不就是土佐藩本身否認了嗎？」

在領國被關押在城下山田町的監獄裡，只有審問的時候在南會所的庭院白砂上接受審問。武市的牢房就在南會所。因為是上士身分，所以與其他入獄的鄉士相比，牢房的品質也比較好，也不會受到拷問。審問也在榻榻米上進行。

鄉士的同志們，被吊在天花板上，被毫不留情地鞭打。更進一步以土佐藩獨特的拷問工具，名為「榨木」的這種類似榨油機器的工具拷問。其殘酷程度絕非言語所能形容，但是誰都沒有招供。

招供的話，就會供出同志的名字。雖然從武市的立場來說，已經做好了自己和下獄者一起赴死的覺悟，但他還是想在無數的同志中多讓一個人活下來也好。他認為，最終，自己的理想在他們手中生根發芽的時機一定會到來。

在榨木的拷問下，就連曾經在新町田淵的武市道場擔任師範代的劍客檜垣清治也昏厥了過去。無意識的呻吟聲，每天晚上都響遍牢房，連武市的牢房裡都能聽得到。武市的親弟弟田內惠吉[66]

---

64 無宿（むしゅく），即無家可歸的遊民、戶口沒有登記的人。

65 挑糞者及死者專用的門。

66 田內惠吉（1836~1864），也寫作衛吉，本名茂稔，通稱喜多治。武市半平太親弟弟，後來成為同藩田內菜園養子。文久二年江戶遊學的歸途，在大坂與岡田以藏一起殺害調查吉田東洋暗殺事件的藩吏井上佐一郎。翌年鎮壓勤王黨之獄被捕，在嚴刑拷打後於獄中服毒自殺，享年三十歲。

也在其中。惠吉，自幼年的時候就身體虛弱，無論如何也承受不了這種拷問。

因為獄吏中有衷心佩服武市的人，所以他和牢內的同志之間得以祕密通信。武市對惠吉說：

「死並非恥辱，是應該服用天祥丸的時候了嗎？」

如此暗中催促他自殺。天祥丸是武市事先拜託名為楠瀨春同的同志蘭醫調製的毒藥。據說裡面摻雜了大量鴉片。為了以防萬一，同志們分別藏在身上帶進牢房。

田內惠吉服用了它，辭世而死。

就在這時候，以藏被關進來監獄。武市開始感受到同志很大的衝擊。

（會因以藏而全盤瓦解嗎？）

大家都深知以藏這個男人的性格。僅僅因為殺人的快感而加入同志行列的男人，能不能禁受得住這種拷問呢？

（而且，足輕……）

這種蔑視是根深柢固的。正因為如此，才害怕以藏。以藏第一次以巨大的形象，阻擋在這些同志的面前。

監察、獄吏也將以藏視為最珍惜的生物。

吊在天花板，

榨木，

等等各式拷問做得很周到。他們心想，如果是以藏的話，應該很簡單就大聲招供了吧。

果然，以藏很大聲。但不是自白，而是淒厲的哭聲。無憑無據地，以藏哭叫著：

「好痛！好痛！」

「那就從實招來吧。」官員逼問道，以藏卻說：

「我是無宿鐵藏！」

只是這麼說，其他什麼都不說。只有對藩的憎恨，支撐著以藏這個男人。武市其下的同志們也稍微重新評價了以藏，安心下來。

但是，因為每天晚上哭天喊地的樣子實在很沒出息，武市最終下定決心要使用天祥丸。他與獄外的同志通信，要他們為以藏送去便當。當然，裡面摻進大量天祥丸磨成的粉末。

以藏正覺得飢餓。

不顧一切地吃了起來。但是，是這個男人的肉體很不尋常嗎？一直到第二天都平安無事。

（啊，還活著嗎？）

武市嘆了口氣。事到如今，所有同志都已經被以藏所支配了。就連以藏的胃、腸、心臟，也支配著全體同志。

武市再次將天祥丸保持原狀送進去。以藏，不，是無宿鐵藏，看了武市的信。然後，他看到毒藥。

踩碎了。

他把毒藥踐踏得粉碎。以藏朝武市牢房的方向看去。其他地方一片漆黑，唯有那裡作為對上士的禮遇，點亮著一穗燈火。

以藏是怎麼想的呢？不知道。

只是，武市明確知道的事是，第二天，正當以藏要被放到榨木上的時候，就像事先計畫好的一樣，大喊：

「我招了。」

以藏全部招供了。

對這個男人來說，或許是想在最後對那位師父這樣大喊：

「你想要把以藏這傢伙依你的方便來利用、支配到最後嗎？」

以藏終於成為最後支配勤王黨首領和其下幹部的人。

他們一個接著一個被定罪，首領武市半平太，切腹。

慶應元年閏五月十一日，武市在南會所的大庭院切腹，他以橫切三刀的方式切腹[67]，連負責檢視的官員都瞠目結舌。

但是，造成這個原因的以藏卻全然不知。因為只有這個無宿鐵藏被處以梟首的極刑，師父切腹的時候，只剩首級的以藏，在雁切河原的獄門台上被風吹著。

---

67 即所謂的「三文字切」，日本一般的切腹，是在腹部切一刀的「一文字切」，隨即由旁人斬首（稱之為「介錯」）以減輕切腹人的痛苦，武市半平太堅持依「古法」，在腹部橫切三刀，稱為「三文字切」，目的是展現真正武士的氣魄，結果鮮血四濺，倒於血泊中，介錯人無法將其斬首，只好分別自左右刺入心臟。武市的「三文字切」，受到日本後世的歌頌。

LINK 31

王城的護衛者──王城の護衛者

作　　者　司馬遼太郎
譯　　者　沈發惠
總 編 輯　初安民
責任編輯　宋敏菁
美術編輯　陳淑美
校　　對　潘貞仁　沈發惠　宋敏菁

發 行 人　張書銘
出　　版　INK 印刻文學生活雜誌出版股份有限公司
新北市中和區建一路249號8樓
電話：02-22281626
傳真：02-22281598
e-mail：ink.book@msa.hinet.net
網　　址　舒讀網www.inksudu.com.tw

法律顧問　巨鼎博達法律事務所
施竣中律師
總 代 理　成陽出版股份有限公司
電話：03-3589000（代表號）
傳真：03-3556521
郵政劃撥　19785090 印刻文學生活雜誌出版股份有限公司
印　　刷　海王印刷事業股份有限公司

港澳總經銷　泛華發行代理有限公司
地　　址　香港新界將軍澳工業邨駿昌街7號2樓
電　　話　852-2798-2220
傳　　真　852-2796-5471
網　　址　www.gccd.com.hk

出版日期　2022年 3 月　初版
ISBN　978-986-387-520-8
定價　450元

國家圖書館出版品預行編目(CIP)資料

王城的護衛者／司馬遼太郎 著. 沈發惠 譯.
--初版. --新北市中和區：INK印刻文學，2022. 03
面； 14.8 × 21公分. --（Link；31）
譯自：王城の護衛者
ISBN 978-986-387-520-8（平裝）

861.57　　110020992

舒讀網